R0061633061

01/2012

El veredicto

El veredicto

Michael Connelly

Traducción de Javier Guerrero

Rocaeditorial

Primera edición: octubre de 2009

© de la traducción: Javier Guerrero
© de esta edición: Roca Editorial de Libros, S.L.
Marquès de l'Argentera, 17. Pral. 1.ª
08003 Barcelona.
info@rocaeditorial.com
www.rocaeditorial.com

Impreso por Brosmac, S.L.
Carretera Villaviciosa - Móstoles, km 1
Villaviciosa de Odón (Madrid)

ISBN: 978-84-9918-029-8
Depósito legal: M. 33.939-2009

En memoria de
Terry Hansen y Frank Morgan

PRIMERA PARTE

Contra las cuerdas

1992

1

$\mathcal{T}$odo el mundo miente.

Los policías mienten. Los abogados mienten. Los testigos mienten. Las víctimas mienten.

Un juicio es un concurso de mentiras. Y en la sala todo el mundo lo sabe. El juez lo sabe. Incluso los miembros del jurado lo saben. Entran en el edificio sabiendo que les mentirán. Toman asiento en la tribuna del jurado y aceptan que les mientan.

Cuando estás sentado a la mesa de la defensa el truco es ser paciente. Esperar. No a cualquier mentira, sino a aquella a la que puedes aferrarte y usarla como un hierro candente para fraguar una daga. Después usas esa daga para desgarrar el caso y desparramar sus tripas por el suelo.

Ése es mi trabajo: forjar la daga. Afilarla. Usarla sin misericordia ni cargo de conciencia. Ser la verdad en un sitio donde todo el mundo miente.

2

*E*staba en el cuarto día del juicio en el Departamento 109 del edificio del tribunal penal, en el centro de Los Ángeles, cuando atrapé la mentira que se convirtió en la daga que desgarró el caso. Mi cliente, Barnett Woodson, se enfrentaba a dos acusaciones de asesinato que iban a llevarlo hasta la sala gris acero de San Quintín, donde te inyectan en vena la voluntad de Dios.

Woodson, un traficante de drogas de veintisiete años natural de Compton, estaba acusado de robar y asesinar a dos estudiantes universitarios de Westwood que querían comprarle cocaína. Él prefirió quedarse con el dinero y matarlos con una escopeta de cañones recortados, o eso afirmaba la fiscalía. Era un crimen de negro contra blanco, lo cual complicaba bastante las cosas a Woodson, sobre todo al producirse sólo cuatro meses después de los disturbios que habían arrasado la ciudad. Pero lo que empeoraba aún más su situación era que el asesino había intentado ocultar el crimen sumergiendo los dos cadáveres en el embalse de Hollywood. Allí se quedaron durante cuatro días antes de aparecer en la superficie como manzanas en un tonel de feria; manzanas podridas. La idea de cadáveres en descomposición en el embalse que constituía el principal suministro de agua potable de la ciudad provocó una arcada colectiva en las entrañas de la comunidad. Cuando los registros telefónicos relacionaron a Woodson con las víctimas y detuvieron a mi cliente, la indignación que la opinión pública dirigió contra él era casi palpable. La oficina del fiscal del distrito anunció prestamente que solicitaría la pena capital.

El caso contra Woodson, no obstante, no era tan palpable. Estaba construido básicamente sobre pruebas circunstanciales

—los registros telefónicos— y el testimonio de testigos que eran ellos mismos delincuentes. El testigo de la fiscalía Ronald Torrance era el más destacado de este grupo. Aseguraba que Woodson le había confesado los crímenes.

Torrance se había alojado en la misma planta de la prisión central que Woodson. Ambos hombres permanecían confinados en un módulo de alta seguridad que contenía dieciséis celdas individuales en dos hileras superpuestas que daban a una sala comunitaria. En ese momento, los dieciséis reclusos del módulo eran negros, siguiendo el rutinario aunque cuestionable procedimiento carcelario de «segregación por seguridad», lo cual conllevaba dividir a los reclusos según la raza y la afiliación de bandas para evitar confrontaciones y violencia. Torrance se hallaba en espera de juicio por robo y agresión con agravantes como resultado de su participación en el saqueo durante los disturbios. Entre las seis de la mañana y las seis de la tarde, los detenidos en máxima seguridad tenían acceso a la sala comunitaria, donde comían, jugaban a las cartas en las mesas e interactuaban bajo la mirada vigilante de los guardias situados en una garita de cristal elevada. Según Torrance, fue en una de esas mesas donde mi cliente le había confesado que había matado a los dos chicos del Westside.

La acusación se desvivió por convertir a Torrance en presentable y creíble para el jurado, que sólo tenía tres componentes negros. Lo afeitaron, le quitaron las rastas y le dejaron el pelo corto para que se presentara en la sala el cuarto día del juicio de Woodson. Iba ataviado con un traje azul pálido, sin corbata. En el interrogatorio directo, guiado por el fiscal Jerry Vincent, Torrance describió la conversación que supuestamente mantuvo con Woodson una mañana en una de las mesas de pícnic. Éste, según declaró Torrance, no sólo le confesó los crímenes, sino que le proporcionó muchos de los detalles reveladores de los asesinatos. La cuestión que se dejó clara al jurado era que se trataba de detalles que sólo conocería el verdadero asesino.

Durante el testimonio, Vincent mantuvo a Torrance atado en corto, con largas preguntas concebidas para obtener respuestas breves. Las cuestiones estaban sobrecargadas hasta el punto de ser sugestivas, pero no me molesté en protestar, ni si-

13

quiera cuando el juez Companioni me miró arqueando las cejas, prácticamente rogándome que interviniera. No protesté porque quería el contrapunto. Pretendía que el jurado viera lo que estaba haciendo la acusación. Cuando llegara mi turno, iba a dejar que Torrance se explayara con sus respuestas mientras yo me contenía y esperaba la daga.

Vincent terminó su interrogatorio directo a las once de la mañana y el juez me preguntó si quería almorzar temprano antes de empezar mi contrainterrogatorio. Le dije que no, que no quería un descanso. Lo expuse como si estuviera asqueado y no pudiera esperar ni un segundo más para abordar al hombre que se hallaba en el estrado. Me levanté, cogí una carpeta grande y gruesa y una libreta y me acerqué al testigo.

—Señor Torrance, me llamo Michael Haller. Soy abogado del turno de oficio y represento a Barnett Woodson. ¿Nos hemos visto antes?

—No, señor.

—No lo creo. Pero usted y el acusado, el señor Woodson, se conocen desde hace mucho, ¿verdad?

Torrance esbozó una sonrisa retraída, pero yo había hecho los deberes con él y sabía exactamente con quién estaba tratando. El testigo tenía treinta y dos años y había pasado un tercio de su vida en prisión preventiva o cumpliendo condena. Su formación había terminado en cuarto grado, cuando dejó de ir a la escuela y ningún padre pareció notarlo o preocuparse. Según la ley de reincidencia del estado de California, se enfrentaba al premio especial a toda la trayectoria profesional si se le condenaba por los cargos de haber robado y golpeado con una papelera metálica a la encargada de una lavandería de autoservicio. El delito se había cometido durante los tres días de disturbios y saqueos que desgarraron la ciudad después de que se anunciaran veredictos de inocencia en el juicio de los cuatro agentes de policía acusados de uso excesivo de la fuerza contra Rodney King, un automovilista negro al que pararon por conducir erráticamente. En resumen, Torrance tenía buenas razones para ayudar a la fiscalía a acabar con Barnett Woodson.

—Bueno, desde hace unos meses —dijo Torrance—. En máxima seguridad.

—Ha dicho máxima seguridad —pregunté haciéndome el tonto—. ¿A qué se refiere?

—Al módulo de máxima seguridad. En el condado.

—Entonces está hablando de la prisión, ¿verdad?

—Exacto.

—Así pues, ¿me está diciendo que no conocía a Barnett Woodson antes?

Formulé la pregunta con sorpresa en la voz.

—No, señor. Nos conocimos en prisión.

Tomé un apunte en una libreta como si se tratara de una importante confesión.

—Veamos, hagamos cuentas, señor Torrance. Barnett Woodson fue trasladado al módulo de alta seguridad donde usted ya residía desde el mes de septiembre de este año. ¿Lo recuerda?

—Sí, recuerdo que vino, sí.

—¿Y por qué estaba usted en máxima seguridad?

Vincent se levantó y protestó, argumentando que me estaba adentrando por un camino que él ya había pisado en su interrogatorio directo. Argumenté que estaba buscando una explicación más amplia del encarcelamiento de Torrance, y el juez Companioni me dio cuerda. Pidió a Torrance que respondiera a la pregunta.

—Como he dicho, estoy acusado de un cargo de agresión y uno de robo.

—Y estos supuestos crímenes se cometieron durante los disturbios, ¿es correcto?

Dado el clima antipolicial que impregnaba las comunidades minoritarias de la ciudad desde los disturbios, había batallado durante la selección del jurado para conseguir el máximo número de negros y latinos en la tribuna. Pero allí tenía una oportunidad de ganarme a los cinco miembros blancos del jurado que la acusación había conseguido colarme. Quería que supieran que el hombre en el que el fiscal había depositado tanta confianza era uno de los responsables de las imágenes que habían visto en su televisión en mayo.

—Sí, estaba en la calle como todo el mundo —respondió Torrance—. Digo yo que los polis se salen con la suya demasiado en esta ciudad.

15

Asentí con la cabeza como si estuviera de acuerdo.

—Y su respuesta a la injusticia de los veredictos en el caso de apaleamiento de Rodney King fue salir a la calle, robar a una mujer de sesenta y dos años y dejarla inconsciente con una papelera de acero. ¿Es correcto, caballero?

Torrance miró a la mesa de la acusación y luego más allá de Vincent a su propio abogado, sentado en la primera fila de la galería del público. Tanto si habían preparado una respuesta para esta pregunta como si no, su equipo legal no podía ayudar a Torrance en ese momento. Estaba solo.

—Yo no hice eso —contestó finalmente.

—¿Es usted inocente del crimen que se le imputa?

—Exacto.

—¿Y respecto al saqueo? ¿No cometió delitos durante los disturbios?

Después de una pausa y otra mirada a su abogado, Torrance dijo:

—Me acojo a la Quinta.

Lo que esperaba. Seguidamente llevé a Torrance a través de una serie de preguntas concebidas para que no le quedara otra opción que incriminarse a sí mismo o negarse a responder bajo las protecciones de la Quinta Enmienda. Finalmente, después de que se acogiera a no declarar en su contra en seis ocasiones, el juez se cansó de mi insistencia y me hizo volver al caso que nos ocupaba. Obedecí con reticencia.

—Está bien, ya basta de hablar de usted, señor Torrance —dije—. Volvamos al señor Woodson. ¿Estaba al tanto de los detalles de este doble asesinato antes de conocer al señor Woodson en prisión?

—No, señor.

—¿Está seguro? Atrajo mucha atención.

—Estaba en prisión, señor.

—¿No hay televisión ni diarios en prisión?

—No leo los periódicos y la televisión del módulo está rota desde que llegué allí. Montamos un cirio y dijeron que la arreglarían, pero no han arreglado una mierda.

El juez advirtió a Torrance que cuidara su lenguaje y el testigo se disculpó. Seguí adelante.

—Según los registros de prisión, el señor Woodson llegó al módulo de alta seguridad el 5 de septiembre y, según el material de revelación de pruebas del estado, usted contactó con la acusación en octubre después de la supuesta confesión de Woodson. ¿Le parece correcto?

—Sí, me parece que sí.

—Bueno, pues a mí no, señor Torrance. ¿Le está diciendo a este jurado que un hombre acusado de un doble asesinato y que se enfrenta a una posible pena de muerte confesó su crimen a un recluso al que conocía desde hacía menos de cuatro semanas?

Torrance se encogió de hombros antes de responder.

—Es lo que pasó.

—Eso dice. ¿Qué le dará la fiscalía si el señor Woodson es condenado por estos crímenes?

—No lo sé. Nadie me ha prometido nada.

—Con sus antecedentes y los cargos que se le imputan, se enfrenta a más de quince años en prisión si lo condenan, ¿es cierto?

—No sé nada de eso.

—¿Ah no?

—No, señor. Se ocupa mi abogado.

—¿No le ha dicho que si no hace nada para impedirlo, podría ir a prisión durante mucho, mucho tiempo?

—No me ha dicho nada de eso.

—Ya veo. ¿Qué le ha pedido al fiscal a cambio de su testimonio?

—Nada. No quiero nada.

—Así pues, está testificando aquí porque cree que es su deber como ciudadano, ¿es correcto?

El sarcasmo en mi voz era inequívoco.

—Exacto —respondió Torrance con indignación.

Levanté la gruesa carpeta por encima del estrado para que pudiera verla.

—¿Reconoce esta carpeta, señor Torrance?

—No. No que yo recuerde.

—¿Está seguro de no haberla visto en la celda del señor Woodson?

—Nunca estuve en su celda.

—¿Está seguro de que no se coló allí y miró en el archivo de revelación de pruebas cuando el señor Woodson estaba en la sala o en la ducha, o quizás en el patio?

—No, no lo hice.

—Mi cliente tenía muchos de los documentos de investigación relacionados con su acusación en la celda. Éstos contenían varios de los detalles sobre los que usted ha testificado esta mañana. ¿No cree que es sospechoso?

Torrance negó con la cabeza.

—No. Lo único que sé es que se sentó allí y me dijo lo que había hecho. Estaba mal y se desahogó. ¿Qué culpa tengo de que la gente se me confíe?

Asentí como si me compadeciera de la carga que Torrance tenía que soportar por ser un hombre al que los demás se confiaban, especialmente cuando se trataba de dobles homicidios.

—Por supuesto, señor Torrance. Ahora, puede decir exactamente al jurado lo que le dijo. Y no use los atajos que usó cuando el señor Vincent le hacía las preguntas. Quiero oír exactamente lo que mi cliente dijo. Cítenos sus palabras, por favor.

Torrance hizo una pausa como para hurgar en su recuerdo y componer sus ideas.

—Bueno —dijo finalmente—, estábamos allí sentados, los dos solos y tal, y empezó a hablar de que estaba mal por lo que había hecho. Le pregunté: «¿Qué hiciste?», y me habló de la noche en que mató a los dos tipos y dijo que se sentía fatal.

La verdad es corta. Las mentiras son largas. Quería que Torrance hablara en extenso, algo que Vincent había logrado evitar. Los chivatos de la cárcel tienen algo en común con todos los timadores y los mentirosos profesionales: buscan esconder el engaño con desorientación y bromas. Envuelven sus mentiras con algodón. Pero entre toda esa pelusa muchas veces encuentras la clave para desvelar la gran mentira.

Vincent protestó de nuevo, argumentando que el testigo ya había respondido a las preguntas que estaba planteando yo y que simplemente estaba insistiéndole en este punto.

—Señoría —respondí—, este testigo está poniendo una confesión en boca de mi cliente. Por lo que respecta a la defensa, es la clave del caso. El tribunal sería negligente si no me permitiera explorar completamente el contenido y contexto de un testimonio tan devastador.

El juez Companioni ya estaba asintiendo con la cabeza antes de que yo terminara la última frase. Desestimó la protesta de Vincent y me pidió que procediera. Volví mi atención al testigo y hablé con una nota de impaciencia en mi voz.

—Señor Torrance, todavía está resumiendo. Asegura que el señor Woodson le confesó los crímenes. Así pues, dígale al jurado lo que él le contó. ¿Cuáles fueron las palabras exactas que dijo cuando confesó su crimen?

Torrance asintió como si sólo entonces se diera cuenta de lo que estaba preguntando.

—Lo primero que me dijo fue «Tío, estoy fatal». Y yo le pregunté «¿Por qué, hermano?». Él contestó que no paraba de pensar en aquellos dos tipos. No sabía de qué estaba hablando, porque, como he dicho, no había oído nada del caso. Así que dije: «¿Qué dos tipos?», y él dijo «Los dos negratas que tiré en la presa». Le pregunté de qué estaba hablando y él me contó que les disparó a los dos con una recortada y los envolvió en alambre de corral y tal. Dijo: «Sólo hice una cagada», y le pregunté cuál era. Él respondió: «Tendría que haber llevado un cuchillo y rajarles la tripa para que no terminaran flotando». Y eso fue lo que me contó.

En mi visión periférica había visto a Vincent encogerse a mitad de la larga respuesta de Torrance. Sabía por qué y, cuidadosamente, me acerqué con la daga.

—¿El señor Woodson usó esa palabra? ¿Llamó a las víctimas «negratas»?

—Sí, eso dijo.

Dudé al preparar la formulación de la siguiente pregunta. Sabía que Vincent estaba esperando para protestar si le daba pie. No podía pedir a Torrance que interpretara. No podía preguntar «por qué» respecto al significado que le daba Woodson o su motivación para usar esa palabra. Eso era susceptible de objeción.

—Señor Torrance, en la comunidad negra la palabra «negrata» puede significar distintas cosas, ¿no?

—Supongo.

19

—¿Es eso un sí?

—Sí.

—El acusado es afroamericano, ¿no?

Torrance rio.

—Eso me parece.

—¿Igual que usted, señor?

Torrance empezó a reír otra vez.

—Desde que nací —contestó.

El juez golpeó con la maza y me miró.

—Señor Haller, ¿es realmente necesario?

—Pido disculpas, señoría.

—Por favor, continúe.

—Señor Torrance, cuando el señor Woodson usó esta palabra, como dice que hizo, ¿le sorprendió?

Torrance se frotó el mentón como si reflexionara sobre la pregunta. Entonces negó con la cabeza.

—La verdad es que no.

—¿Por qué no, señor Torrance?

—Supongo que es porque la oigo todo el tiempo.

—¿De otros hombres de color?

—Eso es. También se la oigo a tipos blancos.

—Bueno, cuando los negros usan esa palabra, como dice que lo hizo el señor Woodson, ¿de quién están hablando?

Vincent protestó, argumentando que Torrance no podía hablar por lo que otros hombres decían. Companioni admitió la protesta y yo me tomé un momento para volver a trazar el camino a la respuesta que quería.

—Vamos a ver, señor Torrance —dije por fin—. Hablemos sólo de usted, entonces, ¿de acuerdo? ¿Usa esa palabra en alguna ocasión?

—Creo que sí.

—Muy bien, y cuando la usa ¿a quién se refiere?

Torrance se encogió de hombros.

—A otros tipos.

—¿Otros hombres negros?

—Eso es.

—¿En alguna ocasión se ha referido a hombres blancos como negratas?

Torrance negó con la cabeza.

—No.

—Muy bien, así pues, ¿qué cree que significaba cuando Barnett Woodson describió a los dos hombres a los que tiró al embalse como negratas?

Vincent rebulló en su asiento y su lenguaje corporal insinuó que iba a protestar, pero no llegó a formular la objeción verbalmente. Debió de darse cuenta de que sería inútil. Había llevado a Torrance a una ratonera y era mío.

Torrance respondió la pregunta.

—Entendí que eran negros y que los mató a los dos.

Ahora el lenguaje corporal de Vincent cambió de nuevo. Se hundió un poco más en el asiento, porque sabía que su apuesta de poner a un chivato carcelario en el estrado de los testigos acababa de salirle rana.

Miré al juez Companioni. Él también sabía lo que se avecinaba.

—Señoría, ¿puedo acercarme al testigo?

—Puede hacerlo —dijo el juez.

Caminé hasta el estrado de los testigos y puse la carpeta delante de Torrance. Estaba raída y era de color naranja, un color usado en las cárceles del condado para identificar documentos legales privados que un recluso está autorizado a poseer.

—Bien, señor Torrance, he puesto delante de usted una carpeta en la cual el señor Woodson guarda documentos de revelación que sus abogados le han proporcionado en prisión. Le pregunto una vez más si la reconoce.

—He visto un montón de carpetas naranjas en máxima seguridad. Eso no significa que haya visto ésta.

—¿Está diciendo que nunca vio al señor Woodson con su carpeta?

—No lo recuerdo exactamente.

—Señor Torrance, estuvo en el mismo módulo que el señor Woodson durante treinta y dos días. Testificó que confiaba en usted y que le hizo una confesión. ¿Está diciendo que nunca lo vio con esta carpeta?

Al principio no respondió. Lo había arrinconado y no tenía escapatoria. Esperé. Si continuaba asegurando que nunca había visto la carpeta, su afirmación de una confesión de Woodson sería sospechosa a ojos del jurado. Si finalmente concedía que estaba familiarizado con la carpeta, me abriría una puerta enorme.

—Lo que estoy diciendo es que lo vi con su carpeta, pero nunca miré lo que había dentro.

Bang. Lo tenía.

—Entonces le pediré que abra la carpeta y la inspeccione.

El testigo siguió mis instrucciones y miró de un lado al otro de la carpeta abierta. Volví al atril, observando a Vincent en mi camino. Tenía la mirada baja y la tez pálida.

—¿Qué ve cuando abre la carpeta, señor Torrance?

—A un lado hay fotos de los dos muertos en el suelo. Están grapadas. Y al otro lado hay un montón de papeles, informes y tal.

—¿Puede leer el primer documento del lado derecho? Sólo lea la primera línea del sumario.

—No, no sé leer.

—¿No sabe leer nada?

—La verdad es que no. No fui a la escuela.

—¿Puede leer alguna de las palabras que están al lado de las casillas que están marcadas en la parte superior del sumario?

Torrance miró la carpeta y sus cejas se juntaron en ademán de concentración. Yo sabía que habían probado su capacidad de lectura durante su último periodo en prisión y se había determinado que estaba en el mínimo nivel mensurable, por debajo de la de un alumno de segundo grado.

—La verdad es que no —repitió—. No sé leer.

Me acerqué rápidamente a la mesa de la defensa y cogí otra carpeta y un rotulador permanente de mi maletín. Volví al estrado y rápidamente escribí la palabra CAUCASIANO en la tapa de la carpeta en grandes letras mayúsculas. Sostuve la carpeta para que tanto Torrance como el jurado pudieran verla.

—Señor Torrance, ésta es una de las palabras marcadas en el sumario. ¿Puede leer esta palabra?

Vincent inmediatamente se levantó, pero Torrance ya estaba negando con la cabeza y con expresión de estar completamente humillado. Vincent objetó a la exposición sin fundamento adecuado y Companioni aceptó la protesta. Esperaba que lo hiciera. Sólo estaba abonando el terreno para mi siguiente movimiento con el jurado, y estaba seguro de que la mayoría de sus miembros habían visto al testigo negar con la cabeza.

—De acuerdo, señor Torrance —dije—. Vamos al otro lado de la carpeta. ¿Puede describir a los cadáveres de las fotos?

—Hum, dos hombres. Parece que han abierto un alambre de corral y unas lonas y están allí estirados. Hay un grupo de policías investigando y haciendo fotos.

—¿De qué raza son los hombres de las lonas?

—Son negros.

—¿Había visto antes estas fotografías, señor Torrance?

Vincent se levantó para protestar a mi pregunta, porque ya se había formulado y respondido previamente. Pero era como levantar una mano para detener una bala. El juez le ordenó severamente que tomara asiento. Era su forma de decirle al fiscal que iba a tener que quedarse sentado y tragar lo que estaba por venir. Si pones a un mentiroso en el estrado, has de caer con él.

—Puede responder a la pregunta, señor Torrance —dije después de que Vincent se sentara—. ¿Había visto antes estas fotografías?

—No, señor, no las había visto hasta ahora.

—¿Está de acuerdo en que las fotografías muestran lo que nos ha descrito antes? ¿Que son los cadáveres de dos hombres negros asesinados?

—Eso es lo que parece. Pero no había visto las fotos antes, sólo sé lo que él me dijo.

—¿Está seguro?

—Algo así no lo olvidaría.

—Nos ha dicho que el señor Woodson confesó haber matado a dos hombres negros; sin embargo, se le juzga por haber matado a dos hombres blancos. ¿No cree que da la impresión de que no confesó en absoluto?

—No, él confesó. Me dijo que mató a esos dos.

Miré al juez.

—Señoría, la defensa solicita que la carpeta que está delante del señor Torrance sea admitida como prueba documental número uno de la defensa.

Vincent protestó por falta de fundamento, pero Companioni desestimó la objeción.

—Se admitirá y dejaremos que el jurado decida si el señor Torrance ha visto o no las fotografías y el contenido de la carpeta.

Estaba embalado y decidí ir a por todas.

—Gracias —dije—. Señoría, ahora también sería un buen momento para que el fiscal recordara a su testigo las penas por perjurio.

Era un movimiento teatral hecho a beneficio del jurado. Suponía que tendría que continuar con Torrance y sacarle las vísceras con la daga de su propia mentira. Pero Vincent se levantó y le pidió al juez un receso para hablar con el letrado de la parte contraria.

Supe que acababa de salvar la vida de Barnett Woodson.

—La defensa no tiene objeción —le dije al juez.

3

Después de que se vaciara la tribuna del jurado, regresé a la mesa de la defensa cuando el alguacil estaba entrando para esposar a mi cliente y volver a llevarlo al calabozo.

—Ese tipo es un mentiroso de mierda —me susurró Woodson—. Yo no maté a dos negros. Eran blancos.

Tenía la esperanza de que el alguacil no lo hubiera oído.

—¿Por qué no cierras la puta boca? —le respondí en otro susurro—. Y la próxima vez que veas a ese mentiroso de mierda en el calabozo, deberías darle la mano. Por sus mentiras, el fiscal está a punto de renunciar a la pena de muerte y presentar un trato. Iré a contártelo en cuanto lo tenga.

Woodson negó con la cabeza teatralmente.

—Sí, bueno, puede que ahora no quiera ningún trato. Han puesto a un maldito mentiroso en el estrado, tío. Todo este caso se va por el retrete. Podemos ganar esta mierda, Haller. No aceptes el trato.

Miré a Woodson un segundo. Acababa de salvarle la vida, pero quería más. Se sentía con derecho, porque la fiscalía no había jugado limpio. No importaba la responsabilidad por los dos chicos a los que acababa de reconocer haber matado.

—No te pongas ansioso, Barnett —le dije—. Volveré con noticias en cuanto las tenga.

El alguacil se lo llevó por la puerta de acero que conducía a las celdas anexas a la sala del tribunal. Lo observé salir. No tenía falsas ideas respecto a Barnett Woodson; nunca se lo había preguntado directamente, pero sabía que había matado a aquellos dos chicos del Westside. Eso no me preocupaba. Mi trabajo consistía en sopesar las pruebas presentadas contra él con mis mejores aptitudes, así era como funcionaba el sistema. Lo había hecho y me habían dado la daga. Ahora la usaría para mejorar su situación significativamente, pero el sueño de Woodson de quedar impune del caso de los dos cadáveres que se habían puesto negros en el agua no estaba en la baraja. Quizás él no lo había comprendido, pero su mal pagado y mal apreciado abogado de oficio ciertamente sí lo había hecho.

Después de que la sala se vaciase, Vincent y yo nos quedamos mirándonos mutuamente, cada uno desde su respectiva mesa.

—¿Y? —dije.

Vincent negó con la cabeza.

—En primer lugar —dijo—, quiero dejar claro que obviamente no sabía que Torrance estaba mintiendo.

—Claro.

—¿Por qué iba a sabotear mi propio caso así?

No hice caso del mea culpa.

—Mira, Jerry, no te molestes. Te dije en la instrucción previa que ese tipo había pillado la carpeta de revelación que mi cliente tenía en su celda. Es de sentido común. Mi cliente no iba a decir nada al tuyo, un perfecto desconocido, y todo el mundo lo sabía excepto tú.

Vincent negó enfáticamente con la cabeza.

—Yo no lo sabía, Haller. Él se presentó, fue cuestionado por uno de nuestros mejores investigadores, y no había indicación de mentira, no importa lo improbable que pareciera que tu cliente hablara con él.

Me reí de un modo no amistoso para rechazar su afirmación.

—No que hablara con él, Jerry: que confesara. Hay una pequeña diferencia. Así que será mejor que hables con ese preciado investigador tuyo, porque no se merece la paga del condado.

—Mira, me dijo que el tipo no sabía leer, así que no había forma de que lo supiera por la carpeta de revelación. No mencionó las fotos.

—Exactamente, y por eso deberías buscarte un nuevo investigador. Y te diré una cosa, Jerry: normalmente soy bastante razonable con esta clase de cosas, e intento llevarme bien con la oficina del fiscal del distrito, pero te advertí justamente de este tipo. Así que, después del receso, voy a destriparlo aquí mismo en el estrado y lo único que vas a poder hacer es quedarte sentado mirando. —Me mostré completamente indignado, y buena parte de la indignación era real—. Cuando haya terminado con Torrance, no será el único que va a quedar en evidencia. Ese jurado va a saber que o bien sabías que ese tipo era un mentiroso o que fuiste tan tonto como para no darte cuenta. En cualquier caso no vas a quedar muy bien.

Vincent bajó la mirada a la mesa del fiscal y con calma enderezó las carpetas del caso apiladas delante de él. Habló con voz calmada.

—No quiero que sigas con el contrainterrogatorio —dijo.

—Bien. Entonces, déjate de negaciones y mentiras y dame una resolución que pueda…

—Retiraré la petición de pena capital. Entre veinticinco y perpetua sin condicional.

Negué con la cabeza sin vacilar.

—Eso no va a servir. Lo último que ha dicho Woodson antes de que se lo llevaran era que estaba dispuesto a jugárselo a los dados. Para ser exacto, dijo: «Podemos ganar esta mierda». Y creo que podría tener razón.

—¿Qué quieres, Haller?

—Diría quince máximo. Creo que podría venderle eso.

Vincent negó con la cabeza enfáticamente.

—Ni hablar. Me volverán a enviar a casos de camellos de calle si les doy eso por dos asesinatos a sangre fría. Mi mejor oferta son veinticinco con condicional. Punto. Bajo las actuales directrices podría salir en dieciséis o diecisiete años. No está mal por lo que hizo, matar a dos chicos así.

Lo miré, tratando de interpretar su expresión, buscando una señal que lo delatara. Concluí que no iba a mejorar la oferta. Y tenía razón, no era un mal trato para lo que Barnett Woodson había hecho.

—No lo sé —dije—. Creo que va a decir que echemos los dados.

Vincent negó con la cabeza y me miró.

—Entonces tendrás que vendérselo, Haller. Porque no puedo bajar más y si continúas con el contrainterrogatorio mi carrera en la fiscalía probablemente habrá terminado.

27

Esta vez vacilé antes de responder.

—Espera un momento, ¿qué estás diciendo, Jerry? ¿Qué he de sacarte las castañas del fuego? ¿Te he pillado con los pantalones en los tobillos y es a mi cliente al que le han de dar por el culo?

—Estoy diciendo que es una oferta justa para un hombre que es culpable como Caín. Más que justa. Ve a hablar con él y usa tu magia, Mick. Convéncelo. Los dos sabemos que no estarás mucho tiempo en el turno de oficio. Podrías necesitar un favor mío algún día cuando no tengas sueldo fijo y estés en el lado salvaje.

Me limité a mirarlo, registrando el *quid pro quo* de la oferta. Si yo lo ayudaba, en algún momento él me ayudaría a mí, y Barnett Woodson cumpliría un par de años extra en la trena.

—Tendrá suerte de sobrevivir cinco años ahí dentro, mucho menos veinte —dijo Vincent—. ¿Qué diferencia hay para él? Pero tú y yo vamos a llegar lejos, Mickey. Podemos ayudarnos aquí.

Asentí lentamente. Vincent sólo era unos años mayor que yo, pero estaba tratando de actuar como una especie de anciano sabio.

—Jerry, la cuestión es que, si hago lo que sugieres, nunca podré mirar a otro cliente a los ojos.

Me levanté y recogí mi carpeta. Mi plan era volver y decirle a Barnett Woodson que echara los dados y a ver qué podía hacer por él.

—Te veré después del receso —dije.

Y entonces me alejé.

SEGUNDA PARTE

Ciudad de maletas

2007

4

*E*ra un poco pronto en la semana para que Lorna Taylor llamara preguntando por mí. Normalmente esperaba al menos hasta el jueves. Nunca el martes. Cogí el teléfono, pensando que era más que una llamada de control.

—¿Lorna?

—Mickey, ¿dónde te habías metido? Llevo toda la mañana llamando.

—Había ido a correr. Acabo de salir de la ducha. ¿Estás bien?

—Estoy bien. ¿Y tú?

—Claro. ¿Qué es...?

—Tienes un ipso facto de la juez Holder. Quiere verte, desde hace una hora.

Eso me dio que pensar.

—¿Sobre qué?

—No lo sé. Lo único que sé es que primero llamó Michaela y luego llamó la juez en persona. Eso no suele pasar. Quería saber por qué no estabas respondiendo.

Sabía que Michaela era Michaela Gill, la secretaria de la juez. Y Mary Townes Holder era la presidenta del Tribunal Superior de Los Ángeles. El hecho de que hubiera llamado personalmente no hacía que sonara como si me estuvieran invitando al baile anual de justicia. Mary Townes Holder no llamaba a los abogados sin una buena razón.

—¿Qué le dijiste?

—Sólo le dije que no tenías tribunal hoy y que a lo mejor estabas en el campo de golf.

—No juego al golf, Lorna.

—Bueno, no se me ocurrió nada.

—Está bien, llamaré a la juez. Dame el número.

—Mickey, no llames. Preséntate directamente. La juez quiere verte en su despacho. Fue muy clara en eso y no me dijo por qué. Así que ve.

—Vale, ya voy. He de vestirme.

—¿Mickey?

—¿Qué?

—¿Cómo estás de verdad?

Conocía su código. Sabía lo que estaba preguntándome. No quería que compareciera delante de un juez si no estaba preparado para ello.

—No te preocupes, Lorna. Estoy bien. No me pasará nada.

—Vale. Llámame y dime lo que está pasando en cuanto puedas.

—Descuida, lo haré.

Colgué el teléfono, sintiéndome como si me estuviera mangoneando mi mujer, no mi ex mujer.

5

Como presidenta del Tribunal Superior de Los Ángeles, la juez Mary Townes Holder hacía la mayor parte de su trabajo a puerta cerrada. Su sala se usaba en alguna ocasión para vistas de emergencia sobre mociones, pero rara vez para la celebración de juicios. Su trabajo se hacía lejos de la vista del público, en su despacho. Su cometido se centraba sobre todo en la administración del sistema de justicia en el condado de Los Ángeles. Más de doscientos cincuenta juzgados y cuarenta tribunales se hallaban bajo su potestad. En cada citación que se echaba al correo para formar parte de un jurado figuraba su nombre, y cada espacio de aparcamiento asignado en un garaje del tribunal contaba con su aprobación. Holder asignaba jueces tanto por geografía como por ámbito legal: penal, civil, de menores o de familia. Cuando se elegían nuevos magistrados, era la juez Holder quien decidía si su destino era Beverly Hills o Compton, y si juzgarían causas financieras de altos vuelos en un tribunal civil o demandas de divorcio que te secaban el alma en tribunales de familia.

Me había vestido deprisa con lo que consideraba mi traje de la suerte. Era un Corneliani importado de Italia que me gustaba ponerme en días de veredicto. Puesto que no había estado en un tribunal desde hacía un año, ni oído un veredicto en mucho más, tuve que sacarlo de una funda de plástico colgada en el fondo del armario. Después, me apresuré a ir al centro sin más demora, pensando que podría estar dirigiéndome hacia algún tipo de veredicto sobre mí mismo. Mientras conducía, mi mente repasó casos y clientes que había dejado atrás un año antes. Por lo que yo sabía, nada había quedado abierto sobre la mesa, pero quizá se había presentado una queja o la juez se había enterado de algún cotilleo judicial y estaba llevando a cabo su propia investigación. Fuera como fuese, entré en el tribunal con mucha inquietud. Una citación de cualquier juez normalmente no era una buena noticia; una citación de la presidenta del Tribunal Superior era aún peor.

La sala del tribunal estaba oscura y el puesto de la secretaria junto al estrado del juez se hallaba vacío. Pasé por la cancela, y me estaba dirigiendo hacia la puerta que daba al pasillo de atrás cuando abrí y entró la secretaria. Michaela Gill era una mujer de aspecto agradable que me recordaba a mi profesora de tercer grado. No esperaba encontrarse a un hombre acercándose al otro lado de la puerta cuando la abrió, así que se sobresaltó y casi soltó un grito. Me identifiqué rápidamente antes de que pudiera correr a pulsar el botón de alarma situado en el estrado del juez. Michaela Gill recuperó el aliento y me hizo pasar sin más demora.

Recorrí el pasillo y encontré a la juez sola en su despacho, trabajando tras un inmenso escritorio de madera oscura. Su toga negra estaba colgada de un perchero en el rincón, a iba vestida con un traje granate de corte tradicional. Tenía unos cincuenta y cinco años y su aspecto era atractivo y arreglado. Era delgada y llevaba el pelo castaño recogido en un moño formal.

No había visto antes a la juez Holder, pero había oído hablar de ella. Había pasado veinte años como fiscal antes de ser designada para el puesto de juez por un gobernador conservador. Presidió casos penales, tuvo unos pocos de los grandes y se ganó fama de dictar las penas más altas. Consecuentemente, conservó sin problemas la confianza del electorado después de su primer mandato. Fue elegida presidenta del Tribunal cuatro años después y había mantenido el cargo desde entonces.

—Señor Haller, gracias por venir —dijo—. Me alegro de que su secretaria lo haya encontrado por fin.

Había un tono impaciente si no imperioso en su voz.

—La verdad es que no es mi secretaria, señoría. Pero me encontró. Siento haber tardado tanto.

—Bueno, aquí está. Me parece que no nos hemos conocido antes, ¿no?

—Creo que no.

—Bueno, esto traicionará mi edad, pero lo cierto es que me opuse a su padre en un juicio en una ocasión. Fue uno de sus últimos casos, si no recuerdo mal.

Tuve que reajustar mi cálculo de su edad. Tendría al menos sesenta si había estado en un tribunal con mi padre.

—En realidad era la tercera fiscal del caso, acababa de salir de la facultad de derecho de la Universidad del Sur de California, completamente verde. Estaban tratando de darme cierta experiencia en juicios, era un caso de homicidio y me dejaron ocuparme de un testigo. Me preparé una semana para mi interrogatorio directo y su padre destrozó al hombre en el contrainterrogatorio en diez minutos. Ganamos el caso, pero nunca olvidé la lección. Hay que estar preparado para cualquier cosa.

Asentí. A lo largo de los años había conocido a muchos abogados mayores que compartían conmigo anécdotas de Mickey Haller Senior. Yo tenía pocas historias propias. Antes de que pudiera preguntarle a la juez respecto al caso en el cual lo había conocido, ella siguió adelante.

—Pero no es por eso por lo que lo he llamado —dijo.

—Lo supongo, señoría. Me daba la sensación de que tenía algo... bastante urgente.

—Así es. ¿Conocía a Jerry Vincent?

Inmediatamente me sentí desconcertado por su uso del pasado.

—¿Jerry? Sí, conozco a Jerry Vincent. ¿Qué pasa?

—Está muerto.

—¿Muerto?

—Asesinado, a decir verdad.

—¿Cuándo?

—Anoche. Lo siento.

Bajé los ojos y miré la placa de su mesa. Grabado en letra cursiva en un soporte plano de madera que sostenía un mazo ceremonial, una pluma y un tintero se leía: HONORABLE M. T. HOLDER.

—¿Tenían mucha relación? —preguntó ella.

Era una buena pregunta y yo realmente no conocía la respuesta. Mantuve la mirada baja al hablar.

—Tuvimos casos uno contra el otro cuando él estaba en la fiscalía y yo era abogado de oficio. Los dos lo dejamos por el ejercicio privado más o menos al mismo tiempo y los dos trabajábamos solos. A lo largo de los años, colaboramos en algunos casos, un par de juicios por drogas, y en cierto modo nos cubríamos el uno al otro cuando hacía falta. Me cedió algún caso ocasionalmente cuando era algo de lo que no quería ocuparse.

Había tenido una relación profesional con Jerry Vincent. De cuando en cuando brindábamos en el Four Green Fields o nos veíamos en el Dodger Stadium. Ahora bien, decir que manteníamos una relación estrecha habría sido una exageración por mi parte. Sabía poca cosa de él fuera del mundo de la ley. Había oído hablar de un divorcio tiempo atrás como un cotilleo, pero nunca le había preguntado al respecto. Eso era información personal y no necesitaba conocerla.

—Parece olvidarlo, señor Haller, pero yo estaba en la fiscalía cuando el señor Vincent era un joven prometedor. Pero perdió un gran caso y su estrella se apagó. Fue entonces cuando pasó al ejercicio privado.

Miré a la juez, pero no dije nada.

—Y creo recordar que usted era el abogado defensor en ese caso —añadió ella.

Asentí con la cabeza.

—Barnett Woodson. Conseguí una absolución por doble homicidio. Salió del tribunal y se disculpó sarcásticamente ante los medios por irse de rositas. Se lo restregó por la cara a la fiscalía, y se puede decir que eso acabó con la carrera de Jerry como fiscal.

—Entonces, ¿por qué iba a trabajar con usted o pasarle casos?

—Porque, señoría, al poner fin a su carrera de fiscal, empecé su carrera de abogado defensor.

Lo dejé ahí, pero no era bastante para ella.

—¿Y?

—Y al cabo de un par de años estaba ganando cinco veces más de lo que ganaba en la fiscalía. Me llamó un día y me dio las gracias por mostrarle la luz.

La juez asintió de manera cómplice.

—Todo se reducía al dinero. Quería dinero.

Me encogí de hombros como si me sintiera incómodo respondiendo por un hombre muerto, y no contesté.

—¿Qué le pasó a su cliente? —preguntó la juez—. ¿Qué fue del hombre que quedó impune del homicidio?

—Le habría ido mejor con una condena. Woodson resultó muerto en un tiroteo desde un coche unos dos meses después de la absolución.

La juez asintió otra vez, esta vez como diciendo: fin de la historia, justicia servida. Traté de volver a concentrarme en Jerry Vincent.

—No puedo creer esto de Jerry. ¿Sabe qué ocurrió?

—No está claro. Aparentemente lo encontraron anoche en su coche, en el garaje de su oficina. Lo mataron a tiros. Me han dicho que la policía todavía está en la escena del crimen y no ha habido detenciones. Todo esto viene de un periodista del *Times* que me llamó al despacho para preguntar qué pasaría ahora con los clientes del señor Vincent, sobre todo Walter Elliot.

Asentí. Durante los últimos doce meses había vivido en una burbuja, pero no era tan impermeable como para no haberme enterado del caso de homicidio del que se acusaba al magnate del cine. Era sólo uno en una cadena de grandes casos que Vincent había logrado a lo largo de los años. A pesar del fiasco de Woodson, su currículum como fiscal de perfil alto lo había colocado desde el principio como abogado defensor de altas esferas. No tenía que ir a buscar clientes: acudían a él. Y normalmente éstos podían pagar o tenían algo que decir, lo cual significaba que poseían al menos uno de estos tres atributos: podían pagar muchos dólares por su representación legal, eran demostrablemente inocentes de los cargos que se les imputaban o eran claramente culpables pero tenían a la opinión pública de su lado. Eran clientes a los que podía respaldar y defender con franqueza sin importar lo que hubieran hecho. Clientes que no le hacían sentirse sucio al final del día.

Y Walter Elliot cumplía con al menos uno de esos atributos. Era el presidente y propietario de Archway Pictures y un hombre muy poderoso en Hollywood. Estaba acusado de asesinar a su mujer y al amante de ésta en un rapto de ira después de descubrirlos juntos en una casa de playa de Malibú. El caso ofrecía toda clase de conexiones con el sexo y los famosos y estaba atrayendo una amplia atención de los medios. Había sido una máquina publicitaria para Vincent y ahora estaba disponible.

La juez me sacó de mi ensueño.

—¿Está familiarizado con el RPC 2/300? —me preguntó.

Me delaté involuntariamente al entrecerrar los ojos con la pregunta.

—Eh… no exactamente.

—Deje que le refresque la memoria. Es la sección del reglamento del Colegio de Abogados de California que regula la conducta profesional referida en la transferencia o venta de un bufete. Nosotros, por supuesto, estamos hablando de transferencia en este caso. El señor Vincent aparentemente le nombraba su segundo en su contrato de representación estándar. Esto le permitía cubrirlo cuando lo necesitaba y le incluía a usted, si era necesario, en la relación abogado-cliente. Adicionalmente, he descubierto que presentó una moción hace diez años que permitía la transferencia de las causas de su bufete en el caso de incapacidad o muerte. La moción nunca se alteró ni actualizó, pero está claro cuáles eran sus intenciones.

Me limité a mirarla. Conocía la cláusula en el contrato estándar de Vincent. Yo tenía la misma en el mío, nombrándolo a él. Pero de lo que me di cuenta era de que la juez me estaba diciendo que ahora yo tenía los casos de Jerry. Todos ellos, Walter Elliot incluido.

Esto, por supuesto, no significaba que fuera a quedarme todos los casos. Cada cliente tendría libertad para cambiar de abogado una vez informado del fallecimiento de Vincent. Pero significaba que tendría la primera opción con ellos.

Reflexioné. No había tenido un cliente en un año y el plan era empezar poco a poco, no con un montón de causas como las que aparentemente acababa de heredar.

—Sin embargo —dijo la juez—, antes de que se entusiasme en exceso respecto a esta cuestión, debo decirle que sería negligente con mi papel de presidenta del Tribunal si no hiciera todo lo que está en mi mano para garantizar que los clientes del señor Vincent se transfieren a un abogado sustituto de buena posición y competencia.

De pronto lo comprendí. Me había llamado para explicarme por qué no iba a asignarme los clientes de Vincent. Iba a actuar contra los deseos del difunto abogado y nombrar a otro, probablemente alguno de los generosos contribuyentes a su última campaña de reelección. La última vez que lo miré yo había contribuido exactamente con cero dólares a sus arcas a lo largo de los años.

Pero entonces la juez me sorprendió.

—He consultado con algunos de los jueces —dijo—, y soy consciente de que no ha estado ejerciendo la abogacía durante casi un año. No he encontrado ninguna explicación para esto. Antes de dictar la orden que lo nombre abogado sustituto en esta materia, necesito estar convencida de que no estoy entregando los clientes del señor Vincent al hombre equivocado.

Hice un gesto de conformidad con la esperanza de ganar un poco de tiempo antes de verme obligado a responder.

—Señoría, tiene razón. He estado fuera de circulación durante un tiempo. Pero acabo de empezar a dar pasos para volver.

—¿Por qué se tomó un descanso?

Me lo preguntó sin rodeos, sosteniéndome la mirada y buscando cualquier signo que indicara evasión de la verdad en mi respuesta. Hablé con sumo cuidado.

—Señoría, tuve un caso hace un par de años. El nombre del cliente era Louis Roulet. Era…

—Recuerdo el caso, señor Haller. Y recuerdo que le dispararon. Pero, como ha dicho, eso fue hace un par de años. Creía recordar que había estado ejerciendo durante un tiempo después de eso. Recuerdo la noticia de su vuelta al trabajo.

—Bueno, lo que ocurrió es que volví demasiado pronto. Me dispararon en la tripa, señoría, debería haberme tomado mi tiempo. Me apresuré a volver, pero enseguida empecé a sentir dolores y los médicos me dijeron que tenía una hernia, así que me operaron y hubo complicaciones. Lo hicieron mal. Aumentó el dolor, hubo otra operación y, bueno, para hacerlo breve, estuve un tiempo fuera de combate. Decidí que la segunda vez no volvería hasta estar seguro de que estaba preparado —expliqué.

La juez asintió con compasión. Suponía que había hecho bien en omitir la parte sobre mi adicción a los calmantes y mi temporada en rehabilitación.

—El dinero no era problema —añadí—. Tenía algunos ahorros y también cobré de la compañía de seguros, así que me tomé mi tiempo para volver. Pero estoy preparado. Estaba a punto de contratar otra vez la contracubierta de las Páginas Amarillas.

—Entonces, supongo que heredar todos los clientes de un bufete le resultaría muy conveniente, ¿no? —dijo ella.

No sabía qué responder a su pregunta ni al tono meloso en que la había planteado.

—Lo único que puedo decirle, señoría, es que me ocuparía adecuadamente de los clientes de Jerry Vincent.

La juez asintió con la cabeza, pero no me miró al hacerlo. Conocía la señal. Ella sabía algo. Y le inquietaba. Quizás estaba informada de lo de la rehabilitación.

—Según los registros del Colegio de Abogados, le han sancionado varias veces —dijo la juez Holder.

Ya estábamos otra vez. Había vuelto a la idea de confiar los casos a otro abogado, probablemente algún contribuyente a su campaña de Century City que no sería socio del selecto club Riviera si ello dependiera de su capacidad de orientarse en unas diligencias penales.

—Eso es historia antigua, señoría. Todo por tecnicismos. Estoy en buenas relaciones con el Colegio de Abogados. Si les llama hoy, estoy seguro de que se lo dirán.

La juez Holder me miró durante un momento interminable antes de bajar la mirada al documento que tenía delante de ella en el escritorio.

—Pues muy bien —dijo.

Mary Townes Holder garabateó su firma en la última página del documento. Sentí un familiar cosquilleo de excitación en el pecho.

—Esto es una orden que le transfiere los casos a usted —dijo la juez—. Podría necesitarla cuando vaya a la oficina de Vincent. Y deje que le diga esto: voy a controlarle. Quiero un inventario de casos actualizado al principio de la semana próxima y el estatus de cada caso en la lista de clientes. Quiero saber qué clientes trabajarán con usted y cuáles buscarán otra representación. Después de eso, quiero actualizaciones de estatus quincenales de todos los casos de los cuales siga siendo responsable. ¿Estoy siendo clara?

—Perfectamente clara, señoría. ¿Durante cuánto tiempo?

—¿Qué?

—¿Durante cuánto tiempo quiere que le dé informes quincenales?

La juez me miró y se le endureció la expresión.

—Hasta nuevo aviso. —Me entregó la orden—. Ahora puede irse, señor Haller, y yo en su lugar iría a la oficina de Vincent y protegería a mis clientes de cualquier registro ilegal y requisación de sus archivos por parte de la policía. Si tiene algún problema, no dude en llamarme. He puesto mi número particular en la orden.

—Sí, señoría. Gracias.

—Buena suerte, señor Haller.

Me levanté para salir. Cuando llegué al umbral del despacho, me volví a mirarla. La juez Holder tenía la cabeza baja y estaba enfrascada en la siguiente orden judicial.

En el pasillo del Tribunal, leí el documento de dos páginas que me había dado la juez, confirmando que lo que acababa de ocurrirme era real.

Lo era. El documento que obraba en mi poder me designaba abogado sustituto, al menos temporalmente, en todos los casos de Jerry Vincent. Me garantizaba acceso inmediato a la oficina del difunto abogado, a sus archivos y a las cuentas bancarias en las cuales se habían depositado los anticipos de sus clientes.

Saqué mi teléfono móvil y llamé a Lorna Taylor. Le pedí que buscara la dirección de la oficina de Jerry Vincent. Ella me la dio y yo le pedí que se reuniera conmigo allí y que comprara dos sándwiches por el camino.

—¿Por qué? —preguntó.

—Porque no he comido.

—No, ¿por qué vamos al despacho de Jerry Vincent?

—Porque hemos vuelto al trabajo.

41

6

Me dirigía hacia el despacho de Jerry Vincent en mi Lincoln cuando pensé en algo y volví a telefonear a Lorna Taylor. Al no obtener respuesta, la llamé al móvil y la pillé en su coche.

—Voy a necesitar un investigador. ¿Cómo te sentirías si llamara a Cisco?

Hubo una duda antes de que ella respondiera. Cisco era Dennis Wojciechowski, su relación del último año. Yo era quien los había presentado cuando recurrí a él en un caso. Según mis últimas informaciones, estaban viviendo juntos.

—Bueno, no tengo problema en trabajar con Cisco. Pero me gustaría que me dijeras de qué va todo esto.

Lorna conocía a Jerry Vincent como una voz al teléfono. Era ella quien atendía sus llamadas cuando Jerry quería saber si yo podía estar en una sentencia o hacerme cargo de un cliente en una vista incoatoria. No recordaba si se habían conocido en persona. No quería darle la noticia por teléfono, pero las cosas estaban avanzando demasiado deprisa para eso.

—Jerry Vincent está muerto.

—¿Qué?

—Lo asesinaron anoche y yo voy a tener la primera opción en todos sus casos, Walter Elliot incluido.

Lorna se quedó en silencio un buen rato antes de responder.

—Dios mío... ¿Cómo? Era un tipo muy agradable.

—No recordaba si lo habías conocido.

Lorna trabajaba desde su casa de West Hollywood. Todas mis llamadas y facturas pasaban por ella. Si había una oficina física para la firma legal Michael Haller & Associates, ésa era su casa. Pero no había asociados y, cuando trabajaba, mi oficina estaba en el asiento trasero de mi coche, lo cual dejaba pocas ocasiones para que Lorna se encontrara cara a cara con cualquiera de las personas a las que yo representaba o con las cuales me relacionaba laboralmente.

—Vino a nuestra boda, ¿no te acuerdas?

—Es verdad. Lo había olvidado.

—No puedo creerlo. ¿Qué ha pasado?

—No lo sé. Holder dijo que le dispararon en el garaje de su despacho. Puede que averigüe algo cuando llegue allí.

—¿Tenía familia?

—Creo que estaba divorciado, pero no sé si tenía hijos. Me parece que no.

Lorna no dijo nada. Ambos estábamos sumidos en nuestros propios pensamientos.

—Deja que cuelgue para que pueda llamar a Cisco —dije finalmente—. ¿Sabes qué está haciendo hoy?

—No, no me lo ha dicho.

—Vale, ya lo veré.

—¿De qué quieres el sándwich?

—¿De qué zona vienes?

—De Sunset.

—Para en Dusty's y cómprame uno de pavo con salsa de arándanos. Hace casi un año que no me como uno de ésos.

—Vale.

—Y coge algo para Cisco por si tiene hambre.

—Hecho.

Colgué y busqué el número de Dennis Wojciechowski en la libreta de direcciones que guardaba en el compartimento de la consola central. Tenía su número de móvil. Cuando respondió, oí una mezcla de viento y el petardeo del tubo de escape al teléfono. Cisco iba en su moto y, aunque sabía que llevaba un móvil con auricular y micrófono en el casco, tuve que gritar.

—Soy Mickey Haller. Para.

Esperé y oí que paraba el motor de su Harley Davidson Panhead del sesenta y tres.

—¿Qué pasa, Mick? —preguntó cuando finalmente se hizo el silencio—. Hacía tiempo que no tenía noticias tuyas.

—Vas a tener que volver a poner silenciadores en los tubos,

macho, o te quedarás sordo antes de que cumplas cuarenta y no tendrás noticias de nadie.

—Ya he cumplido cuarenta y oigo bastante bien. ¿Qué pasa?

Wojciechowski era un investigador de defensa *freelance* que usaba en algunos casos. Así era como había conocido a Lorna, recogiendo su paga. Pero yo lo conocía desde hacía más de diez años por su relación con el club de moteros Road Saints, un grupo para el que fui de facto el abogado de la casa durante varios años. Dennis nunca llevaba los colores de los Road Saints, pero se lo consideraba miembro asociado. El grupo incluso le había puesto un apodo, sobre todo porque ya había otro Dennis en el grupo y su apellido, Wojciechowski, era intolerablemente difícil de pronunciar. Dada su tez morena y su bigote lo bautizaron Cisco Kid. No importaba que fuera al ciento por ciento polaco del lado sur de Milwaukee.

Cisco era un tipo grande e imponente que, pese a que iba con los Saints, no se metía en problemas. Nunca lo detuvieron y gracias a eso pudo solicitar una licencia estatal de investigador privado. Ahora, muchos años después, el pelo negro había desaparecido y el bigote lo llevaba recortado y se le estaba poniendo gris. Pero el nombre de Cisco y su afición por las Harley clásicas construidas en su ciudad natal eran para toda la vida.

Cisco era un investigador concienzudo y reflexivo. Y además tenía otro valor: era grande y fuerte y podía ser físicamente intimidante en caso de necesidad. Ese atributo en ocasiones resultaba muy útil para localizar a gente que revoloteaba por los aledaños de un caso criminal y tratar con ella.

—Para empezar, ¿dónde estás?

—En Burbank.

—¿Estás en un caso?

—No, sólo de paseo. ¿Por qué? ¿Tienes algo para mí? ¿Finalmente vas a aceptar un caso?

—Un montón. Y voy a necesitar un investigador.

Le di la dirección de la oficina de Vincent y le pedí que se reuniera conmigo allí cuanto antes. Sabía que Vincent habría usado un grupo de investigadores o sólo uno en particular, y que podríamos perder mucho tiempo mientras Cisco cogía el ritmo de los casos, pero no me importaba. Quería un investigador en el cual pudiera confiar y con el cual ya tuviera una relación previa. También iba a necesitar que Cisco se pusiera a trabajar de inmediato investigando los domicilios de mis nuevos clientes. Mi experiencia con los acusados en casos penales es que no siempre se los encuentra en las direcciones que ponen en la hoja de información del cliente cuando contratan la representación legal.

Después de cerrar el teléfono, me di cuenta de que acababa de pasar por delante del edificio que albergaba la oficina de Vincent. Estaba en Broadway, cerca de la Tercera y había mucho tráfico de coches y peatones para que intentara un giro de ciento ochenta grados. Perdí diez minutos en volver al sitio porque me encontré con semáforos en rojo en cada esquina. Cuando llegué al lugar correcto, me sentí tan frustrado que decidí volver a contratar un chófer lo antes posible para poder concentrarme en los casos en lugar de en los sentidos de las calles.

La oficina de Vincent estaba en un edificio de seis pisos llamado simplemente Legal Center. El hecho de que estuviera tan cerca de los principales tribunales del centro —tanto civiles como penales— significaba que era un edificio lleno de abogados judiciales. La clase de lugar que quienes odian a los abogados —polis y médicos para empezar— probablemente deseaban que se derrumbara cada vez que había un terremoto. Vi la entrada al garaje en la puerta de al lado y me metí.

Mientras estaba sacando el tíquet de la máquina, un policía uniformado se acercó a mi coche. Llevaba una tablilla con sujetapapeles.

—¿Señor? ¿Tiene algo que hacer en este edificio?

—Por eso estoy aparcando aquí.

—Señor, ¿puede decirme de qué asunto se trata?

—No es asunto suyo, agente.

—Señor, estamos llevando a cabo una investigación de escena del crimen en el garaje y necesito saber cuál es su asunto antes de dejarle pasar.

—Mi oficina está en el edificio —dije—, ¿basta con eso?

45

No era exactamente una mentira. Llevaba la orden de la juez Holder en el bolsillo de la chaqueta. Eso me daba una oficina en el edificio.

La respuesta aparentemente funcionó. El agente pidió ver mi documento de identidad y, aunque podría haber argumentado que no tenía derecho a pedirme la documentación, decidí que no había necesidad de hacer de ello un caso federal. Saqué mi billetera, le di mi documento de identidad y él anotó mi nombre y mi número de carné de conducir antes de dejarme pasar.

—Ahora mismo no hay ninguna plaza de aparcamiento libre en el segundo nivel —dijo—. No han terminado con la escena.

Lo saludé y enfilé la rampa. Cuando alcancé la segunda planta, vi que estaba vacía de vehículos salvo por los dos coches patrulla y una berlina negra BMW que estaban cargando en un camión grúa del garaje de la policía. El coche de Jerry Vincent, supuse. Otros dos policías uniformados estaban empezando a retirar la cinta amarilla de la escena del crimen que se había usado para acordonar la planta del aparcamiento. Uno de ellos me hizo una señal para que no me detuviera. No vi detectives alrededor, pero la policía todavía no estaba dejando la escena del crimen.

Seguí subiendo y no encontré un sitio donde dejar el Lincoln hasta que llegué a la quinta planta. Una razón más por la que necesitaba conseguir otro chófer.

La oficina que estaba buscando se hallaba en la segunda planta, en la parte delantera del edificio. La puerta de cristal opaco estaba cerrada, pero no con llave. Entré en una sala de recepción con una zona de asientos y un mostrador, detrás del cual había una mujer sentada con los ojos enrojecidos de llorar. Estaba al teléfono, pero cuando me vio, lo dejó en el mostrador sin decir ni siquiera «espera» a la persona con la que estaba hablando.

—¿Es de la policía? —preguntó.

—No —repuse.

—Entonces lo siento, la oficina está cerrada hoy.

Me acerqué al mostrador sacando la orden judicial de la juez Holder del bolsillo interior de mi chaqueta.

—Para mí no —dije al tiempo que se la entregaba.

Desdobló el documento y lo miró, pero no parecía estar le-yéndolo. Me fijé en que en una de sus manos sostenía unos pañuelos de papel.

—¿Qué es esto? —preguntó.

—Es una orden judicial —contesté—. Me llamo Michael Haller y la juez Holder me ha asignado como el abogado susti-tuto de los clientes de Jerry Vincent. O sea que vamos a traba-jar juntos. Llámeme Mickey.

Ella negó otra vez con la cabeza como si se resguardara de alguna amenaza invisible. Normalmente, mi nombre no con-lleva esa clase de poder.

—No puede hacer esto. Al señor Vincent no le gustaría.

Le quité de las manos los papeles y los volví a doblar. Em-pecé a guardarme el documento otra vez en el bolsillo.

—En realidad sí que puedo hacerlo. La presidenta del Tri-bunal Superior de Los Ángeles me lo ha asignado. Y si se fija bien en los contratos de representación que el señor Vincent hacía firmar a sus clientes, encontrará mi nombre en ellos, ci-tado como su abogado asociado. Así pues, lo que usted crea que el señor Vincent hubiera querido es irrelevante en este punto, porque él de hecho presentó los documentos que me nombra-ban su sustituto si quedaba incapacitado o... moría.

La mujer tenía una expresión de desconcierto. Tenía el rí-mel corrido bajo un ojo, lo cual le daba un aspecto desequili-brado, casi cómico. Por alguna razón me asaltó una visión de Liza Minelli.

—Si quiere puede llamar a la secretaria de la juez Holder y hablarlo con ella —expliqué—. Entre tanto, la verdad es que necesito ponerme en marcha. Sé que ha sido un día muy difícil para usted. También ha sido duro para mí, conocía a Jerry des-de sus tiempos en la fiscalía. Así que le doy mi pésame.

La miré y esperé una respuesta, pero ésta siguió sin produ-cirse. Continué insistiendo.

—Voy a necesitar algunas cosas para ponerme en marcha aquí. Para empezar, su calendario. Quiero reunir una lista de todos los casos activos que Jerry estaba manejando. Luego, voy a necesitar que saque los archivos de los...

—No está —dijo abruptamente.

—¿Qué es lo que no está?

—Su portátil. La policía me dijo que el asesino se llevó su maletín del coche. Lo guardaba todo en su portátil.

—¿Se refiere a su calendario? ¿No tenía una copia en papel?

—Eso tampoco está, se llevaron su portafolios. Estaba en el maletín.

La mujer tenía la mirada perdida. Di un golpecito encima de la pantalla del ordenador de su escritorio.

—¿Y este ordenador? —pregunté—. ¿No hacía copia de su calendario en ningún sitio?

No dijo nada, así que volví a preguntar.

—¿Jerry hacía copia de su calendario en algún otro sitio? ¿Hay alguna forma de acceder a ella?

La mujer finalmente me miró y me dio la sensación de que disfrutaba con la respuesta.

—Yo no actualizaba el calendario, lo hacía él. Lo guardaba todo en su portátil y mantenía una copia en papel en el viejo portafolios que llevaba. Pero han desaparecido las dos cosas. La policía me ha hecho buscar en todas partes aquí, pero ha desaparecido.

Asentí con la cabeza. El calendario que faltaba iba a suponer un problema, pero no era insuperable.

—¿Y los expedientes? ¿Tenía alguno en el maletín?

—Creo que no. Guardaba todos los expedientes aquí.

—Bueno. Lo que vamos a tener que hacer es sacar todos los casos activos y reconstruir el calendario a partir de los archivos. También necesitaré ver todos los libros de contabilidad y talonarios de cheques de la cuenta de fideicomiso y la operativa.

Me miró con cara de pocos amigos.

—No se va a llevar su dinero.

—No se… —Me detuve, respiré hondo y empecé de nuevo con un tono calmado pero directo—. Para empezar, le pido disculpas. He empezado por el final. Ni siquiera conozco su nombre. Empecemos otra vez, ¿cómo se llama?

—Wren.

—¿Wren? ¿Wren qué?

—Wren Williams.

—Muy bien, Wren, deje que le explique algo. No es su dinero, es el dinero de sus clientes y hasta que ellos digan lo contrario, sus clientes son ahora los míos. ¿Lo entiende? Oiga, le he dicho que soy consciente de la agitación emocional del día y del *shock* que está experimentando. Yo también lo estoy experimentando en parte. Pero ha de decidir ahora mismo si está conmigo o contra mí, Wren. Porque si está conmigo, necesito que me consiga las cosas que le he pedido, y voy a necesitar que trabaje con mi gerente de casos en cuanto ella llegue aquí. Si está contra mí, entonces necesito que se vaya a su casa inmediatamente.

Wren Williams negó lentamente con la cabeza.

—Los detectives me han dicho que me quede hasta que ellos hayan terminado.

—¿Qué detectives? Sólo quedaban un par de agentes uniformados allí cuando he llegado.

—Los detectives de la oficina del señor Vincent.

—¿Ha dejado…?

No terminé. Pasé al otro lado del mostrador y me dirigí hacia las dos puertas de la pared del fondo. Elegí la de la izquierda y la abrí.

Entré en la oficina de Jerry Vincent. Era grande y opulenta y estaba vacía. Giré en redondo hasta que me descubrí mirándome en los ojos saltones de un gran pez montado en la pared sobre una credencia de madera oscura situada junto a la puerta por la que había entrado. El pez era de un verde hermoso, con el vientre blanco. Su cuerpo estaba arqueado como si se hubiera congelado en el preciso instante en que había salido del agua, y tenía la boca tan abierta que podría haber metido el puño por ella.

Clavada en la pared, debajo del pez, había una placa de latón. Decía:

SI HUBIERA MANTENIDO LA BOCA CERRADA
NO ESTARÍA AQUÍ

«Un lema de vida», pensé. La mayoría de los acusados en casos penales acaban en prisión por bocazas. Pocos logran salir

49

hablando. El mejor consejo que he dado nunca a un cliente es que mantuviera la boca cerrada: no hables con nadie de tu caso, ni siquiera con tu mujer. Te reservas la opinión. Te acoges a la Quinta y sobrevives para luchar al día siguiente.

El sonido inconfundible de un cajón de metal abriéndose y luego cerrándose de golpe me hizo volver. Al otro lado de la habitación había otras dos puertas. Ambas estaban abiertas aproximadamente un palmo y una de ellas daba a un cuarto de baño en penumbra. A través de la otra vi luz.

Me acerqué rápidamente a la sala iluminada y abrí la puerta del todo. Era la sala de archivos, un gran vestidor sin ventanas con filas de archivadores de acero a ambos lados. Había una pequeña mesita de trabajo apoyada contra la pared del fondo.

Vi a dos hombres sentados a la mesa de trabajo, uno mayor y el otro joven. Probablemente uno estaba allí para enseñar y el otro para aprender. Se habían quitado las chaquetas y las habían colgado en las sillas. Me fijé en las pistolas y las cartucheras y en las placas enganchadas a sus cinturones.

—¿Qué están haciendo? —pregunté con brusquedad.

Los hombres levantaron la mirada de su lectura. Reparé en una pila de carpetas que había en la mesa entre ambos. Los ojos de los detectives se ensancharon momentáneamente por la sorpresa cuando me vieron.

—Policía de Los Ángeles —dijo el mayor—. Y supongo que debería hacerle la misma pregunta.

—Éstos son mis archivos y van a tener que dejarlos ahora mismo.

El hombre más mayor se levantó y vino hacia mí. Otra vez empecé a sacar la orden judicial de mi chaqueta.

—Me llamo…

—Sé quién es —dijo el detective—, pero todavía no sé lo que está haciendo aquí.

Le entregué la orden judicial.

—Entonces, esto debería explicarlo. La presidenta del Tribunal Superior me ha nombrado abogado sustituto de los clientes de Jerry Vincent. Eso significa que sus casos son ahora mis casos. Y no tiene derecho a estar aquí dentro mirando estos archivos; es una clara violación de los derechos de protección de mis clientes contra el registro e incautación ilegales. Estos expedientes contienen comunicaciones e información confidencial abogado-cliente.

El detective no se molestó en mirar los papeles. Rápidamente pasó a la firma y la fecha en la última página. No se mostró muy impresionado.

—Vincent ha sido asesinado —dijo—. El motivo podría estar en estos archivos. La identidad del asesino podría estar en uno de ellos. Hemos de…

—No, no han de hacerlo. Lo que han de hacer es salir de aquí ahora mismo.

El detective no movió ni un músculo.

—Considero esto parte de una escena del crimen. Es usted quien ha de marcharse.

—Lea la orden, detective. No me voy a ninguna parte. Su escena del crimen está en el garaje, y ningún juez de Los Ángeles le dejaría extenderla a esta oficina y estos archivos. Es hora de que se vaya y de que yo me ocupe de mis clientes.

No hizo ningún movimiento para leer la orden judicial ni para abandonar el local.

—Si me voy, cerraré este lugar y lo precintaré.

Odiaba meterme con la policía en disputas de a ver quién mea más lejos, pero en ocasiones no había alternativa.

—Si lo hace, conseguiré que lo desprecinten en una hora. Y usted estará ante la presidenta del Tribunal Superior explicando cómo ha violado los derechos de todos y cada uno de los clientes de Vincent. En función del número de clientes de que estemos hablando, eso podría ser un récord, incluso para el Departamento de Policía de Los Ángeles.

El detective me sonrió como si le hicieran cierta gracia mis amenazas. Levantó la orden judicial.

—¿Dice que esto le da todos estos casos?

—Exacto, por ahora.

—¿Todo el bufete?

—Sí, pero cada cliente decidirá si quiere quedarse conmigo o buscar a otra persona.

—Bueno, supongo que eso le pone en nuestra lista.

—¿Qué lista?

51

—Nuestra lista de sospechosos.

—Eso es ridículo. ¿Por qué iba a estar en esa lista?

—Acaba de decírnoslo: ha heredado todos estos clientes de la víctima. Eso equivale a unas ganancias llovidas del cielo, ¿no? Él está muerto y usted se queda con todo el negocio. ¿Cree que eso es móvil suficiente para el crimen? ¿Le importa decirnos dónde estuvo anoche entre las ocho y la medianoche?

Me sonrió otra vez sin ninguna calidez, con esa ensayada sonrisa sentenciosa de policía. Sus ojos castaños eran tan oscuros que no distinguía la línea entre el iris y la pupila. Como ojos de tiburón, no parecían contener ni reflejar ninguna luz.

—Ni siquiera vale la pena explicar lo ridículo que es esto, pero para empezar puede hablar con la juez y descubrirá que ni siquiera estaba considerado para esto.

—Eso dice usted. Pero no se preocupe, lo verificaremos.

—Como quiera. Ahora haga el favor de salir de aquí o llamaré a la juez.

El detective retrocedió de la mesa y cogió la chaqueta de la silla. Se la llevó en la mano en lugar de ponérsela. Levantó una carpeta de la mesa y la empujó contra mi pecho hasta que la cogí.

—Aquí tiene uno de sus nuevos expedientes, abogado. No se atragante con él.

Cruzó el umbral y su compañero fue tras él. Los seguí fuera de la oficina y decidí tratar de reducir la tensión. Tenía la sensación de que no sería la última vez que los veía.

—Miren, detectives, siento que sea así. Trato de mantener buenas relaciones con la policía y estoy seguro de que podemos arreglar algo. Pero en este momento mi obligación es con los clientes. Ni siquiera sé lo que tengo aquí. Deme un poco de tiempo para…

—No tenemos tiempo —dijo el hombre más mayor—. Perdemos impulso y perdemos el caso. ¿Entiende en lo que se está metiendo aquí, abogado?

Lo miré un momento, tratando de entender el significado oculto detrás de la pregunta.

—Eso creo, detective. Sólo he estado trabajando en casos durante unos dieciocho años, pero…

—No estoy hablando de su experiencia. Estoy hablando de

lo que ocurrió en ese garaje. Quien mató a Vincent estaba esperándolo allí; sabía dónde estaba y cómo llegar a él. Le tendieron una emboscada.

Asentí como si comprendiera.

—Yo, en su lugar —añadió el detective—, tendría cuidado con uno esos nuevos clientes suyos. Jerry Vincent conocía a su asesino.

—¿Y cuando él era fiscal? Mandó a gente en prisión. Quizás uno de...

—Lo comprobaremos. Pero eso fue hace mucho tiempo. Creo que la persona que estamos buscando está en esos archivos.

Dicho esto, él y su compañero se encaminaron hacia la puerta.

—Espere —dije—. ¿Tiene una tarjeta? Deme una tarjeta.

Los detectives pararon y volvieron. El más mayor sacó una tarjeta de bolsillo y me la dio.

—Salen todos mis números.

—Déjeme saber qué terreno piso aquí y le llamaré y arreglaremos algo. Ha de haber una forma de que cooperemos sin poner en peligro los derechos de nadie.

—Lo que usted diga, el abogado es usted.

Asentí y leí el nombre de la tarjeta: Harry Bosch. Estaba seguro de que no conocía al hombre de antes; sin embargo, él había empezado la confrontación diciendo que sabía quién era yo.

—Mire, detective Bosch —dije—. Jerry Vincent era un colega. No éramos muy íntimos, pero éramos amigos.

—¿Y?

—Y, en fin, buena suerte. Espero que resuelva el caso.

Bosch asintió con la cabeza y noté algo familiar en ese gesto físico. Quizá sí nos conocíamos.

Se volvió para seguir a su compañero fuera de la oficina.

—¿Detective?

Bosch se volvió otra vez hacia mí.

—¿Nos hemos encontrado antes en un caso? Creo que lo conozco.

Bosch sonrió con mucha labia y negó con la cabeza.

—No —dijo—. Si hubiera sido en un caso, me acordaría.

53

7

*A*l cabo de una hora me hallaba tras el escritorio de Jerry Vincent, con Lorna Taylor y Dennis Wojciechowski sentados enfrente de mí. Estábamos comiendo nuestros sándwiches y a punto de revisar lo que habíamos reunido de una inspección preliminar de la oficina y los casos. La comida era buena, pero nadie tenía demasiado apetito, algo natural considerando dónde estábamos sentados y lo que había ocurrido al predecesor de la oficina.

54   Había enviado a Wren Williams temprano a casa. La secretaria de Jerry Vincent había sido incapaz de parar de llorar y de oponerse a que yo tomara el control de los casos de su difunto jefe. Decidí derribar la barricada mejor que rodearla constantemente. Lo último que preguntó antes de que la acompañara a la puerta era si iba a despedirla. Le dije que el jurado todavía tenía que decidirlo, pero que tenía que presentarse al trabajo como de costumbre al día siguiente.

Con Jerry Vincent muerto, y después de que Wren Williams se hubiera ido, habíamos estado dando palos de ciego hasta que Lorna averiguó el sistema de archivo y empezó a sacar los expedientes de casos activos. A partir de las anotaciones de cada expediente, Lorna había logrado empezar a reconstruir un calendario de litigios, el componente clave en la vida profesional de cualquier abogado de juicios. Una vez preparado un calendario rudimentario, empecé a respirar un poco mejor; hicimos una pausa para comer y abrimos los envases de los sándwiches que Lorna había traído de Dusty's.

El calendario de litigios era muy llevadero. Había unas pocas comparecencias, pero resultaba obvio que Vincent estaba manteniendo el camino despejado en preparación para el juicio de Walter Elliott, programado para que empezara con la selección del jurado al cabo de nueve días.

—Bueno, empecemos —dije, con la boca todavía llena con el último bocado—. Según el calendario que hemos montado, tengo una sentencia dentro de cuarenta y cinco minutos. Así que estaba pensando que podríamos tener una discusión preliminar ahora, y luego dejaros a los dos mientras voy al tribunal. Cuando vuelva podemos ver hasta dónde hemos llegado antes de que Cisco y yo salgamos y empecemos a ir puerta por puerta.

Ambos asintieron, todavía masticando los sándwiches. Cisco tenía arándanos en el bigote, pero no lo sabía.

Lorna estaba tan arreglada y tan guapa como siempre. Era una rubia despampanante, con unos ojos que te hacían pensar que eras el centro del universo cuando te miraban a ti. Nunca me cansaba de eso. La había mantenido en nómina todo el año que estuve fuera. Podía permitírmelo con el pago del seguro y no quería correr el riesgo de que estuviera trabajando para otro abogado cuando me llegara el momento de volver al trabajo.

—Empecemos con el dinero —dije.

Lorna asintió con la cabeza. En cuanto hubo terminado de reunir los expedientes de los casos activos y me los hubo dado, siguió con las cuentas bancarias, quizá la única cosa tan importante como el calendario de litigios. Las cuentas nos dirían más que cuánto dinero tenía en sus arcas la firma de Vincent: nos daría un conocimiento de cómo manejaba su negocio unipersonal.

—Muy bien, buenas y malas noticias sobre el dinero —dijo—. Tiene 38.000 en la cuenta operativa y 129.000 en la cuenta de fideicomiso.

Silbé. Eso era mucho dinero en fideicomiso. El dinero que se recibe de los clientes va a la cuenta de fideicomiso. Al ir haciéndose el trabajo para cada cliente, se factura contra la cuenta de fideicomiso y el dinero se transfiere a la cuenta operativa. A mí siempre me gusta tener más dinero en la cuenta operativa que en la de fideicomiso, porque una vez que se mueve a aquélla, el dinero es mío.

—Hay una razón para que esté tan asimétrico —dijo Lorna, captando mi sorpresa—. Acaba de ingresar un cheque de cien mil dólares de Walter Elliot. Lo depositó el viernes.

Asentí y di un golpecito en el calendario improvisado que tenía sobre la mesa, delante de mí. Estaba dibujado en una libreta grande. Lorna tendría que salir y comprar un calendario real cuando tuviera ocasión. También tendría que introducir todas las citas judiciales en mi ordenador y en un calendario *online*. Finalmente, y como no había hecho Jerry Vincent, lo copiaría todo en una cuenta de almacenamiento de datos externa.

—El juicio de Elliot está programado para que empiece el jueves de la semana que viene —dije—. Cobró los cien mil por adelantado.

Decir lo obvio me hizo caer en la cuenta de algo.

—En cuanto terminemos aquí, llama al banco —le dije a Lorna—. Mira a ver si el cheque está retenido. Trata de que lo abonen. En cuanto Elliot se entere de que Vincent ha muerto, probablemente tratará de parar el pago.

—Entendido.

—¿Qué más sabemos sobre el dinero? Si cien son de Elliot, ¿de quién es el resto?

Lorna abrió uno de los libros de contabilidad que tenía en su regazo. Hay que poder relacionar cada dólar ingresado en una cuenta de fideicomiso con el cliente para el que se mantiene. En cualquier momento, un abogado debe poder determinar qué parte del anticipo de un cliente ha de transferirse a la cuenta operativa y usarse y cuánto queda en reserva en fideicomiso. Cien mil de la cuenta de fideicomiso estaban destinados al juicio de Walter Elliot. Eso dejaba sólo 29.000 recibidos por el resto de los casos activos. No era mucho, considerando la pila de expedientes que habíamos reunido al revisar los archivadores buscando casos activos.

—Ésa es la mala noticia —dijo Lorna—. Parece que sólo hay otros cinco o seis casos con depósitos de fideicomiso. Con el resto de los casos activos, el dinero ya se había transferido a operativo, se había gastado o los clientes lo debían.

Asentí. No era una buena noticia. Estaba empezando a parecer que Jerry Vincent iba por delante de sus casos, lo cual significaba que había entrado en una rueda de conseguir nuevos casos para mantener el flujo de dinero y pagar por los casos existentes. Walter Elliott iba a ser el cliente salvador. En cuanto se hicieran efectivos los cien mil dólares, Vincent podría parar la rueda y tomar aire, al menos, durante un tiempo. Pero nunca tuvo la ocasión.

—¿Cuántos clientes con planes de pago? —pregunté.

Lorna consultó una vez más los registros que tenía en su regazo.

—Hay dos con pagos preliminares. Ambos muy atrasados.

—¿Quiénes son?

Ella tardó un momento en responder y consultó los datos.

—Ah, Samuels es uno y Henson es el otro. Los dos tienen unos cinco mil de atrasos.

—Y por eso aceptamos tarjetas de crédito y no pagarés.

Me estaba refiriendo a mi propia rutina de negocio. Ya hacía mucho tiempo que había dejado de proporcionar servicios de crédito. Aceptaba pagos en efectivo no reembolsables. También aceptaba plástico, pero no hasta que Lorna hubiera verificado la tarjeta.

57

Consulté las notas que había tomado mientras llevaba a cabo una rápida revisión del calendario y los casos activos. Tanto Samuels como Henson se hallaban en una lista que había esbozado mientras revisaba los expedientes, la de aquellos de los que iba a desembarazarme si podía. Estaba basada en mi rápida revisión de las acusaciones y hechos de los casos. Si había algo que no me gustaba de un caso —por cualquier razón— entonces iba a la lista chunga.

—No hay problema —dije—. Los dejaremos.

Samuels era un caso de homicidio culposo por conducir con exceso de alcohol y Henson era un caso de robo y posesión de droga. Henson momentáneamente retuvo mi interés porque Vincent iba a construir una defensa en torno a la adicción del cliente a los calmantes. Iba a unir compasión y desviación en una estrategia según la cual el médico que prescribió un exceso de fármacos a Henson era el máximo responsable de las consecuencias de la adicción que creó. Patrick Henson, argumentaría Vincent, era una víctima, no un delincuente.

Yo estaba íntimamente familiarizado con esta defensa, porque la había empleado de manera reiterada durante dos años para tratar de absolverme a mí mismo de numerosas infracciones que había cometido con diferentes personas en mi papel de padre, ex marido y amigo. Pero puse a Henson en lo que llamaba la lista chunga porque en el fondo sabía que la defensa no se sostendría, al menos no para mí. Y tampoco estaba preparado para ir al tribunal con esa estrategia.

Lorna asintió con la cabeza y tomó notas sobre los dos casos en un papel.

—Entonces, ¿qué resultado tienes? —preguntó—. ¿Cuántos casos estás poniendo en la lista chunga?

—Tenemos treinta y un casos activos —dije—. De ésos, estoy pensando que sólo siete parecen chungos. Así que eso significa que hay muchos casos donde el dinero no estaba en la caja registradora. O bien tendré que conseguir dinero nuevo o acabarán también en la lista chunga.

No estaba preocupado por tener que conseguir dinero de los clientes. El talento número uno de la defensa penal es conseguir el dinero. Era bueno en eso y Lorna era aún mejor. El truco consistía en hacerse con clientes que pagaran y nos habían caído del cielo dos docenas de ellos.

—¿Crees que la juez va a dejarte abandonar algunos de éstos? —preguntó Lorna.

—No. Pero ya pensaré en algo. Tal vez pueda alegar conflicto de intereses. El conflicto de intereses podría ser que me gusta que me paguen por mi trabajo y los clientes no quieren pagarme.

Nadie rio. Nadie sonrió siquiera. Seguí adelante.

—¿Algo más sobre el dinero? —pregunté.

Lorna negó con la cabeza.

—Nada más. Cuando estés en el tribunal, voy a llamar al banco y empezaremos con eso. ¿Quieres que los dos tengamos firma?

—Sí, igual que con mis cuentas.

No había considerado la dificultad potencial de acceder al dinero que estaba en las cuentas de Vincent. Para eso tenía a Lorna, que era excepcional con el aspecto comercial del nego-

58

cio. Algunos días era tan buena que deseaba que nunca nos hubiéramos casado o que nunca nos hubiéramos divorciado.

—Averigua si Wren Williams tiene firma —le dije—. Si es así, elimínala. Por ahora sólo quiero que tú y yo tengamos firma en las cuentas.

—Lo haré. Puede que tengas que volver a pedirle a la juez Holder una orden para el banco.

—No habrá problema.

Miré el reloj y vi que disponía de diez minutos antes de ir al tribunal. Volví mi atención a Wojciechowski.

—Cisco ¿qué tienes?

Antes le había pedido que recurriera a sus contactos y se informara de la investigación del asesinato de Vincent lo más posible. Quería saber qué movimientos estaban haciendo los detectives, porque por lo que había dicho Bosch, la investigación iba a estar entrelazada con los casos que acababa de heredar.

—No mucho —dijo Cisco—. Los detectives aún no han vuelto al Parker Center. Llamé a un tipo que conozco en criminalística y todavía lo están procesando todo. No hay mucha información sobre lo que tienen, pero me ha hablado de algo que no tienen: a Vincent le dispararon al menos dos veces, por lo que han visto en la escena. Y no hay casquillos. El asesino hizo limpieza.

Había algo revelador en la información. El asesino o bien había usado un revólver o había tenido la presencia de ánimo después de matar a un hombre para recoger los casquillos expulsados por la pistola.

Cisco continuó con su informe.

—Llamé a otro contacto de la central de comunicaciones y me dijo que la primera llamada se recibió a las 12.43. Ajustarán la hora de la muerte en la autopsia.

—¿Tienen una idea general de lo que ocurrió?

—Parece que Vincent trabajó hasta tarde, que era aparentemente su rutina los lunes. Trabajaba hasta tarde los lunes para preparar la semana que tenía por delante. Cuando terminó, cogió su maletín, cerró la puerta y se fue. Bajó al garaje, se metió en el coche y le dispararon a través de la ventanilla. Cuando lo encontraron, la transmisión automática estaba en Park y el contacto encendido. La ventanilla estaba bajada. Anoche la temperatura era de quince o dieciséis grados. Podría haber bajado la ventanilla porque le gustaba el fresco, o podría haberla bajado porque alguien se acercó al coche.

—Alguien a quien conocía.

—Es una posibilidad.

Pensé en ello y en lo que el detective Bosch había dicho.

—¿Nadie estaba trabajando en el garaje?

—No, el empleado se va a las seis. Después de esa hora, has de echar el dinero en la máquina o usar tu pase mensual. Vincent tenía uno.

—¿Cámaras?

—Sólo hay cámaras cuando entras o sales en coche. Son cámaras de placa de matrícula, así si alguien dice que ha perdido su tíquet pueden saber cuándo ha entrado el coche y esa clase de cosas. Pero por lo que me ha dicho mi contacto en criminalística, no había nada útil en la cinta. El asesino no entró en el garaje en coche. O bien accedió desde el edificio o por una de las entradas de peatones.

—¿Quién encontró a Jerry?

—El vigilante de seguridad. Hay uno para el edificio y el garaje. Pasa por éste un par de veces por noche y se fijó en el coche de Vincent en la segunda pasada. Tenía las luces encendidas y estaba en marcha, así que fue a echar un vistazo. Primero creyó que Vincent estaba durmiendo, y luego vio la sangre.

Asentí, pensando en el escenario y en cómo habían ocurrido los hechos. El asesino o bien era increíblemente descuidado y afortunado, o sabía que el garaje no tenía cámaras y que podría interceptar a Jerry Vincent allí un lunes por la noche cuando el lugar estaba casi desierto.

—Vale, sigue en ello. ¿Qué pasa con Harry Potter?

—¿Quién?

—El detective. No Potter, quiero decir...

—Bosch, Harry Bosch. También estoy trabajando en eso. Supuestamente, es uno de lo mejores. Se retiró hace años y el jefe de policía en persona lo volvió a reclutar. O eso es lo que se cuenta.

Cisco consultó algunas notas en una libreta.

—El nombre completo es Hieronymus Bosch. Lleva un total de treinta y tres años en el departamento y ya sabes lo que eso significa.

—No, ¿qué significa?

—Bueno, según el programa de pensiones del Departamento de Policía de Los Ángeles, llegas al máximo a los treinta años, lo que significa que puedes retirarte con la pensión completa; no importa el tiempo que te quedes en el trabajo, después de treinta años tu pensión no aumenta. Así que no tiene sentido económico quedarse.

—A no ser que seas un hombre con una misión.

Cisco asintió.

—Exactamente. Cualquiera que se queda más de treinta años no se queda por el dinero o el empleo. Es más que un empleo.

—Espera un segundo —dije—. ¿Has dicho Hieronymus Bosch? ¿Cómo el pintor?

La segunda pregunta lo confundió.

—No sé de qué pintor hablas. Pero ése es su nombre, Hieronymus. Un nombre raro, diría yo.

—No más raro que Wojciechowski, en mi opinión.

Cisco estaba a punto de defender su nombre y origen cuando intervino Lorna.

—Pensaba que habías dicho que no lo conocías, Mickey.

Miré a Lorna y negué con la cabeza.

—Nunca lo había visto hasta hoy, pero el nombre… Conozco el nombre.

—¿Por las pinturas?

No quería meterme en una discusión de historia pasada tan distante que no podía estar seguro al respecto.

—No importa. No es nada y hemos de ponernos en marcha. —Me levanté—. Cisco, concéntrate en el caso y averigua lo que puedas de Bosch. Quiero saber hasta dónde puedo fiarme de ese tipo.

—No vas a dejarle mirar los expedientes, ¿verdad? —preguntó Lorna.

—No fue un crimen casual. Hay un asesino suelto que sabía cómo llegar a Jerry Vincent. Me sentiría mucho mejor si nuestro hombre con una misión resolviera el caso y detuviera al culpable.

Rodeé el escritorio y me dirigí a la puerta.

—Estaré en el tribunal de la juez Champagne. Me llevaré unos cuantos casos activos para ir leyendo mientras espero.

—Te acompañaré —dijo Lorna.

Vi que le lanzaba una mirada y le hacía una señal con la cabeza a Cisco para que se quedara atrás. Salimos a la zona de recepción. Sabía lo que iba a decirme Lorna, pero dejé que lo dijera.

—Mickey, ¿estás seguro de que estás preparado para esto?

—Absolutamente.

—Éste no era el plan. Ibas a volver tranquilo ¿recuerdas? Empezar con un par de casos e ir poco a poco. En cambio, estás tomando los clientes de todo un bufete.

—Ya lo sé, pero estoy preparado. ¿No crees que esto es mejor que el plan? El caso Elliot no sólo nos da todo ese dinero, sino que va a ser como tener un cartel encima del edificio del tribunal penal que diga «He vuelto» en grandes letras de neón.

—Sí, eso es genial. Y sólo el caso Elliot te va a poner tanta presión que...

Lorna no terminó, pero no tenía que hacerlo.

—Lorna, he acabado con todo eso. Estoy bien, lo he superado y estoy preparado para volver. Pensaba que estarías contenta. Tendremos ingresos por primera vez en un año.

—No me preocupa eso. Quiero asegurarme de que estás bien.

—Estoy mejor que bien. Estoy entusiasmado. Siento que en un día he recuperado mi encanto. No me desanimes, ¿vale?

Me miró y yo le devolví la mirada. Al final asomó una sonrisa reticente en su expresión severa.

—Muy bien —dijo—. Entonces, ve a por ellos.

—No te preocupes, lo haré.

$\mathcal{A}$ pesar de que había tranquilizado a Lorna al respecto, las ideas de todos los casos y todo el trabajo de organización por hacer pesaban en mis pensamientos cuando recorría el pasillo hasta el puente que unía el edificio de oficinas con el garaje. No recordaba que había aparcado en la quinta planta y terminé subiendo tres rampas antes de encontrar el Lincoln. Abrí el maletero y guardé en la mochila la gruesa pila de carpetas que me había llevado.

La mochila era una híbrida que había comprado en una tienda llamada Suitcase City cuando preparaba mi regreso al trabajo. Era una bolsa que podía cargarme al hombro los días que me sentía fuerte, pero también tenía un asa, de manera que podía usarla como maletín si lo deseaba. Y tenía dos ruedas y otra asa extensible, con lo cual podía arrastrarla detrás de mí los días que me sentía débil.

Últimamente, los días en que me sentía fuerte eran más frecuentes que aquellos en los que me sentía débil y probablemente ya podría haber pasado con el maletín de cuero tradicional del abogado. Pero me gustaba la mochila e iba a seguir usándola. Tenía un logo: una silueta montañosa con las palabras SUITCASE CITY impresas como si fuera el cartel de Hollywood. Encima las luces del cielo barrían el horizonte, completando la imagen onírica de deseo y esperanza. Creo que el logo era la verdadera razón de que me gustara la mochila. Porque sabía que Suitcase City no era una tienda: era un lugar. Era Los Ángeles.

Los Ángeles es la clase de sitio donde todo el mundo es de algún otro lugar y donde nadie echa realmente anclas. Es un lugar de paso. Gente arrastrada por el sueño, gente huyendo de la pesadilla. Doce millones de personas, y todas ellas preparadas para salir corriendo si es necesario. Figurativamente, literalmente, metafóricamente —lo mires como lo mires—, en Los Ángeles todo el mundo tiene una maleta preparada. Por si acaso.

Al cerrar el maletero, me sorprendió ver a un hombre de pie entre mi coche y el que estaba aparcado al lado. El maletero abierto me había bloqueado la visión de su acercamiento. No lo conocía, pero me di cuenta de que él sabía quién era yo. La advertencia de Bosch sobre el asesino de Vincent destelló en mi mente y me atenazó el instinto de lucha o huye.

—Señor Haller, ¿puedo hablar con usted?

—¿Quién demonios es usted y qué está haciendo escondiéndose detrás de los coches de la gente?

—No me estaba escondiendo. Le he visto y he atajado entre los coches, nada más. Trabajo para el *Times* y me preguntaba si podría hablar con usted sobre Jerry Vincent.

Negué con la cabeza y solté aire.

—Me ha dado un susto de muerte. ¿No sabe que lo mató en este garaje alguien que se acercó a su coche?

—Mire, lo siento. Sólo…

—Olvídelo. No sé nada del caso y he de ir al tribunal.

—Pero va a quedarse con sus casos, ¿no?

Haciéndole una seña para que se apartara de en medio, me acerqué a la puerta de mi coche.

—¿Quién le ha dicho eso?

—Nuestro periodista de tribunales consiguió una copia de la orden de la juez Holder. ¿Por qué le escogió el señor Vincent? ¿Eran buenos amigos?

Abrí la puerta.

—Oiga, ¿cómo se llama?

—Jack McEvoy. Me ocupo de la crónica policial.

—Buena suerte, Jack. Pero no puedo hablar de eso ahora. Si quiere darme una tarjeta, le llamaré cuando pueda hablar.

No hizo amago de ir a darme una tarjeta ni de indicar que entendía lo que acababa de decirle. Simplemente me hizo otra pregunta.

—¿La juez le ha impuesto una orden de silencio?

—No, no me ha impuesto una orden de silencio. No puedo hablar con usted porque no sé nada, ¿de acuerdo? Cuando tenga algo que decir, lo diré.

—Bueno, ¿puede decirme por qué asume los casos de Vincent?

—Ya conoce la respuesta. Me designó la juez. Ahora he de ir al tribunal.

Me metí en el coche, pero dejé la puerta abierta mientras giraba la llave de contacto. McEvoy apoyó el codo en el techo y se inclinó para continuar con su intento de entrevista.

—Mire —dije—. He de irme, así que haga el favor de retirarse para que pueda cerrar la puerta.

—Esperaba que pudiéramos hacer un trato —dijo rápidamente.

—¿Un trato? ¿Qué trato? ¿De qué está hablando?

—De información. Tengo oídos en el departamento de policía y usted tiene oídos en el tribunal. Sería una calle de doble sentido. Me cuenta lo que oye y yo le cuento lo que oigo. Tengo la sensación de que éste va a ser un gran caso. Necesito toda la información que pueda conseguir.

Me volví y lo miré un momento.

—Pero la información que usted me dé terminará en el periódico al día siguiente. Puedo esperar y leerla.

—No toda la información se publica. Hay cosas que no se pueden publicar, aunque sepas que son verdad.

Me miró como si me estuviera transmitiendo un gran elemento de sabiduría.

—Tengo la sensación de que se enterará de las cosas antes que yo —dije.

—Me arriesgaré. ¿Trato?

—¿Tiene una tarjeta?

Esta vez sacó una tarjeta del bolsillo y me la pasó. La cogí entre los dedos y coloqué las manos en el volante. Levanté la tarjeta y la miré. Supuse que no me vendría mal tener una línea de información interna en el caso.

—Muy bien, trato.

Le hice de nuevo una señal para que se apartara y cerré la puerta; luego arranqué el coche. Seguía allí. Bajé la ventanilla.

65

—¿Qué? —pregunté.

—Sólo recuerde que no quiero ver su nombre en otros periódicos o en la tele diciendo cosas que yo no conozco.

—No se preocupe, sé cómo funciona.

—Bien.

Metí la marcha atrás, pero pensé en algo y mantuve el pie en el freno.

—Permita que le haga una pregunta. ¿Conoce bien a Bosch, el investigador jefe del caso?

—Sé quién es, pero la verdad es que nadie lo conoce bien. Ni siquiera su compañero.

—¿Cuál es su historia?

—No lo sé. Nunca lo pregunté.

—¿Es bueno?

—¿Resolviendo casos? Muy bueno. Creo que lo consideran uno de los mejores.

Asentí y pensé en Bosch, el hombre con una misión.

—Cuidado.

Di marcha atrás. McEvoy me gritó en cuanto puse el coche en Drive.

—Eh, Haller, me gusta la matrícula.

Lo saludé con la mano por la ventanilla mientras bajaba por la rampa. Traté de recordar cuál de los Lincoln llevaba y qué ponía en la matrícula. Tengo una flota de tres Town Car que me quedaron de cuando tenía un montón de casos. Pero había usado los coches con tan poca frecuencia en el último año que había puesto los tres en rotación para mantener los motores a punto y que no juntaran polvo. Supongo que formaba parte de mi estrategia de retorno. Los coches eran duplicados exactos, salvo por las placas de matrícula, y no estaba seguro de cuál conducía.

Cuando llegué a la cabina del aparcamiento y le entregué el tíquet vi una pantallita de vídeo junto a la caja registradora. Mostraba la imagen de una cámara localizada a un par de metros de mi coche. Era la cámara de la que me había hablado Cisco, diseñada para grabar el parachoques trasero y la placa de matrícula.

En la pantalla vi mi propia matrícula personalizada.

Los saco

Sonreí. Los saco, claro. Me dirigía al tribunal para reunirme con uno de los clientes de Jerry Vincent por primera vez. Iba a estrecharle la mano y lo iba a sacar de allí para mandarlo directamente a prisión.

9

*J*udith Champagne estaba en el estrado del juez escuchando mociones cuando entré en su tribunal con cinco minutos de adelanto. Había otros ocho abogados haciendo tiempo, esperando su turno. Apoyé mi mochila de ruedas contra la barandilla y le susurré al actuario que había venido para ocuparme de la sentencia de Edgar Reese en lugar de Jerry Vincent. Me contó que la lista de pedimentos de la juez era larga, pero que Reese sería el primero en salir para oír su sentencia en cuanto éstos se acabaran. Le pregunté si podía ver a Reese y el actuario se levantó y me condujo por la puerta de acero que había detrás de su escritorio al calabozo contiguo al tribunal. Había tres prisioneros en la celda.

—¿Edgar Reese? —dije.

Un hombre blanco, pequeño y de complexión fuerte se acercó a los barrotes. Vi los tatuajes carcelarios que le llegaban al cuello y me sentí aliviado. Reese iba a ir a un lugar que ya conocía. No tendría que sostener la mano de un primerizo con los ojos como platos. Eso me facilitaba las cosas.

—Me llamo Michael Haller y voy a sustituir a su abogado hoy.

No creía que tuviera sentido explicar a ese tipo lo que le había ocurrido a Vincent. Sólo conseguiría que Reese me planteara un montón de preguntas, y yo no tenía tiempo ni conocimiento para responderlas.

—¿Dónde está Jerry? —preguntó Reese.

—No ha podido venir. ¿Está preparado para esto?

—Como si tuviera elección.

—¿Jerry habló de la sentencia cuando llegó al acuerdo?

—Sí, me lo dijo. Cinco años en estatal, a los tres en la calle con buena conducta.

Más bien cuatro, pero no iba a entrar en eso.

—Vale, bien, la juez está terminando algo ahí y luego le sacarán a usted. El fiscal le leerá un poco de jerigonza legal, usted responderá que sí, que lo entiende, y a continuación la juez le leerá la sentencia. Quince minutos, entrar y salir.

—No me importa cuánto tarde. No he de ir a ninguna parte.

Asentí y lo dejé allí. Llamé suavemente a la puerta metálica para que lo oyera el agente —los alguaciles del condado de Los Ángeles son agentes del sheriff—, y con la esperanza de que con un poco de suerte no lo oyera la juez. Me dejó salir y me senté en la primera fila de la galería. Abrí la bolsa y saqué la mayor parte de los archivos, dejándolos en el banco a mi lado.

El archivo de encima era el de Edgar Reese, y yo ya lo había revisado en preparación para la sentencia. Reese era uno de los clientes repetitivos de Vincent, y éste era un caso de drogas habitual. A Reese, vendedor que consumía su propio producto, lo habían pillado en una venta a un cliente que trabajaba de confidente policial. Según la información de los antecedentes del caso incluida en el expediente, el informante se concentró en Reese porque ya habían tenido un encontronazo. Previamente, el confidente le había comprado cocaína a mi cliente y había comprobado que éste la había cortado demasiado con laxante de bebé. Era un error frecuente que cometían los camellos que también consumían. Cortaban demasiado el producto, incrementando así la cantidad que les quedaba para consumo personal pero diluyendo los efectos del polvo que vendían. Era una mala práctica comercial, porque granjeaba enemigos. Un consumidor que trata de salvarse de una acusación cooperando con la policía está más inclinado a tender una trampa a un camello que no le gusta que a uno que le gusta. Ésta era la lección comercial que Edgar Reese tendría que aprender en los siguientes cinco años en la prisión estatal.

Volví a guardar la carpeta en mi mochila y miré la siguiente de la pila. El expediente correspondía a Patrick Henson, el caso del adicto a los calmantes que le había dicho a Lorna que dejaría. Me incliné para volver a dejar la carpeta en su sitio, pero de repente volví a apoyar la espalda en el banco y la sostuve en mi regazo. Me di un par de golpecitos en el muslo con ella al tiempo que reconsideraba mi decisión. Abrí el expediente.

Henson era un surfista de veinticuatro años de Malibú originario de Florida. Era un profesional, pero del lado bajo del espectro, con limitados ingresos publicitarios y victorias en el *pro tour*. En una competición celebrada en Maui, una ola lo había empotrado contra los acantilados de lava. Se destrozó el hombro, y después de la cirugía el médico le prescribió oxicodona. Dieciocho meses después, Henson era un adicto pleno en busca de comprimidos para aliviar el dolor. Perdió sus patrocinadores y estaba demasiado débil para volver a competir. Finalmente, tocó fondo cuando robó una gargantilla de diamantes de una casa de Malibú a la que le había invitado una amiga. Según el atestado del sheriff, la gargantilla pertenecía a la madre de su amiga y contenía ocho diamantes que representaban a sus tres hijos y cinco nietos. En el atestado constaba un valor de 25.000 dólares, pero Henson lo empeñó por 400 y bajó a México para comprar doscientos comprimidos de oxicodona sin receta.

Fue fácil relacionar a Henson con el prestamista. Se recuperó la gargantilla de diamantes y la grabación de la cámara de seguridad del prestamista lo mostró empeñándolo. Debido al alto valor de la gargantilla, lo habían acusado en serio: robo, comercio con propiedad robada y posesión de drogas. Tampoco ayudó que la señora a la que robó la gargantilla estuviera casada con un médico bien relacionado que había contribuido generosamente a la reelección de varios miembros de la junta de supervisores.

Cuando Vincent aceptó a Henson como cliente, el surfista hizo un pago inicial de cinco mil dólares en especias. Vincent se quedó doce de sus tablas Trick Henson personalizadas y las vendió a coleccionistas en eBay. Henson también aceptó un plan de pagos de mil dólares mensuales, pero nunca había abonado ni una sola cuota porque lo enviaron a rehabilitación al día siguiente de que su madre, que vivía en Melbourne (Florida), pagara la fianza.

Según el expediente, Henson había completado con éxito la rehabilitación y estaba trabajando a tiempo parcial en un campamento de surf para niños en la playa de Santa Mónica. Apenas ganaba lo suficiente para vivir, y menos para pagar mil dólares al mes a Vincent. Su madre, entre tanto, se había arruinado con su fianza y el coste de su estancia en rehabilitación.

El expediente estaba repleto de pedimentos de postergación y otras presentaciones de instancias que formaban parte de la táctica de demora emprendida por Vincent mientras esperaba que Henson consiguiera más efectivo. Era el procedimiento estándar. Coge el dinero para empezar, sobre todo cuando el caso es probablemente chungo. El fiscal tenía a Henson grabado vendiendo la mercancía robada, lo que significaba que el caso era peor que chungo: era un animal ciego cruzando una autopista.

El número de teléfono de Henson estaba en el expediente. Una cosa que todo abogado inculcaba en los clientes no encarcelados era la necesidad de mantener un método de contacto. Quienes se enfrentaban a acusaciones penales y a posibilidades de prisión llevaban con frecuencia una vida inestable. Se trasladaban a menudo y en ocasiones eran completamente vagabundos. Pero un abogado tenía que ser capaz de conectar con ellos cuando quisiera. En el expediente constaba el móvil de Henson, y si aún era el bueno, podía llamarlo en ese mismo momento. La cuestión era si quería hacerlo.

Miré al estrado. La juez todavía estaba en medio de los argumentos orales respecto a una solicitud de fianza. Todavía había tres abogados esperando su turno para otros pedimentos y no había rastro del fiscal asignado al caso Edgar Reese. Me levanté y volví a susurrar al actuario.

—Voy a salir al pasillo a hacer una llamada. Estaré cerca.

Asintió con la cabeza.

—Si no vuelve cuando sea la hora, iré a buscarlo —dijo—. Y asegúrese de que apaga el teléfono antes de volver a entrar. A la juez no le gustan los móviles.

No tenía que decírmelo. Ya sabía de primera mano que a la juez no le gustaban los móviles en su sala. Había aprendido la lección cuando en una comparecencia ante ella mi móvil empezó a sonar con la obertura de *Guillermo Tell*, un tono elegido por mi hija, no por mí. La juez me abofeteó con una multa de cien dólares y desde entonces se refería a mí como el Llanero Solitario. Esa última parte no me importaba demasiado. A veces me sentía como el Llanero Solitario; eso sí, iba en un Lincoln Town Car en lugar de en un caballo blanco.

Dejé mi mochila y las otras carpetas en el banco en la galería y salí al pasillo sólo con la carpeta de Henson. Encontré un lugar razonablemente tranquilo en el atestado pasillo y marqué el número. Respondieron en dos tonos.

—Soy Trick.

—¿Patrick Henson?

—Sí, ¿quién es?

—Soy tu nuevo abogado. Me llamo Mi...

—Vaya, espere un momento. ¿Qué ha pasado con mi viejo abogado? Tenía a ese tipo, Vincent...

—Está muerto, Patrick. Falleció anoche.

—Noooo.

—Sí, Patrick, lo siento.

Esperé un momento para ver si tenía algo más que decir al respecto; luego empecé del modo más somero y burocrático posible.

—Me llamo Michael Haller y voy a hacerme cargo de los casos de Jerry Vincent. He estado revisando tu archivo y veo que no has hecho ni un solo pago en la agenda que te puso el señor Vincent.

—Ah, joder, ése era el trato. Me he estado concentrando en tratar de ponerme bien y no tengo dinero, ¿vale? Ya le di a ese Vincent todas mis tablas. Las contó como cinco mil, pero sé que ganó más. Un par de esas tablas valían al menos mil cada una. Me dijo que sacó lo bastante para empezar, pero lo único que ha estado haciendo es retrasar las cosas. No puedo hacer nada hasta que todo esto termine.

—¿Estás bien, Patrick? ¿Estás limpio?

—Como una patena. Vincent me dijo que era la única forma si quería tener alguna oportunidad de no ir a prisión preventiva.

Miré a ambos lados del pasillo. Estaba repleto de abogados,

acusados, testigos y familiares de estos últimos. Era largo como un campo de fútbol y todo el mundo esperaba una misma cosa: un respiro. Que las nubes se abrieran y que algo les fuera de cara por una vez.

—Jerry tenía razón, Patrick. Has de mantenerte limpio.

—Lo estoy haciendo.

—¿Tienes un trabajo?

—Joder, ¿no se da cuenta? Nadie va a darle un trabajo a alguien como yo. Nadie me va a contratar. Estoy esperando a este caso y podría estar en prisión antes de que termine. Quiero decir, enseño a niños a tiempo parcial en la playa, pero no me pagan una mierda. Vivo en mi coche y duermo en una caseta de socorrista en Hermosa Beach. Hace dos años en estas fechas estaba en el Four Seasons de Maui.

—Sí, lo sé, la vida apesta. ¿Aún tienes carné de conducir?

—Es lo único que me queda.

Tomé una decisión.

—Muy bien, ¿sabes dónde está la oficina de Jerry Vincent? ¿Has estado alguna vez allí?

—Sí, le entregué las tablas allí. Y mi pez.

—¿Tu pez?

—Se llevó un sábalo real que pesqué en Florida cuando era niño. Dijo que iba a ponerlo en la pared y hacer ver que había pescado algo.

—Sí, bueno, el pez sigue allí. En cualquier caso, estate bien despierto en la oficina mañana a las nueve de la mañana y te haré una entrevista de trabajo. Si va bien, empezarás enseguida.

—¿Haciendo qué?

—De chófer. Te pagaré quince pavos la hora por llevarme y otros quince contra tu tarifa. ¿Qué te parece?

Hubo un momento de silencio antes de que Henson respondiera con voz complaciente.

—Eso está bien. Allí estaré.

—Bien. Te veo entonces. Sólo recuerda una cosa, Patrick: has de estar limpio. Si no lo estás, lo sabré. Créeme, lo sabré.

—No se preocupe. Nunca volveré a esa mierda. Esa mierda me ha jodido la vida a base de bien.

—Vale, Patrick, te veré mañana.

—Eh, oiga, ¿por qué está haciendo esto?

Vacilé antes de responder.

—La verdad es que no lo sé.

Colgué el teléfono y me aseguré de apagarlo. Volví a la sala del tribunal preguntándome si estaba haciendo algo bueno o cometiendo la clase de error de la que iba a arrepentirme.

Justo a tiempo. La juez terminó con el último pedimento en el momento en que yo volvía a entrar. Vi a un ayudante de fiscal del distrito llamado Don Pierce sentado a la mesa de la acusación, preparado para empezar con la sentencia. Era un ex marine que mantenía el pelo corto y era uno de los regulares de la hora del cóctel en el Four Green Fields. Puse rápidamente todas las carpetas en mi mochila con ruedas y la arrastré hasta la mesa de la defensa.

—Bueno —dijo la juez—. Veo que el Llanero Solitario cabalga de nuevo.

Lo dijo con una sonrisa y yo también sonreí.

—Sí, señoría. Me alegro de verla.

—No lo había visto en un tiempo, señor Haller.

El tribunal en sesión no era el lugar para decirle dónde había estado. Me ceñí a dar respuestas cortas. Abrí las manos como si presentara mi nuevo yo.

—Lo único que puedo decir es que he vuelto, señoría.

—Me alegro. Vamos a ver, está aquí en lugar del señor Vincent, ¿es correcto?

Lo dijo con un tono de rutina. Me di cuenta de que no sabía nada de la muerte de Vincent. Sabía que podía mantener el secreto y superar la sentencia con ello, pero luego la juez oiría la noticia y se preguntaría por qué no se lo había dicho. No era una buena forma de mantener a un juez de tu lado.

—Desafortunadamente, señoría —dije—, el señor Vincent falleció anoche.

Las cejas de la juez se arquearon en señal de asombro. Había sido fiscal mucho tiempo antes de ser juez durante otra larga temporada. Estaba conectada con la comunidad legal y muy probablemente conocía bien a Jerry Vincent. Le había asestado un mazazo.

—Oh, Dios mío, ¡era tan joven! —exclamó—. ¿Qué ocurrió?

Negué con la cabeza como si no lo supiera.

—No fue una muerte natural, señoría. La policía está investigando y no sé mucho salvo que lo encontraron anoche en su coche, en el garaje de su oficina. La juez Holder me ha llamado hoy y me ha designado abogado sustituto. Por eso estoy aquí por el señor Reese.

La juez bajó la mirada y se tomó un momento para superar el *shock*. Me sentí mal por ser el mensajero. Me agaché y saqué la carpeta de Edgar Reese de mi mochila.

—Siento mucho oír eso —dijo finalmente la juez.

Asentí en señal de acuerdo y esperé.

—Muy bien —dijo la juez después de un largo momento—. Saquemos al acusado.

Jerry Vincent no cosechó más retrasos. Si la juez tenía sospechas sobre Jerry o la vida que llevaba, no lo mencionó. Pero la vida continuaría en el edificio del tribunal penal. Las ruedas de la justicia rechinarían sin él.

10

*E*l mensaje de Lorna Taylor era breve y conciso. Lo recibí en el momento en que encendí el teléfono después de salir del tribunal y ver cómo condenaban a Edgar Reese a cinco años. Me dijo que acababa de contactar con la secretaria de la juez Holder a fin de obtener la orden judicial que el banco requería antes de poner el nombre de Lorna y el mío en las cuentas bancarias de Vincent. La juez había accedido a redactar la orden y yo podía recorrer el pasillo hasta su despacho para recogerla.

La sala estaba otra vez oscura, pero la secretaria de la presidenta del tribunal estaba en su puesto al lado del estrado. Todavía me recordaba a mi profesora de tercer grado.

—¿Señora Gill? —dije—. Vengo a recoger una orden de la juez.

—Sí, creo que todavía la tiene en el despacho. Iré a mirar.

—¿Hay alguna posibilidad de que pueda entrar y hablar con ella unos minutos?

—Bueno, está con alguien en este momento, pero lo comprobaré.

La señora Gill se levantó y recorrió el pasillo situado detrás de su puesto. En el extremo del mismo estaba la puerta del despacho de la juez y observé que Michaela Gill llamaba una vez antes de que le dieran permiso para pasar. Cuando la secretaria abrió la puerta, vi a un hombre sentado en la misma silla en la que yo me había sentado unas horas antes. Lo reconocí: era el marido de la juez Holder, un abogado de casos de lesiones llamado Mitch Lester. Lo reconocí de la fotografía de su anuncio. Cuando se dedicaba a la defensa penal habíamos compartido en cierta ocasión la contracubierta de las Páginas Amarillas, con mi anuncio en la mitad superior y el suyo en la inferior. Lester no había trabajado en casos penales en mucho tiempo.

Al cabo de unos minutos, la señora Gill salió con la orden judicial que yo necesitaba. Pensaba que esto significaba que no iba a ver a la magistrada, pero la secretaria me dijo que me dejaría pasar en cuanto la juez terminara con su visita.

No era tiempo suficiente para continuar con mi revisión de los archivos que llevaba en la mochila con ruedas, así que paseé por la sala mirando a mi alrededor y pensando en lo que iba a decirle a la juez. En el escritorio vacío del alguacil vi la hoja del calendario de la semana anterior. Conocía los nombres de varios de los abogados enumerados que tenían hora para vistas de emergencia y pedimentos. Uno de ellos era Jerry Vincent en representación de Walter Elliott. Probablemente había sido una de las últimas comparecencias de Jerry en el tribunal.

Después de tres minutos oí un tono de campana y la señora Gill me dijo que podía pasar al despacho de la juez.

Cuando llamé a la puerta, fue Mitch Lester quien abrió. Sonrió y me invitó a pasar. Nos estrechamos la mano y remarcó que acababa de enterarse de lo ocurrido a Jerry Vincent.

—Este mundo da miedo —dijo.

—Puede darlo —aseveré.

—Si necesitas ayuda en algo, házmelo saber.

Salió del despacho y yo ocupe el asiento enfrente de la juez.

—¿Qué puedo hacer por usted, señor Haller? ¿Recibió la orden del banco?

—Sí, recibí la orden, señoría. Gracias por eso. Quería ponerle un poco al día y preguntarle una cosa.

La juez se quitó unas gafas de lectura y las dejó sobre la mesa.

—Adelante, pues.

—Bueno, quería hablarle sobre la actualización. Las cosas están yendo un poco lentas porque empezamos sin calendario. Tanto el portátil de Jerry Vincent como su calendario en papel desaparecieron después de que lo mataran. Hemos tenido que elaborar un nuevo calendario después de sacar los casos activos. Creemos que lo tenemos bajo control y, de hecho, acabo de venir de una sentencia en la sala de la juez Champagne en relación con uno de los casos. Así que no nos hemos perdido nada.

La juez no parecía impresionada por los esfuerzos realizados por mi equipo y por mí.

—¿De cuántos casos activos estamos hablando? —preguntó.

—Ah, parece que son treinta y un casos activos, bueno, treinta ahora que me he ocupado de la sentencia. Ese caso está hecho.

—Así pues, diría que ha heredado un bufete próspero. ¿Cuál es el problema?

—No estoy seguro de que haya un problema, señoría. Hasta ahora sólo he tenido una conversación con uno de los clientes activos y parece que voy a seguir siendo su abogado.

—¿Era Walter Elliot?

—Ah, no, todavía no he hablado con él. Tengo previsto hacerlo hoy mismo. La persona con la que he hablado estaba implicada en algo un poco menos serio. Un robo en realidad.

—Bien.

Se estaba impacientando, así que fui al motivo de la reunión.

—Lo que quería preguntar es sobre la policía. Tenía razón esta mañana cuando me advirtió de que me protegiera de la intrusión policial. Cuando fui a la oficina después de salir de aquí, me encontré a un par de detectives examinando los archivos. La recepcionista de Jerry estaba allí, pero no había tratado de impedírselo.

La cara de la juez se puso seria.

—Bueno, espero que usted lo hiciera. Esos agentes deberían habérselo pensado mejor antes de empezar a investigar los archivos de cualquier manera.

—Sí, señoría, se retiraron después de que entré y protesté. De hecho, amenacé con quejarme a usted. Fue entonces cuando retrocedieron.

La juez Holder asintió con la cabeza y su rostro dejó entrever orgullo por el poder que tenía la mención de su nombre.

—Entonces ¿por qué está aquí?

—Bueno, me preguntaba si no debería dejarles volver.

—No le entiendo, señor Haller. ¿Dejar volver a la policía?

—El detective a cargo de la investigación hizo un buen planteamiento. Dijo que las pruebas sugieren que Jerry Vincent conocía a su asesino y que probablemente incluso le dejó acercarse lo suficiente para, bueno, para que le disparara. Mencionó que eso hace que haya muchas probabilidades de que fuera uno de sus propios clientes, y por eso estaban revisando los expedientes buscando potenciales sospechosos cuando llegué yo.

La juez movió una de sus manos en un gesto de desdén.

—Por supuesto que sí. Y también estaban pisoteando los derechos de esos clientes al hacerlo.

—Estaban en la sala de archivos hojeando viejos expedientes. Casos cerrados.

—No importa. Abierto o cerrado, aún constituye una violación del privilegio abogado-cliente.

—Eso lo entiendo, señoría. Pero después de que se hubieran ido, vi que habían dejado una pila de expedientes sobre la mesa. Eran las carpetas que iban a llevarse o que querían examinar con más detenimiento. Las miré y había amenazas en esos expedientes.

—¿Amenazas contra el señor Vincent?

—Sí. Había casos en los que sus clientes no estaban contentos del resultado, ya fuera el veredicto o la resolución o los plazos de encarcelamiento. Había amenazas en cada uno de los casos, y él se las tomó lo bastante en serio para hacer un registro detallado de qué se decía exactamente y quién lo decía. Eso era lo que estaban reuniendo los detectives.

La juez se inclinó y juntó las manos, con los codos apoyados en los brazos del sillón de cuero. Pensó en la situación que le había descrito y me miró a los ojos.

—Cree que estamos obstaculizando la investigación al no permitir que la policía haga su trabajo.

Asentí con la cabeza.

—Me estaba preguntando si habría una forma de servir a ambos lados —dije—. Limitar el daño a los clientes pero dejar que la policía siga la investigación allí donde lleve.

La juez consideró otra vez mi propuesta en silencio y suspiró.

—Ojalá se hubiera quedado mi marido —suspiró la juez finalmente—, valoro mucho su opinión.

—Bueno, yo tenía una idea.

—Por supuesto. ¿Cuál es?

—Estaba pensando que podía investigar yo mismo los archivos y elaborar una lista de las personas que amenazaron a Jerry. Luego podría pasársela al detective Bosch y darle también algunos de los detalles de las amenazas. De esta manera, tendría lo que necesita sin tener los expedientes en sí. Él es feliz, yo soy feliz.

—¿Bosch es el detective al mando?

—Sí, Harry Bosch. Está en Robos y Homicidios. No recuerdo el nombre de su compañero.

—Ha de entender, señor Haller, que, aunque sólo le dé a este detective Bosch los nombres, estará quebrantando la confidencialidad del cliente. Podrían inhabilitarlo por ello.

—Bueno, estuve pensándolo y creo que hay una salida. Uno de los mecanismos de liberación del vínculo de confidencialidad del cliente es en el caso de la amenaza a la seguridad. Si Jerry Vincent sabía que un cliente iba a ir a matarlo anoche, podría haber llamado a la policía y haberles dado el nombre del mismo. No habría cometido ninguna infracción con ello.

—Sí, pero lo que está considerando aquí es completamente diferente.

—Es diferente, señoría, pero no completamente. El detective del caso me dijo que es altamente probable que la identidad del asesino de Jerry Vincent esté contenida en los archivos de Jerry. Aquellos archivos son ahora míos, así que la información constituye una amenaza para mí. Cuando salga y empiece a reunirme con estos clientes, podría estrecharle la mano al asesino sin saberlo siquiera. Si lo sumamos todo, me siento en peligro, señoría, y entiendo que eso justifica la liberación del vínculo de confidencialidad.

La juez asintió otra vez con la cabeza y volvió a ponerse las gafas. Se inclinó y levantó un vaso de agua que me había tapado su ordenador de sobremesa.

Después de beber del vaso, habló.

—Muy bien, señor Haller. Creo que si examina los archivos como ha sugerido, entonces estará actuando de un modo apropiado y aceptable. Me gustaría que presentara un pedimento ante este tribunal que explique sus acciones y la sensación de amenaza que siente. Lo firmaré y sellaré y con un poco de suerte será algo que nunca verá la luz del día.

—Gracias, señoría.

—¿Algo más?

—Creo que eso es todo.

—Entonces que tenga un buen día.

—Sí, señoría. Gracias.

Me levanté y me dirigí hacia la puerta, pero en ese momento recordé algo y me volví a mirar delante del escritorio del juez.

—¿Señoría? Olvidé algo. He visto fuera su calendario de la semana pasada y me he fijado en que Jerry Vincent vino por el caso Elliot. No he revisado el archivo de casos a conciencia, pero ¿le importa que le pregunte el motivo de la comparecencia?

La juez tuvo que pensar un momento para recordar la comparecencia.

—Fue un pedimento de emergencia. El señor Vincent vino porque el juez Stanton había revocado la fianza y ordenado el ingreso en prisión preventiva del señor Elliot. Contuve la revocación.

—¿Por qué la revocaron?

—El señor Elliot había viajado a un festival de cine en Nueva York sin permiso. Era una de las condiciones de la fianza. Cuando el señor Golantz, el fiscal, vio en la revista *People* una foto de Elliot en el festival, pidió al juez Stanton que revocara la fianza. Obviamente no le hacía ninguna gracia que ésta se hubiera admitido en primera instancia. El juez Stanton la revocó y entonces el señor Vincent acudió a mí para un dictamen de emergencia sobre la detención y encarcelación de su cliente. Decidí dar al señor Elliot una segunda oportunidad y modificar su libertad obligándolo a llevar un GPS en el tobillo. Pero puedo asegurarle que el señor Elliot no tendrá una tercera oportunidad. Téngalo en cuenta si lo retiene como cliente.

—Comprendo, señoría, gracias.

Asentí y salí del despacho agradeciendo a la señora Gill al atravesar la sala.

Todavía tenía la tarjeta de Harry Bosch en el bolsillo. La saqué mientras descendía en el ascensor. Había metido el Lincoln

81

en un aparcamiento de pago en el Kyoto Grand Hotel y tenía que caminar tres manzanas, lo cual me llevaría hasta al lado del Parker Center. Llamé al móvil de Bosch cuando me encaminaba a la salida del tribunal.

—Soy Bosch.

—Soy Mickey Haller.

Hubo vacilación. Pensé que quizá no reconocía mi nombre.

—¿Qué puedo hacer por usted? —preguntó finalmente.

—¿Cómo está yendo la investigación?

—Va yendo, pero nada de lo que pueda hablar con usted.

—Entonces iré al grano. ¿Está en el Parker Center ahora mismo?

—Exacto, ¿por qué?

—Voy para allá desde el tribunal. Reunámonos delante del monumento.

—Mire, Haller. Estoy ocupado. ¿Puede decirme de qué se trata?

—No por teléfono, pero creo que le valdrá la pena. Si no está allí cuando yo llegue, entonces habrá perdido la oportunidad y no le molestaré más.

Colgué el teléfono antes de que pudiera responder. Tardé cinco minutos en llegar al Parker Center a pie. El lugar estaba en los últimos años de vida, pues su sustituto se estaba construyendo a una manzana de Spring Street. Vi a Bosch de pie al lado de la fuente que formaba parte del monumento a los oficiales caídos en acto de servicio. Vi finos cables blancos que iban de sus oídos al bolsillo de su chaqueta. Me acerqué y no me molesté en darle la mano ni saludarle de ninguna otra manera. Se quitó los auriculares y se los metió en el bolsillo.

—¿Desconectándose del mundo, detective?

—Me ayuda a concentrarme. ¿Hay algún motivo para esta reunión?

—Después de que se marchó de la oficina hoy miré los archivos que había apilado en la mesa de la sala de archivos.

—¿Y?

—Y entiendo lo que está tratando de hacer. Quiero ayudarle, pero quiero que comprenda mi posición.

—Le entiendo, abogado. Ha de proteger esos expedientes y

al posible asesino que se esconde en ellos porque ésas son las reglas.

Negué con la cabeza. Ese tipo no quería ponerme fácil que le ayudara.

—Le diré qué haremos, detective Bosch. Pase por mi oficina mañana por la mañana a las ocho en punto y le daré lo que pueda darle.

Creo que la oferta le sorprendió. Se quedó sin respuesta.

—¿Vendrá? —pregunté.

—¿Cuál es la trampa? —preguntó enseguida.

—No hay trampa. Pero no se retrase. Tengo una entrevista a las nueve y después de eso probablemente estaré en la calle para hablar con clientes.

—Estaré allí a las ocho.

—Muy bien, pues.

Estaba listo para irme, pero él no parecía estarlo.

—¿Qué pasa? —inquirí.

—Iba a preguntarle algo.

—¿Qué?

—¿Vincent tenía casos federales?

Lo pensé un momento, recapitulando lo que sabía de los archivos. Negué con la cabeza.

—Todavía lo estamos revisando todo, pero no lo creo. Era como yo, le gustaba ceñirse a tribunales del estado. Es una cuestión de números: más casos, más cagadas, más agujeros por los que colarse. A los federales les gusta arreglar la baraja. No les gusta perder.

Pensé que podría tomárselo como una cuestión personal. Pero había pasado de eso y estaba encajando alguna pieza. Asintió.

—Vale.

—¿Es todo? ¿Es todo lo que quería preguntarme?

—Es todo.

Esperé alguna explicación más, pero no me la dio.

—Muy bien, detective.

Le tendí la mano con torpeza. Él la estrechó y pareció sentirse igual de torpe al respecto. Decidí hacer una pregunta que había estado guardándome.

—Eh, hay una cosa que yo también quería preguntarle.

83

—¿Qué es?

—No lo pone en su tarjeta, pero he oído que su nombre completo es Hieronymus Bosch. ¿Es cierto?

—¿Qué pasa?

—Sólo me preguntaba cómo es que tiene un nombre así.

—Mi madre me lo puso.

—¿Su madre? Bueno, ¿qué opinaba su padre al respecto?

—Nunca se lo pregunté. Ahora he de volver a la investigación, abogado. ¿Hay algo más?

—No, eso es todo. Sólo tenía curiosidad. Le veré mañana a las ocho.

—Allí estaré.

Lo dejé allí de pie junto al monumento y me alejé. Me dirigí calle abajo, sin dejar de pensar en por qué me había preguntado si Jerry Vincent tenía algún caso federal. Cuando doblé a la izquierda en la esquina, miré por encima del hombro y vi a Bosch de pie junto a la fuente. Me estaba observando. No apartó la mirada, pero yo sí lo hice y seguí caminando.

11

Cisco y Lorna todavía estaban trabajando en la oficina de Jerry Vincent cuando volví. Le entregué la orden judicial para el banco a Lorna y le hablé de las dos citas tempranas que había preparado para el día siguiente.

—Pensaba que habías puesto a Patrick Henson en la pila chunga —dijo Lorna.

—Lo hice. Pero ahora lo he recuperado.

Lorna juntó las cejas del modo en que lo hacía cuando la desconcertaba, lo cual sucedía a menudo. Yo quería seguir adelante, no dar explicaciones. Le pregunté si había ocurrido algo nuevo mientras había estado en el tribunal.

—Un par de cosas —dijo Lorna—. Para empezar, el cheque de Walter Elliot está abonado. Si se ha enterado de lo de Jerry es demasiado tarde para impedir el pago.

—Bien.

—Mejor aún. He encontrado el archivo de contratos y he echado un vistazo al de Jerry con Elliot. Esos cien mil depositados el viernes para el juicio eran sólo un pago parcial.

Lorna tenía razón. La cosa mejoraba.

—¿Cuánto? —pregunté.

—Según el contrato, Vincent cobró 250.000 por anticipado. Eso fue hace cinco meses y parece que lo ha gastado todo. Pero iban a darle otros doscientos cincuenta para el juicio, no reembolsables. Los cien sólo eran la primera parte de eso. El resto vence el primer día de testimonio.

Asentí con satisfacción. Vincent había llegado a unas excelentes condiciones. Yo nunca había tenido un caso con semejante cantidad de dinero, pero me pregunté cómo Vincent se había gastado los primeros 250.000 tan deprisa. Lorna tendría que estudiar las entradas y salidas para conocer la respuesta.

—Vale, todo eso está muy bien, si nos quedamos con Elliot. Si no, no importa. ¿Qué más tenemos?

Lorna parecía decepcionada de que no quisiera recrearme con el dinero y celebrar su hallazgo. Había perdido de vista el hecho de que todavía tenía que comprometer a Elliot. Técnicamente, iba por libre. Yo tendría la primera opción con él, pero aún debía asegurármelo como cliente antes de considerar qué se sentiría al tener unos honorarios de 250.000 dólares.

Lorna respondió a mi pregunta en un tono monocorde.

—Hemos tenido una serie de visitas mientras estabas en el tribunal.

—¿Quién?

—Primero, uno de los investigadores que usaba Jerry vino después de conocer la noticia. Le echó un vistazo a Cisco y casi se enfrenta con él. Luego se lo pensó mejor y retrocedió.

—¿Quién era?

—Bruce Carlin. Jerry lo contrató para que trabajara en el caso Elliot.

Asentí con la cabeza. Bruce Carlin era un antiguo agente del Departamento de Policía de Los Ángeles que había cruzado al lado oscuro y ahora trabajaba para la defensa. Muchos abogados lo utilizaban por su conocimiento interno de cómo funcionaban las cosas en el oficio policial. Yo lo había usado en un caso en cierta ocasión y pensaba que se estaba ganando una reputación inmerecida. Nunca volví a contratarlo.

—Vuelve a llamarlo —dije—. Busca un horario para él y que venga.

—¿Por qué, Mick? Tienes a Cisco.

—Ya sé que tengo a Cisco, pero Carlin estaba trabajando sobre Elliot y dudo que esté todo en el expediente. Sabes cómo funciona esto: si lo dejas fuera del expediente, lo mantienes al margen de la revelación de pruebas. Así que tráelo. Cisco puede sentarse con él y descubrir lo que tenía. Paguémosle por su tiempo (cobre lo que cobre) y luego dejémoslo cuando ya no sea útil. ¿Qué más? ¿Quién más vino?

—Un auténtico numerito de perdedora. Carney Andrews

se presentó pensando que iba a coger el caso de Elliot de la pila y salir tan campante con él. Se fue con las manos vacías. Luego examiné la cuenta operativa y vi que la habían contratado hace cinco meses como abogada asociada para el caso Elliot. Al cabo de un mes la echaron.

Lo comprendí. Vincent había ido a pescar juez para Elliot. Carney Andrews era una abogada sin talento y una comadreja, pero estaba casada con un juez del Tribunal Superior llamado Bryce Andrews. Éste había pasado veinticinco años como fiscal antes de ser nombrado juez. Según el punto de vista de la mayoría de los abogados defensores que trabajaban en el edificio del tribunal penal, nunca había salido de la oficina del fiscal. Se lo consideraba uno de los jueces más duros del edificio, que en ocasiones actuaba en concierto con la fiscalía, cuando no era su brazo ejecutor. Esto creaba toda una industria artesanal en la cual su mujer se ganaba muy bien la vida al ser contratada como segunda abogada en casos del tribunal de su marido, creando por consiguiente un conflicto de intereses que requería la reasignación de las causas a otros jueces —era de esperar— más benévolos.

Funcionaba de maravilla y la mejor parte era que Carney Andrews nunca tenía que ejercer la abogacía. Sólo tenía que firmar en un caso, comparecer como segunda abogada en el tribunal y luego esperar hasta que se reasignara del calendario de su marido. Luego podía cobrar una tarifa sustancial y pasar al siguiente caso.

Ni siquiera tenía que mirar en el expediente de Elliot para ver lo que había ocurrido; lo sabía. Las asignaciones de causas se generaban por selección aleatoria en la oficina de la presidenta del tribunal. El caso Elliot obviamente se había asignado inicialmente al tribunal de Bryce Andrews y a Vincent no le gustaban sus posibilidades allí. Para empezar, Andrews nunca habría aceptado la fianza en un caso de doble homicidio, por no hablar de la línea dura que habría adoptado contra el acusado durante la vista del juicio. Así que Vincent contrató a la esposa del juez como segunda abogada y problema resuelto. El caso fue posteriormente reasignado aleatoriamente al juez James P. Stanton, cuya reputación era completamente opuesta a la de

Andrews. El corolario era que fuera lo que fuese que Vincent le hubiera pagado a Carney, merecía la pena.

—¿Lo has comprobado? —le pregunté a Lorna—. ¿Cuánto le pagó?

—Cobró el diez por ciento del anticipo inicial.

Silbé. Veinticinco mil dólares por nada. Eso al menos explicaba dónde había ido a parar parte del cuarto de millón.

—Buen trabajo si puedes conseguirlo —dije.

—Pero luego has de dormir con Bryce Andrews —apuntó Lorna—. No estoy segura de que merezca la pena.

Cisco rio. Yo no lo hice, pero a Lorna no le faltaba razón. Bryce Andrews le sacaba al menos veinte años y ochenta kilos a su esposa. No era una bonita imagen.

—¿Alguna visita más? —pregunté.

—Sí —respondió Lorna—. También tenemos a un par de clientes que se han pasado a pedir sus expedientes después de oír en la radio que Jerry había muerto.

—¿Y?

—Los hemos entretenido para ganar tiempo. Les he dicho que sólo tú podías entregar un expediente y que contactarías con ellos en veinticuatro horas. Parecía que querían discutir, pero con Cisco aquí decidieron que sería mejor esperar.

Lorna sonrió a Cisco y el hombretón hizo un gesto con la cabeza como para decir «a su servicio». Me pasó un papelito.

—Éstos son los nombres. También hay información de contacto.

Miré los nombres. Uno estaba en la pila chunga, así que estaría encantado de devolver el expediente. El otro era un caso de indecencia pública con el que pensaba que podría hacer algo. La mujer fue acusada cuando un agente del sheriff le ordenó salir del agua en una playa de Malibú. Ella estaba nadando desnuda, pero eso no fue evidente hasta que el agente del sheriff le ordenó salir del agua. Como la acusación era una falta, el agente tenía que ser testigo del caso para efectuar la detención. Al ordenarle que saliera del agua, creó el delito por el que la detuvo. Eso no funcionaría en el tribunal. Sabía que podía lograr que desestimaran el caso.

—Los veré a los dos esta noche —dije—. De hecho, quiero

ponerme en marcha con todos los casos pronto, empezando con una parada en Archway Pictures. Voy a llevarme a Cisco conmigo y, Lorna, quiero que recojas lo que necesites de aquí y te vayas a casa. No me gusta que estés aquí sola.

Ella asintió, pero entonces preguntó:

—¿Estás seguro de que quieres que te acompañe Cisco?

Me sorprendió que me planteara la pregunta delante de él. Se estaba refiriendo a su tamaño y aspecto —los tatuajes, los pendientes, las botas, la ropa de cuero, etcétera—, la amenaza general que su apariencia proyectaba. Su preocupación era que pudiera ayudar más a asustar clientes de lo que podía ayudar a protegerme.

—Sí —respondí—. Mejor que venga. Cuando quiera ser sutil, él puede esperar en el coche. Además, quiero que conduzca, así podré mirar los archivos.

Miré a Cisco. Asintió con la cabeza y pareció conforme con el acuerdo. Podría parecer raro con su cazadora de cuero al volante de un Lincoln, pero no se estaba quejando.

—Hablando de los archivos —añadí—; no tenemos nada en el tribunal federal, ¿verdad?

Lorna negó con la cabeza.

—No que yo sepa.

Asentí. Confirmaba lo que le había indicado a Bosch y me hizo sentir más curiosidad respecto a por qué había preguntado por casos federales. Estaba empezando a hacerme una idea al respecto y pensaba sacar la cuestión cuando lo viera a la mañana siguiente.

—Bueno —dije—, supongo que es hora de que vuelva a ser el abogado del Lincoln. En marcha.

89

12

*E*n la última década, Archway Pictures había pasado de ser una industria de cine marginal a convertirse en una de las grandes. El motivo era el único que había regido siempre en Hollywood: el dinero. Al crecer exponencialmente el coste de las películas, la industria se concentró en las producciones más caras y los grandes estudios empezaron a buscar socios con los que compartir el gasto y el riesgo.

Ahí es dónde entraban en escena Walter Elliot y Archway Pictures. Archway era anteriormente un solar. Estaba en Melrose Avenue, a sólo unas manzanas del coloso que era Paramount Pictures. Archway se creó para actuar como lo hace el pez rémora con el gran tiburón blanco. Rondaría cerca de la boca del gran pez y se llevaría los restos arrancados que por algún motivo no habían sido devorados por las fauces del gigante. Archway ofrecía instalaciones de producción y estudios de sonido en alquiler cuando los grandes estudios lo tenían todo reservado. Cedía espacio de oficina a productores con futuro o pasados de moda que no estaban a la altura de los estándares o que no gozaban de las mismas condiciones que los productores principales. Nutría películas independientes, las películas que eran menos caras de hacer pero más arriesgadas y que supuestamente era menos probable que se convirtieran en éxitos que las alimentadas por los estudios.

Walter Elliot y Archway Pictures fueron renqueando de este modo durante una década, hasta que un rayo cayó dos veces en el mismo árbol. En el lapso de sólo tres años, Elliot se hizo de oro con dos de las películas independientes que había respaldado proporcionando estudios de sonido, equipo e instalaciones de producción a cambio de una porción de los derechos. Las películas superaron las expectativas de Hollywood y se convirtieron en grandes éxitos de crítica y público. Una de ellas incluso se llevó el Oscar de la Academia a la mejor película. Walter y su estudio de repente disfrutaban del oropel de un enorme éxito. Más de cien millones de personas oyeron cómo le daban personalmente las gracias a Walter en la gala de los premios de la Academia. Y, lo que es más importante, la parte de ingresos de Archway en las dos películas a escala mundial superaba los cien millones de dólares por título.

Walter hizo algo prudente con el dinero recién ganado. Alimentó a los tiburones, cofinanciando varias producciones en las que los grandes estudios estaban buscando socios de riesgo. Hubo algunos fracasos, por supuesto. El negocio, al fin y al cabo, era Hollywood. Pero hubo suficientes éxitos para que el huevo siguiera creciendo en el nido. A lo largo de la siguiente década, Walter Elliot dobló y luego triplicó su participación, y en el camino se convirtió en uno de los habituales en las listas de las cien personas más poderosas en revistas de la industria. Elliot había llevado a Archway de ser una dirección asociada con los parias de Hollywood a un lugar donde había una espera de tres años para una oficina sin ventanas.

Entre tanto, la fortuna personal de Elliot creció en consonancia. Aunque había llegado al oeste veinticinco años antes como el rico heredero de una familia propietaria de una mina de fosfatos, ese dinero no era nada comparado con las riquezas proporcionadas por Hollywood. Como muchos de los que figuraban en aquellas listas de los cien más poderosos, Elliot cambió a su mujer por una modelo más joven y juntos comenzaron a acumular casas. Primero en los cañones, luego en los llanos de Beverly Hills y posteriormente en Malibú y en Santa Bárbara. Según la información del expediente, Walter Elliot y su esposa poseían siete casas diferentes y dos haciendas en Los Ángeles o alrededores. No importaba con cuánta frecuencia usaran cada casa; la propiedad inmobiliaria era una forma de estatus en Hollywood.

Todas esas propiedades y listas de Top 100 resultaron útiles cuando Elliot fue acusado de doble homicidio. El jefe del estudio flexionó sus músculos políticos y financieros y logró algo

91

difícil de conseguir en un caso de homicidio: obtuvo la fianza. Pese a las protestas de la fiscalía, ésta se estableció en veinte millones de dólares y Elliot rápidamente la avaló con propiedades inmobiliarias. Había permanecido fuera de prisión y en espera de juicio desde entonces, al margen de su breve flirteo con la revocación de la fianza la semana anterior.

Una de las propiedades de Elliot presentada como garantía para la fianza era la casa donde tuvieron lugar los crímenes. Era una residencia de fin de semana situada en la costa, en una cala recluida. En el depósito de la fianza su valor constaba como de seis millones de dólares. Fue allí donde Mitzi Elliot, de treinta y nueve años de edad, fue asesinada junto con su amante en una habitación de más de cien metros cuadrados y con una pared acristalada con vistas a la inmensidad azul del Pacífico.

El archivo de revelación de pruebas estaba repleto de informes forenses y copias en color de fotografías de la escena del crimen. La sala de la muerte era completamente blanca: paredes, moqueta, muebles y ropa de cama. Había dos cuerpos desnudos desparramados en la cama y el suelo: Mitzi Elliot y Johan Rilz. La escena era rojo sobre blanco. Dos grandes orificios de bala en el pecho del hombre; dos en el pecho de la mujer y otro en la frente. Él junto a la puerta del dormitorio; ella en la cama. Rojo sobre blanco. No era una escena limpia, las heridas eran grandes. Aunque no se había recuperado el arma homicida, un informe adjunto indicaba que, mediante marcas balísticas, los proyectiles se habían identificado como procedentes de una Smith & Wesson modelo 29, un revólver mágnum calibre 44. Disparado a bocajarro era ensañamiento.

Walter Elliot había sospechado de su esposa. Ésta le había anunciado sus intenciones de divorciarse y Elliot creía que había otro hombre implicado. Declaró a los investigadores del sheriff que fue a la playa de Malibú porque su mujer le había dicho que iba a reunirse con el diseñador de interiores. Elliot pensaba que era mentira y cronometró su llegada para poder confrontarla con un amante. La amaba y quería recuperarla. Estaba dispuesto a luchar por ella. Repetía que había ido a confrontar, no a matar. Él había repetido a la policía que no poseía una mágnum calibre 44; no poseía ningún arma.

Según la declaración que hizo ante los investigadores, cuando Elliot llegó a Malibú se encontró a su mujer y al amante de ésta desnudos y ya muertos. Resultó que el amante era de hecho el diseñador de interiores, Johan Rilz, un alemán de quien Elliot pensaba que era gay.

Elliot salió de la casa y volvió a su coche. Empezó a alejarse, pero se lo pensó mejor. Decidió hacer lo correcto. Dio la vuelta y volvió a aparcar en el sendero. Llamó al número de la policía y esperó a que llegaran los agentes del sheriff.

La cronología y los detalles de cómo procedió la investigación a partir de ese punto eran importantes para montar una defensa. Según los informes del expediente, Elliot proporcionó a los investigadores un relato inicial del hallazgo de los dos cadáveres. Después dos detectives lo llevaron a la comisaría de Malibú para mantenerlo apartado de la escena del crimen mientras se desarrollaba la investigación. En ese momento no estaba detenido. Lo pusieron en una sala de interrogatorios sin cerrar donde esperó tres largas horas hasta que los dos detectives principales finalmente terminaron en la escena del crimen y llegaron a la comisaría. Fue entonces cuando se llevó a cabo una entrevista grabada en vídeo, pero según la transcripción que revisé, ésta rápidamente se convirtió en un interrogatorio. En este punto a Elliot se le leyeron finalmente sus derechos y se le preguntó si quería seguir contestando preguntas. Elliot sabiamente eligió dejar de hablar y pidió un abogado. Fue una decisión de las de mejor tarde que nunca, pero a Elliot le habría ido mejor si no hubiera dicho ni una palabra a los investigadores. Debería haberse acogido a la Quinta enmienda y mantener la boca cerrada.

Mientras los investigadores habían estado trabajando en la escena del crimen y Elliot esperaba de plantón en la sala de interrogatorios de la comisaría, un detective de homicidios que trabajaba en el cuartel general del sheriff en Whittier redactó varias órdenes de registro, las envió por fax al Tribunal Superior y consiguió que las firmaran. Éstas permitían a los investigadores registrar la casa de la playa y el coche de Elliot y les autorizaban a llevar a cabo un test de residuos de disparo en las manos y la ropa de Elliot para determinar si había gas nitrato y partículas microscópicas de pólvora quemada en ellas. Después de que Elliot se negara a seguir cooperando, le pusieron las manos en una bolsa de plástico en la comisaría y lo transportaron al cuartel general del sheriff, donde un técnico llevó a cabo un test de residuos de disparo en el laboratorio. Éste consistía en pasar unos discos tratados químicamente por las manos y la ropa de Elliot. Cuando un técnico de laboratorio procesó los discos, los que habían estado en contacto con las manos y mangas dieron positivo con altos niveles de residuos de disparo.

En ese momento, Elliot fue detenido formalmente como sospechoso de homicidio. Con su llamada telefónica, el magnate del cine contactó con su abogado personal, que a su vez recurrió a Jerry Vincent, con quien había asistido a la facultad de derecho. Elliot fue finalmente transportado a la prisión del condado y acusado de dos cargos de asesinato. Los investigadores del sheriff llamaron entonces al departamento de medios de la oficina y sugirieron celebrar una conferencia de prensa. Acababan de detener a un pez gordo.

94 Cerré la carpeta cuando Cisco detuvo el Lincoln delante de Archway Studios. Había un grupo de manifestantes caminando por la acera. Eran guionistas en huelga y sostenían carteles rojos y blancos que decían QUEREMOS UNA PARTE JUSTA y GUIONISTAS UNIDOS. Algunos carteles mostraban un puño que sostenía un bolígrafo. Otro rezaba: ¿CUÁL ES SU FRASE FAVORITA? LA ESCRIBIÓ UN GUIONISTA. Sujeta en la acera, había una gran figura hinchable de un cerdo fumando un cigarro con la palabra PRODUCTOR estampada en el trasero. El cerdo y la mayoría de los carteles eran topicazos y yo pensé que siendo guionistas los que protestaban se les habría podido ocurrir algo mejor. Pero quizás esa clase de creatividad sólo se producía cuando les pagaban.

Había viajado en el asiento de atrás por conservar las apariencias en esta primera parada. Esperaba que Elliot me atisbara a través de la ventana de su despacho y me tomara por un abogado de grandes medios y capacidad. Sin embargo, los guionistas vieron un Lincoln con un pasajero en la parte de atrás y pensaron que era un productor. Al girar hacia el estudio se acercaron al coche y empezaron a entonar: «Cerdo avaricioso, cerdo avaricioso». Cisco aceleró y se abrió paso, y unos pocos de los desdichados guionistas tuvieron que hacerse a un lado rápidamente.

—Con cuidado —bramé—. Sólo me falta atropellar a un guionista en paro.

—No te preocupes —replicó Cisco con calma—. Siempre se dispersan.

—Esta vez no.

Al llegar a la caseta del vigilante, Cisco adelantó lo suficiente para que mi ventanilla quedara a la altura de la puerta. Comprobé que ninguno de los guionistas nos había seguido a la propiedad del estudio y bajé la ventanilla para poder hablar con el hombre que salió. Llevaba un uniforme de color beis con una corbata marrón oscura y charreteras a juego. Tenía un aspecto ridículo.

—¿Puedo ayudarle?

—Soy el abogado de Walter Elliot. No tengo cita con él, pero necesito verlo ahora mismo.

—¿Puedo ver su carné de conducir?

Lo saqué y se lo pasé por la ventanilla.

—Me ocupo de esto por Jerry Vincent, ése es el nombre que reconocerá su secretaria.

El vigilante se metió en la cabina y cerró la puerta. No sé si era para que no se escapara el aire acondicionado o para impedirme oír la conversación telefónica. Fuera cual fuese la razón, enseguida volvió a abrir la puerta y me pasó el teléfono, tapando el auricular con la mano.

—La señora Albrecht es la secretaria ejecutiva del señor Elliot. Quiere hablar con usted.

Cogí el teléfono.

—¿Hola?

—¿Es el señor Haller? ¿De qué se trata? El señor Elliot ha tratado exclusivamente con el señor Vincent sobre este asunto y no tiene ninguna cita en su agenda.

Este asunto. Era una extraña forma de referirse a una acusación de doble homicidio.

—Señora Albrecht, preferiría no hablar de esto en la verja. Como puede imaginar, se trata de un «asunto» delicado, por usar su palabra. ¿Puedo entrar en la oficina y ver al señor Elliot?

Me volví en mi asiento y miré por la ventanilla trasera. Había dos coches en la cola de la caseta detrás de mi Lincoln. No debían de ser productores, porque los guionistas les habían dejado pasar sin molestarles.

—Me temo que eso no basta, señor Haller. ¿Puedo ponerle en espera mientras hablo con el señor Vincent?

—No podrá hablar con él.

—Estoy segura de que atenderá una llamada del señor Elliot.

—Yo estoy seguro de que no lo hará, señora Albrecht. Jerry Vincent está muerto. Por eso estoy aquí.

Miré el reflejo de Cisco en el espejo retrovisor y me encogí de hombros como para decir que no tenía alternativa que sacudirle con la noticia. El plan había sido abrirme camino diplomáticamente y ser yo el que le diera a Elliot la noticia de que su abogado había muerto.

—Disculpe, señor Haller. ¿Ha dicho que el señor Vincent... está muerto?

—Eso es lo que he dicho. Y yo soy su sustituto asignado por el tribunal. ¿Puedo pasar ahora?

—Sí, por supuesto.

Devolví el teléfono y enseguida se abrió la puerta.

13

$\mathcal{N}$os asignaron un fantástico espacio en el aparcamiento ejecutivo. Le dije a Cisco que esperara en el coche y entré solo, llevando las dos gruesas carpetas que Vincent había reunido sobre el caso. Una contenía el material de revelación entregado hasta el momento por la fiscalía, que incluía importantes documentos de investigación y transcripciones de interrogatorios, y la otra contenía documentos y otros frutos del trabajo generado por Vincent a lo largo de los cinco meses que llevaba en el caso. Entre las dos carpetas logré formarme una idea aproximada de lo que tenía y no tenía la fiscalía, así como de la dirección por la cual quería llevar el caso el fiscal. Todavía había trabajo que hacer y faltaban piezas en el caso y la estrategia de la defensa. Quizás esas piezas estaban en la cabeza de Jerry Vincent, en su portátil o en la libreta de su portafolios, pero a no ser que la policía detuviera a un sospechoso y recuperara la propiedad robada, lo que hubiera allí no me sería de utilidad.

Seguí una acera por un césped perfectamente cuidado hacia la oficina de Elliot. Mi plan para la reunión tenía tres aspectos: el primer asunto era asegurar a Elliot como cliente. Hecho eso, solicitaría su aprobación para aplazar el juicio con el fin de darme tiempo para ponerme al día y prepararme para la vista. La última parte del plan sería ver si Elliot tenía alguna de las piezas que faltaban en el caso de la defensa. Las partes segunda y tercera obviamente no importaban si no tenía éxito con la primera.

La oficina de Walter Elliot se hallaba en el Bungalow Uno, al fondo de la parcela del Archway. La palabra «*bungalow*» daba la impresión de algo pequeño, pero los *bungalows* eran grandes en Hollywood, una señal de estatus. Era como tener tu propia casa privada en la parcela. Y como en cualquier casa privada, las actividades en el interior podían mantenerse en secreto.

Una entrada con azulejos españoles conducía a una sala de estar con una chimenea que lanzaba llamas de gas en una pared y una barra de madera de caoba instalada en la esquina opuesta. Llegué al centro de la sala, miré a mi alrededor y esperé. Observé el cuadro que había sobre la chimenea. Mostraba a un caballero con armadura en un corcel blanco. Éste se había abierto la visera del casco y sus ojos miraban con intensidad. Me adentré unos pasos en la sala y me di cuenta de que los ojos se habían pintado de modo que miraran al observador de la pintura desde cualquier ángulo de la sala. Me seguían.

—¿Señor Haller?

Me volví y reconocí la voz del teléfono de la garita. El guardián de Elliot, la señora Albrecht, había entrado en la sala sin que yo la viera. Elegancia fue la palabra que se me vino a la cabeza. Era una belleza entrada en años que parecía tomarse el envejecimiento con calma. El gris salpicaba su cabello sin teñir y minúsculas arrugas aparecían en sus ojos y boca, que aparentemente no habían sido sometidos a incisión o inyección. La señora Albrecht daba la sensación de ser una mujer que se sentía a gusto en su propia piel, lo cual según mi experiencia era algo poco común en Hollywood.

—El señor Elliot lo recibirá ahora.

La seguí, doblamos una esquina y recorrimos un pequeño pasillo hasta una oficina de recepción. Ella pasó junto a un escritorio vacío —el suyo, supuse— y abrió una gran puerta que daba al despacho de Walter Elliot.

Elliot era un hombre muy bronceado con más pelo gris que aparecía por el cuello de su camisa abierta que el que tenía sobre la cabeza. Estaba sentado detrás de una gran mesa de trabajo de cristal. No había cajones debajo ni ordenador encima, pero sí papeles y guiones esparcidos sobre la mesa. No importaba que se enfrentara a dos acusaciones de asesinato, Elliot se mantenía ocupado. Estaba trabajando y dirigiendo Archway del modo en que siempre lo había hecho. Quizá lo hacía siguiendo el consejo de algún gurú de la autoayuda de Hollywood, pero no era una conducta o una filosofía inusual para los acusados. «Actúa como si fueras inocente y serás percibido como inocente. Finalmente, te convertirás en inocente.»

Había una zona para sentarse a la derecha, pero él eligió permanecer detrás de la mesa de trabajo. Tenía unos ojos oscuros y penetrantes que me resultaban familiares, y entonces me di cuenta de que había estado mirándolos: el caballero en el corcel de la sala de estar era Elliot.

—Señor Elliot, éste es el señor Haller —dijo la señora Albrecht.

La secretaria me señaló la silla que estaba al otro lado de la mesa de Elliot. Después de que me sentara, éste hizo un gesto sin mirar a la señora Albrecht y ella salió de la sala sin decir una palabra más. A lo largo de los años he representado y he estado en compañía de un par de docenas de asesinos, y la primera regla es que no hay reglas. Los hay de todos los tamaños y medidas, ricos y pobres, humildes y arrogantes, arrepentidos y fríos como el acero. Los porcentajes me decían que lo más probable era que Elliot fuera un asesino, que había eliminado a sangre fría a su mujer y su amante y que había pensado arrogantemente que podría salir impune. Pero no hubo nada en ese primer encuentro que me cerciorara de una cosa o de la contraria. Y siempre era así.

—¿Qué le ha ocurrido a mi abogado? —preguntó.

—Bueno, para una explicación detallada debería preguntarle a la policía. El resumen es que alguien lo mató anoche en su coche.

—¿Y eso dónde me deja a mí? Me juego la vida en un juicio dentro de una semana.

Era una ligera exageración. El inicio del proceso de selección del jurado estaba programado para al cabo de nueve días y la fiscalía no había anunciado que fuera a solicitar la pena de muerte. Pero no hacía daño que estuviera pensando en tales términos.

—Por eso estoy aquí, señor Elliot. En este momento está conmigo.

—¿Y quién es usted? Nunca había oído hablar de usted.

—No había oído hablar de mí porque tengo como norma que no se oiga hablar de mí. Los abogados famosos atraen demasiada atención sobre sus clientes; alimentan su propia cele-bridad ofreciéndolos. Yo no trabajo de esa forma.

Elliot frunció la boca y asintió. Sabía que me había anotado un punto.

—¿Y se hace cargo de los clientes de Vincent? —preguntó.

—Deje que se lo explique, señor Elliot. Jerry Vincent tenía un negocio de un solo hombre, igual que yo. En ocasiones al-guno de nosotros necesitaba ayuda con un caso o a un abogado que se ocupara de algún asunto aquí o allá. Cumplíamos con ese papel por el otro. Si mira el contrato de representación que firmó con él, encontrará mi nombre en un párrafo con jerga le-gal que autoriza a Jerry a discutir su caso conmigo y a incluir-me en los límites de las relaciones abogado-cliente. En otras palabras, Jerry me confiaba sus casos. Y ahora que se ha ido, es-toy preparado para llevarlo en su lugar. Hoy mismo la presi-denta del Tribunal Superior ha dictado una orden que me sitúa en custodia de lo casos de Jerry. Por supuesto, en última ins-tancia es usted quien ha de elegir quién le va a representar en el juicio. Yo estoy muy familiarizado con su caso y preparado para continuar con su representación legal sin demasiada difi-cultad. Pero, como he dicho, la decisión es suya. Sólo he venido a exponerle sus opciones.

Elliot negó con la cabeza.

—No puedo creerlo. Teníamos el juicio apuntado para la semana que viene y no voy a retrasarlo. ¡He estado esperando cinco meses para limpiar mi nombre! ¿Tiene idea de lo que su-pone para un hombre inocente tener que esperar y esperar y esperar a la justicia? ¿Leer todas las insinuaciones y mentiras de los medios? ¿Tener un fiscal oliéndome el trasero, esperan-do que cometa un error para retirarme la fianza? ¡Mire esto! —Estiró una pierna y se levantó la pernera izquierda para re-velar el monitor GPS que la juez Holder le había obligado lle-var—. ¡Quiero que acabe ya!

Asentí de un modo consolador y supe que si le decía que quería aplazar su juicio, me enfrentaría a que rechazara rápida-mente mis servicios. Decidí sacarlo a relucir en una sesión de estrategia después de cerrar el trato, si finalmente lo hacía.

—He tratado con muchos clientes erróneamente acusados

—mentí—. La espera de que se haga justicia puede resultar casi intolerable. Pero eso también hace la reivindicación más significativa. —Elliot no respondió y no dejé que el silencio durara—. He pasado la mayor parte de la tarde revisando los archivos y las pruebas de su caso. Estoy seguro de que no tendrá que aplazar el juicio, señor Elliot. Estaré más que preparado para actuar. Otro abogado, quizá no, pero yo estaré preparado.

Ahí estaba, mi mejor apuesta con él, la mayor parte mentiras y exageraciones. Pero no me detuve ahí.

—He estudiado la estrategia del caso perfilada por el señor Vincent. No la cambiaría, pero creo que puedo mejorarla. Y estaré preparado para actuar la semana que viene si es necesario. Creo que un aplazamiento sería útil, pero no imprescindible.

Elliot asintió y se frotó la boca con el dedo.

—Tendría que pensar en esto —dijo—. He de hablar con alguna gente y preguntar sobre usted, igual que pedí referencias de Vincent antes de empezar con él.

Decidí jugármela y tratar de forzar a Elliot a una rápida decisión. No quería que me investigara y posiblemente descubriera que había estado desaparecido durante un año. Eso plantearía demasiadas preguntas.

—Es una buena idea —dije—. Tómese su tiempo, pero no demasiado. Cuanto más tarde en decidirse, mayor es la posibilidad de que el juez considere necesario retrasar el juicio. Sé que no es lo que desea, pero en ausencia del señor Vincent o cualquier otro abogado, el juez probablemente ya se está poniendo nervioso y lo está considerando. Si me elige a mí, trataré de comparecer ante el magistrado lo antes posible y decirle que aún estamos preparados para ir.

Me levanté y busqué una tarjeta en el bolsillo de la chaqueta. La dejé sobre el cristal.

—Éstos son mis números. Llámeme cuando quiera.

Esperaba que me dijera que me sentara y que empezáramos a planificar el juicio. Sin embargo, Elliot se limitó a inclinarse y recoger la tarjeta. Parecía estar estudiándola cuando lo dejé allí. Antes de que llegara a la puerta de la oficina, ésta se abrió desde fuera y allí estaba la señora Albrecht. Me sonrió afectuosamente.

—Estoy segura de que estaremos en contacto —dijo.

Me dio la sensación de que había oído todo lo dicho entre su jefe y yo.

—Gracias, señora Albrecht —respondí—. Ciertamente así lo espero.

14

*E*ncontré a Cisco apoyado en el Lincoln, fumando un cigarrillo.

—Has ido rápido —dijo.

Abrí la puerta trasera por si había cámaras en el aparcamiento y Elliot me estaba observando.

—Gracias por los ánimos.

Me metí en el coche y él hizo lo mismo.

—Sólo estaba diciendo que me ha parecido rápido —comentó—. ¿Cómo ha ido?

—Lo he hecho lo mejor posible. Probablemente sabremos algo enseguida.

—¿Crees que lo hizo?

—Probablemente, pero eso no importa. Tenemos otras preocupaciones.

Era duro pasar de pensar en una tarifa de un cuarto de millón de dólares a algunos de los clientes del montón de la lista de Vincent, pero así era el trabajo. Abrí la mochila y saqué los otros archivos activos. Era el momento de decidir cuál iba a ser nuestra próxima parada.

Cisco retrocedió y empezó a dirigirse hacia el arco de salida.

—Lorna espera noticias —dijo.

Lo miré en el retrovisor.

—¿Qué?

—Lorna me ha llamado mientras estabas dentro. Quiere saber qué ha pasado con Elliot.

—La llamaré, no te preocupes. Primero deja que averigüe adónde vamos.

La dirección de cada cliente —al menos los domicilios dados después de contratar los servicios de Vincent— estaban impresas en el exterior de cada carpeta. Las repasé rápidamente buscando direcciones en Hollywood. Finalmente encontré la carpeta correspondiente a la mujer acusada de exposición indecente; era la clienta que había acudido antes al despacho de Vincent para pedir que le devolvieran su archivo.

—Allá vamos —dije—. Cuando salgamos de aquí, gira por Melrose hacia La Brea. Tenemos a una clienta allí; una mujer que ha pasado a buscar el expediente.

—Entendido.

—Después de esa parada iré en el asiento delantero. No quiero que te sientas como un chófer.

—No pasa nada. Creo que podría acostumbrarme.

Saqué el teléfono.

—Eh, Mick, he de decirte algo —dijo Cisco.

Levanté el pulgar del botón de marcación rápida de Lorna.

—Dime.

—Quiero decírtelo yo antes de que te enteres por otro lado. Lorna y yo… vamos a casarnos.

Me había figurado que iban en esa dirección. Lorna y yo fuimos amigos durante quince años antes de estar sólo uno casados. Había sido un matrimonio de rebote para mí y una de las cosas más desacertadas que había hecho. Terminamos cuando nos dimos cuenta del error y de algún modo conseguimos mantener la amistad. No había ninguna otra persona en el mundo en la que confiara más que en ella. Ya no estábamos enamorados, pero todavía la quería y siempre la protegería.

—¿Estás bien, Mickey?

Miré a Cisco en el retrovisor.

—Yo no soy parte de la ecuación, Cisco.

—Ya lo sé, pero quería saber si te molesta. ¿Me entiendes?

Miré por la ventanilla y pensé un momento antes de responder. Luego volví a mirarlo en el espejo.

—No, no me molesta. Pero te diré algo, Cisco: es una de las cuatro personas más importantes de mi vida. Puede que peses treinta kilos más que yo y, sí, todos de músculo. Pero si le haces daño, te arrepentirás. ¿Te molesta eso?

Apartó la mirada del retrovisor para mirar la calle. Estábamos en el carril de salida, avanzando con lentitud. Los guionistas en huelga estaban saliendo en masa hacia la acera y retrasando a la gente que trataba de salir del estudio.

—No, Mick, no me molesta.

Estuvimos un rato en silencio después de eso al avanzar poco a poco. Cisco siguió mirándome por el espejo.

—¿Qué? —pregunté al fin.

—Bueno, tengo a tu hija. Ella es una. Y luego a Lorna. Me estaba preguntando quiénes eran los otros dos.

Antes de que pudiera responder, la versión electrónica de la obertura de *Guillermo Tell* empezó a sonarme en la mano. Miré mi teléfono: decía «llamada privada» en la pantalla. Lo abrí.

—Haller.

—Por favor, espere al señor Elliot —dijo la señora Albrecht.

No pasó mucho tiempo antes de oír la voz familiar.

—¿Señor Haller?

—Aquí estoy, ¿qué puedo hacer por usted?

Sentí la ansiedad en las tripas. Se había decidido.

—¿Se ha fijado en algo de mi caso, señor Haller?

La pregunta me pilló con la guardia baja.

—¿Qué quiere decir?

—Un abogado. Tenía un abogado, señor Haller. Mire, no sólo debo ganar este caso en el tribunal, sino que también tengo que ganarlo en la corte de la opinión pública.

—Entiendo —dije, aunque no lo entendía demasiado.

—En los últimos diez años he elegido muchas ganadoras. Me refiero a películas en las que he invertido mi dinero. Elegí ganadoras porque creo que tengo una precisa sensación del gusto y la opinión del público. Sé lo que le gusta a la gente, porque sé lo que piensa.

—Estoy seguro de que es así, señor.

—Y creo que el público cree que cuanto más culpable eres, más abogados necesitas.

No se equivocaba en eso.

—Así que lo primero que le dije al señor Vincent cuando lo contraté fue «nada de *dream team*, sólo usted». Tuvimos una segunda abogada a bordo al principio, pero era temporal. Cumplió un propósito y se fue. Un abogado, señor Haller, eso es lo que quiero. El mejor que pueda conseguir.

—Entien...

—Me he decidido, señor Haller. Me ha impresionado cuando ha estado aquí. Me gustaría contratar sus servicios para el juicio. Usted será mi único abogado.

Tuve que calmar la voz antes de responder.

—Me alegro de oírlo. Llámeme Mickey.

—Y usted puede llamarme Walter. Pero insisto en una condición antes de que accedamos a este acuerdo.

—¿Cuál?

—Ningún retraso. Quiero ir sobre agenda. Quiero oírselo decir.

Vacilé. Quería un aplazamiento, pero quería más el caso.

—No nos retrasaremos —dije—. Estaremos preparados para empezar el jueves que viene.

—Entonces, bienvenido a bordo. ¿Qué hacemos a continuación?

—Bueno, todavía estoy en el aparcamiento. Puedo dar la vuelta y volver.

—Me temo que tengo reuniones hasta las siete y luego un visionado de nuestra película para la temporada de premios.

Creía que su juicio y la libertad deberían haber superado en importancia a sus reuniones y películas, pero lo dejé estar. Educaría a Walter Elliot y le llevaría a la realidad la siguiente vez que lo viera.

—De acuerdo, entonces, por ahora deme un número de fax y le pediré a mi asistente que le mande un contrato. Tendrá la misma estructura de tarifa que tenía con Jerry Vincent.

Hubo un silencio y esperé. Si iba a tratar de rebajar la tarifa era su oportunidad de hacerlo. Pero en lugar de eso, repitió un número de fax que oí que le daba la señora Albrecht. Lo anoté en la parte exterior de una de las carpetas.

—¿Qué le parece mañana, Walter?

—¿Mañana?

—Sí, si no esta noche, entonces mañana. Hemos de ir empezando. Usted no quiere aplazamiento y yo quiero estar más preparado que ahora. Hemos de hablar y revisar las cosas. Hay unos pocos agujeros en la estrategia de la defensa y creo que puede ayudarme a llenarlos. Podría volver al estudio o reunirme con usted en cualquier otro sitio por la tarde.

Oí voces ahogadas mientras Elliot hablaba con la señora Albrecht.

—Tengo un hueco a las cuatro en punto —dijo finalmente—, aquí en el *bungalow*.

—Vale, ahí estaré. Y cancele lo que tenga a las cinco. Necesitaremos al menos un par de horas para empezar.

Elliot accedió a las dos horas y estábamos a punto de terminar la conversación cuando pensé en otra cosa.

—Walter, quiero ver la escena del crimen. ¿Puedo ir a la casa de Malibú mañana antes de que nos reunamos?

Otra vez hubo una pausa.

—¿Cuándo?

—Cuando le venga bien.

Una vez más tapó el teléfono y oí la conversación ahogada con la señora Albrecht. Acto seguido volvió a ponerse.

—¿Qué le parece a las once? Haré que alguien se reúna con usted allí y le deje pasar.

—Perfecto. Le veo mañana, Walter.

Cerré el teléfono y miré a Cisco en el espejo.

—Lo tenemos.

Cisco hizo sonar el claxon en celebración. Fue un largo bocinazo que hizo que el conductor que teníamos delante levantara el puño y nos enseñara el dedo. En la calle, los guionistas en huelga tomaron el bocinazo como una señal de apoyo desde el interior del odiado estudio. Oí sonoros vítores procedentes de las masas.

107

15

*B*osch llegó temprano a la mañana siguiente. Estaba solo. Me pasó su oferta de paz en forma de taza de café. Ya no tomo café —trato de evitar cualquier adicción en mi vida—, pero la cogí de todos modos, pensando que quizás el olor de la cafeína me mantendría en marcha. Eran sólo las 7.45, pero llevaba más de dos horas en la oficina de Jerry Vincent.

Volví a hacer pasar a Bosch a la sala de archivos. Parecía más cansado de lo que yo me sentía y estaba casi seguro de que llevaba el mismo traje que cuando lo había visto el día anterior.

—¿Una noche larga? —pregunté.

—Ah, sí.

—¿Persiguiendo pistas o persiguiendo sombras?

Era una pregunta que había oído que un detective le hacía a otro en el pasillo de un tribunal. Supongo que era una cuestión reservada a los hermanos de placa, porque no le sentó muy bien a Bosch. Hizo una especie de sonido gutural y no respondió.

En la sala de archivos le dije que se sentara a la mesita. Había una libreta grande de hojas amarillas sobre ésta, pero ninguna carpeta. Me senté al otro lado y dejé allí mi café.

—Bueno —dije, cogiendo la libreta.

—Bueno —repitió Bosch cuando no le ofrecí nada más.

—Bueno, me reuní ayer con la juez Holder en su despacho y elaboramos un plan por el cual podemos darle lo que necesite de los archivos sin darle los archivos.

Bosch negó con la cabeza.

—¿Qué pasa? —pregunté.

—Debería habérmelo dicho ayer en el Parker Center —dijo—. No habría perdido el tiempo.

—Pensaba que lo apreciaría.

—No va a funcionar.

—¿Cómo lo sabe? ¿Cómo puede estar seguro?

—¿Cuántos homicidios ha investigado, Haller? ¿Y cuántos ha resuelto?

—Muy bien, entendido: usted es el hombre de homicidios. Pero soy ciertamente capaz de revisar los archivos y discernir lo que constituía una amenaza legítima a Jerry Vincent. Posiblemente porque de mi experiencia como abogado defensor criminal podría incluso percibir una amenaza que a usted se le pasaría por alto en su papel de detective.

—Eso dice.

—Sí, eso digo.

—Mire, lo único que estoy señalando aquí es lo obvio. Yo soy el detective; soy el único que debería mirar en los archivos porque sé lo que estoy buscando. No se ofenda, pero usted es un aficionado en esto. Así que estoy en una posición en la que he de aceptar lo que un aficionado me dé y confiar en que estoy sacando todo lo que hay que sacar de los archivos. No funciona así. No me fío de las pruebas a no ser que las encuentre yo mismo.

—Una vez más me lo ha dejado claro, detective, pero así son las cosas. Es el único método que aprobó la juez Holder, y he de decirle que tiene suerte de haber conseguido tanto. No estaba interesada en ayudarle a usted en absoluto.

—¿Me está diciendo que fue a batear por mí?

Lo dijo en un tono incrédulo y sarcástico, como si fuera algún tipo de imposibilidad matemática que un abogado defensor ayudara a un detective de la policía.

—Exacto —contesté desafiantemente—. Fui a batear por usted. Le dije ayer que Jerry Vincent era amigo mío; me gustaría que detuviera al tipo que lo hizo.

—Probablemente también está preocupado por su propio cuello.

—Eso no lo niego.

—Yo en su caso lo estaría.

—Mire, ¿quiere la lista o no?

Sostuve la libreta como si estuviera incitando a un perro

con un juguete. Él estiró el brazo y yo la retiré, lamentando de inmediato el movimiento. Se la entregué rápidamente. Fue un intercambio extraño, como cuando nos estrechamos las manos el día anterior.

—Hay once nombres en esa lista, con un breve resumen de cada amenaza hecha a Jerry Vincent. Tuvimos suerte de que Jerry considerara importante anotar un relato de cada amenaza que recibió. Yo nunca lo he hecho. —Bosch no respondió. Estaba leyendo la primera página de la libreta—. Las he priorizado —añadí.

Bosch me miró y supe que estaba a punto de saltarme a la yugular por asumir otra vez el rol de detective. Levanté una mano para detenerlo.

—No desde el punto de vista de su investigación, sino desde el punto de vista de ser abogado; de ponerme en el lugar de Vincent, mirar estas cosas y determinar cuáles me preocuparían más. Como el primero de la lista, James Demarco. Al tipo lo condenaron por tráfico de armas y cree que Jerry cagó el caso. Un tipo así puede coger una pistola en cuanto salga.

Bosch asintió y bajó la mirada a la libreta. Habló sin levantar la mirada.

—¿Qué más tiene para mí?

—¿Qué quiere decir?

Me miró y movió arriba y abajo la libreta como si fuera tan ligera como una pluma, lo mismo que la información que contenía.

—Comprobaré estos nombres y veré dónde están estos tipos ahora. Quizá su pistolero está libre y buscando venganza, pero éstos son casos cerrados. Lo más probable es que si estas amenazas fueran fundadas se hubieran cumplido hace mucho. Lo mismo pasa con las amenazas que recibiera siendo fiscal. Así que lo único que me está dando es trabajo improductivo.

—¿Trabajo improductivo? Algunos de esos tipos lo amenazaron cuando se los estaban llevando a prisión. Quizás algunos hayan salido ya. Quizás alguno acaba de salir y ha cumplido con su amenaza. Quizá contrataron el crimen desde la cárcel. Hay muchas posibilidades y no debería desdeñarlas como trabajo improductivo. No entiendo su actitud en esto.

110

Bosch sonrió y negó con la cabeza. Recordé a mi padre haciendo lo mismo cuando estaba a punto de decirme que no había entendido bien algo cuando yo era un niño de cinco años.

—No me importa lo que piense de mi actitud —dijo—. Revisaremos sus pistas. Pero estamos buscando algo un poco más actual. Algo de los casos abiertos de Vincent.

—Bueno, no puedo ayudarlo en eso.

—Claro que puede. Tiene todos los casos ahora. Supongo que está revisándolos y reuniéndose con sus nuevos clientes. Va a encontrarse con algo, a ver algo o a oír algo que no encaja, que no parece adecuado, que quizá le asusta un poco. Entonces es cuando me llama. —Lo miré sin responder—. Nunca se sabe. Podría salvarle la…

Se encogió de hombros y no continuó, pero el mensaje era claro. Estaba tratando de ayudarme para que cooperara más allá de lo que la juez Holder había autorizado, o más allá de lo que me resultaba cómodo.

—Una cosa es compartir información de amenazas de casos cerrados, y otra completamente diferente hacerlo con los casos activos. Y además, sé que me está pidiendo algo más que amenazas. Cree que Jerry se topó con algo y que esa información le costó la vida.

Bosch mantuvo la mirada fija en mí y asintió lentamente. Fui el primero en apartar la vista.

—¿Y si es una calle de doble sentido, detective? ¿Qué sabe que no me está contando? ¿Qué había en el portátil que era tan importante? ¿Qué había en el portafolios?

—No puedo hablar de una investigación activa.

—Podía ayer cuando preguntó por el FBI.

Me miró y entrecerró sus ojos oscuros.

—No le pregunté sobre el FBI.

—Vamos, detective. Me preguntó si tenía algún caso federal. ¿Por qué iba a hacer eso a no ser que hubiera alguna conexión federal? Apuesto a que era el FBI.

Bosch vaciló. Tenía la sensación de que había acertado y ahora estaba acorralado. Mi mención del FBI le haría creer que sabía algo. Ahora tendría que dar para poder recibir.

—Esta vez empieza usted —le dije.

111

Asintió con la cabeza.

—Muy bien, el asesino se llevó el móvil de Jerry Vincent. Lo cogió del cadáver o del maletín.

—Bien.

—Me pasaron el registro de llamadas ayer justo antes de verle. El día que lo mataron recibió tres llamadas del FBI. Cuatro días antes, hubo otras dos. Estaba hablando con alguien de allí, o ellos estaban hablando con él.

—¿Quién?

—No lo sé; todas las llamadas salientes de allí se registran al número principal. Lo único que sé es que recibía llamadas del FBI, pero no hay nombres.

—¿Eran llamadas largas?

Bosch vaciló, inseguro de qué divulgar. Bajó la mirada a la libreta que tenía en la mano y lo vi decidiendo a regañadientes compartir más. Iba a cabrearse, porque yo no tenía nada que ofrecer a cambio.

—Eran llamadas cortas.

—¿Cómo de cortas?

—Ninguna de más de un minuto.

—Entonces quizás eran llamadas equivocadas.

Negó con la cabeza.

—Son demasiadas llamadas equivocadas. Querían algo de él.

—¿Alguien de allí ha pedido información de la investigación de homicidio?

—Todavía no.

Pensé en ello y me encogí de hombros.

—Bueno, quizá lo hagan, y entonces lo sabrá.

—Sí, pero tal vez no. No es su estilo, no sé si me explico. Ahora es su turno. ¿Qué tiene que sea federal?

—Nada. Confirmé que Vincent no tenía casos federales.

Observé que Bosch montaba en cólera al ver que había jugado con él.

—¿Me está diciendo que no ha encontrado conexiones federales? ¿Ni siquiera una tarjeta de visita del FBI en esa oficina?

—Exacto. Nada.

Corría un rumor respecto a un jurado de acusación federal investigando casos de corrupción en tribunales del estado. ¿Sabe algo de eso?

Negué con la cabeza.

—He estado en la nevera un año.

—Gracias por la ayuda.

—Mire, detective, no lo entiendo. ¿Por qué no puede ir allí y simplemente preguntar quién estaba llamando a su víctima? ¿No es así como debería proceder una investigación?

Bosch sonrió como si estuviera tratando con un niño.

—Si quieren que sepa algo, acudirán a mí. Si yo les llamo se burlarán de mí. Si esto formaba parte de una investigación de corrupción o tenían algo más, las posibilidades de que hablen con un policía local son entre remotas y nulas. Si lo mataron por su culpa, entonces son nulas.

—¿Cómo iban a matarlo por su culpa?

—Se lo he dicho, no paraban de llamarle. Querían algo. Le estaban presionando. Quizás alguien más estaba al corriente y creía que era un riesgo.

—Eso son muchas conjeturas sobre cinco llamadas que no suman ni cinco minutos.

Bosch levantó la libreta.

—No más conjeturas que esta lista —dijo.

—¿Y el portátil?

—¿Qué pasa con él?

—¿De eso se trata, de algo que estaba en su portátil?

—Dígamelo.

—¿Cómo voy a decírselo si no tengo ni idea de lo que había en él? —exclamé.

Bosch se levantó.

—Que pase un buen día, abogado.

Salió llevando la libreta al costado. Me quedé preguntándome si me había estado advirtiendo o jugando conmigo todo el tiempo que había estado en la sala.

113

$\mathcal{L}$orna y Cisco llegaron juntos quince minutos después de la partida de Bosch y nos reunimos en la oficina de Vincent. Tomé asiento detrás del escritorio del difunto abogado y Lorna y Cisco se sentaron uno al lado del otro enfrente de mí. Era otra sesión de puesta al día en la cual repasábamos los casos, lo que se había logrado la noche anterior y lo que todavía había que hacer.

Con Cisco al volante, había visitado a once clientes de Vincent la noche anterior, firmando con ocho de ellos y entregando los expedientes a los otros tres. Eran los casos prioritarios: clientes potenciales que esperaba mantener porque podían pagar o cuyos casos habían recabado algún mérito en mi revisión. Eran causas que podía ganar o que representaban un desafío.

Así que no había sido una mala noche. Incluso había convencido a la mujer acusada de exposición indecente de que me mantuviera como su abogado. Y por supuesto, quedarme con Walter Elliot era la guinda del pastel. Lorna informó de que le había enviado por fax un contrato de representación y ya se lo habían devuelto firmado. Las cosas iban rodadas por ese lado. Podía empezar a mordisquear los cien mil de la cuenta de fideicomiso.

A continuación establecimos el plan del día. Le dije a Lorna que quería que ella y Wren —si aparecía— examinaran al resto de los clientes, les informaran de la defunción de Jerry Vincent y establecieran citas para discutir las opciones de la representación legal. También quería que Lorna continuara elaborando el calendario y familiarizándose con los expedientes y los registros financieros de Vincent.

Le dije a Cisco que quería que se concentrara en el caso Elliot, con especial hincapié en el mantenimiento de testigos. Esto significaba que tenía que coger la lista de testigos de descargo preliminares, que ya había sido compilada por Jerry Vincent, y preparar citaciones para los agentes de la ley y otros testigos que podrían considerarse hostiles a la causa de la defensa. En el caso de testigos expertos pagados y otros que estaban dispuestos a ir a testificar en el juicio para la defensa, tenía que establecer contacto y garantizarles que el juicio estaba avanzando como estaba programado, conmigo como sustituto de Vincent al timón.

—Entendido —dijo Cisco—. ¿Qué pasa con la investigación de Vincent? ¿Aún quieres que la monitorice?

—Sí, estate al tanto y cuéntame lo que descubras.

—Descubrí que pasaron la última noche interrogando a alguien, pero lo han soltado esta mañana.

—¿Quién?

—Todavía no lo sé.

—¿Un sospechoso?

—Lo soltaron, así que fuera quien fuese está libre. Por ahora.

Asentí mientras pensaba en ello. No era de extrañar que Bosch tuviera aspecto de haber estado en pie toda la noche.

—¿Qué vas a hacer hoy? —preguntó Lorna.

—Mi prioridad a partir de hoy es Elliot. Hay unas pocas cosas de estos otros casos a las que tendré que prestar cierta atención, pero sobre todo voy a estar con Elliot a partir de ya. Dentro de ocho días tenemos selección del jurado. Hoy quiero empezar con la escena del crimen.

—Te acompaño —dijo Cisco.

—No, sólo quiero formarme una idea del lugar. Puedes entrar allí con una cámara y cinta métrica después.

—Mick, ¿no hay ninguna posibilidad de que puedas convencer a Elliot de una aplazamiento? —preguntó Lorna—. ¿No se da cuenta de que necesitas tiempo para estudiar el caso y comprenderlo?

—Eso le dije, pero no le interesa. Lo convirtió en un requisito para contratarme. Tuve que acceder a ir a juicio la semana que viene o encontraría a otro abogado que lo haga. Dice que es inocente y que no quiere esperar ni un día más para probarlo.

—¿Le crees?

Me encogí de hombros.

—No importa, él lo cree. Y tiene una extraña confianza en

que todo le vendrá de cara, como los resultados de taquilla del lunes. O sea que o me preparo para ir a juicio al final de la semana que viene o pierdo el cliente.

Justo entonces se abrió la puerta de la oficina y vimos a Wren Williams, vacilante, en el umbral.

—Disculpe —dijo.

—Hola, Wren —saludé—. Me alegro de que esté aquí. ¿Puede esperar en recepción? Enseguida irá Lorna a trabajar con usted.

—No hay problema. También tiene a uno de los clientes esperando aquí, Patrick Henson. Ya estaba aguardando cuando yo llegué.

Miré mi reloj. Eran las nueve menos cinco, lo cual era una buena señal en relación con Patrick Henson.

—Entonces, hazlo pasar.

Entró un hombre joven. Henson era más pequeño de lo que pensaba que sería, pero quizás era el centro de gravedad bajo lo que lo convertía en un buen surfista. Tenía el endurecido bronceado de rigor, pero llevaba el pelo corto. No lucía pendientes ni collar de conchas o diente de tiburón; ni tatuajes que pudiera ver. Vestía pantalones de faena negros y lo que probablemente pasaba por ser su mejor camisa.

—Patrick, hablamos ayer al teléfono. Soy Mickey Haller y ella es mi gerente de casos, Lorna Taylor. Este tipo grande es Cisco, mi investigador.

Caminó hacia el escritorio y nos dimos la mano. Me la estrechó con fuerza.

—Me alegro de que hayas decidido venir. ¿El pez de la pared es el tuyo?

Sin mover los pies, Henson giró por las caderas como si estuviera en una tabla y miró al pez que colgaba de la pared.

—Sí, es *Betty*.

—¿Le pusiste nombre a un pez disecado? —preguntó Lorna—. ¿Qué era, una mascota?

Henson sonrió, más para sus adentros que para nosotros.

—No. Lo pesqué hace mucho tiempo en Florida. Lo colgamos en la puerta de entrada de la casa que compartía en Malibú. Mis compañeros de piso y yo siempre decíamos «Hola, *Betty*» cuando llegábamos a casa. Era bastante estúpido.

Volvió a virar y me miró.

—Hablando de nombres, ¿te llamamos Trick?

—No, eso sólo es el nombre que se le ocurrió a mi agente. Ya no lo tengo. Puede llamarme sólo Patrick.

—Vale. ¿Y me has dicho que tienes carné de conducir?

—Claro.

Buscó en el bolsillo delantero y extrajo una gruesa billetera de nailon. Sacó su carné de conducir y me lo entregó. Lo estudié un momento y se lo pasé a Cisco; él lo estudió un poco más y dio su aprobación oficial con un asentimiento.

—Vale, Patrick, necesito un conductor —le expliqué—. Yo pongo el coche, la gasolina y el seguro y tú te presentas todos los días aquí a las nueve para llevarme adonde tenga que ir. Ayer te dije el plan de pago. ¿Aún estás interesado?

—Lo estoy.

—¿Eres un conductor seguro? —preguntó Lorna.

—Nunca he tenido un accidente —respondió Patrick.

Asentí con la cabeza para dar mi aprobación. Dicen que un adicto está mejor preparado para localizar a otro adicto. Estaba buscando señales de que todavía estuviera consumiendo: párpados pesados, habla lenta, evitación del contacto visual. Pero no capté nada.

—¿Cuándo puedes empezar?

Se encogió de hombros.

—No tengo nada… Quiero decir que cuando usted quiera.

—¿Qué te parece si empezamos ahora mismo? Hoy será un día de prueba. Veremos cómo va y podemos hablar al final del día.

—Por mí perfecto.

—Muy bien, vamos a salir de aquí y en el coche te explicaré cómo me gusta que funcionen las cosas.

—Genial.

Metió los pulgares en los bolsillos y esperó el siguiente movimiento o instrucción. Aparentaba treinta años, pero eso era por lo que el sol le había hecho a su piel. Sabía por el expediente de su caso que sólo tenía veinticuatro y mucho que aprender.

Ese día el plan era llevarlo de nuevo a la escuela.

17

*T*omamos la Diez saliendo del centro y nos dirigimos en dirección oeste hacia Malibú. Yo me senté en la parte de atrás y abrí el ordenador en la mesa plegable. Mientras esperaba que arrancara el sistema le expliqué a Patrick Henson cómo funcionaba todo.

—Patrick, no he tenido oficina desde que dejé el turno de oficio hace doce años. Mi coche es mi oficina. Tengo otros dos Lincoln iguales a éste y los mantengo en rotación. Cada uno tiene impresora y fax, y tengo conexión inalámbrica en mi ordenador. Todo lo que he de hacer en una oficina puedo hacerlo aquí mientras voy de camino a mi siguiente parada. Hay más de cuarenta tribunales esparcidos por el condado de Los Ángeles, por lo que ser móvil es la mejor manera de trabajar.

—Genial —dijo Patrick—. A mí tampoco me gusta estar en una oficina.

—Claro —añadí—, es demasiado claustrofóbico.

Mi ordenador estaba listo. Abrí la carpeta donde guardaba los formularios y pedimentos genéricos y empecé a personalizar una moción previa al juicio para examinar pruebas.

—Estoy trabajando en tu caso ahora mismo, Patrick.

Me miró por el espejo.

—¿Qué quiere decir?

—Bueno, lo he revisado y creo que hay algo que el señor Vincent no había hecho, que considero que necesitamos hacer y que podría ayudar.

—¿Qué es?

—Conseguir una valoración independiente de la gargantilla que te llevaste. El valor consta como 25.000 dólares y eso te coloca en la categoría de delito mayor, pero no parece que nadie lo haya cuestionado nunca.

—¿Quiere decir que si los diamantes eran falsos no hay delito mayor?

—Podría funcionar así. Pero también estaba pensando en algo más.

—¿Qué?

Saqué su carpeta de mi mochila para verificar un nombre.

—Deja que te haga unas cuantas preguntas antes, Patrick. ¿Qué estabas haciendo en esa casa de la que te llevaste la gargantilla?

Se encogió de hombros.

—Salía con la hija menor de la vieja dama. La conocí en la playa y le enseñé surf, y fuimos por allí unas cuantas veces. Un día había una fiesta de cumpleaños en la casa, me invitaron y a la madre le regalaron la gargantilla.

—Fue entonces cuando conociste su valor.

—Sí, el padre dijo que eran diamantes cuando se la dio. Estaba muy orgulloso.

—Así pues, la siguiente vez que fuiste a la casa robaste la gargantilla.

No respondió.

—No era una pregunta, Patrick. Es un hecho. Yo soy tu abogado ahora y hemos de discutir los hechos del caso. Pero no me mientas nunca o dejaré de ser tu abogado.

—Vale.

—O sea que la siguiente vez que estuviste en la casa robaste la gargantilla.

—Sí.

—Cuéntamelo.

—Estábamos solos en la piscina y dije que tenía que ir al lavabo, pero lo que realmente quería era buscar pastillas en el botiquín. Me dolía. No había en el cuarto de baño de abajo, así que fui arriba y eché un vistazo. Miré en el joyero de la señora y vi la gargantilla. Y me la llevé.

Negó con la cabeza y yo sabía por qué. Estaba plenamente avergonzado y derrotado por las acciones a las que le había conducido su adicción. Yo mismo había estado ahí y sabía que

119

mirar atrás desde mi sobriedad daba casi tanto miedo como mirar hacia delante.

—Está bien, Patrick. Gracias por ser honesto. ¿Qué dijo el tipo cuando lo empeñaste?

—Dijo que sólo me daba cuatro billetes porque la cadena era de oro, pero no creía que los diamantes fueran legítimos. Le dije que era un mentiroso de mierda, pero ¿qué podía hacer? Cogí el dinero y me fui a Tijuana. Necesitaba las pastillas, así que cogí lo que me estaba dando. Estaba tan colgado que no me importó.

—¿Cómo se llama la chica? No está en el archivo.

—Mandolin. Sus padres la llaman Mandy.

—¿Has hablado con ella desde que te detuvieron?

—Qué va. Hemos terminado. —Ahora los ojos en el espejo parecían tristes y humillados—. Fui un idiota. Todo fue una estupidez.

Reflexioné un momento y luego metí la mano en el bolsillo de la chaqueta y saqué una fotografía polaroid. La pasé sobre el asiento y toqué con ella el hombro de Patrick.

—Échale un vistazo.

Patrick cogió la foto y la sostuvo sobre el volante mientras la miraba.

—¿Qué diablos le pasó? —preguntó.

—Tropecé con la acera y me caí de bruces delante de mi casa. Me rompí un diente y la nariz, también me hice una buena brecha en la frente. Me hicieron esa foto en urgencias, para que la llevara como un recordatorio.

—¿De qué?

—Acababa de bajar del coche después de llevar a mi hija de once años a casa de su madre. Por entonces estaba en 320 miligramos de oxicodona al día. Lo primero que hacía por la mañana era aplastar las pastillas y esnifarlas, pero para mí las mañanas eran las tardes. —Dejé que lo registrara por unos momentos antes de continuar—. Así que, Patrick, ¿crees que lo que hiciste fue estúpido? Yo estaba llevando a mi hija con 320 miligramos de heroína rústica en la sangre. —Esta vez fui yo quien negó con la cabeza—. No hay nada que puedas hacer con el pasado, Patrick. Salvo mantenerlo allí. —Me estaba mirando directamente en el retrovisor—. Voy a ayudarte con la cuestión legal. El resto depende de ti, y es la parte más dura. Pero eso ya lo sabes.

Asintió.

—En cualquier caso, veo un rayo de luz aquí, Patrick. Algo que Jerry Vincent no vio.

—¿Qué es?

—El marido de la víctima le regaló esa gargantilla. Se llama Roger Vogler y es un gran partidario de un montón de personas elegidas en el condado.

—Sí, es un pez gordo de la política; Mandolin me dijo eso. Hacían cenas de recogida de fondos y cosas así en la casa.

—Bueno, si los diamantes de esa gargantilla son falsos, no va a querer que eso aparezca en el juicio. Especialmente si su mujer no lo sabe.

—Pero ¿cómo va a impedirlo?

—Es un contribuyente, Patrick. Sus contribuciones ayudaron a elegir al menos a cuatro miembros de la junta de supervisores del condado. Éstos controlan el presupuesto de la oficina del fiscal del distrito. La fiscalía te está procesando. Es una cadena alimenticia. Si el doctor Vogler quiere enviar un mensaje, créeme, lo enviará. —Henson asintió. Estaba empezando a ver la luz—. El pedimento que voy a presentar solicita que nos permitan un examen independiente para valorar la evidencia, o sea, la gargantilla de diamantes. Nunca se sabe, la palabra «valorar» podría agitar las cosas. Sólo tendremos que esperar y ver qué pasa.

—¿Vamos al tribunal a presentarlo?

—No. Voy a redactarlo ahora mismo y lo enviaré al tribunal por correo electrónico.

—Genial.

—La belleza de Internet.

—Gracias, señor Haller.

—De nada, Patrick. ¿Puedes devolverme la foto?

Me la pasó por encima del asiento y yo le eché un vistazo. Tenía un bulto bajo el labio y la nariz desviada. También había una abrasión ensangrentada en mi frente. Los ojos eran la parte más difícil de estudiar; confusos y perdidos, mirando de manera insegura a la cámara. Fue mi punto más bajo.

Me volví a guardar la foto en el bolsillo para conservarla.

Circulamos en silencio durante los siguientes quince minutos mientras yo terminaba el pedimento, me conectaba y lo enviaba. Era una forma de decirle a la fiscalía que iba en serio y me sentí bien. El abogado del Lincoln había vuelto al trabajo. El Llanero Solitario cabalgaba de nuevo.

Levanté la cabeza del ordenador al llegar al túnel que señala el final de la autovía y sale a la autopista del Pacífico. Abrí la ventanilla. Siempre me ha gustado la sensación de salir del túnel y ver y oler el océano.

Seguimos la autopista al norte hacia Malibú. Costaba volver al ordenador cuando tenía el azul del Pacífico justo al otro lado de la ventanilla de mi oficina. Finalmente me rendí, bajé la ventanilla del todo y me limité a disfrutar del trayecto.

Una vez que pasamos Topanga Canyon empecé a ver grupos de surfistas en las olas. Me fijé en Patrick y lo vi echando miradas hacia el agua.

—En el expediente pone que hiciste rehabilitación en Crossroads, en Antigua —dije.

—Sí, donde empezó Eric Clapton.

—¿Es bonito?

—Supongo, para ser lo que es.

—Claro. ¿Hay olas allí?

—No muchas. Aunque tampoco tenía mucha ocasión de usar una tabla. ¿Usted hizo rehabilitación?

—Sí, en Laurel Canyon.

—¿Ese sitio donde van los famosos?

—Estaba cerca de casa.

—Sí, bueno, yo hice lo contrario. Yo me alejé lo más posible de mis amigos y mi casa. Funcionó.

—¿Estás pensando en volver al surf?

Miró por la ventanilla antes de responder. Había una docena de surfistas con trajes de neopreno esperando la siguiente ola.

—No lo creo. Al menos no a nivel profesional. Tengo el hombro mal. —Estaba a punto de preguntar para qué necesitaba el hombro cuando continuó con su respuesta—. Remar es una cosa, pero la clave es levantarse. Perdí mi movimiento cuando me jodí el hombro. Disculpe el lenguaje.

—No importa.

—Además, voy paso a paso. Le enseñaron eso en Laurel Canyon, ¿no?

—Sí. Pero hacer surf es una cuestión de día a día y ola a ola, ¿no?

Asintió y yo observé sus ojos. No dejaban de ir al retrovisor y mirarme.

—¿Qué quieres preguntarme, Patrick?

—Eh, sí, tenía una pregunta. Bueno, como Vincent tenía mi pez puesto en la pared...

—¿Sí?

—Bueno... estaba pensando que tal vez guardó alguna de mis tablas.

Abrí otra vez el expediente y miré hasta que encontré el informe de liquidación. Enumeraba doce tablas de surf y los precios obtenidos por ellas.

—Le diste doce tablas, ¿no?

—Sí, todas.

—Bueno, las llevó a su liquidador.

—¿Qué es eso?

—Es un tipo que usaba cuando obtenía bienes de clientes (ya sabes, joyas, propiedades; coches, sobre todo) y los convertía en efectivo a aplicar contra su tarifa. Según el informe de aquí, el liquidador vendió las doce, se quedó el veinte por ciento y le dio a Vincent 4.800 dólares.

Patrick asintió con la cabeza, pero no dijo nada. Lo miré unos momentos y luego volví a mirar la hoja de inventario del liquidador. Recordé que Patrick me había dicho en la primera llamada que las dos tablas largas eran las más valiosas. En el inventario, dos de las tablas se describían como de tres metros. Ambas estaban fabricadas por One World de Sarasota (Florida). Una se vendió por 1.200 dólares a un coleccionista y la otra por 400 en el sitio de subastas de Internet eBay. La disparidad entre los dos precios me hizo pensar que la venta de eBay era falsa. El liquidador probablemente se había vendido la tabla barata a sí mismo. Luego la revendería y se quedaría con los beneficios. Todo el mundo se busca la vida, incluido yo. Sabía que si no la había revendido todavía, entonces todavía tendría una oportunidad.

123

—¿Y si pudiera recuperar una de las tablas largas? —pregunté.

—¡Eso sería asombroso! Ojalá me hubiera quedado al menos con una.

—No te prometo nada, pero veré qué puedo hacer.

Decidí poner a mi investigador en ello más adelante. Que apareciera Cisco haciendo preguntas probablemente haría que el liquidador fuera más complaciente.

Patrick y yo no hablamos durante el resto del trayecto. Al cabo de otros veinte minutos aparcamos en el sendero de entrada de la casa de Walter Elliot. Era de estilo mudéjar, con piedra blanca y postigos marrón oscuro. La fachada central se alzaba en una torre que se recortaba contra el cielo azul. Había un Mercedes plateado de gama media aparcado en el pavimento de adoquines. Estacionamos al lado.

—¿Quiere que espere aquí? —preguntó Patrick.

—Sí. No creo que tarde mucho.

—Conozco esta casa. Es toda de cristal por atrás. Traté de hacer surf por detrás un par de veces, pero se cierra en el interior y la resaca es muy fuerte.

—Ábreme el maletero.

Salí y fui a la parte trasera a coger mi cámara digital. La encendí, me aseguré de que tenía batería e hice una foto rápida de la fachada de la casa. La cámara funcionaba y yo estaba listo para empezar.

Entré y la puerta principal se abrió antes de que pulsara el timbre. La señora Albrecht estaba allí con un aspecto tan encantador como el día anterior.

18

*C*uando Walter Elliot me había dicho que alguien me esperaría en la casa de Malibú, no esperaba que fuera su secretaria ejecutiva.

—Señora Albrecht, ¿qué tal está?

—Muy bien. Acabo de llegar y pensaba que tal vez se me habría escapado.

—No. Yo también acabo de llegar.

—Pase, por favor.

La casa tenía una zona de recepción de dos plantas debajo de la torre. Levanté la mirada y vi un candelabro de hierro forjado colgado del techo. Había telarañas en él, y me pregunté si se habían formado porque no se usaba desde los asesinatos o porque el candelabro estaba demasiado alto y era difícil de alcanzar con un plumero.

—Por aquí —dijo la señora Albrecht.

La seguí a una gran sala que era más grande que toda mi casa. Era una zona de estar con una pared acristalada en el lado oeste que daba la sensación de meter el Pacífico dentro de la casa.

—Es precioso —dije.

—La verdad es que sí. ¿Quiere ver el dormitorio?

Sin hacer caso a la pregunta, encendí la cámara y saqué unas pocas fotos de la sala de estar y las vistas.

—¿Sabe quién ha estado aquí desde que el departamento del sheriff cedió el control? —pregunté.

La señora Albrecht pensó un momento antes de responder.

—Muy poca gente. No creo que el señor Elliot haya estado aquí. Pero, por supuesto, el señor Vincent vino una vez y su investigador un par de veces, creo. Y el departamento del sheriff ha venido dos veces desde que entregaron la propiedad otra vez al señor Elliot. Tenían órdenes de registro.

Las copias de las órdenes de registro estaban en el expediente. En ambas ocasiones estaban buscando una sola cosa: el arma homicida. El caso contra Elliot era totalmente circunstancial, incluso con los residuos de disparo en las manos. Necesitaban el arma homicida para cerrar el caso, pero no la tenían. Las notas en el expediente decían que los buzos habían buscado detrás de la casa durante dos días después de los crímenes, pero tampoco habían encontrado el arma.

—¿Y la limpieza? —pregunté—. ¿Vino alguien a limpiar?

—No, nadie. El señor Vincent nos dijo que dejáramos las cosas como estaban por si necesitaba usar la casa durante el juicio.

En los archivos de Vincent no se mencionaba el posible uso de la casa en modo alguno durante el juicio. No estaba seguro de qué habría pensado al respecto. Mi respuesta instintiva después de ver la casa era que no me gustaría que el jurado se acercara a ella. La vista y la clara opulencia de la propiedad subrayaría la riqueza de Elliot y serviría para desconectarlo de los miembros del jurado. Comprenderían que en realidad no formaban un jurado de sus pares y sabrían que era de un planeta completamente diferente.

—¿Dónde está el dormitorio principal? —pregunté.

—Ocupa toda la planta superior.

—Pues vamos a subir.

Cuando ascendíamos por una escalera de caracol blanca con una barandilla color azul océano, le pregunté el nombre de pila a la señora Albrecht. Le dije que me sentía incómodo siendo tan formal con ella, sobre todo porque su jefe y yo nos llamábamos por el nombre de pila.

—Me llamo Nina. Puede llamarme así si lo desea.

—Bien, y usted puede llamarme Mickey.

Las escaleras conducían a una puerta que daba a una *suite* del tamaño de algunos tribunales en los que había estado. Era tan grande que tenía sendas chimeneas iguales en las paredes norte y sur. Había una zona de asientos, una zona de dormitorio y dos cuartos de baño. Nina Albrecht pulsó un botón que

126

había junto a la puerta, y las cortinas que cubrían la vista occidental empezaron a abrirse silenciosamente para revelar una pared de cristal con vistas al Pacífico.

La cama, hecha a medida, era el doble de una *king-size*. Faltaba el colchón, la ropa de cama y las almohadas, y supuse que se lo habían llevado todo para realizar análisis forenses. En dos lugares del dormitorio habían cortado cuadrados de moqueta de metro ochenta de lado, también, supuse, para recoger y analizar pruebas sanguíneas.

En la pared contigua a la puerta había salpicaduras de sangre que habían sido rodeadas y marcadas con códigos de letras por parte de los investigadores. No había otros signos de la violencia que se había producido en la habitación.

Caminé hasta un rincón de la pared acristalada y me volví a contemplar la habitación. Levanté la cámara y saqué unas pocas fotos desde diferentes ángulos. Nina se metió en el encuadre un par de veces, pero no importaba; las fotos no eran para el tribunal. Las usaría para refrescar mi recuerdo del lugar cuando estuviera elaborando la estrategia final para el juicio.

Una escena del crimen es un mapa. Si sabes cómo leerlo, en ocasiones puedes encontrar tu camino. La distribución, la posición de las víctimas en el momento de la muerte, el ángulo de las vistas, la luz, la sangre, las restricciones espaciales y las diferenciaciones geométricas eran distintos elementos del mapa. No siempre puedes sacar todo eso de una foto policial, en ocasiones has de verlo por ti mismo. Por eso había ido a la casa de Malibú: en busca del mapa. En busca de la geografía del crimen. Cuando la comprendiera, estaría preparado para ir al juicio.

Desde el rincón, miré el cuadrado cortado en la moqueta blanca cerca de la puerta del dormitorio. Ahí era donde habían abatido a la víctima masculina, Johan Rilz. A continuación me fijé en la cama, donde Mitzi Elliot había recibido los disparos en diagonal sobre su cuerpo desnudo.

El sumario de la investigación sugería que la pareja desnuda había oído que un intruso entraba en la casa. Rilz acudió a la puerta de la habitación y al abrirla se vio inmediatamente sorprendido por el asesino. A Rilz le dispararon en el umbral y el

127

asesino pasó por encima de su cadáver para adentrarse en el dormitorio.

Mitzi Elliot saltó de la cama y se quedó petrificada, agarrándose a una almohada para taparse el cuerpo. La fiscalía creía que los elementos del crimen apuntaban a que conocía a su asesino. Podría haber implorado o puede que supiera que la muerte era inevitable. Le dispararon dos veces desde una distancia de aproximadamente un metro y se derrumbó en la cama. La almohada que estaba usando como escudo cayó al suelo. El asesino se acercó entonces hasta la cama y apoyó el cañón del arma contra la frente de la víctima para rematarla.

Al menos, ésa era la versión oficial. Desde un rincón de la habitación, sabía que ésta se basaba en diversas hipótesis infundadas que no tendría problema en trocear en el juicio.

Miré por las puertas acristaladas que daban a una terraza sobre el Pacífico. No había nada en el expediente que indicara si la cortina o las puertas estaban abiertas en el momento de los crímenes. No estaba seguro de que significara nada en cualquiera de los casos, pero era un detalle que me habría gustado conocer.

Me acerqué a las puertas acristaladas y las encontré cerradas. Pasé un mal rato tratando de descubrir cómo abrirlas. Nina finalmente se acercó y me ayudó, apretando con el dedo una palanca de seguridad mientras giraba el cerrojo con la otra mano. Las puertas se abrieron hacia fuera y me llegó el sonido de las olas al romper.

Supe inmediatamente que si las puertas habían estado abiertas en el momento de los crímenes, el ruido del oleaje habría ahogado fácilmente cualquier otro sonido que pudiera haber hecho un intruso en la casa. Esto contradecía la teoría de la fiscalía según la cual a Rilz lo mataron en la puerta de su dormitorio, porque había acudido después de oír a un intruso. Ello plantearía otra pregunta respecto a qué estaba haciendo Rilz desnudo en el umbral, pero eso no importaba a la defensa. Sólo necesitaba plantear preguntas y señalar discrepancias para sembrar la semilla de la duda en la mente del jurado. Sólo hacía falta que un miembro dudara para que yo tuviera éxito. Era el método de «distorsiona o destruye» de la defensa penal.

Salí a la terraza. No sabía si la marea estaba alta o baja, pero sospechaba que se encontraba en algún punto intermedio. El agua estaba cerca. Las olas rompían contra los pilares sobre los cuales estaba construida la casa.

Había olas de casi dos metros, pero no había surfistas. Recordé el comentario que acababa de hacer Patrick respecto a tratar de hacer surf en la cala.

Volví a entrar, y en cuanto estuve de nuevo en el dormitorio me di cuenta de que mi móvil estaba sonando y en cambio no había podido oírlo por el ruido del océano. Miré para ver quién era, pero ponía número privado en la pantalla. Sabía que la mayoría de la gente que trabajaba en la policía bloqueaba su identidad.

—Nina, he de atender esta llamada. ¿Le importa ir a mi coche y pedirle a mi chófer que entre?

—No hay problema.

—Gracias.

Respondí la llamada.

—¿Hola?

—Soy yo. Sólo quería saber cuándo ibas a pasarte.

«Yo» era mi primera ex mujer, Maggie McPherson. Según el recientemente remodelado acuerdo de custodia, sólo podía estar con mi hija los miércoles por la noche y un fin de semana de cada dos. Estaba muy lejos de la custodia compartida que habíamos tenido, pero yo lo había estropeado, junto con mi segunda oportunidad con Maggie.

—Probablemente a eso de las siete y media. Tengo una reunión con un cliente esta tarde y podría alargarse un poco.

Se hizo un silencio y sentí que me había equivocado con la respuesta.

—¿Qué pasa, tienes una cita? —pregunté—. ¿A qué hora quieres que llegue?

—Se supone que tengo que salir a las siete y media.

—Entonces llegaré antes. ¿Quién es el afortunado?

—Eso no es asunto tuyo. Pero hablando de fortuna, he oído que has heredado a todos los clientes del bufete de Jerry Vincent.

Nina Albrecht y Patrick Henson entraron en el dormitorio.

Vi a Patrick mirando el cuadrado faltante de la moqueta. Tapé el teléfono y les pedí que bajaran a esperarme a la planta inferior. Luego volví a la conversación telefónica. Mi ex mujer era la ayudante del fiscal del distrito asignada al tribunal de Van Nuys, lo cual la ponía en una posición de oír cosas sobre mí.

—Exacto —dije—. Soy su sustituto, pero no sé qué fortuna es ésa.

—Te caerá un buen pellizco con el caso Elliot.

—Estoy en la casa del crimen ahora mismo. Bonita vista.

—Bien, buena suerte en sacarlo. Si alguien puede hacerlo, ciertamente eres tú.

Lo dijo con mofa de fiscal.

—Creo que no voy a responder a eso.

—Da igual, sé cómo lo harías. Otra cosa: no vas a tener compañía esta noche.

—¿De qué estás hablando?

—Estoy hablando de hace dos semanas. Hayley dijo que había una mujer en tu casa. Creo que se llamaba Lanie. Se sintió muy incómoda.

—No te preocupes, no estará esta noche. Es sólo una amiga y usa la habitación de invitados. Pero para que conste, puedo tener a quien quiera en mi casa cuando quiera porque es mi casa, y tú puedes hacer lo mismo en la tuya.

—Y también puedo ir al juez y decirle que estás exponiendo a nuestra hija a personas que son adictas a las drogas.

Respiré hondo antes de responder con la máxima calma posible.

—¿Cómo sabes a quién estoy exponiendo a Hayley?

—Porque tu hija no es estúpida y oye perfectamente. Me contó un poco de lo que dijo y era fácil figurarse que tu amiga es de… rehabilitación.

—¿Y eso es un crimen, confabularse con personas de rehabilitación?

—No es un crimen, Michael. Sólo creo que no es lo mejor para Hayley estar expuesta a un desfile de adictos cuando está contigo.

—Ahora es un desfile. Supongo que el adicto que más te preocupa soy yo.

—Bueno, si el zapato ajusta…

Casi perdí los nervios, pero una vez más me calmé tragando un poco de aire de mar fresco. Cuando hablé estaba aplacado. Sabía que mostrar rabia sólo me causaría daño a largo plazo cuando llegara el momento de redirigir el acuerdo de custodia.

—Maggie, estamos hablando de nuestra hija. No le hagas daño tratando de hacerme daño a mí. Necesita a su padre y yo la necesito a ella.

—Y a eso voy. Lo estás haciendo bien; ligar con una adicta no es una buena idea.

Estaba apretando el móvil con tanta fuerza que pensé que podría romperlo. Sentí que me ruborizaba y la quemazón de la vergüenza en las mejillas y el cuello.

—He de colgar.

Mis palabras salieron estranguladas por mis propios fallos.

—Y yo también. Le diré a Hayley que estarás aquí a las siete y media.

Siempre hacía eso: terminar la llamada con inferencias de que decepcionaría a mi hija si llegaba tarde a la hora de recogida acordada. Ella colgó antes de que pudiera responder.

No había nadie en la sala de estar de abajo, pero entonces vi a Patrick y a Nina en la terraza inferior. Salí y me acerqué a la barandilla donde Patrick permanecía mirando las olas. Traté de sacarme de la cabeza el nerviosismo de la conversación con mi ex mujer.

—Patrick, ¿dijiste que trataste de hacer surf aquí, pero que la corriente era demasiado fuerte?

—Sí.

—¿Estás hablando de una corriente de costa?

—Sí, es fuerte aquí. La crea la forma de la cala. La energía de las olas que llegan del lado norte se redirige bajo la superficie y rebota un poco al sur. Sigue el contorno de la cala y te lleva afuera. Me quedé atrapado en ese tubo un par de veces, me llevó hasta más allá de aquellas rocas del extremo sur.

Examiné la cala mientras Patrick describía lo que estaba ocurriendo bajo la superficie. Si tenía razón y había una corriente de costa el día de los crímenes, entonces los buzos del sheriff probablemente habían estado buscando el arma homicida en el lugar equivocado.

Y ya era demasiado tarde. Si el asesino había arrojado el arma a las olas, la corriente subterránea podría haberla arrastrado completamente fuera de la cala y hacia el océano. Empecé a sentirme seguro de que el arma homicida no haría una aparición sorpresa en el juicio.

En lo que implicaba a mi cliente, era una buena noticia.

Miré las olas y pensé que, debajo de la hermosa superficie, un poder oculto no cesaba nunca de moverse.

19

*L*os guionistas se habían tomado el día libre o habían trasladado el piquete a otro lugar de protesta. En Archway Studios cruzamos el control de seguridad sin el retraso del día anterior. Ayudó que Nina Albrecht fuera en el coche de delante y nos abriera paso.

Era tarde y el estudio se estaba vaciando hasta el día siguiente. Patrick aparcó justo delante del *bungalow* de Elliot. Estaba entusiasmado, porque nunca había estado dentro de un estudio de cine. Le dije que podía echar un vistazo, pero que mantuviera el móvil a mano, porque no estaba seguro de cuánto iba a durar la reunión con mi cliente y necesitaba mantenerme en horario para recoger a mi hija.

Al seguir a Nina al interior le pregunté si había algún lugar donde pudiera reunirme con Elliot distinto de su oficina. Le expliqué que tenía documentos que esparcir y que la mesa que habíamos utilizado el día anterior era demasiado pequeña. Me dijo que me llevaría a la sala de juntas y que podía irme preparando allí mientras ella iba a buscar a su jefe y lo llevaba a la reunión. Le comenté que me parecía bien, aunque la verdad era que no iba a esparcir documentos: sólo quería reunirme con Elliot en un lugar neutral. Si estaba sentado a su mesa de trabajo, enfrente de él, sería Elliot quien tendría el control de la reunión. Eso había quedado claro durante nuestro primer encuentro. Tenía una personalidad fuerte, pero yo tenía que ponerme al mando a partir de ese momento.

Era una sala grande con doce sillas de cuero negro en torno a una mesa oval. Había un proyector cenital y una caja larga en la pared del fondo que contenía la pantalla descendente. Las otras paredes estaban llenas de carteles enmarcados de las películas que se habían rodado allí. Supuse que ésas eran las películas con las que el estudio había ganado su dinero.

Tomé asiento y saqué de la mochila los archivos del caso. Al cabo de veinticinco minutos estaba mirando los documentos de revelación de la fiscalía cuando se abrió la puerta y finalmente entró Elliot. No me molesté en levantarme ni en tenderle la mano. Traté de parecer enfadado al señalarle la silla que estaba al otro lado de la mesa.

Nina lo siguió a la sala para ver qué refrescos podía traernos.

—Nada, Nina —dije antes de que Elliot pudiera responder—. Hemos de ponernos en marcha. Ya la avisaremos si necesitamos algo.

Nina Albrecht pareció momentáneamente pillada a contrapié al recibir órdenes de una persona distinta de Elliot. Lo miró a él en busca de una aclaración y él se limitó a asentir. La secretaria se fue y cerró las puertas dobles a su espalda. Elliot se sentó en la silla que yo le había señalado.

134 Miré a mi cliente un largo momento antes de hablar.

—No le entiendo, Walter.

—¿Qué quiere decir? ¿Qué ha de entender?

—Bueno, para empezar, pasa mucho tiempo reivindicando su inocencia, pero no me parece que se esté tomando esto seriamente.

—Se equivoca en eso.

—¿Ah, sí? ¿Entiende que si pierde el juicio irá a prisión? Y no habrá fianza en una acusación de doble homicidio mientras apela. Si el veredicto es malo, le esposarán en la misma sala y se lo llevarán.

Elliot se inclinó ligeramente hacia mí antes de responder.

—Entiendo exactamente la posición en la que me encuentro. Así que no se atreva a decirme que no me lo tomo en serio.

—Muy bien, entonces, cuando acordemos una reunión, llegue puntual. Hay muchas cosas que preparar y no disponemos de mucho tiempo para hacerlo. Sé que tiene que dirigir un estudio, pero eso ya no es la prioridad. Durante las próximas dos semanas tiene otra prioridad: este caso.

Esta vez me miró un buen rato antes de responder. Podría

ser la primera vez en su vida que alguien le regañaba por llegar tarde y luego le decía lo que tenía que hacer. Finalmente asintió con la cabeza.

—Está bien —dijo.

Yo también asentí. Nuestras posiciones estaban claras. Nos encontrábamos en la sala de juntas de su estudio, pero ahora el perro alfa era yo. Su futuro dependía de mí.

—Bien —comencé—. Ahora, lo primero que he de preguntarle es si estamos hablando en privado aquí.

—Por supuesto que sí.

—Bueno, no fue así ayer. Estaba muy claro que Nina oía lo que se decía en su oficina. Eso puede estar bien para sus reuniones de cine, pero no está bien cuando estamos discutiendo su caso. Yo soy su abogado, y nadie debería oír nuestra conversación. Nadie. Nina no tiene privilegios. Podrían citarla a declarar contra usted. De hecho, no me sorprendería que terminara en la lista de testigos de cargo.

Elliot se recostó en el sillón acolchado y levantó la cara hacia el techo.

—Nina —dijo—. Quita el sonido. Si necesito algo te llamaré por teléfono.

Me miró y abrió las manos. Yo hice un gesto para dar a entender que estaba satisfecho.

—Gracias, Walter. Ahora vamos a trabajar.

—Primero tengo una pregunta.

—Claro.

—¿Es ésta la reunión en la que le digo que no lo hice y entonces usted me dice que no importa si lo hice o no?

Asentí.

—Si lo hizo o no, es irrelevante, Walter. Es lo que la fiscalía puede probar más allá de…

—¡No!

Golpeó la mesa con la mano abierta. Sonó como un disparo. Me sobresaltó, aunque esperaba que no se hubiera notado.

—¡Estoy harto de esa jerga legal! Que no importa si lo hice, sino sólo lo que puede probarse. ¡Sí importa! ¿No lo ve? Importa. Necesito que me crean, maldita sea. Necesito que usted me crea. No me importa que las pruebas estén contra mí, yo no lo hice, ¿lo entiende? ¿Me cree? Si mi propio abogado no me cree o no le importa, entonces no tengo ninguna oportunidad.

Estaba seguro de que Nina iba a entrar a la carga otra vez para ver si todo estaba en orden. Me recosté en mi silla acolchada y aguardé a que apareciera y para cerciorarme de que Elliot había terminado.

Como esperaba, una de las puertas se abrió y allí estaba Nina a punto de entrar. No obstante, Elliot se lo impidió con un gesto de la mano y una orden severa de que no nos interrumpiera. La puerta se cerró otra vez y él clavó su mirada en mí. Yo levanté la mano para impedir que hablara. Era mi turno.

—Walter, hay dos cosas por las que he de preocuparme —dije con calma—: si entiendo el caso de la fiscalía y si puedo derrumbarlo. —Toqué con un dedo el archivo de revelación de pruebas mientras hablaba—. En este momento entiendo el caso de la fiscalía. Es el abecé de la acusación. El estado cree que tienen motivo y oportunidad a espuertas.

»Empecemos por el motivo. Su esposa tenía una aventura y eso le enfadó. No sólo eso, sino que el contrato prematrimonial que ella firmó hace doce años había prescrito y su única forma de librarse de ella sin dividirlo todo era matarla. Después está la oportunidad. Tienen la hora a la que su coche salió de Archway por la mañana. Han hecho el recorrido y lo han cronometrado una y otra vez, y dicen que podría haber llegado a la casa de Malibú en el momento de los crímenes. Eso es oportunidad.

»Y el estado está contando con que móvil más oportunidad basten para convencer al jurado y ganar el caso, aun cuando las pruebas reales contra usted son escasas y circunstanciales. Así que mi trabajo consiste en encontrar una forma de que el jurado comprenda que hay mucho humo aquí, pero no hay fuego real. Si lo consigo, quedará libre.

—Todavía quiero saber si cree que soy inocente.

Sonreí y negué con la cabeza.

—Walter, le estoy diciendo que no importa.

—A mí me importa. Tanto si es que sí como si es que no, necesito saberlo.

Transigí y levanté las manos en ademán de rendición.

—Muy bien, pues, le diré lo que pienso, Walter. He estudiado el caso del derecho y del revés. He leído todo lo que hay aquí al menos dos veces, y la mayor parte tres veces. He estado en la casa de la playa donde ocurrió este desafortunado suceso y he estudiado la geografía de estos crímenes. He hecho todo eso y veo la posibilidad muy real de que sea inocente de esos cargos. ¿Significa eso que creo que es usted un hombre inocente? No, Walter. Lo siento, pero llevo mucho tiempo haciendo este trabajo y la realidad es que no he visto a muchos clientes inocentes. Así que lo mejor que puedo decirle es que no lo sé. Si eso no es lo bastante bueno para usted, entonces estoy seguro de que no tendrá problema en encontrar a un abogado que le diga exactamente lo que usted quiere escuchar, tanto si lo cree como si no.

Me recliné en mi silla mientras esperaba su respuesta. Él unió las manos sobre la mesa mientras digería mis palabras y finalmente asintió.

—Pues supongo que es lo máximo que puedo pedir —dijo.

Traté de soltar el aire sin que lo notara. Todavía tenía el caso. Por el momento.

137

—Pero ¿sabe lo que creo, Walter?

—¿Qué cree?

—Que me oculta algo.

—¿Ocultarle? ¿De qué está hablando?

—Hay algo que no sé del caso, algo que me está ocultando.

—No sé de qué está hablando.

—Está demasiado tranquilo, Walter. Es como si supiera que va a salir libre.

—Voy a salir libre. Soy inocente.

—Ser inocente no basta. En ocasiones condenan a hombres inocentes, y en el fondo todo el mundo lo sabe. Por eso nunca he encontrado a un hombre verdaderamente inocente que no estuviera asustado; asustado porque el sistema no funcione bien, porque esté construido para declarar culpables a los culpables y no para declarar inocentes a los inocentes. Eso es lo que le falta, Walter. No está asustado.

—No sé lo que me dice. ¿Por qué debería estar asustado?

Lo miré a través de la mesa, tratando de interpretarlo. Sabía que mi instinto no estaba errado. Había algo que no sabía, algo que se me había pasado en los archivos o que Vincent guardaba en su cabeza en lugar de en sus archivos. Fuera lo que fuese, Elliot no iba a compartirlo conmigo todavía.

Por el momento estaba bien. En ocasiones no quieres saber lo que sabe el cliente, porque una vez que el humo sale de la botella no puedes volver a meterlo.

—Muy bien, Walter —dije—. Continuará. Entre tanto, vamos a trabajar.

Sin esperar una respuesta, abrí el archivo de la defensa y miré las notas que había tomado en la solapa interna.

—Creo que estamos listos en términos de testigos y estrategias por lo que hace al caso de la fiscalía. Lo que no he encontrado en el archivo es una estrategia sólida para su defensa.

—¿Qué quiere decir? —preguntó Elliot—. Jerry me dijo que estábamos preparados.

—Quizá no, Walter. Sé que no es algo que quiera ver u oír, pero he encontrado esto en el archivo.

Le pasé un documento de dos páginas por encima de la mesa pulida. Él le echó un vistazo, pero no lo miró realmente.

—¿Qué es?

—Es una moción para un aplazamiento. Jerry la redactó, pero no la había presentado. Sin embargo, parece claro que quería retrasar el juicio. El código en el pedimento indica que se imprimió el lunes, sólo unas horas antes de que lo mataran.

Elliot negó con la cabeza y me lanzó otra vez el documento por la mesa.

—No, hablamos de eso y acordamos que teníamos que ir según el calendario.

—¿Eso fue el lunes?

—Sí, el lunes. La última vez que hablé con él.

Asentí. Eso respondía a una de las preguntas que tenía. Vincent mantenía registros de facturación en cada uno de sus casos, y me había fijado en que en el expediente de Elliot había facturado una hora el día de su asesinato.

—¿Fue una conferencia en su oficina o en la suya?

—Fue una llamada telefónica el lunes por la tarde. Me había dejado un mensaje antes y yo le devolví la llamada. Nina puede darle la hora exacta si la necesita.

—Lo anotó a las tres. ¿Habló con usted de un aplazamiento?

—Así es, pero le dije que no lo quería.

Vincent había facturado una hora. Me pregunté cuánto tiempo habían discutido sobre el tema.

—¿Por qué quería un aplazamiento? —pregunté.

—Sólo quería más tiempo para prepararse y tal vez para engordar la cartera. Le dije que estábamos preparados igual que se lo digo a usted. ¡Estamos preparados!

Casi reí y negué con la cabeza.

—Walter, la cuestión es que aquí el abogado no es usted, sino yo. Y eso es lo estoy tratando de decirle, no veo mucho aquí en términos de estrategia de defensa. Creo que por eso Jerry quería un aplazamiento del juicio. No tenía caso.

—No, es la fiscalía la que no tiene caso.

Me estaba cansando de Elliot y de su insistencia en llevar la voz cantante en cuestiones legales.

—Deje que le explique cómo funciona esto —dije con voz cansina—. Y disculpe si ya lo sabe, Walter. Va a ser un juicio de dos partes, ¿de acuerdo? El fiscal va primero y presenta su caso. Nosotros tenemos ocasión de atacarlo por el camino. Luego es nuestro momento y es entonces cuando presentamos nuestras pruebas y las teorías alternativas del crimen.

—Vale.

—Y lo que puedo decir de mi estudio de los expedientes es que Jerry Vincent confiaba más en el caso de la fiscalía que en un caso de la defensa. Hay…

—¿Cómo es eso?

—Lo que estoy diciendo es que estaba bien preparado para la fase de la acusación. Tiene testigos alternativos y planes de contrainterrogatorio para todo lo que va a presentar la fiscalía. Pero se me escapa algo en el lado de la defensa de la ecuación. No tenemos coartada, ni sospechosos alternativos, ni teorías alternativas; nada. Al menos, no está en la carpeta. Y eso es lo que quiero decir con que no tenemos caso. ¿Alguna vez discutió con usted cómo pensaba presentar la defensa?

—No. Íbamos a tener esa conversación, pero entonces lo mataron. Me dijo que lo estaba preparando todo. Dijo que tenía la bala mágica y que cuanto menos supiera, mejor. Iba a decírmelo cuando se acercara el juicio, pero nunca lo hizo. Nunca tuvo la oportunidad.

Conocía el término. La «bala mágica» era la tarjeta que te sacaba de la cárcel y te llevaba a casa. Era el testigo o el elemento probatorio que te guardabas en el bolsillo de atrás y que o derribaba las pruebas como fichas de dominó o plantaba firmemente una duda razonable en la mente de todos los miembros del jurado. Si Vincent tenía una bala mágica, no la había reflejado en el expediente. Y si tenía una bala mágica, ¿por qué estaba hablando de un aplazamiento el lunes?

—¿No tiene idea de qué era esa bala mágica? —le pregunté a Elliot.

—Es sólo lo que me dijo, que había encontrado algo que iba a dejar en evidencia a la fiscalía.

—Eso no tiene sentido si el lunes estaba hablando de aplazar el juicio.

Elliot se encogió de hombros.

—Se lo he dicho, sólo quería más tiempo para prepararse. Probablemente, más tiempo para facturarme más horas. Pero le dije que cuando hacemos una película elegimos una fecha, y esa película sale en esa fecha, sea como sea. Le dije que íbamos a ir a juicio sin aplazamiento.

Asentí con la cabeza ante el mantra de no aplazamiento de Elliot, pero mi mente estaba en el portátil de Vincent. ¿Estaba allí la bala mágica? ¿Había guardado su plan en el portátil y no lo había puesto en la copia impresa? ¿La bala mágica era la razón de su asesinato? ¿Su hallazgo había sido tan sensible o peligroso que alguien lo había matado por ello?

Decidí avanzar sobre Elliot mientras lo tuviera delante.

—Bueno, Walter, yo no tengo la bala mágica. Pero si Jerry pudo encontrarla, yo también podré. Lo haré.

Miré mi reloj y traté de dar la sensación exterior de que no me preocupaba no conocer lo que seguramente era el elemento clave en el caso.

—Vale. Hablemos de una teoría alternativa.

—¿Qué significa eso?

—Significa que la fiscalía tiene su teoría y que nosotros hemos de tener la nuestra. La teoría de la fiscalía es que estaba ofendido por la infidelidad de su mujer y que le costaría divorciarse de ella, por eso fue a Malibú y mató a su esposa y a su amante. Luego se desembarazó del arma homicida de algún modo (o la escondió o la lanzó al océano) y posteriormente llamó a la policía para denunciar que había descubierto los crímenes. Esa teoría les da todo lo que necesitan: móvil y oportunidad. Para respaldarlo tienen el RD y casi nada más.

—¿El RD?

—Residuos de disparo. La parte probatoria, por escasa que sea, se basa firmemente en ello.

—¡Ese test fue un falso positivo! —exclamó Elliot con energía—. Yo nunca disparé ningún arma. Y Jerry me dijo que iba a traer al máximo experto del país para demolerlo, una mujer del John Jay College de Nueva York. Testificará que el procedimiento de los laboratorios del sheriff fue torpe y laxo, propenso a dar falsos positivos.

Asentí. Me gustaba el fervor de su negativa. Podría resultar útil si testificaba.

—Sí, la doctora Arslanian va a venir —dije—. Pero ella no es la bala mágica, Walter. La fiscalía contrarrestará con su propio experto, que dirá exactamente lo contrario, que el laboratorio está bien dirigido y que se siguieron todas las normativas. A lo sumo, el RD será un empate. La fiscalía se apoyará con fuerza en móvil y oportunidad.

—¿Qué móvil? La amaba y ni siquiera sabía lo de Rilz. Pensaba que era maricón.

Levanté las manos en un gesto para pedir calma.

—Mire, hágase un favor, Walter, y no le llame eso. Ni en el tribunal ni en ninguna parte. Si es apropiado referirse a su orientación sexual, diga que creía que era gay. ¿De acuerdo?

—De acuerdo.

—La fiscalía dirá simplemente que usted sabía que Johan Rilz era el amante de su esposa, y aportará pruebas y testimonios que indican que un divorcio forzado por la infidelidad de su esposa le habría costado más de cien millones de dólares y probablemente habría diluido su control del estudio. Plantarán todo eso en las mentes del jurado y empezará a parecer que tenía una motivación bastante buena para el crimen.

141

—Y es todo mentira.

—Y yo podré arremeter contra ello en el juicio. Muchos de sus positivos pueden convertirse en negativos. Será un baile, Walter. Intercambiaremos golpes. Trataremos de distorsionar y destruir, pero en última instancia nos lanzarán más golpes de los que podamos parar y por eso tenemos las de perder, por lo que siempre es bueno para la defensa aportar una teoría alternativa. Le damos al jurado una explicación plausible de por qué mataron a esas dos personas. Nos sacudimos las sospechas y se las echamos a otro.

—¿Como el manco de *El fugitivo*?

Negué con la cabeza.

—No exactamente.

Recordaba la película y la serie de televisión que la precedió. En ambos casos había un manco. Yo estaba hablando de una cortina de humo, una teoría alternativa urdida por la defensa porque no me tragaba el *rap* de «yo soy inocente» de Elliot, al menos de momento.

Sonó un zumbido y Elliot sacó un teléfono del bolsillo y miró la pantalla.

—Walter, tenemos trabajo aquí —dije.

No contestó la llamada y reticentemente alejó el teléfono. Continué.

—Muy bien, durante la fase de la acusación vamos a usar el contrainterrogatorio para dejar una cosa cristalina con el jurado. A saber, que una vez que ese test de residuos de disparo salió positivo…

—¡Falso positivo!

—Lo que sea. La cuestión es que una vez que ellos creyeron que había una indicación fidedigna de que había disparado recientemente un arma, todo lo demás se olvidó. Una investigación amplia se concentró mucho en una persona: usted. El caso pasó de lo que llaman una investigación de campo completo a una investigación completa de usted. Así pues, lo que ocurrió es que no investigaron muchas otras cosas. Por ejemplo, Rilz sólo lleva cuatro años en este país. No enviaron ni a un solo investigador a Alemania a enterarse de su pasado o de si tenía enemigos que lo querían muerto. Eso para empezar. Tampoco investigaron a conciencia a este tipo en Los Ángeles. Era un hombre que tenía acceso a las casas y las vidas de algunas de las mujeres más ricas de esta ciudad. Disculpe mi crudeza, pero ¿se estaba tirando a otras mujeres casadas además de a su mujer? ¿Había otros hombres importantes y poderosos que podrían estar ofendidos, o sólo usted?

Elliot no respondió a las crudas preguntas. Se las había planteado de este modo a propósito, para ver si podía arrancarle alguna reacción que contradijera sus afirmaciones de que amaba a su esposa. Pero no mostró reacción alguna.

—¿Se da cuenta de a lo que voy, Walter? El foco, casi desde el primer momento, estuvo en usted. Cuando llegue el turno de la defensa, vamos a ponerlo en Rilz. Y desde allí haremos que las dudas crezcan como mazorcas en un campo de maíz —añadí.

Elliot asintió pensativamente al tiempo que miraba su reflejo en el tablero pulido de la mesa.

—Pero ésta no puede ser la bala mágica de la que Jerry le habló —concluí—. Y hay riesgos en ir a por Rilz. —Elliot levantó la mirada—. El fiscal sabe que hubo una deficiencia cuando los detectives investigaron el caso. Ha tenido cinco meses para anticipar que iríamos por este camino y si es bueno, y estoy seguro de que lo es, entonces habrá estado preparándose por si nosotros íbamos en esta dirección.

—¿Eso no saldría en el material de revelación de pruebas?

—No siempre. La revelación tiene su arte. La mayor parte del tiempo lo que no está en el archivo de revelación es lo importante y lo que hay que vigilar. Jeffrey Golantz es un profesional de talento: sabe lo que ha de hacer constar y lo que puede guardarse.

—¿Conoce a Golantz? ¿Ha ido a juicio contra él antes?

—No lo conozco y nunca me he enfrentado a él. Lo que conozco es su reputación. Nunca ha perdido un juicio. Lleva un resultado de veintisiete a cero. —Miré mi reloj. El tiempo había pasado deprisa y necesitaba mantener el ritmo si quería recoger a mi hija a tiempo—. Vale. Hay otro par de cosas de las que me gustaría ocuparme. Hablemos de si va a testificar.

—Eso no es una pregunta, es un hecho. Quiero limpiar mi nombre. El jurado querrá oírme diciendo que no lo hice.

143

—Sabía que iba a decirme eso y aprecio el fervor que veo en sus negaciones. Pero su testimonio ha de ser algo más que eso. Ha de ofrecer una explicación y ahí es donde podemos meternos en un berenjenal.

—No me importa.

—¿Mató a su esposa y a su amante?

—¡No!

—Entonces, ¿por qué fue a la casa?

—Tenía sospechas. Si estaba con alguien, iba a confrontarla a ella y a darle una patada en el culo a él.

—¿Espera que el jurado crea que un hombre que dirige un estudio de cine de mil millones de dólares se tomó la tarde libre para ir a Malibú a espiar a su esposa?

—No, yo no soy un espía. Tenía sospechas y fui a verlo por mí mismo.

—¿Y a confrontarla con una pistola? —Elliot abrió la boca para hablar, pero entonces vaciló y no respondió—. ¿Lo ve, Walter? Sube allí y se expone a cualquier cosa, y nada bueno.

Negó con la cabeza.

—No me importa. Es un hecho. Los culpables no testifican, todo el mundo lo sabe. Voy a testificar que no lo hice.

Me señaló con un dedo con cada una de las sílabas de la última frase. Todavía me gustaba su energía. Era creíble. Quizá podría sobrevivir en el estrado.

—Bueno, en última instancia es su decisión —apunté—. Nos prepararemos para que testifique, pero no tomaremos la decisión hasta que estemos en la fase de defensa del juicio y veamos dónde estamos.

—Ya está decidido. Voy a testificar.

Su tez empezó a adoptar un tono carmesí más oscuro. Tenía que actuar con cautela. No quería que testificara, pero no era ético por mi parte prohibirlo. Era una decisión del cliente, y si alguna vez él afirmaba que yo le había impedido testificar, tendría al Colegio de Abogados encima como un enjambre de abejas airadas.

—Mire, Walter —dije—. Es usted un hombre poderoso. Dirige un estudio, hace películas y se juega millones de dólares cada día. Todo eso lo entiendo. Está acostumbrado a tomar de-

144

cisiones sin que nadie las cuestione. Pero cuando vayamos a juicio, yo soy el jefe. Y aunque es usted quien toma esta decisión, necesito saber que me está escuchando y considerando mi consejo. No tiene sentido continuar si no es así.

Se frotó la cara con la mano. Era difícil para él.

—De acuerdo. Entiendo. Tomemos una decisión final sobre esto después.

Lo dijo a regañadientes. Era una concesión que no quería hacer. A ningún hombre le gustar ceder su poder a otro.

—Bien, Walter —concluí—. Creo que eso nos pone en la misma órbita.

Miré otra vez mi reloj. Había unas pocas cosas más en mi lista y todavía tenía tiempo.

—De acuerdo, continuemos.

—Por favor.

—Quiero añadir a un par de personas al equipo de la defensa. Serán mi ex...

—No. Se lo he dicho: cuantos más abogados tenga un acusado, más culpable parece. Mire a Barry Bonds. Dígame a alguien que no crea que es culpable. Tiene más abogados que compañeros de equipo.

—Walter, no me ha dejado terminar. No estaba hablando de abogados, y cuando vayamos a juicio, le prometo que sólo estaremos usted y yo en la mesa.

—Entonces, ¿a quién quiere añadir?

—A un asesor de selección del jurado y a alguien que trabaje con usted en imagen y testimonio.

—Nada de consultor de jurados. Hacen que parezca que trata de amañar cosas.

—Mire, la persona que quiero contratar se sentará en la galería del público. Nadie se fijará en ella. Se gana la vida jugando al póquer y sólo lee las caras de las personas y busca delatores, gestos que los traicionen. Nada más.

—No, no pagaré por esas paparruchas.

—¿Está seguro, Walter?

Pasé cinco minutos tratando de convencerlo, diciéndole que la elección del jurado podía ser la parte más importante del juicio. Hice hincapié en que en casos circunstanciales la prioridad

tenía que ser elegir jurados de mentalidad abierta, que no creyeran que sólo porque la policía o la fiscalía dijeran algo era
automáticamente cierto. Aseguré que me enorgullecía de mi
propia capacidad en elegir un jurado, pero que me serviría la
ayuda de una experta que podía leer caras y gestos. Al final de
mi petición, Elliot simplemente negó con la cabeza.

—Paparruchas. Confiaré en su talento.

Lo estudié un momento y decidí que ya habíamos hablado
bastante por ese día. Trataría el resto con él la siguiente vez.
Me había dado cuenta de que pese a que de boquilla aceptaba la
idea de que yo era el jefe en el juicio, estaba claro que él poseía
un firme control de la cosas.

Y yo no podía evitar pensar que eso podría llevarlo derechi-
to a prisión.

20

*E*n cuanto dejé a Patrick en su coche en el centro y me dirigí al valle de San Fernando en medio del denso tráfico de la tarde, supe que no iba a llegar a tiempo y que eso provocaría otra confrontación con mi ex esposa. Llamé para hacérselo saber, pero ella no lo cogió y dejé un mensaje. Cuando finalmente llegué a su complejo de apartamentos en Sherman Oaks eran casi las 19.40 y me encontré a madre e hija esperando en la acera. Hayley tenía la cabeza baja y estaba mirando al suelo. Me fijé en que adoptaba esa postura cada vez que sus padres estaban cerca el uno del otro. Era como si estuviera en la cámara de teletransporte, esperando a que un rayo de luz la alejara de nosotros.

Desactivé el cierre de seguridad al parar y Maggie ayudó a Hayley a entrar en la parte de atrás con su mochila escolar y su bolsa para pasar la noche.

—Gracias por llegar a tiempo —dijo con voz plana.

—De nada —contesté, sólo para ver si eso encendía las bengalas en sus ojos—. Debe de ser una cita muy interesante si me estás esperando aquí fuera.

—No, la verdad es que no. Una conferencia padres-profesores en la escuela.

El golpe atravesó mis defensas y me dio en la mandíbula.

—Deberías habérmelo dicho. Podríamos haber conseguido una canguro e ir juntos.

—No soy ningún bebé —murmuró Hayley desde detrás de mí.

—Ya lo intentamos —dijo Maggie desde mi izquierda—, ¿recuerdas? La tomaste de tal manera con el profesor de Hayley por su nota de matemáticas (la circunstancia de la cual desconocías por completo) que me pidieron que me ocupara yo de las comunicaciones con la escuela.

El incidente me sonaba sólo vagamente familiar. Estaba cerrado en algún lugar de mis módulos de memoria corruptos por la oxicodona. Pero sentí la quemazón de la vergüenza en el rostro y el cuello. No tenía respuesta.

—He de irme —dijo Maggie rápidamente—. Hayley, te quiero. Sé buena con tu padre, te veo mañana.

—Vale, mamá.

Miré por la ventana por un momento a mi ex mujer antes de arrancar.

—Dales caña, Maggie McFiera —dije.

Arranqué y subí la ventanilla. Mi hija me preguntó por qué a su madre la llamaban Maggie McFiera.

—Porque cuando entra en batalla, siempre sabe que va a ganar —dije.

—¿Qué batalla?

—Cualquier batalla.

Circulamos en silencio por Ventura Boulevard y nos paramos a cenar en DuPar's. Era el sitio favorito de mi hija para cenar porque siempre le dejaba pedir crepes. En cierto modo, la niña pensaba que al pedir desayuno para cenar estaba cruzando alguna línea y eso la hacía sentirse rebelde y valiente.

Yo pedí un sándwich de beicon, lechuga y tomate con salsa de mil islas y, considerando mi último análisis de colesterol, supuse que era yo el rebelde y valiente. Hicimos los deberes juntos, lo cual era pan comido para ella y complicado para mí, y luego le pregunté qué quería hacer. Yo estaba dispuesto a hacer cualquier cosa (ir al cine, al centro comercial, lo que fuera), pero tenía la esperanza de que sólo quisiera ir a mi casa y pasar el rato, quizá sacar algunos viejos álbumes familiares y mirar las fotos amarillentas.

Hayley vaciló en responder y yo creía que sabía el porqué.

—No hay nadie en mi casa, si es eso lo que te preocupa, Hay. La señora a la que conociste, Lanie, ya no me visita.

—¿Quieres decir que ya no es tu novia?

—Nunca fue mi novia. Era una amiga. ¿Recuerdas cuando

estuve en el hospital el año pasado? La conocí allí y nos hicimos amigos. Tratamos de cuidarnos el uno al otro, y de cuando en cuando viene, cuando no quiere quedarse en casa sola.

Era la verdad edulcorada. Lanie Ross y yo nos habíamos conocido en rehabilitación durante la terapia de grupo. Continuamos la relación después de dejar el programa, pero nunca se consumó como un romance, porque ambos éramos emocionalmente incapaces de ello. La adicción había cauterizado esas terminaciones nerviosas y recuperarlas era un proceso lento. Pasábamos tiempo con el otro y estábamos allí para el otro, como en un grupo de apoyo de dos personas. Pero una vez que volvimos al mundo real, empecé a reconocer una debilidad en Lanie. Sabía instintivamente que ella no iba a superarlo y yo no podía seguirla en su viaje. Hay tres caminos que pueden tomarse en la recuperación: está el camino limpio de la sobriedad y hay un camino a la recaída. El tercer camino es la salida rápida. Es cuando el viajero se da cuenta de que la recaída es sólo un suicidio lento y que no hay motivo para esperar. No sabía cuál de esos dos últimos caminos seguiría Lanie, pero no podía seguir ni el uno ni el otro. Finalmente seguimos caminos separados, el día que Hayley la había conocido.

—Hayley, ya sabes que siempre puedes decirme si no te gusta algo o si algo que estoy haciendo te está molestando.

—Lo sé.

—Bien.

Nos quedamos en silencio por unos momentos y pensé que ella quería decir algo más. Le di tiempo para prepararse.

—Papá…

—¿Qué, peque?

—Si esa señora no era tu novia, ¿significa que tú y mamá podríais volver?

La pregunta me dejó sin palabras durante unos segundos. Veía la esperanza en los ojos de Hayley y quería que viera lo mismo en los míos.

—No lo sé, Hay. Estropeé las cosas mucho cuando lo intentamos el año pasado.

Esta vez el dolor apareció en sus ojos, como las sombras de nubes en el océano.

—Pero todavía estoy trabajando en eso, peque —expliqué rápidamente—. Sólo hemos de ir día a día. Estoy tratando de mostrarle que deberíamos volver a ser una familia. —Hayley no respondió. Bajó la mirada a su plato—. ¿Vale, peque?

—Vale.

—¿Has decidido lo que quieres hacer?

—Creo que sólo quiero ir a casa y ver la tele.

—Bien. Eso es lo que quiero hacer yo.

Recogimos los libros del cole y puse dinero para pagar la cuenta. En el trayecto por la colina me dijo que su madre le había contado que yo había conseguido un trabajo nuevo importante, y que estaba sorprendido pero feliz.

—Bueno, es más o menos un nuevo trabajo. Voy a volver a hacer lo que siempre había hecho. Pero tengo muchos casos nuevos, y uno es muy importante. ¿Te lo ha dicho tu madre?

—Dijo que tenías un gran caso y que todo el mundo estaba celoso, pero que tú lo harías realmente bien.

—¿Eso dijo?

—Sí.

Conduje durante un rato pensando en ello y en lo que podría significar. Quizá no había estropeado completamente las cosas con Maggie. Ella todavía me respetaba en cierto nivel. Quizás eso significaba algo.

—Hum…

Miré a mi hija por el espejo retrovisor. Ya había oscurecido, pero veía sus ojos mirando por la ventanilla y apartándose de los míos. Los niños son muy fáciles de interpretar a veces. Ojalá fuera tan fácil con los adultos.

—¿Qué pasa, Hay?

—Hum, es que no sé… Más o menos, ¿por qué no puedes hacer lo que hace mamá?

—¿Qué quieres decir?

—Como poner a los malos en prisión. Ella dijo que tu gran caso es sobre un hombre que mató a dos personas. Es como que trabajas para los malos.

Me quedé en silencio un momento antes de encontrar las palabras.

—El hombre al que defiendo está acusado de matar a dos

personas, Hayley. Nadie ha probado que hiciera algo malo. Ahora mismo no es culpable de nada.

Hayley no respondió y su escepticismo emanaba del asiento de un modo casi palpable. Hasta ahí la inocencia de los niños.

—Hayley, lo que yo hago es igual de importante que lo que hace tu madre. Cuando alguien es acusado de un crimen en nuestro país, tiene derecho a defenderse. ¿Y si en la escuela te acusaran de copiar y tú supieras que no has copiado? ¿No te gustaría poder explicarte y defenderte?

—Supongo.

—Yo también lo supongo. Es así en los tribunales. Si te acusan de un crimen, puedes tener un abogado como yo que te ayude a explicarte y defenderte. Las leyes son muy complicadas y es difícil que uno lo haga por sí mismo cuando no conoce toda la legislación. Así que los ayudo. No significa que esté de acuerdo con ellos o con lo que han hecho, si es que lo han hecho. Pero es parte del sistema. Una parte importante.

La explicación me pareció hueca al decirla. En un nivel intelectual comprendía y creía el argumento, cada palabra. Pero en un nivel paterno-filial me sentía como uno de mis clientes, retorciéndome en el estrado de los testigos. ¿Cómo podía convencerla de ello cuando no estaba seguro de seguir creyéndolo yo mismo?

—¿Has ayudado a alguna gente inocente? —preguntó mi hija.

Esta vez no miré al espejo.

—A algunos, sí.

Era lo mejor que podía decir honestamente.

—Mamá ha hecho que mucha gente mala vaya a prisión.

Asentí.

—Sí, es verdad. Pensaba que éramos una ley de equilibrios perfecta. Lo que ella hacía y lo que yo hacía. Ahora…

No hacía falta terminar la idea. Encendí la radio y le di al botón programado del canal musical de Disney.

Lo último que pensé de camino a casa era que quizá los adultos eran igual de fáciles de interpretar que los niños.

151

21

Después de dejar a mi hija en la escuela el jueves por la mañana fui directamente a las oficinas legales de Jerry Vincent. Todavía era temprano y el tráfico era fluido. Cuando llegué al garaje adjunto al Legal Center, descubrí que casi podía elegir sitio: la mayoría de los abogados no llegan hasta cerca de las nueve, cuando empiezan a trabajar los tribunales. Les había ganado a todos por al menos una hora. Subí a la segunda planta para poder aparcar en el mismo piso de la oficina, pues cada nivel del garaje contaba con su propia entrada al edificio.

Pasé junto al lugar donde había aparcado Jerry Vincent cuando le dispararon y estacioné un poco más lejos. Al caminar hacia el puente que conectaba el garaje con el Legal Center me fijé en una furgoneta Subaru aparcada con un portatablas de surf en el techo. Había una pegatina en la ventana trasera que mostraba la silueta de un surfista de pie en la parte delantera de la tabla. En la pegatina decía ONE WORLD.

Las ventanas traseras de la furgoneta estaban tintadas de oscuro y no podía ver el interior. Me acerqué a la parte delantera y miré por la ventanilla del conductor. Vi que el asiento de atrás estaba plegado en plano, y que la mitad de la parte trasera estaba ocupada por cajas de cartón abiertas llenas de ropa y pertenencias personales. La otra mitad servía de cama para Patrick Henson. Lo supe porque estaba allí tumbado durmiendo, con la cara apartada de la luz en los pliegues de un saco de dormir. Y fue sólo entonces cuando recordé algo que había dicho durante nuestra primera conversación telefónica, cuando le había preguntado si le interesaba trabajar como mi chófer. Me había dicho que vivía en la furgoneta y dormía en una caseta de socorrista.

Levanté el puño para golpear en la ventanilla, pero decidí dejar dormir a Patrick. No lo necesitaría hasta al cabo de un rato, no había necesidad de despertarlo. Crucé al complejo de oficinas, doblé una esquina y enfilé un pasillo hacia la puerta marcada con el nombre de Jerry Vincent. El detective Bosch estaba de pie delante de la puerta. Estaba escuchando música y esperándome. Tenía las manos en los bolsillos y ademán pensativo, quizás un poco ofendido. Estaba convencido de que no teníamos una cita, de manera que desconocía el motivo de su enfado. Quizás era por la música. En cualquier caso se quitó los auriculares cuando me acerqué a él.

—¿Hoy no hay café? —dije a modo de saludo.

—Hoy no. Vi que ayer no lo quería.

Se hizo a un lado de manera que yo pudiera meter la llave y entrar.

—¿Puedo preguntarle algo? —dije.

—Si le digo que no, me lo preguntará de todos modos.

—Probablemente tiene razón.

Abrí la puerta.

—Haga la pregunta.

—Muy bien. No me parece un tipo de iPod, ¿a quién estaba escuchando?

—A alguien de quien estoy seguro que no ha oído hablar.

—Ya lo pillo. ¿Es Tony Robbins, el gurú de la autoayuda?

Bosch negó con la cabeza sin morder el anzuelo.

—Frank Morgan —dijo.

Asentí con la cabeza.

—¿El saxofonista? Sí, conozco a Frank.

Bosch pareció sorprendido cuando entramos en la zona de recepción.

—Lo conoce —dijo en tono incrédulo.

—Sí, suelo pasarme a saludar cuando toca en el Catalina o el Jazz Bakery. A mi padre le encantaba el jazz y en los años cincuenta y sesenta fue el abogado de Frank, quien se metió en líos antes de dejar las drogas. Terminó tocando en San Quintín con Art Pepper, lo ha oído nombrar, ¿no? Cuando conocí a Frank no necesitaba ayuda de un abogado defensor, le iba bien.

Bosch tardó un momento en recuperarse de la sorpresa de

que conociera a Frank Morgan, el oscuro heredero de Charlie Parker que durante dos décadas dilapidó esa herencia con la heroína. Cruzamos la zona de recepción y entramos en la oficina principal.

—Bueno, ¿cómo va el caso? —pregunté.

—Va —contestó.

—He oído que antes de venir a verme ayer pasó la noche en el Parker Center con un sospechoso. Pero no hubo detenciones, ¿no?

Rodeé el escritorio de Vincent y me senté. Empecé a sacar carpetas de mi mochila. Bosch se quedó de pie.

—¿Quién le ha dicho eso? —preguntó.

No había nada casual en la pregunta. Era más bien una orden. Yo actué como si tal cosa.

—No lo sé —dije—. Debí de oírlo en algún sitio. Quizás un periodista. ¿Quién era el sospechoso?

—No es asunto suyo.

—Entonces, ¿cuál es mi asunto con usted, detective? ¿Por qué está aquí?

—He venido a ver si tiene más nombres.

—¿Qué ha ocurrido con los que le pasé ayer?

—Están comprobados.

—¿Cómo puede haberlos comprobado todos ya?

Se inclinó hacia delante y apoyó las dos manos en la mesa.

—Porque no trabajo este caso solo. Tengo ayuda y hemos comprobado todos los nombres. Todos están en prisión, muertos o ya no les preocupa Jerry Vincent. También investigamos a varias de las personas a las que mandó a prisión cuando era fiscal. Es un callejón sin salida.

Sentí una sensación real de decepción y comprendí que tal vez había depositado demasiadas esperanzas en la posibilidad de que uno de esos nombres del pasado perteneciera al asesino, y que su detención fuera el final de la amenaza para mí.

—¿Y Demarco, el traficante de armas?

—De ése me ocupé yo, y no tardé en tacharlo de la lista. Está muerto, Haller. Murió hace dos años en su celda de Corcoran; hemorragia interna. Cuando lo abrieron, encontraron una navaja hecha con un cepillo de dientes en la cavidad anal.

Nunca se determinó si se lo había introducido él mismo para guardarlo o alguien lo hizo por él, pero fue una buena lección para el resto de los reclusos. Hasta pusieron un cartel: nunca te metas objetos afilados por el culo.

Me recosté en mi asiento, tan repelido por la historia como por la pérdida de un potencial sospechoso. Me recuperé y traté de continuar como si tal cosa.

—Bueno, ¿qué puedo decirle, detective? Demarco era mi mejor apuesta. Esos nombres eran lo único que tenía. Le dije que no podía revelar nada sobre casos activos, pero éste es el trato: no hay nada que revelar. —Negó con la cabeza en un gesto de desconfianza—. Lo digo en serio, detective. He revisado todos los casos activos: no hay nada en ellos que constituya una amenaza o una razón para que Vincent se sintiera amenazado. No hay nada en ellos que se relacione con el FBI. No hay nada que indique que Jerry Vincent se topó con algo que lo pusiera en peligro. Además, cuando descubres cosas malas de tus clientes, están protegidos. Así que no hay nada ahí. Quiero decir, no representaba a mafiosos, no representaba a traficantes, no había nada en…

—Representaba a asesinos.

—A acusados de asesinato. Y en el momento de su muerte sólo tenía un caso de homicidio, Walter Elliot, y no hay nada ahí. Créame, lo he mirado.

No estaba tan seguro de creerlo cuando lo dije, pero Bosch no pareció notarlo. Finalmente, se sentó en el borde de la silla, delante del escritorio, y sus facciones parecieron cambiar. Tenía una expresión casi desesperada.

—Jerry estaba divorciado —ofrecí—. ¿Ha investigado a su ex mujer?

—Se divorciaron hace nueve años. Ella está felizmente casada de nuevo y a punto de tener a su segundo hijo. No creo que una mujer embarazada de siete meses vaya a dispararle a un ex marido con el que no ha hablado en nueve años.

—¿Más parientes?

—Su madre en Pittsburg. El enfoque familiar está seco.

—¿Novia?

—Se tiraba a su secretaria, pero no era nada serio. Y su coartada es impecable. Ella también se tiraba al investigador, y estaban juntos esa noche.

Sentí que me ponía colorado. Ese sórdido escenario no estaba muy alejado de mi situación presente. Al menos, Lorna, Cisco y yo habíamos estado liados en momentos diferentes. Me froté la cara como si estuviera cansado y esperé que eso diera cuenta de mi nueva coloración.

—Eso es oportuno —dije—. Que sean la coartada del otro.

Bosch negó con la cabeza.

—Hay testigos. Estuvieron con amigos en una proyección de Archway. Ese cliente pez gordo suyo les dio la invitación.

Hice una conjetura rápida y le lancé el as a Bosch.

—El tipo al que tuvieron en la sala de interrogatorios esa primera noche era el investigador, Bruce Carlin.

—¿Quién se lo dijo?

—Acaba de hacerlo. Un triángulo amoroso clásico. Sería el punto de partida.

—Un abogado listo. Pero, como he dicho, no resultó. Pasamos la noche con eso y por la mañana estábamos en la casilla uno. Hábleme del dinero.

Me había lanzado un as a mí.

—¿Qué dinero?

—El dinero de las cuentas de negocio. Supongo que va a decirme que también es territorio protegido.

—En realidad, probablemente tendría que hablar con la juez para tener una opinión al respecto, pero no he de molestarme. Mi gerente de casos es una de las mejores contables que he conocido. Ha estado trabajando con los libros y me ha dicho que están limpios. Hasta el último centavo que cobró Jerry está justificado. —Bosch no respondió, así que continué—. Deje que le diga algo, detective. La mayor parte de las veces que los abogados se meten en problemas es por el dinero, por los libros. Es el sitio donde no hay zonas grises; el lugar donde le gusta meter las narices al Colegio de Abogados de California. Yo tengo los libros impecables, porque no quiero darles ninguna razón para que vengan tras de mí. Así que yo lo sabría, y Lorna, mi gerente de casos, también sabría si hubiera algo en esos libros que no cuadrara. Pero no lo hay. Creo que Jerry probablemente se estaba pagando un poco demasiado deprisa, pero no hay nada técnicamente erróneo en ello.

Vi que la mirada de Bosch se iluminaba con algo de lo que yo había dicho.

—¿Qué?

—¿Qué significa que «se estaba pagando demasiado deprisa»?

—Significa… Deje que empiece por el principio. La forma en que funciona es que cuando tomas un cliente recibes un anticipo. El dinero va a la cuenta de fideicomiso. Es dinero del cliente, pero lo guardas tú porque quieres asegurarte de que podrás cobrarlo cuando lo ganes. ¿Me sigue?

—Sí. No puede fiarse de que sus clientes le paguen porque son delincuentes, así que cobra por adelantado y pone el dinero en una cuenta de fideicomiso. Luego se paga a sí mismo al ir haciendo el trabajo.

—Más o menos. La cuestión es que está en la cuenta de fideicomiso y al ir trabajando, haciendo comparecencias, preparando el caso y etcétera, cobras tus tarifas de la cuenta de fideicomiso. Lo pasas a la cuenta operativa. Luego, desde ésta pagas tus propias facturas y salarios: alquiler, secretaria, investigador, costes de coche, etcétera. También te pagas a ti mismo.

—Vale, ¿entonces cómo es que Vincent se pagó demasiado deprisa?

—Bueno, no estoy diciendo exactamente eso. Es una cuestión de costumbre y práctica. Pero viendo los libros parece que le gustaba mantener un equilibrio bajo en operativo. Resulta que tuvo un cliente filón que pagó un gran anticipo y ese dinero pasó muy deprisa por las cuentas de fideicomiso y operativa. Después de los gastos, el resto fue para Jerry Vincent en concepto de salario.

El lenguaje corporal de Bosch indicaba que mi información llovía sobre mojado y era importante para él. Se había inclinado ligeramente hacia delante y parecía tener los hombros y el cuello endurecidos.

—Walter Elliot —dijo—. ¿Era él el filón?

—No puedo darle esa información, pero creo que es fácil de suponer.

157

Bosch asintió y vi que estaba dándole vueltas a algo. Esperé, pero no dijo nada.

—¿Cómo le ayuda esto, detective? —pregunté al fin.

—No puedo darle esa información, pero creo que es fácil de suponer.

Asentí. Me la había devuelto.

—Mire, los dos tenemos reglas que seguir —dije—. Somos dos caras de la misma moneda. Sólo estoy haciendo mi trabajo, y si no hay nada más con lo que pueda ayudarle, he de volver a eso.

Bosch me miró y parecía estar decidiendo algo.

—¿A quién sobornó Jerry Vincent en el caso Elliot? —preguntó por fin.

La pregunta me pilló a contrapié. No me la esperaba, pero en los momentos posteriores a que me la planteara me di cuenta de que era lo que había venido a preguntar. Todo lo demás hasta ese instante había sido decoración.

—¿Es información del FBI?

—No he hablado con el FBI.

—Entonces, ¿de qué está hablando?

—De un soborno.

—¿A quién?

—Eso es lo que le estoy preguntando.

Negué con la cabeza y sonreí.

—Oiga, se lo he dicho. Los libros están limpios. Hay…

—Si fuera a sobornar a alguien con cien mil dólares, ¿lo pondría en los libros?

Pensé en Jerry Vincent y en la vez que rechacé el sutil *quid pro quo* en el caso de Barnett Woodson. Lo rechacé y terminé logrando un veredicto de inocencia. Cambió la vida de Vincent y aún me estaba dando las gracias desde la tumba, pero quizá no cambió sus maneras en los años que siguieron.

—Supongo que tiene razón —le dije a Bosch—. Yo no lo haría así. Entonces, ¿qué es lo que no me está diciendo?

—Esto es confidencial, abogado. Pero necesito su ayuda y creo que ha de saberlo para ayudarme.

—Vale.

—Pues dígalo.

—¿Decir qué?

—Que lo tratará como una información confidencial.

—Pensaba que lo había hecho. Lo haré. Lo mantendré confidencial.

—Ni siquiera su equipo. Sólo usted.

—Bien. Sólo yo. Dígamelo.

—Tiene las cuentas de trabajo de Vincent. Yo tengo sus cuentas privadas. Dijo que se cobró deprisa el dinero de Elliot. Él…

—Yo no he dicho que fuera de Elliot. Lo ha dicho usted.

—Da igual. La cuestión es que hace cinco meses había acumulado cien mil dólares en una cuenta de inversión personal y una semana después llamó a su *broker* y le dijo que iba a retirarlos.

—¿Está diciendo que se llevó cien mil en efectivo?

—Es lo que acabo de decir.

—¿Qué pasó con el dinero?

—No lo sé. Pero no puedes ir a un *broker* y recoger cien mil en efectivo; has de solicitar esa cantidad de dinero. Hacen falta un par de días para reunirlo y luego hay que pasar a recogerlo. Su *broker* hizo muchas preguntas para asegurarse de que no había cuestiones de seguridad, como si había algún rehén mientras él iba a buscar el dinero. Un rescate o algo así. Vincent dijo que todo estaba bien, que necesitaba el dinero para comprar un barco y que si hacía la compra en efectivo se ahorraría mucha pasta.

—¿Dónde está el barco?

—No hay barco. Era mentira.

—¿Está seguro?

—Hemos comprobado todas las transacciones estatales y hemos hecho preguntas en Marina del Rey y San Pedro; no pudimos encontrar ningún barco. Hemos registrado dos veces su casa y hemos revisado sus compras por tarjeta de crédito; no hay recibos ni registros de gastos relacionados con un barco. No hay fotos, no hay llaves, no hay cañas de pescar. No hay registro de guardacostas, que se requiere para una transacción tan grande. No se compró un barco.

—¿Y México?

Bosch negó con la cabeza.

—Este tipo no había salido de Los Ángeles en nueve meses. No fue ni a México ni a ninguna parte. Le estoy diciendo que no compró un barco, lo habríamos descubierto. Compró otra cosa y su cliente Walter Elliot probablemente sabe qué era.

Revisé su lógica y me di cuenta de que llegaba a la puerta de Walter Elliot. Pero no iba a abrir esa puerta con Bosch mirando por encima del hombro.

—Creo que se equivoca, detective.

—Yo no lo creo, abogado.

—Bueno, no puedo ayudarle. No tengo ni idea de esto y no he visto indicación de ello en ninguno de los libros o registro que poseo. Si puede conectar este supuesto soborno con mi cliente, deténgalo y acúselo. De lo contrario, le digo ahora mismo que está en zona prohibida. Elliot no va a hablar con usted de esto ni de nada más.

Bosch negó con la cabeza.

—No perdería mi tiempo tratando de hablar con él. Usaba a su abogado como tapadera en esto y nunca podré superar la protección abogado-cliente. Pero debería tomarlo como una advertencia, abogado.

—¿Sí? ¿Cómo es eso?

—Sencillo. Mataron a su abogado, no a él. Piénselo. ¿Recuerda ese cosquilleo en la nuca y el sudor en la columna? Es la sensación que tienes cuando sabes que has de mirar por encima del hombro. Cuando sabes que estás en peligro.

Le sonreí.

—Ah, ¿era eso? Pensaba que era la sensación que tenía cuando me estaban enredando.

—Sólo le estoy diciendo la verdad.

—Ha estado jugando conmigo durante dos días, soltando mentiras sobre sobornos y el FBI. Ha estado tratando de manipularme y me ha hecho perder el tiempo. Ahora ha de irse, detective, porque tengo trabajo que hacer.

Me levanté y extendí una mano hacia la puerta. Bosch se levantó, pero no se volvió para irse.

—No se engañe, Haller. No cometa un error.

—Gracias por el consejo.

Bosch finalmente se volvió y empezó a irse. Pero de pronto se detuvo y volvió al escritorio, sacando algo del bolsillo interior de la chaqueta al aproximarse.

Era una fotografía. La dejó en el escritorio.

—¿Reconoce a este hombre? —preguntó Bosch.

Estudié la foto. Era una instantánea con grano sacada de un vídeo. Mostraba a un hombre saliendo por la puerta delantera de un edificio de oficinas.

—Es la entrada principal del Legal Center, ¿no?

—¿Reconoce al hombre?

La imagen estaba tomada a distancia y ampliada, extendiendo los píxeles y haciéndola poco clara. El hombre de la fotografía me pareció de origen latino. Tenía la piel y el pelo oscuros y llevaba un poncho y un bigote al estilo de Pancho Villa, como el que había llevado Cisco años atrás. Llevaba sombrero panamá y una camisa de cuello abierto bajo lo que parecía ser una chaqueta deportiva de piel. Al mirar más de cerca la fotografía me di cuenta de por qué era el fotograma que habían elegido del vídeo de vigilancia. La chaqueta del hombre quedaba abierta al empujar la puerta de cristal. Vi lo que parecía la parte superior de una pistola metida en la cintura del pantalón.

—¿Es eso una pistola? ¿Es el asesino?

—Mire, ¿puede responder alguna pregunta sin hacer otra? ¿Reconoce a este hombre? Es lo único que quiero saber.

—No, detective. ¿Contento?

—Eso es otra pregunta.

—Lo siento.

—¿Está seguro de que no lo ha visto antes?

—No al ciento por ciento. Pero no es una gran foto, ¿de dónde es?

—Una cámara de la calle en Broadway y la Segunda. Barre la calle y sólo tenemos a este tipo durante unos segundos. Esto es lo mejor que hemos podido conseguir.

Sabía que la ciudad había estado instalando discretamente cámaras de calle en las principales arterias en los últimos años. Calles como Hollywood Boulevard estaban grabadas por completo. Broadway era un candidato probable. Siempre estaba repleta durante el día con peatones y tráfico. También era la

161

calle que pisaban la mayoría de las marchas de protesta organizadas por las clases marginadas.

—Bueno, entonces supongo que es mejor que nada. ¿Cree que el pelo y el bigote son un disfraz?

—Deje que haga yo las preguntas. ¿Este tipo podría ser uno de sus nuevos clientes?

—No lo sé. No los he visto a todos. Déjeme la foto y se la enseñaré a Wren Williams. Ella sabrá mejor que yo si es un cliente.

Bosch se agachó y recogió la foto.

—Es mi única copia. ¿Cuándo vendrá?

—Dentro de una hora, más o menos.

—Volveré después. Entre tanto, abogado, tenga cuidado.

Me señaló con un dedo como si fuera una pistola, luego se volvió y salió de la sala cerrando la puerta tras de sí. Me quedé sentado pensando en lo que había dicho y mirando a la puerta, medio esperando que volviera a entrar y dejara caer otra advertencia ominosa.

Pero cuando la puerta se abrió al cabo de un minuto fue Lorna quien entró.

—Acabo de ver al detective en el pasillo.

—Sí, ha estado aquí.

—¿Qué quería?

—Asustarme.

—¿Y?

—Ha hecho un buen trabajo.

22

Lorna quería convocar otra reunión de equipo y ponerme al día de lo que había ocurrido mientras estaba fuera de la oficina visitando Malibú y a Walter Elliot el día anterior. Incluso me dijo que tenía una vista programada para más tarde sobre un caso misterioso que no estaba en el calendario que habíamos preparado. Pero necesitaba tiempo para pensar en lo que Bosch acababa de revelar y lo que significaba.

—¿Dónde está Cisco?

—Está en camino. Se fue temprano para reunirse con una de sus fuentes antes de entrar en la oficina.

—¿Ha desayunado?

—Conmigo no.

—Vale, espera hasta que venga y luego iremos a desayunar al Dining Car y repasaremos todo.

—Yo ya he desayunado.

—Entonces tú puedes hablar mientras nosotros comemos.

Lorna puso una falsa expresión de enfado, pero fue al mostrador de recepción y me dejó solo. Me levanté detrás del escritorio y empecé a pasear por la oficina, con las manos en los bolsillos, tratando de evaluar lo que significaba la información de Bosch.

Según Bosch, Jerry Vincent había pagado un soborno considerable a una persona o personas desconocidas. El hecho de que los cien mil dólares salieran del anticipo de Walter Elliot indicaría que el soborno estaba en cierto modo vinculado con ese caso, pero eso no era en modo alguno concluyente: Vincent podía usar fácilmente el dinero de Elliot para pagar una deuda o un soborno relacionado con otro caso o algo completamente diferente. Podría haber sido una deuda de juego que quería ocultar. El único hecho era que había desviado cien mil de su cuenta a un destino desconocido y había querido ocultar la transacción.

Lo siguiente a considerar era el tiempo de la transacción y si estaba relacionado con el asesinato de Vincent. Bosch aseguró que el dinero transferido se había gastado cinco meses antes; el asesinato de Vincent se había producido sólo tres días antes y el juicio de Elliot iba a empezar dentro de una semana. Una vez más no había nada definitivo. La distancia entre la transacción y el homicidio parecía tensar cualquier posibilidad de un vínculo entre los dos.

Pero aun así, no podía separar una cosa de la otra, y la razón para ello era el propio Walter Elliot. A través del filtro de la información de Bosch empecé a dar con algunas respuestas y a ver a mi cliente —y a mí mismo— de un modo diferente. Vi que la confianza de Elliot en su inocencia y eventual absolución posiblemente procedía de su convicción de que ya había pagado por ella. Vi su reticencia a considerar el aplazamiento del juicio como una cuestión de sincronización relacionada con el soborno. Y vi su disposición a permitirme que tomara la antorcha de Vincent sin comprobar ni una sola referencia como un movimiento hecho para conseguir que el juicio se celebrara sin aplazamiento. No tenía nada que ver con la confianza en mi talento y tenacidad. No le había impresionado. Simplemente había sido el que se había presentado. Simplemente era un abogado que funcionaría dentro de su esquema. De hecho, yo era perfecto. Me había sacado de la papelera de objetos perdidos, había estado en la nevera y estaba ansioso y preparado. Me podía desempolvar y estaría listo para sustituir a Vincent sin más preguntas.

La inyección de realidad que esto me provocó fue tan desagradable como la primera noche en rehabilitación. Pero también comprendí que este conocimiento de mí mismo podía darme una ventaja. Estaba en medio de algún tipo de jugada, pero al menos ahora sabía que lo era. Era una ventaja. Ahora podía hacer mi propia jugada.

Había una razón para darse prisa con el juicio y pensaba que sabía cuál era. La trampa estaba puesta. Se había pagado dinero por un tongo específico y éste estaba ligado a que el juicio se ciñera al calendario programado. La siguiente pregunta en esta serie era por qué. ¿Por qué el juicio tenía que celebrarse en el momento programado? Todavía no tenía respuesta para eso, pero iba a conseguirla.

Me acerqué a la ventana y separé las cortinas venecianas en mi mano. En la calle vi una furgoneta del Canal 5 aparcada con dos ruedas sobre el bordillo. Había un equipo de cámaras y un reportero en la acera y se estaban preparando para una grabación en directo, ofreciendo a sus espectadores lo último sobre el caso Vincent. Lo último era el informe exacto dado la mañana anterior: ninguna detención, ningún sospechoso, ninguna noticia.

Me aparté de la ventana y retrocedí hasta el centro de la sala para continuar mi paseo. Lo siguiente que necesitaba considerar era al hombre de la fotografía que me había mostrado Bosch. Había una contradicción ahí. Los primeros indicios apuntaban a que Vincent había conocido a la persona que lo mató y que le permitió acercarse, pero el hombre de la fotografía parecía disfrazado. ¿Jerry habría bajado la ventanilla para el hombre de la fotografía? El hecho de que Bosch se hubiera concentrado en ese hombre no tenía sentido cuando se aplicaba a lo que se conocía de la escena del crimen.

Las llamadas del FBI al móvil de Vincent también formaban parte de la ecuación desconocida. ¿Qué sabía el FBI y por qué ningún agente se había acercado a Bosch? Quizá la agencia federal estaba ocultando sus huellas. Pero también sabía que podría no querer salir de las sombras para revelar una investigación en marcha. Si ése era el caso, necesitaría pisar con más cuidado que antes. Si terminaba mínimamente salpicado por una investigación de corrupción federal, nunca me recuperaría.

El último enigma que considerar era el homicidio en sí. Vincent había pagado el soborno y estaba preparado para ir a juicio como estaba programado. ¿Por qué se había convertido en un hándicap? Su asesinato ciertamente amenazaba el calendario y era una respuesta extrema. ¿Por qué lo habían matado?

Había demasiadas preguntas y demasiadas incógnitas por el momento. Necesitaba más información antes de poder llegar a conclusiones sólidas respecto a cómo proceder. Pero había una conclusión básica a la que no podía evitar llegar: parecía inquietantemente claro que mi propio cliente estaba maquinando a mis espaldas. Elliot me estaba manteniendo en la inopia respecto a las maquinaciones interiores del caso.

Pero esto podía funcionar en ambos sentidos. Decidí que haría exactamente lo que Bosch me había pedido: mantener la confidencialidad de la información que el detective me había dado. No la compartiría con mi equipo y, ciertamente, tal y como estaba la situación, no cuestionaría a Walter Elliot respecto a su conocimiento de estas cosas. Mantendría la cabeza por encima de las aguas negras del caso y los ojos bien abiertos.

Desplacé el foco de mis ideas a lo que tenía justo delante de mí. Estaba mirando la boca abierta del pez de Patrick Henson.

La puerta se abrió y Lorna volvió a entrar en la oficina para encontrarme allí mirando al sábalo real.

—¿Qué estás haciendo? —preguntó ella.

—Pensando.

—Bueno, Cisco está aquí y hemos de irnos. Tienes una agenda ocupada hoy y no quiero que llegues tarde.

—Entonces vamos. Me muero de hambre.

Seguí a Lorna, pero no antes de mirar al gran pez colgado de la pared. Pensaba que sabía exactamente cómo se sentía.

166

23

*L*e pedí a Patrick que nos llevara al Pacific Dining Car, y Cisco y yo pedimos un bistec con huevos mientras Lorna se tomaba un té con miel. El Dining Car era un sitio donde a los cazadores de votos del centro les gustaba reunirse antes de un día de lucha en las torres de cristal cercanas. La comida era un poco cara pero buena. Instilaba confianza, hacía que el guerrero del centro se sintiera un hombre influyente.

En cuanto el camarero nos tomó nota y se alejó, Lorna apartó su plato y abrió un calendario de espiral en la mesa.

—Come deprisa —dijo ella—. Tienes un día ocupado.

—Cuéntame.

—Muy bien, empecemos por lo fácil.

Lorna pasó un par de páginas del calendario adelante y atrás antes de empezar.

—Tienes una cita en el despacho de la juez Holder a las diez en punto. Quiere un inventario de clientes actualizado.

—Me dijo que tenía una semana —protesté—. Hoy es jueves.

—Sí, bueno, Michaela me llamó y dijo que la juez quiere una actualización provisional. Creo que ha visto en el periódico que vas a seguir siendo el abogado de Elliot; debe de temer que gastes todo el tiempo en Elliot y te olvides de los demás clientes.

—Eso no es verdad. Presenté un pedimento ayer por Patrick y el martes me ocupé de la sentencia de Reese. O sea, aún no conozco a todos los clientes.

—No te preocupes, tengo un inventario en papel en la oficina para que lo lleves. Muestra con quién te has reunido, con quién has firmado y calendarios de todos ellos. Tú sólo dale con el papeleo y no se podrá quejar.

167

Sonreí. Lorna era la mejor gerente de casos del mercado.

—Genial. ¿Qué más?

—Luego, a las once, tienes una audiencia *in camera* con el juez Stanton sobre Elliot.

—¿Conferencia de estatus?

—Sí. Quiere saber si vas a poder empezar el jueves.

—No, pero Elliot no lo quiere de ninguna otra manera.

—Bueno, el juez querrá que Elliot lo diga por sí mismo. Ha requerido la presencia del acusado.

Eso era inusual. La mayoría de las conferencias de estatus eran de rutina y rápidas. El hecho de que Stanton quisiera a Elliot allí la ponía en un ámbito más importante.

Pensé en algo y saqué el móvil.

—¿Se lo has dicho a Elliot? Podría…

—Déjalo. Lo sabe y estará allí. He hablado con su secretaria, la señora Albrecht, esta mañana y sabe que ha de presentarse y que el juez puede revocar si no lo hace.

Asentí. Era una medida inteligente: amenazar la libertad de Elliot como forma de asegurar que se presentara.

—Bien —dije—. ¿Es todo?

Quería empezar con Cisco y preguntarle qué más había podido encontrar sobre la investigación de Vincent y si sus fuentes habían mencionado algo respecto al hombre que aparecía en la foto de la cámara de vigilancia que me había mostrado Bosch.

—Ni de lejos, amigo —respondió Lorna—. Ahora vamos al caso misterioso.

—Soy todo oídos.

—Ayer por la tarde recibimos una llamada de la secretaria del juez Friedman, que llamo a la oficina de Vincent a ciegas para ver si había alguien ocupándose de los casos. Cuando la secretaria se informó de que tú te estás ocupando, me preguntó si estabas al corriente de la comparecencia programada ante Friedman hoy a las dos. Comprobé nuestro nuevo calendario y no tenías nada para hoy a las dos. Así que ése es el misterio. Tienes una comparecencia a las dos de un caso del cual no sólo no teníamos en el calendario, sino que tampoco tenemos un expediente.

—¿Cuál es el nombre del cliente?

—Eli Wyms.

No significaba nada para mí.

—¿Wren conocía el nombre?

Lorna negó con la cabeza de manera desdeñosa.

—¿Has comprobado los casos cerrados? Tal vez estaba mal archivado.

—No, lo comprobamos. No hay ninguna carpeta en toda la oficina.

—¿Y para qué es la comparecencia? ¿Se lo preguntaste a la asistente?

Lorna asintió.

—Mociones previas. Wyms está acusado de intento de homicidio de un agente del orden y de varios cargos relacionados con posesión de armas. Lo detuvieron el 2 de mayo en un parque del condado en Calabasas. Fue acusado y enviado noventa días a Camarillo. Deben de haberlo considerado competente porque la vista de hoy es para establecer fecha de juicio y considerar la fianza.

Asentí. Por el resumen, pude leer entre líneas. Wyms se había metido en algún tipo de confrontación con armas de por medio con el departamento del sheriff, que proporcionaba servicios en la zona no incorporada conocida como Calabasas. Lo enviaron al centro de evaluación mental de Camarillo, donde los psiquiatras tardaron tres meses en decidir si estaba loco o estaba capacitado para afrontar los cargos que se le imputaban en un juicio. Los doctores determinaron que era competente, lo cual significaba que sabía distinguir entre el bien y el mal al tratar de matar a un agente del orden, seguramente el agente del sheriff al que se enfrentó.

Era un esbozo somero del problema en el que estaba metido Eli Wyms. Habría más detalles en el expediente, pero no había expediente.

—¿Hay alguna referencia a Wyms en los depósitos de la cuenta de fideicomiso? —pregunté.

Lorna negó con la cabeza. Debería haber supuesto que había sido concienzuda y habría mirado las cuentas en busca de Eli Wyms.

169

—Muy bien, parece que Jerry lo representaba *pro bono*.

Los abogados proporcionan en ocasiones servicios legales gratuitos —*pro bono*— a clientes indigentes o especiales. En ocasiones es una acción altruista y en ocasiones es porque el cliente no paga. En cualquiera de los casos, la falta de un anticipo por parte de Wyms era comprensible. La ausencia del expediente era otra historia.

—¿Sabes lo que estoy pensando?

—¿Qué?

—Que Jerry tenía el expediente en el maletín cuando se fue el lunes por la noche.

—Y el asesino se lo llevó junto con su portátil y su móvil.

Lorna hizo un gesto de asentimiento y yo lo repetí.

Tenía sentido. Estaba pasando la tarde preparándose para la semana y tenía una comparecencia el jueves sobre Wyms. Quizá se había quedado sin energía y había metido el expediente en el maletín para mirarlo después. O quizá llevaba el expediente consigo porque era importante de un modo que todavía no podía ver. Quizás el asesino quería el expediente de Wyms y no el portátil o el móvil.

—¿Quién es el fiscal del caso?

—Joanne Giorgetti, y te llevo ventaja. La llamé ayer, le expliqué nuestra situación y le pregunté si podía hacernos una copia de la carpeta de revelación. Dijo que no tenía problema. Puedes recogerla después de tu cita de las once con el juez Stanton y te quedarán un par de horas para familiarizarte con el caso antes de la vista de las dos.

Joanne Giorgetti era una excelente fiscal que trabajaba en la sección de delitos contra agentes del orden en la oficina del distrito. También era amiga de mi ex mujer desde hacía mucho tiempo y la entrenadora de mi hija en la liga de baloncesto de la YMCA. Siempre había sido cordial y amable conmigo, incluso después de que Maggie y yo nos separáramos. No me sorprendió que fuera a hacerme una copia de la carpeta de revelación.

—Piensas en todo, Lorna —dije—. ¿Por qué no te has ocupado tú de todo el bufete de Vincent? No me necesitas.

Sonrió por el cumplido y vi que echaba una mirada hacia Cisco. La interpretación que hice era que quería que él se diera cuenta del valor que tenía para la firma legal Michael Haller & Associates.

—Me gusta trabajar en segunda fila —contestó—. Te dejaré el primer plano a ti.

Nos sirvieron los platos y yo eché una buena cantidad de salsa Tabasco en el bistec y los huevos. En ocasiones, la salsa picante era la única forma que tenía de saber que seguía vivo.

Finalmente podía oír lo que Cisco había averiguado sobre la investigación de Vincent, pero mi investigador se enfrascó en su desayuno y sabía que era mejor no interrumpirlo cuando estaba comiendo. Decidí esperar y preguntar a Lorna cómo iban las cosas con Wren Williams. Respondió en voz baja, como si Wren estuviera sentada cerca en el restaurante y escuchando.

—No es de gran ayuda, Mickey. Parece que no tiene ni idea de cómo funciona la oficina o de dónde ponía las cosas Jerry. Tendrá suerte si se acuerda de dónde ha aparcado el coche esta mañana. En mi opinión trabajaba allí por algún otro motivo.

Podría haberle dicho el motivo que me había contado Bosch, pero decidí guardármelo para mí. No quería distraer a Lorna con cotilleo.

Miré y vi a Cisco rebañando el unto del bistec y la salsa picante del plato con un trozo de tostada. Estaba listo para empezar.

—¿Qué tienes en marcha hoy, Cisco?

—Estoy trabajando en Rilz y en su lado de la ecuación.

—¿Qué está pasando?

—Creo que habrá un par de cosas que puedes usar. ¿Quieres que te las cuente?

—Todavía no. Te lo pediré cuando lo necesite.

No quería poseer información sobre Rilz que podría tener que entregar a la fiscalía según las reglas de revelación. Por el momento, cuanto menos supiera, mejor. Cisco lo comprendió y asintió.

—También tengo la reunión con Bruce Carlin esta tarde —añadió Cisco.

—Quiere doscientos la hora —dijo Lorna—. Un robo a mano armada, si me pides la opinión.

Hice un gesto para no hacer caso de su protesta.

171

—Págale. Es un gasto de una sola vez y probablemente tiene información que podemos usar y que podría ahorrar tiempo a Cisco.

—No te preocupes, le pagaremos. Pero no me hace gracia. Nos está extorsionando porque sabe que puede.

—Técnicamente está extorsionando a Elliot y no creo que le importe. —Me volví hacia mi investigador—. ¿Tienes algo nuevo sobre el caso Vincent?

Cisco me puso al día con lo que tenía. Consistía sobre todo en detalles forenses, lo cual sugería que su fuente venía de esa faceta de la investigación. Dijo que a Vincent le habían disparado dos veces, ambas en la zona de la sien izquierda. La distancia entre las heridas de entrada era de un par de centímetros, y las quemaduras de pólvora en la piel y el pelo indicaban que el arma estaba a entre veintidós y treinta centímetros de distancia cuando se disparó. Cisco explicó que eso indicaba que el asesino había disparado dos tiros rápidos y era experto. Las probabilidades de que un aficionado hubiera disparado dos veces con tanta rapidez ajustando tanto los impactos eran escasas.

Además, según informó Cisco, las balas no salieron del cadáver y se recuperaron durante la autopsia realizada a última hora del día anterior.

—Eran veinticincos —dijo.

Había manejado incontables contrainterrogatorios de expertos en balística, conocía el terreno y sabía que una bala de calibre 25 procedía de una pequeña arma pero podía causar gran daño, sobre todo si se disparaba en la cavidad craneal. Las balas rebotaban en su interior y era como poner el cerebro de la víctima en una batidora.

—¿Aún no conocen el arma exacta?

Sabía que estudiando las indentaciones en las balas podía determinarse qué clase de pistola las había disparado, igual que con los crímenes de Malibú, en que los investigadores sabían qué pistola se había usado aunque no la habían encontrado.

—Sí. Una Beretta Bobcat de calibre 25. Bonita y pequeña, casi puedes esconderla en la mano.

Un arma completamente diferente de la usada para matar a Mitzi Elliot y Johan Rilz.

—Entonces, ¿qué nos dice todo esto?

—Es un sicario. Te das cuenta cuando sabes que iba a ser un tiro a la cabeza.

Asentí para mostrar mi acuerdo.

—Así que estaba planeado. El asesino sabía lo que iba a hacer. Espera en el garaje, ve que Jerry sale y va directamente al coche. La ventanilla baja o ya estaba bajada, y el tipo le dispara dos veces en la cabeza, luego coge el maletín que tiene el portátil, el móvil, el portafolios y, creemos, el expediente de Eli Wyms.

—Exactamente.

—Vale, ¿qué pasa con el sospechoso?

—¿El tipo que interrogaron la primera noche?

—No, era Carlin. Lo soltaron.

Cisco pareció sorprendido.

—¿Cómo has averiguado que era Carlin?

—Bosch me lo ha dicho esta mañana.

—¿Estás diciendo que tienen otro sospechoso?

Asentí.

—Bosch me enseñó una foto de un tipo que entraba en el edificio en el momento de los disparos. Llevaba pistola y un disfraz obvio.

Vi que los ojos de Cisco destellaban. Era una cuestión de orgullo profesional que él me proporcionara ese tipo de información. No le gustaba que fuera al revés.

—No tenía nombre, sólo la foto —dije—. Quería saber si había visto al tipo antes o si era uno de los clientes.

Los ojos de Cisco se dieron cuenta de que su fuente interior estaba ocultándole información. Si le hubiera hablado de las llamadas del FBI, probablemente habría cogido la mesa y la habría lanzado por la ventana.

—Veré qué puedo descubrir —dijo tranquilamente a través de la mandíbula apretada.

Miré a Lorna.

—Bosch dijo que iba a volver a mostrar la foto a Wren.

—Se lo diré.

—Miradla vosotros también. Quiero que todo el mundo esté alerta por este tipo.

173

—Vale, Mickey.

Asentí. Habíamos terminado. Puse una tarjeta de crédito en la cuenta y saqué el teléfono móvil para llamar a Patrick. Llamar a mi chófer me recordó algo.

—Cisco, hay otra cosa que quiero que hagas hoy.

Cisco me miró, contento de dejar atrás la idea de que yo tenía una fuente de la investigación mejor que la suya.

—Quiero que vayas al liquidador de Vincent y veas si se está quedando alguna de las tablas de surf de Patrick. Si es así, quiero que la recuperes para Patrick.

Cisco asintió.

—Eso puedo hacerlo. No hay problema.

24

*F*renado por el lento movimiento de los ascensores en el edificio del tribunal penal, llegaba cuatro minutos tarde cuando entraba en la sala de la juez Holder y me apresuraba hacia el pasillo que conducía al despacho de la juez. No vi a nadie y la puerta estaba cerrada. Llamé con suavidad y oí que la juez me pedía que entrara.

Holder estaba detrás del escritorio y llevaba la toga negra. Este detalle indicaba que probablemente tenía una vista en audiencia pública programada pronto y el hecho de llegar tarde no era nada bueno.

—Señor Haller, nuestra reunión era a las diez en punto. Creo que le dieron adecuada noticia de ello.

—Sí, señoría, lo sé. Lo siento. Los ascensores de este edificio son…

—Todos los abogados usan los mismos ascensores y la mayoría llegan a tiempo a las reuniones conmigo.

—Sí, señoría.

—¿Ha traído su talonario de cheques?

—Creo que sí, sí.

—Bueno, podemos hacerlo de dos maneras —comenzó la juez—. Puedo acusarlo de desacato, multarlo y dejar que se explique ante el Colegio de Abogados de California, o podemos manejarlo informalmente y usted saca el talonario de cheques y hace una donación a la fundación Make-A-Wish. Es una de mis organizaciones benéficas preferidas. Hacen buenas cosas por los niños enfermos.

Era increíble. Me estaba multando por llegar cuatro minutos tarde. La arrogancia de algunos jueces era asombrosa. De algún modo logré tragarme la ira y hablar.

—Me gusta la idea de ayudar a niños enfermos, señoría —dije—. ¿Por cuánto lo hago?

—Por lo que quiera contribuir. E incluso lo enviaré por usted.

Señaló una pila de papeles situada a la izquierda de su escritorio. Vi otros dos cheques, seguramente extendidos por otros dos pobres desgraciados que según la juez habían cometido una falta esa semana. Me incliné y hurgué en el bolsillo delantero de mi mochila hasta que encontré mi talonario. Extendí un cheque por 250 dólares a Make-A-Wish, lo arranqué y se lo pasé a través del escritorio. Vi los ojos de la juez mientras miraba la cantidad que estaba donando. Asintió aprobatoriamente y supe que lo había hecho bien.

—Gracias, señor Haller. Le enviarán un recibo para sus impuestos por correo. Irá a la dirección del cheque.

—Como ha dicho, hacen un buen trabajo.

—Así es.

La juez puso el cheque encima de los otros dos y luego volvió su atención hacia mí.

—Ahora, antes de revisar los casos, deje que le haga una pregunta. ¿Sabe si la policía está avanzando en la investigación de la muerte del señor Vincent?

Dudé un momento, preguntándome qué debería decirle a la presidenta del Tribunal Superior.

—Realmente no estoy al tanto de eso, señoría —respondí—. Pero me mostraron la fotografía de un hombre y supongo que lo buscan como sospechoso.

—¿En serio? ¿Qué clase de fotografía?

—Como una imagen de una cámara de vigilancia de la calle. Un tipo, y parece que lleva una pistola. Creo que han visto que coincide con el tiempo de los disparos en el garaje.

—¿Reconoció al hombre?

Negué con la cabeza.

—No, la imagen tenía demasiado grano. Y además parece que podría llevar un disfraz o algo.

—¿Cuándo fue eso?

—La noche de los disparos.

—No, me refiero a cuándo le mostraron la foto.

—Esta mañana. El detective Bosch vino a la oficina con ella.

La juez asintió con la cabeza. Nos quedamos un momento en silencio hasta que la juez fue al motivo de la reunión.

—Bueno, señor Haller, ¿por qué no hablamos ahora de los clientes y los casos?

—Sí, señoría.

Me agaché, abrí la cremallera de la mochila y saqué la lista que Lorna me había preparado.

La juez Holder me mantuvo en su escritorio durante la siguiente hora mientras revisábamos cada caso y cliente, detallando el estatus y conversaciones que había tenido con cada uno. Cuando finalmente me dejó marchar, era tarde para mi vista de las once en el despacho del juez Stanton.

Salí del tribunal de Holder y no me molesté con los ascensores. Bajé corriendo por la escalera hasta dos plantas más abajo, donde se hallaba el tribunal de Stanton. Llegaba ocho minutos tarde y me pregunté si iba a costarme otra donación a otra entidad benéfica favorita del juez.

La sala estaba vacía, pero la secretaria de Stanton estaba en su lugar. Me señaló con un bolígrafo la puerta abierta al pasillo que conducía al despacho del juez.

—Le están esperando —dijo.

Pasé rápidamente a su lado y enfilé el pasillo. La puerta del despacho estaba abierta y vi al juez sentado detrás de su escritorio. Detrás y a la derecha había una estenógrafa y al otro lado del escritorio del magistrado había tres sillas. Walter Elliot estaba sentado en la silla de la derecha, la del medio estaba vacía y Jeffrey Golantz ocupaba la tercera. Nunca había visto al fiscal antes, pero lo reconocí porque había visto su rostro en la tele y en los periódicos. En los últimos años había manejado con éxito una serie de casos de perfil alto y se estaba labrando un nombre. Era el recién llegado invicto de la oficina del fiscal.

Me encantaba enfrentarme con fiscales invictos. Su confianza, en ocasiones, los traicionaba.

—Disculpe el retraso, señoría —dije al ocupar el asiento vacío—. La juez Holder me llamó a una comparecencia y se prolongó.

Confiaba en que la mención de la presidenta del Tribunal

177

Superior como la razón de mi tardanza impediría que Stanton siguiera asaltando mi talonario, y pareció funcionar.

—Vamos en actas ahora —dijo. La estenógrafa se inclinó hacia delante y puso los dedos sobre las teclas de su máquina—. En el caso California versus Walter Elliot estamos hoy *in camera* para una conferencia de estatus. Están presentes el acusado, junto con el señor Golantz por la fiscalía y el señor Haller, que sustituye al difunto señor Vincent.

El juez tuvo que hacer una pausa para deletrearle los apellidos a la estenógrafa. Habló con la voz autoritaria que una década en el estrado suele dar a un jurista. El juez era un hombre atractivo con la cabeza llena de pelo gris hirsuto. Estaba en buena forma, y la toga negra hacía poco por ocultar sus hombros y pectorales bien desarrollados.

—Bien —dijo entonces—, tenemos programado el *voir dire* para esta causa el jueves que viene, dentro de una semana, y me he fijado, señor Haller, en que no he recibido ninguna moción de aplazamiento mientras se pone al día con el caso.

—No queremos un aplazamiento —dijo Elliot.

Yo me estiré, puse una mano en el antebrazo de mi cliente y negué con la cabeza.

—Señor Elliot, en esta sesión quiero que hable su abogado —terció el juez.

—Lo lamento, señoría —dije—. Pero el mensaje es el mismo lo dé yo o venga directamente del señor Elliot: no queremos aplazamiento. He pasado la semana poniéndome al día y estaremos preparados para empezar con la selección del jurado el jueves que viene.

El juez me miró entrecerrando los ojos.

—¿Está seguro de eso, señor Haller?

—Absolutamente. El señor Vincent era un buen abogado y mantenía el expediente con esmero. Comprendo la estrategia que elaboró y estaremos listos el jueves. El caso tiene mi plena atención, y la de mi equipo.

El juez se recostó en la silla de respaldo alto y osciló de un lado a otro mientras pensaba. Finalmente miró a Elliot.

—Señor Elliot, resulta que tendrá que hablar después de todo. Me gustaría oír directamente de usted que está plenamente de acuerdo con su nuevo abogado aquí presente y que comprende el riesgo que corre al ponerse en manos de un nuevo abogado tan cerca del inicio del juicio. Es su libertad lo que está en juego aquí, señor. Escuchemos lo que tiene que decir al respecto.

Elliot se inclinó hacia delante y habló en un tono desafiante.

—Señoría, primero de todo, estoy completamente de acuerdo. Quiero llevar esto a juicio para poder dejar en evidencia al fiscal del distrito aquí presente. Soy un hombre inocente perseguido y acusado por algo que no hice. No quiero pasar ni un solo día más siendo el acusado, señor. Amaba a mi mujer y siempre la echaré de menos. Yo no la maté y me rompe el corazón oír a la gente vilipendiándome en la tele. Lo que más me duele es saber que el verdadero asesino está suelto. Cuanto antes el señor Haller demuestre al mundo mi inocencia, mejor.

Era el abecé de O.J. Simpson, pero el juez estudió a Elliot y asintió pensativamente ante de centrar su atención en el fiscal.

—¿Señor Golantz? ¿Qué opina la fiscalía?

El ayudante del fiscal del distrito se aclaró la garganta. La palabra para describirlo era telegénico: era atractivo y moreno y sus ojos parecían llevar la ira de la justicia en ellos.

—Señoría, la fiscalía está preparada para el juicio y no tiene objeción en proceder según lo previsto. Pero pediría que, si el señor Elliot está tan seguro de ejecutar sin aplazamiento, renuncie formalmente a cualquier apelación sobre este asunto si las cosas no salen como él predice en el juicio.

El juez giró en su silla de manera que volvió a poner el foco en mí.

—¿Qué dice de eso, señor Haller?

—Señoría, no creo que sea necesario que mi cliente renuncie a las protecciones que pudieran correspon...

—No me importa —dijo Elliot, cortándome—. Renuncio a lo que les venga en gana. Quiero ir a juicio.

Lo miré con severidad. Él me miró y se encogió de hombros.

—Vamos a ganar esto —explicó.

—¿Quiere tomarse un momento en el pasillo, señor Haller? —preguntó el juez.

—Gracias, señoría.

Me levanté e hice una señal a Elliot para que se levantara.

—Acompáñeme.

Salimos al corto pasillo que daba a la sala del tribunal. Cerré la puerta detrás de nosotros. Elliot habló antes de que yo pudiera hacerlo, subrayando el problema.

—Mire, quiero que esto termine y…

—¡Calle! —dije en un susurro forzado.

—¿Qué?

—Escúcheme. Cierre el pico. ¿Lo entiende? Estoy seguro de que está acostumbrado a hablar cuando quiere y a tener a todos escuchando cada brillante palabra que dice. Pero ya no está en Hollywood, Walter. No está hablando de películas de fantasía con el magnate de la semana. ¿Entiende lo que le estoy diciendo? Esto es la vida real. No hable a no ser que se dirijan a usted. Si tiene algo que decir, entonces me lo susurra al oído y si yo creo que merece la pena repetirlo, entonces yo, no usted, se lo diré al juez. ¿Lo ha comprendido?

Elliot tardó en responder. Su expresión se oscureció y comprendí que podría estar a punto de perder al cliente filón. Pero en ese momento no me importaba. Lo que acababa de decir había que decirlo. Era un discurso de bienvenida a mi mundo que le debía desde hacía mucho.

—Sí —dijo finalmente—. Lo comprendo.

—Bien, entonces recuérdelo. Ahora, volvamos ahí dentro y veamos si podemos evitar renunciar a su derecho a apelar si resulta que lo condenan porque yo la cago por no estar preparado para el juicio.

—Eso no ocurrirá. Tengo fe en usted.

—Se lo agradezco, Walter. Pero la verdad es que no tiene fundamento para esa fe. Y tanto si la tiene como si no, eso no significa que tengamos que renunciar a nada. Ahora volvamos y deje que hable yo. Por eso me llevo la pasta, ¿no?

Le di un golpecito en el hombro. Entramos y volvimos a sentarnos. Y Walter no volvió a decir ni una palabra. Yo argumenté que él no debería renunciar a su derecho a apelar sólo porque deseara un juicio rápido al que tenía derecho. Sin embargo, el juez Stanton respaldó a Golantz, argumentando que si Elliot declinaba la oferta de aplazar el juicio, no podía quejarse después de una sentencia de que su abogado no había tenido suficiente tiempo para prepararse. Enfrentado al dictamen, Elliot siguió en sus trece y declinó el aplazamiento, como sabía que haría. Eso no me importaba. Bajo las normas del derecho bizantino, casi nada estaba a salvo de la apelación. Sabía que si era necesario, Elliot aún podría apelar al dictamen que acababa de hacer el juez.

Pasamos a lo que el juez llamaba orden de casa. La primera cuestión era que ambas partes aceptáramos una solicitud de Cortes TV para que se le permitiera emitir segmentos del juicio en directo en su programación diaria. Ni Golantz ni yo pusimos reparos. Al fin y al cabo era propaganda gratuita, en mi caso para conseguir nuevos clientes y en el de Golantz para sus futuras aspiraciones políticas. Y en lo que a Elliot respectaba, me susurró que quería que las cámaras estuvieran allí para grabar su veredicto de inocencia.

A continuación, el juez delineó el calendario para entregar las listas definitivas de revelación de pruebas y testigos. Nos dio hasta el lunes para los materiales de revelación y las listas de testigos tenían que entregarse un día más tarde.

—Sin excepciones, caballeros —dijo—. No me gustan nada las adiciones por sorpresa después de la fecha tope.

Esto no iba a ser un problema desde el lado del pasillo que correspondía a la defensa. Vincent ya había interpuesto dos mociones previas de revelación de pruebas y había poco nuevo desde entonces para que yo lo compartiera con el fiscal. Cisco Wojciechowski estaba haciendo un buen trabajo manteniéndome al margen de lo que estaba descubriendo sobre Rilz. Y lo que no sabía no podía ponerlo en el archivo de revelación.

Por lo que respectaba a los testigos, mi plan era tomar el pelo a Golantz al estilo habitual. Presentaría una lista de testigos potenciales, nombrando a todos los agentes de la ley y técnicos de criminalística mencionados en los informes del sheriff. Eso era procedimiento operativo estándar. Golantz tendría que preocuparse de saber a quién iba a llamar realmente a declarar y quién era importante para el caso de la defensa.

—Muy bien, señores, probablemente tenga una sala llena de abogados esperándome —dijo finalmente Stanton—. ¿Ha quedado todo claro?

Golantz y yo asentimos con la cabeza. No pude evitar preguntarme si el juez o el fiscal eran los receptores del soborno. ¿Estaba sentado con el hombre que inclinaría el caso a favor de mi cliente? Si era así, no había hecho nada para delatarse. Terminé la reunión pensando que Bosch estaba equivocado. No había soborno. Había un barco de cien mil dólares en algún puerto de San Diego o Cabo con el nombre de Jerry Vincent en él.

—Muy bien, pues —concluyó el juez—. Pondremos esto en marcha la semana que viene. Podemos hablar de reglas fundamentales el jueves por la mañana, pero quiero dejar claro ahora mismo que voy a gobernar este juicio como una máquina bien engrasada. Sin sorpresas, sin chanchullos y sin gracias. ¿Está claro otra vez?

Golantz y yo accedimos una vez más en que estaba claro, pero el juez se balanceó en su silla y me miró directamente a mí. Entrecerró los ojos con sospecha.

—Les tomo la palabra en eso —dijo.

Parecía ser un mensaje pretendido sólo para mí, un mensaje que no aparecería en el registro de la estenógrafa.

¿Por qué era siempre el abogado defensor quien recibía la miradita del juez?

25

*L*legué al despacho de Joanne Giorgetti poco antes del receso de mediodía. Sabía que llegar allí un minuto después de las doce sería demasiado tarde. Las oficinas de la fiscalía literalmente se vaciaban durante la hora del almuerzo: los habitantes buscaban la luz solar, el aire fresco y el sustento fuera del edificio del tribunal penal. Le dije a la recepcionista que tenía una cita con Giorgetti y ella hizo una llamada. A continuación desactivó el cierre electrónico de la puerta y me dijo que pasara.

Giorgetti tenía una oficina pequeña y sin ventanas en la cual la mayor parte de la superficie del suelo estaba ocupada por archivadores de cartón. Lo mismo ocurría en todos los despachos de fiscales en los que había estado, grandes o pequeños. Ella estaba sentada tras su escritorio, pero quedaba oculta por un muro de carpetas. Estiré cuidadosamente el brazo sobre ese muro para tenderle la mano.

—¿Cómo te va, Joanne?

—No va mal, Mickey. ¿Y a ti?

—Estoy bien.

—He oído que te han caído un montón de casos.

—Sí, bastantes.

La conversación era forzada. Yo sabía que ella y Maggie eran muy amigas, y no había forma de enterarme de si mi mujer le había confiado mis dificultades en el pasado año.

—Bueno, ¿has venido por Wyms?

—Exacto. Esta mañana ni siquiera sabía que tuviera el caso.

Ella me pasó una carpeta de un par de centímetros de grosor que contenía documentos.

—¿Qué crees que le pasó al expediente de Jerry? —preguntó.

183

—Creo que tal vez se lo llevó el asesino.

Giorgetti torció el gesto.

—Es raro. ¿Por qué iba a llevarse este archivo el asesino?

—Probablemente sin querer. El expediente estaba en el maletín de Jerry, junto con su portátil, y el asesino simplemente se lo llevó todo.

—Hum.

—Bueno, ¿hay algo inusual en este caso? ¿Algo que pudiera convertir a Jerry en un objetivo?

—No creo. Es el caso del loco armado de cada día.

Asentí con la cabeza.

—¿Has oído algo de que el jurado de acusación federal está examinando los tribunales del estado?

Ella juntó las cejas.

—¿Por qué iban a fijarse en este caso?

—No estoy diciendo eso. He estado en fuera de juego un tiempo y me preguntaba si habías oído algo.

Ella se encogió de hombros.

—Sólo los rumores habituales en el circuito del cotilleo. Parece que siempre hay una investigación de algo.

—Sí.

No dije nada más, esperando que me pusiera al día del rumor. Pero no lo hizo y era mi momento de seguir adelante.

—¿La comparecencia de hoy es para fijar una fecha al juicio? —pregunté.

—Sí, pero supongo que querrás un aplazamiento para ponerte al día.

—Bueno, deja que eche un vistazo al expediente mientras como y ya te diré si ése es el plan.

—Vale, Mickey, pero sólo para que lo sepas, no me opondré a un aplazamiento teniendo en cuenta lo que ocurrió con Jerry.

—Gracias, CoJo.

Ella sonrió al ver que usaba el nombre por el que la conocían sus jóvenes jugadoras de baloncesto en la YMCA.

—¿Has visto a Maggie últimamente? —preguntó.

—La vi anoche cuando recogí a Hayley. Parece que le va bien. ¿Tú la has visto?

—Sólo en el entrenamiento de baloncesto, pero normal-

184

mente se sienta allí con la nariz metida en un expediente. Antes íbamos con las niñas al Hamburger Hamlet, pero Maggie ha estado demasiado ocupada.

Asentí. Maggie y ella habían sido colegas desde el primer día y habían ascendido juntas en el escalafón de la fiscalía. Eran competidoras, pero no competitivas la una con la otra. Pero el tiempo pasa y las distancias desgastan cualquier relación.

—Bueno, me lo llevaré y lo estudiaré —dije—. La vista con Friedman es a las dos, ¿no?

—Sí, a las dos. Te veo entonces.

—Gracias por hacer esto, Joanne.

—No hay de qué.

Salí de la oficina del fiscal y esperé diez minutos para entrar en un ascensor con el grupo del almuerzo. Fui el último en entrar y bajé con la cara a cinco centímetros de la puerta. Odiaba los ascensores más que cualquier otra cosa del edificio.

—Eh, Haller.

Era una voz a mi espalda. No la reconocí, pero estaba demasiado lleno para que pudiera volverme a ver quién era.

—¿Qué?

—He oído que te han tocado todos los casos de Vincent.

No iba a discutir mis negocios en un ascensor repleto. No respondí. Finalmente llegué abajo y las puertas se abrieron. Salí y miré a la persona que me había hablado.

Era Dan Daly, otro abogado defensor que formaba parte del círculo de letrados que acudían ocasionalmente a los partidos de los Dodgers y a tomar martinis en el Four Green Fields. Yo me había perdido la última temporada de béisbol y copas.

—¿Qué tal, Dan?

Nos dimos la mano, una señal del tiempo que hacía que no nos veíamos.

—Bueno, ¿a quién has untado?

Lo dijo con una sonrisa, pero me di cuenta de que había algo detrás de la insinuación. Quizás una dosis de celos por el hecho de que me hubiera tocado el caso Elliot. Todos los abogados de la ciudad sabían que era un caso filón; podía dar buenos dólares durante años: primero el juicio y luego las apelaciones que vendrían después de una condena.

185

—A nadie —dije—. Jerry me puso en su testamento.

Empezamos a caminar hacia las puertas de salida. La cola de caballo de Daly era más larga y gris, pero lo más notorio era que estaba intrincadamente trenzada. No la había visto así antes.

—Entonces eres un tipo afortunado —dijo Daly—. Avísame si necesitas un segundo con Elliot.

—Sólo quiere un abogado en la mesa. Dice que nada de *dream team*.

—Bueno, pues tenme en cuenta como escritor en relación con el resto.

Se estaba refiriendo a su disponibilidad para redactar apelaciones en cualquier condena en la que pudiera incurrir mi nuevo conjunto de clientes. Daly se había forjado una reputación sólida como experto en apelaciones con un buen promedio de éxito.

—Lo haré —aseguré—. Todavía estoy revisándolo todo.

—Bien.

Franqueamos las puertas y vi el Lincoln esperando junto a la acera. Daly iba en la otra dirección. Le dije que estaríamos en contacto.

—Te echamos de menos en el bar —dijo por encima del hombro.

—Me pasaré —le dije.

Pero sabía que no iba a pasarme y que debía mantenerme alejado de esa clase de sitios.

Me metí en la parte de atrás del Lincoln —les digo a mis chóferes que nunca salgan a abrirme la puerta— y le pedí a Patrick que me llevara al Chinese Friends de Broadway. Le dije que me dejara y que fuera a comer por su cuenta. Necesitaba sentarme y leer y no quería ninguna conversación.

Me metí en el restaurante entre la primera y la segunda oleada de clientes y no tuve que esperar más de cinco minutos por una mesa. Deseoso de ponerme a trabajar de inmediato, pedí enseguida un plato de costillas de cerdo fritas. Sabía que eran perfectas: delgadas como el papel y deliciosas, y podía comerlas con los dedos sin apartar la mirada de los documentos del caso Wyms.

Abrí el expediente que me había dado Joanne Giorgetti.

Contenía sólo copias de lo que el fiscal había entregado a Jerry Vincent según las reglas de revelación: sobre todo documentos del sheriff relacionados con el incidente, arresto e investigación posterior. Cualquier nota, estrategia o documentos de defensa que pudiera haber generado Vincent se habían perdido junto con el expediente original.

El punto de partida natural era el informe de detención, que incluía el resumen inicial y más básico de lo que había ocurrido. Como sucede con frecuencia, empezaba con llamadas del número de la policía, el 911, al centro de comunicaciones y operativo del condado. Se recibieron múltiples avisos de tiroteo de un barrio situado junto a un parque en Calabasas. Las llamadas recaían en la jurisdicción del sheriff, porque Calabasas era una zona no incorporada al norte de Malibú y cercana a los límites occidentales del condado.

El primer agente que respondió se llamaba, según constaba en el informe, Todd Stallworth. Trabajaba en el turno de noche en la comisaría de Malibú y lo habían enviado a las 22.21 al barrio contiguo a Las Virgenes Road. Desde allí lo dirigieron al vecino Creek State Park de Malibú, donde se habían oído los disparos. Al oír él mismo disparos, Stallworth pidió refuerzos y se dirigió a investigar al parque.

No había luces en el parque montañoso, porque cerraba al atardecer. Al entrar Stallworth en la senda principal, los faros de su coche patrulla captaron un reflejo y el agente vio un vehículo aparcado en el claro que había delante. Encendió el faro grande e iluminó una camioneta con la puerta trasera bajada. Había una pirámide de latas de cerveza en la trasera y lo que parecía una bolsa de armas con varios cañones de rifle que sobresalían.

Stallworth detuvo su coche a ochenta metros de la camioneta y decidió esperar hasta que llegaran refuerzos. Estaba hablando por radio con la comisaría de Malibú describiendo la camioneta y diciendo que no estaba lo bastante cerca para leer la matrícula cuando de repente sonó un disparo y la luz de búsqueda situada sobre el retrovisor lateral explotó con el impacto de la bala. Stallworth apagó el resto de las luces del coche y corrió a unos arbustos que bordeaban el calvero. Usó la radio de mano para pedir más refuerzos y llamó al equipo táctico y de armas especiales.

Siguió una espera de tres horas, con el pistolero escondido en el terreno boscoso cercano al descampado. Éste disparó repetidamente su arma, pero aparentemente apuntaba al cielo. Ningún agente resultó herido de bala. Ningún otro vehículo resultó dañado. Finalmente, un agente con ropa negra del SWAT se acercó lo suficiente a la camioneta para leer la matrícula valiéndose de unos prismáticos con lentes de visión nocturna. La matrícula condujo al nombre de Eli Wyms, que a su vez llevó a un teléfono móvil. El pistolero respondió al primer tono y un equipo negociador del SWAT, la unidad especializada en intervenciones peligrosas, inició una conversación.

Quien disparaba era efectivamente Eli Wyms, un pintor de cuarenta y dos años de Inglewood. En el informe de la detención se lo definía como borracho, ofendido y suicida. Ese mismo día, su mujer lo había echado de casa y le había dicho que estaba enamorada de otro hombre. Wyms había conducido hasta el océano y luego en dirección norte hacia Malibú y por último había cruzado las montañas hasta Calabasas. Vio el parque y pensó que era un buen sitio para detener la furgoneta y dormir, pero siguió conduciendo y compró una caja de cervezas en una gasolinera cercana a la autovía 101. Luego dio la vuelta y se dirigió al parque.

Wyms le dijo al negociador que había empezado a disparar porque había oído ruidos en la oscuridad y estaba asustado. Creía que estaba disparando a coyotes rabiosos que querían devorarlo. Dijo que veía sus ojos rojos en la oscuridad. Declaró que disparó al faro del primer coche patrulla que llegó porque temía que la luz delatara su posición a los animales. Cuando le preguntaron por el disparo desde ochenta metros, dijo que era un tirador experto cualificado durante la primera guerra de Irak.

El informe estimaba que Wyms había disparado al menos veintisiete veces mientras estaban los agentes en la escena y decenas de veces antes de eso. Los investigadores recogieron finalmente un total de noventa y cuatro casquillos de bala.

Wyms no se rindió esa noche hasta que se quedó sin cerveza. Poco después de aplastar la última lata vacía, le dijo al nego-

188

ciador que estaba al telefóno que cambiaba el rifle por un paquete de seis latas. Le dijeron que no. Entonces anunció que lo lamentaba y aseguró que estaba preparado para poner fin al incidente, que iba a suicidarse y terminar a lo grande. El negociador trató de convencerlo de que no lo hiciera y mantuvo la conversación mientras dos hombres del SWAT avanzaban por el pesado terreno hacia su posición en un denso bosque de eucaliptos. Pero el negociador enseguida oyó ronquidos en la línea. Wyms se había quedado dormido.

El equipo del SWAT entró y capturó a Wyms sin disparar un solo tiro. Se restableció el orden. Como el agente Stallworth había atendido la llamada y fue el primero al que dispararon, le cedieron la detención. El pistolero fue metido en el coche patrulla de Stallworth, transportado a la comisaría de Malibú y encarcelado.

Otros documentos contenidos en el expediente proseguían la saga de Eli Wyms. En la instrucción de cargos de la mañana posterior a su detención, Wyms fue declarado indigente y se le asignó un abogado de oficio. El caso avanzó lentamente en el sistema y Wyms permaneció en la prisión central. Pero entonces intervino Vincent y presentó sus servicios *pro bono*. Su primera acción fue pedir una evaluación de competencia de su cliente, lo cual tuvo el efecto de retrasar el caso aún más mientras Wyms era trasladado al hospital estatal de Camarillo para una evaluación psiquiátrica de noventa días.

Ese periodo de evaluación había concluido y se habían presentado los informes. Todos los médicos que habían examinado, sometido a tests y hablado con Wyms en Camarillo coincidían en que era competente y estaba preparado para enfrentarse a un juicio.

En la vista programada ante el juez Mark Friedman a las dos se establecería la fecha del juicio y el reloj del caso volvería a ponerse en marcha. Para mí era todo una formalidad. Una lectura de los documentos del caso me bastaba para saber que no habría juicio. Lo que haría la fecha de la vista sería marcar el periodo de que dispondría para negociar un convenio declaratorio para mi cliente.

Era un caso clarísimo. Wyms se declararía culpable y probablemente se enfrentaría a un año o dos de encarcelación y

189

terapia de salud mental. La única pregunta que saqué de mi revisión del caso era por qué había aceptado el caso Vincent. No encajaba en los parámetros de la clase de casos que normalmente manejaba, con clientes que pagaban o de perfil alto. El caso tampoco parecía representar ningún tipo de desafío; era rutina y el delito de Wyms ni siquiera era inusual. ¿Era simplemente un caso que Jerry había tomado para satisfacer una necesidad de trabajo *pro bono*? Me parecía que, de ser así, Vincent podría haber encontrado algo más interesante, que diera otro tipo de réditos, como la publicidad. El caso Wyms había atraído inicialmente la atención de los medios por el espectáculo público en el parque. Pero cuando llegara el juicio o el fallo, seguramente volaría por debajo del radar de los medios.

Mi siguiente idea fue sospechar que había una conexión con el caso Elliot. Vincent había encontrado algún tipo de vínculo.

Sin embargo, en una primera lectura no pude determinarlo. Había dos conexiones generales por cuanto el incidente de Wyms había ocurrido menos de doce horas antes que los asesinatos de la playa y ambos crímenes habían ocurrido en el distrito del sheriff de Malibú. Pero esas conexiones no resistían un escrutinio posterior. En términos de topografía no estaban relacionados ni remotamente; los asesinatos se habían producido en la playa y el vendaval de tiros de Wyms se produjo tierra adentro, en el parque del condado situado al otro lado de las montañas. Por lo que podía recordar, ninguno de los nombres del expediente de Wyms se mencionaban en los materiales de Elliot que había revisado. El incidente de Wyms ocurrió en el turno de noche; los asesinatos de Elliot en el turno de día.

No podía dar con ninguna conexión específica y, plenamente frustrado, cerré el expediente con la pregunta sin responder. Miré el reloj y vi que tenía que regresar al edificio penal si quería disponer de tiempo para reunirme con mi cliente en el calabozo antes de la comparecencia de las dos en punto.

Llamé a Patrick para que pasara a recogerme, pagué la comida y salí a la acera. Estaba al móvil hablando con Lorna cuando se detuvo el Lincoln y me metí en la parte de atrás.

—¿Cisco todavía no se ha reunido con Carlin? —le pregunté a Lorna.

—No, es a las dos.

—Dile a Cisco que pregunte también por el caso Wyms.

—Vale, ¿qué?

—Pregúntale por qué lo aceptó Vincent.

—¿Crees que están relacionados? ¿Elliot y Wyms?

—Lo creo, pero no lo veo.

—Muy bien, se lo preguntaré.

—¿Algo más?

—Por el momento no. Estás recibiendo muchas llamadas de los medios. ¿Quién es éste Jack McEvoy?

El nombre me sonaba, pero no lo situaba.

—No lo sé. ¿Quién es?

—Trabaja en el *Times*. Llamó muy enfadado porque no había tenido noticias tuyas y diciendo que tenías una exclusiva con él.

Lo recordé. La calle de doble sentido.

—No te preocupes por él. Yo tampoco he tenido noticias suyas. ¿Qué más?

—Cortes TV quiere sentarse y hablar de Elliot. Van a emitir material en directo durante el juicio, lo van a destacar y esperan tener comentarios diarios tuyos al final de cada jornada judicial.

—¿Qué opinas, Lorna?

—Creo que es publicidad nacional gratis. Será mejor que lo hagas. Me han dicho que van a darle al juicio su propio logo en la parte inferior de la pantalla. «Asesinato en Malibú», lo llaman.

—Entonces organízalo. ¿Qué más?

—Bueno, ya que estamos en el tema, recibí aviso hace una semana de que tu contrato en las paradas de autobuses acaba a final de mes. Iba a dejarlo estar porque no había dinero, pero ahora que has vuelto y hay dinero, ¿te parece que lo renovemos?

Durante los últimos seis años me había publicitado en paradas de autobús estratégicamente localizadas en ubicaciones de altos índices de crimen y mucho tráfico de la ciudad. Aunque lo había dejado el último año, las paradas aún proporcionaban un flujo constante de llamadas, que Lorna rechazó o derivó.

—Era un contrato de dos años, ¿no?

—Sí.

Tomé una decisión rápida.

—Vale, renuévalo. ¿Algo más?

—Nada más aquí. Ah, espera, otra cosa: la casera del edificio ha venido hoy. Se llamó a sí misma agente de arrendamiento, que es sólo una forma curiosa de decir casera. Quiere saber si nos vamos a quedar con la oficina. La muerte de Jerry es causa de revisión del contrato. Tengo la sensación de que hay lista de espera en el edificio y ésta es una oportunidad de subir el alquiler al próximo abogado que venga.

Miré por la ventanilla del Lincoln mientras circulábamos por el paso elevado sobre la 101 y volvíamos a entrar en la zona del centro cívico. Vi la nueva catedral católica recién construida y, más allá, la piel acerada del Disney Concert Hall. Captaba la luz solar y adoptaba un brillo anaranjado.

—No lo sé, Lorna, me gusta trabajar desde el asiento trasero. Nunca me aburro. ¿Qué opinas?

—No me gusta particularmente tener que maquillarme cada mañana.

192

Lo cual quería decir que le gustaba trabajar desde su casa más que prepararse y conducir hasta una oficina del centro de la ciudad cada día. Como de costumbre, estábamos en la misma onda.

—Hay que pensarlo —concluí—. Ni maquillaje, ni gastos indirectos de oficina, ni pelear por un lugar de aparcamiento.

Ella no respondió. Iba a ser decisión mía. Miré adelante y vi que estábamos a una manzana de mi punto de parada, delante del edificio del tribunal penal.

—Hablemos después —dije—. He de bajar.

—Vale, Mickey. Ten cuidado.

—Tú también.

26

*E*li Wyms todavía estaba drogado de los tres meses pasados en Camarillo. Lo habían enviado de vuelta al condado con una prescripción de terapia farmacológica que no iba a ayudarme a defenderlo, y menos aún iba a ayudarle a responder preguntas sobre posibles conexiones con los asesinatos de la playa. Necesité menos de dos minutos en el calabozo del tribunal para captar la situación y decidir presentar un pedimento al juez Friedman exigiendo que le retiraran los psicofármacos. Volví al tribunal y encontré a Joanne Giorgetti en su lugar en la mesa de la acusación. La vista tenía que comenzar al cabo de cinco minutos.

Ella estaba escribiendo algo en la cara interna de un expediente cuando yo me acerqué a la mesa. Sin levantar la mirada supo que era yo.

—¿Quieres un aplazamiento?

—Y un cese de los fármacos. Ese tipo es un zombi.

Ella dejó de escribir y me miró.

—Considerando que estaba disparando a mis agentes, no estoy segura de protestar porque se halle en ese estado.

—Pero, Joanne, he de poder hacerle las preguntas básicas para defenderlo.

—¿En serio?

Lo dijo con una sonrisa, pero estaba claro. Me encogí de hombros y me agaché para que nuestros ojos quedaran a la misma altura.

—Tienes razón, no creo que estemos hablando de un juicio aquí —dije—. Estaré encantado de escuchar ofertas.

—Tu cliente disparó a un coche del sheriff ocupado. La fiscalía está interesada en mandar un mensaje. No nos gusta que la gente haga eso.

Cruzó los brazos para señalar la reticencia de la fiscalía a llegar a un acuerdo sobre el caso. Era una mujer atractiva y de complexión atlética. Tamborileó con los dedos en uno de sus bíceps y no pude evitar fijarme en su manicura de uñas rojas. Por lo que recordaba de tratar con Joanne Giorgetti, sus uñas siempre estaban pintadas de rojo sangre. Hacía algo más que representar al estado: representaba a los policías que habían sido agredidos, emboscados o escupidos. Y quería la sangre de todo bellaco que tuviera la mala suerte de enfrentarse a ella en un juicio.

—Argumentaré que mi cliente, preso del pánico por los co-yotes, estaba disparando a la luz del coche, no al coche. Tus pro-pios documentos acreditan que era un francotirador experto en el Ejército de Estados Unidos. Si quería disparar al agente del sheriff podría haberlo hecho, pero no lo hizo.

—Le dieron la baja en el Ejército hace quince años, Mickey.

—Sí, pero hay cosas que nunca se olvidan, como ir en bici-cleta.

—Bueno, ése es un argumento que seguramente podrás presentar al jurado.

Mis rodillas estaban a punto de ceder. Fui a buscar una de las sillas de la mesa de la defensa, la acerqué y me senté.

—Claro, puedo presentar ese argumento, pero probable-mente es mejor para el estado cerrar este caso, sacar al señor Wyms de la calle y ponerlo en algún tipo de terapia que impi-da que esto vuelva a suceder. Así pues, ¿qué me dices? ¿Pode-mos ir a algún rincón y solucionar esto o hemos de hacerlo de-lante de un jurado?

Ella pensó un momento antes de responder. Era el clásico dilema del fiscal: un caso que podía ganar fácilmente y en el que tenía que decidir si mejorar sus estadísticas o hacer lo co-rrecto.

—Siempre que pueda elegir yo el rincón.

—Me parece bien.

—Vale, no me opondré a un aplazamiento si presentas la moción.

—Perfecto, Joanne. ¿Qué me dices de la terapia farmacológica?

—No quiero que este tipo vuelva a actuar ni siquiera en la prisión central.

—Oye, espera hasta que lo saquen. Verás que es un zombi. No querrás que empeore y luego cuestione el acuerdo porque el estado lo dejó incompetente para tomar una decisión. Que se despeje la cabeza, hagamos el trato y luego que lo hinchen con lo que quieras.

Giorgetti pensó, captó la lógica y finalmente asintió con la cabeza.

—Pero si actúa en prisión una vez, te voy a culpar y pagarás por él.

Me reí. La idea de culparme era absurda.

—Lo que tú digas.

Me levanté y empecé a acercar otra vez la silla a la mesa de la defensa. Pero entonces me volví hacia la fiscal.

—Joanne, deja que te pregunte otra cosa. ¿Por qué se quedó este caso Jerry Vincent?

Ella se encogió de hombros y negó con la cabeza.

—No lo sé.

—Bueno, ¿te sorprendió?

—Claro. Fue bastante extraño que se presentara. Lo conocía desde que era fiscal.

—Sí, ¿qué ocurrió?

—Un día, hace unos meses, me enteré de una moción de competencia sobre Wyms, y el nombre de Jerry estaba allí. Lo llamé y le dije: «Qué demonios, ni siquiera me llamas para decirme que te quedabas el caso». Sólo respondió que quería conseguir un poco de *pro bono* y que le pidió un caso al turno de oficio. Pero conozco a Angel Romero, el defensor público que tenía el caso originalmente. Hace un par de meses me lo encontré en una de las plantas y me preguntó qué estaba pasando con Wyms, y durante la conversación me dijo que Jerry no sólo había venido a pedir una derivación de defensa pública. Acudió primero a Wyms en la prisión central, le hizo firmar y luego vino y le pidió a Angel que entregara el expediente.

—¿Por qué crees que aceptó el caso?

He aprendido a lo largo de los años que en ocasiones si haces la misma pregunta más de una vez puedes obtener respuestas diferentes.

—No lo sé. Se lo pregunté específicamente a él y la verdad es que no respondió. Cambió de tema y todo fue muy extraño. Recuerdo que pensé que había algo más, como si quizá tuviera una relación con Wyms. Pero después, cuando lo envió a Camarillo, me di cuenta de que no le estaba haciendo ningún favor al tipo.

—¿Qué quieres decir?

—Mira, sólo has pasado un par de horas con el caso y ya sabes en qué va a terminar. Esto es un acuerdo; tiempo en prisión, terapia y supervisión. Ya era así antes de que lo enviara a Camarillo. Así que el tiempo que Wyms ha pasado allí no era necesario. Jerry sólo prolongó lo inevitable.

Asentí con la cabeza. Giorgetti tenía razón. Enviar a un cliente a la sala psiquiátrica de Camarillo no era hacerle ningún favor. El caso misterioso se estaba poniendo más misterioso todavía, pero mi cliente no estaba en condiciones de contarme por qué. Su abogado —Vincent— lo había mantenido drogado y encerrado tres meses.

—Vale, Joanne. Gracias. Vamos a ...

Me interrumpió el alguacil llamando a sesión y levanté la mirada para ver al juez Friedman ocupando el estrado.

27

*L*a de Angel Romero era una de esas historias de interés humano de las que lees en el periódico de cuando en cuando. La historia del miembro de una banda que creció en las duras calles del este de Los Ángeles pero se abrió camino para conseguir una educación. Estudió en la facultad de derecho y luego quiso devolver algo a la comunidad. La forma de devolver de Angel era ir al turno de oficio y representar a los desfavorecidos de la sociedad. Llevaba mucho tiempo y había visto a muchos jóvenes abogados —yo incluido— pasar por allí y seguir su camino hacia el ejercicio privado y los supuestos dólares abundantes que conllevaba.

Después de la vista de Wyms —en la cual el juez aprobó la moción de un aplazamiento para darnos a Giorgetti y a mí tiempo para llegar a un convenio declaratorio—, fui a la oficina del defensor público en la décima planta y pregunté por Romero. Sabía que era un abogado trabajador, no un supervisor, y que era más probable que estuviera en una sala de tribunal que en cualquier otro lugar del edificio. La recepcionista escribió algo en su ordenador y miró a la pantalla.

—Departamento 124 —dijo.

—Gracias.

El Departamento 124 era la sala de la juez Champagne en la decimotercera planta, la misma de la que acababa de bajar. Pero así era la vida en el edificio del tribunal penal, parecía dar vueltas en círculos. Volví a subir en el ascensor y recorrí el pasillo hasta el 124, apagando el teléfono al acercarme a las puertas dobles. La sala estaba en sesión y Romero se hallaba ante el juez, argumentando un pedimento para reducir la fianza. Yo me colé en la fila posterior de la galería del público y deseé una sentencia rápida para poder hablar con Romero sin tener que esperar demasiado.

Mis oídos se aguzaron cuando oí a Romero mencionar a su cliente por el nombre llamándolo señor Scales. Me deslicé hacia un costado del banco para tener una mejor visión del acusado sentado junto a Romero. Era un tipo blanco vestido con un mono carcelario naranja. Al ver su perfil supe que era Sam Scales, un convicto y antiguo cliente. Lo último que recordaba de Scales era que había ido a prisión en cumplimiento de una resolución que obtuve para él. Eso fue tres años antes. Obviamente había salido y había vuelto a meterse en líos, sólo que esta vez no me había llamado.

Después de que Romero concluyera con su argumento de fianza, el fiscal se levantó y se opuso vigorosamente, subrayando en su argumento las nuevas acusaciones contra Scales. Cuando yo lo había representado había sido acusado de un fraude con tarjetas de crédito en el cual estafó a personas que donaban a una organización de ayuda humanitaria contra el tsunami. Esta vez era peor. De nuevo había sido acusado de fraude, pero en este caso las víctimas eran viudas de soldados muertos en Irak. Negué con la cabeza y casi sonreí. Me alegré de que Sam no me hubiera llamado. El abogado de oficio podía quedárselo.

La juez Champagne falló rápidamente después de que terminara el fiscal. Calificó a Scales de depredador y amenaza para la sociedad y mantuvo la fianza en un millón de dólares. Señaló que si se lo hubieran pedido, probablemente la habría aumentado. Fue entonces cuando recordé que había sido la juez Champagne quien había condenado a Scales en el anterior fraude. No había nada peor para un acusado que volver y enfrentarse con el mismo juez por otro delito. Era casi como si los jueces se tomaran los fracasos del sistema judicial de un modo personal.

Me arrellané en mi asiento y me escudé en otro observador de la galería para que Scales no pudiera verme cuando el agente lo hizo levantar, lo esposó y volvió a llevárselo al calabozo. Después de que se hubiera ido, me enderecé y logré captar la atención de Romero. Le hice una señal para que saliera al pasillo y él me mostró cinco dedos. Cinco minutos. Todavía tenía trabajo del que ocuparse en la sala.

Salí al pasillo a esperarlo y volví a encender el móvil. No había mensajes. Estaba llamando a Lorna para ver si había novedades cuando oí la voz de Romero detrás de mí. Llegaba cuatro minutos pronto.

—«Coge al asesino y empapélalo; si su abogado es Haller, suéltalo.» Hola, amigo.

Estaba sonriendo. Cerré el teléfono y chocamos los puños. No había oído esa cancioncita personalizada desde que estaba en el turno de oficio. Romero se la había inventado después de que yo lograra el veredicto de inocente en el caso de Barnett Woodson en el año noventa y dos.

—¿Qué pasa? —preguntó Romero.

—Te diré lo que pasa. Estás engullendo a mis clientes, tío. Sam Scales era mío.

Lo dije con una sonrisa conocedora y Romero me devolvió la sonrisa.

—¿Lo quieres? Puedes quedártelo. Éste es un blanco muy sucio. En cuanto los medios se enteren de este caso, van a lincharlo por lo que ha hecho.

—Quedarse el dinero de las viudas de guerra, ¿eh?

—Robar pensiones de fallecimiento del gobierno. Te lo digo, he representado a un montón de cabrones que han hecho mil perrerías, pero pongo a Scales a la altura de los violadores de bebés, tío. No soporto a ese tipo.

—Sí, ¿qué estás haciendo con un blanco en cualquier caso? Trabajas crímenes de bandas.

El rostro de Romero se puso serio y negó con la cabeza.

—Ya no, tío. Pensaban que me estaba acercando demasiado a los clientes, así que me sacaron. Después de diecinueve años estoy fuera de las bandas.

—Siento oírlo, tío.

Romero había crecido en Boyle Heights, en un barrio gobernado por una banda llamada Quatro Flats. Tenía tatuajes que lo demostraban, si alguna vez podías verle los brazos. No importaba el calor que hiciera, siempre llevaba camisas de manga larga cuando estaba trabajando. Y cuando representaba a un pandillero acusado de un crimen hacía algo más que defenderlo ante el tribunal: trabajaba para salvar al hombre de los tentáculos de las bandas. Apartarlo de los casos de bandas era un acto de estupidez que sólo podía ocurrir en una burocracia como el sistema judicial.

—¿Qué quieres de mí, Mick? No has venido aquí a llevarte a Scales, ¿me equivoco?

—No, puedes quedarte a Scales, Angel. Quería preguntarte por otro cliente que tuviste un tiempo este mismo año, Eli Wyms.

Iba a darle los detalles del caso para refrescarle la memoria, pero Romero inmediatamente reconoció el caso y asintió.

—Sí, Vincent se me lo llevó. ¿Lo tienes tú ahora que ha muerto?

—Sí, tengo todos los casos de Vincent. Acabo de enterarme del de Wyms hoy.

—Bueno, buena suerte con ellos, hermano. ¿Qué necesitas saber de Wyms? Vincent me lo quitó hace al menos tres meses.

Asentí.

—Sí, lo sé. Tengo una idea del caso. Pero tengo curiosidad en saber por qué se lo llevó Vincent. Según Joanne Giorgetti, fue tras él. ¿Es cierto?

Romero hurgó un momento en su memoria antes de responder. Levantó una mano y se frotó la barbilla al hacerlo. Vi tenues cicatrices en los nudillos en el lugar donde había eliminado tatuajes.

—Sí, fue a la prisión y convenció a Wyms. Consiguió una carta de descarga firmada y la trajo. Después de eso, el caso fue suyo. Le di mi expediente y se acabó.

Me acerqué más a él.

—¿Dijo por qué quería el caso? A ver, no conocía a Wyms, ¿no?

—No lo creo. Sólo quería el caso. Me hizo el guiño, ¿sabes?

—No, ¿qué quieres decir? ¿Qué guiño?

—Le pregunté por qué se llevaba a un tipo del Southside que terminó en Blancolandia y se lio a tiros. *Pro bono*, nada menos. Pensaba que tenía algún tipo de enfoque racial o algo,

algo que pudiera darle un poco de publicidad. Pero sólo me hizo un guiño, como que había algo más.

—¿Le preguntaste qué?

Romero dio involuntariamente un paso atrás cuando yo invadí su espacio personal.

—Sí, tío, se lo pregunté. Pero no me lo dijo. Sólo dijo que Wyms había disparado la bala mágica. Yo no sabía qué diablos quería decir y no tenía más tiempo para jugar con él. Le di el expediente y pasé al siguiente.

Ahí estaba otra vez. La bala mágica. Me estaba acercando a algo y podía sentir que la sangre empezaba a circular a más velocidad en mis venas.

—¿Es todo, Mick? He de volver a entrar.

Mis ojos se concentraron en Romero y me di cuenta de que me estaba mirando de un modo extraño.

—Sí, Angel, gracias. Es todo. Vuelve allí y dales caña.

—Sí, tío, es lo que haré.

Romero volvió hacia la puerta del Departamento 124 y se dirigió rápidamente hacia los ascensores. Yo supe lo que tenía que hacer durante el resto del día y la noche: buscar una bala mágica.

28

*E*ntré en la oficina y pasé justo al lado de Lorna y Cisco, que estaban frente al ordenador del escritorio. Hablé sin detenerme de camino a mi sanctasanctórum.

—Si tenéis alguna actualización para mí o algo más que debería saber, entrad ahora. Empiezo el cónclave.

—Sí, eso, buenas tardes —dijo Lorna a mi espalda.

Pero Lorna sabía lo que iba a ocurrir. El cónclave empezaba cuando cerraba todas las puertas y ventanas, corría las cortinas, apagaba los teléfonos y me ponía a trabajar en un expediente y un caso con total concentración y absorción. El cónclave era para mí el cartel definitivo de No MOLESTEN colgado en la puerta. Lorna sabía que una vez que entrara en modo cónclave, no habría forma de salir hasta que encontrara lo que estaba buscando.

Rodeé el escritorio de Jerry Vincent y me dejé caer en la silla. Abrí mi mochila en el suelo y empecé a sacar los expedientes. Veía lo que tenía que hacer como un yo contra ellos. En algún lugar de los expedientes encontraría la clave del último secreto de Jerry Vincent. Encontraría la bala mágica.

Lorna y Cisco entraron en la oficina poco después de que me instalara.

—No veo a Wren por aquí —dije antes de que ninguno de los dos pudiera hablar.

—Y no volverás a verla —soltó Lorna—. Se ha marchado.

—Ha sido un poco abrupto.

—Se fue a comer y no volvió.

—¿Llamó?

—Sí, al final llamó. Dijo que tenía una oferta mejor. Ahora va a trabajar de secretaria de Bruce Carlin.

Asentí. Eso parecía tener cierto sentido.

—Bueno, antes de que entres en cónclave, hemos de revisar varias cosas —dijo Lorna.

—Eso es lo que he dicho al entrar. ¿Qué tenéis?

Lorna se sentó en una de las sillas situadas enfrente del escritorio. Cisco se quedó de pie, más bien paseando, detrás de ella.

—Muy bien —empezó Lorna—. Un par de cosas mientras estabas en el tribunal. Primero, debes de haber pinchado un nervio con el pedimento que presentaste sobre las pruebas en el caso Patrick.

—¿Qué ha pasado? —pregunté.

—El fiscal ha llamado tres veces hoy, quiere hablar de una resolución.

Sonreí. El pedimento para examinar las pruebas había sido un tiro desde larga distancia, pero al parecer había dado en el blanco y podría ayudar a Patrick.

—¿Qué pasa con eso? —preguntó Lorna—. No me dijiste que habías presentado mociones.

—Ayer desde el coche. Y lo que pasa es que creo que el doctor Vogler le regaló diamantes falsos a su mujer por su cumpleaños. Ahora, para asegurarse de que no se entere, va a presentar una propuesta de acuerdo para Patrick si retiro mi solicitud de examinar las pruebas.

—Bien. Creo que me cae bien Patrick.

—Espero que tenga la oportunidad. ¿Qué más?

Lorna miró sus notas y su bloc. Sabía que no le gustaba que le metiera prisa, pero lo estaba haciendo.

—Sigues recibiendo un montón de llamadas de los medios preguntando sobre Jerry Vincent, Walter Elliot o los dos. ¿Quieres que las repasemos?

—No. No tengo tiempo para llamadas de los medios.

—Bueno, eso es lo que les estoy diciendo, pero no se quedan contentos. Sobre todo ese tipo del *Times*. Está siendo un incordio.

—¿Y qué pasa si no están contentos? Me da igual.

—Pues será mejor que tengas cuidado, Mickey. El infierno no conoce una furia como la prensa cabreada.

Tenía razón. Los medios pueden amarte un día y enterrar-

203

te al día siguiente. Mi padre había pasado veinte años mimado por la prensa, pero al final de su vida profesional se había convertido en un paria, porque los periodistas se hartaron de que sacara en libertad a hombres culpables. Se convirtió en la personificación de un sistema judicial que aplicaba reglas diferentes a los acusados con dinero y abogados expertos.

—Trataré de ser más complaciente —dije—. Pero ahora no.

—Bien.

—¿Algo más?

—Creo que es todo. Te he hablado de Wren, así que es todo lo que tengo. ¿Llamarás al fiscal del caso Patrick?

—Sí, lo llamaré.

Miré a Lorna por encima del hombro de Cisco, que aún estaba de pie.

—Vale, Cisco, tu turno. ¿Qué tienes?

—Todavía estoy trabajando en Elliot. Sobre todo en relación con Rilz y algunas comprobaciones con nuestros testigos.

—Tengo una pregunta sobre testigos —interrumpió Lorna—. ¿Dónde quieres alojar a la doctora Arslanian?

Shamiram Arslanian era la autoridad en residuos de disparo que Vincent había programado traer desde Nueva York como testigo experto para noquear al testigo experto de la fiscalía en el juicio. Era la mejor en su campo y, con el capital de Walter Elliot, Vincent iba a recurrir a lo mejor que el dinero podía comprar. Yo la quería cerca del centro y el edificio del tribunal penal, pero la elección de hoteles era limitada.

—Prueba primero en el Checkers y consíguele una *suite*. Si está completo, entonces prueba el Standard y después el Kyoto Grand. Pero consíguele una *suite* para que tengamos espacio para trabajar.

—Entendido. ¿Y qué hay de Muñiz? ¿También lo quieres cerca?

Julio Muñiz era un videógrafo *freelance* que vivía en Topanga Canyon. Por la proximidad de su casa había sido el primer miembro de los medios en responder a la escena del crimen de Malibú después de oír la llamada a los investigadores de homicidios en la radio del sheriff. Había grabado un vídeo de Walter Elliot con los agentes del sheriff fuera de la casa de la playa.

Era un testigo valioso, porque su cinta de vídeo y sus propios recuerdos podían usarse para confirmar o contradecir el testimonio ofrecido por los agentes e investigadores del sheriff.

—No lo sé —contesté—. Puede tardarse entre una hora y tres horas en llegar de Topanga al centro. No me arriesgaría. Cisco, ¿está dispuesto a quedarse en un hotel?

—Sí, siempre y cuando se lo paguemos y él pueda contar con servicio de habitaciones.

—Vale, entonces tráelo. Además, ¿dónde está el vídeo? Sólo hay notas de él en el archivo. No quiero ver el vídeo por primera vez en el tribunal.

Cisco pareció desconcertado.

—No lo sé, pero si no está por aquí, puedo pedir a Muñiz que haga una copia.

—Bueno, no lo he visto, así que hazme una copia. ¿Qué más?

—Un par de cosas más. Primero estuve con mi fuente sobre el asunto Vincent y no sabía nada de un sospechoso o de esta foto que Bosch te mostró esta mañana.

—¿Nada?

—Nada.

—¿Qué opinas? ¿Crees que Bosch sabe que tu hombre es la fuente y le está dejando fuera?

—No lo sé. Pero todo lo que le estaba diciendo de esta foto era nuevo para él.

Tardé un momento en considerar lo que significaba.

—¿Bosch volvió a enseñar la foto a Wren?

—No —dijo Lorna—. Estuve con ella toda la mañana. Bosch no ha venido ni por la mañana ni después de comer.

No sabía lo que significaba, pero no podía quedarme empantanado con eso. Tenía que ponerme con los expedientes.

—¿Qué era lo segundo? —le pregunté a Cisco.

—¿Qué?

—Has dicho que tenías un par de cosas más que contarme. ¿Qué era lo segundo?

—Ah, sí. Llamé al liquidador de Vincent y tenías razón. Todavía tiene una de las tablas largas de Patrick.

—¿Cuánto quiere por ella?

205

—Nada.

Miré a Cisco y alcé las cejas, preguntándome dónde estaba la trampa.

—Digamos que le gustaría hacerte ese favor. Ha perdido un buen cliente con Vincent. Creo que espera que lo uses para futuras liquidaciones. Y yo no le he disuadido de la idea ni le he dicho que normalmente no cambias propiedades por servicios a tus clientes.

Comprendí. La tabla de surf no vendría con ningún compromiso real.

—Gracias, Cisco. ¿Te la has traído?

—No, no la tenía en la oficina. Pero hizo una llamada y supuestamente alguien tenía que llevársela esta tarde. Puedo volver y recogerla si quieres.

—No, sólo dame la dirección y le diré a Patrick que la recoja. ¿Qué pasó con Bruce Carlin? ¿No has hablado con él hoy? Quizá tenga la cinta de Muñiz.

Estaba ansioso por tener noticias de Bruce Carlin a varios niveles. Lo más importante, quería saber si trabajaba para Vincent en el caso Eli Wyms. Si era así, tal vez podría llevarme a la bala mágica.

Pero Cisco no respondió a mi pregunta. Lorna se volvió y ambos se miraron como preguntándose quién debería darme la mala noticia.

—¿Qué pasa? —pregunté.

Lorna se volvió hacia mí.

—Carlin nos está jodiendo —dijo.

Tenía la mandíbula apretada. Y sabía que ella se reservaba esa clase de lenguaje para ocasiones especiales. Algo había ido mal en la entrevista con Carlin, y Lorna estaba particularmente cabreada.

—¿Cómo es?

—Bueno, no se presentó a las dos como había dicho. Lo que hizo fue llamar a las dos, justo después de que Wren llamara para despedirse, y nos dio los nuevos parámetros de sus condiciones.

Negué con la cabeza, enfadado.

—¿Sus condiciones? ¿Cuánto quiere?

—Bueno, supongo que se dio cuenta de que a doscientos dólares la hora no iba a ganar mucho, porque probablemente iba a facturarnos sólo dos o tres horas máximo. Es todo lo que necesitaría Cisco con él. Así que llamó y dijo que quería una tarifa plana o que nos buscáramos la vida.

—Como he dicho, ¿cuánto?

—Diez mil dólares.

—Me estás tomando el pelo.

—Eso es exactamente lo que le dije.

Miré a Cisco.

—Eso es extorsión. ¿No hay ninguna agencia estatal que nos regule? ¿No podemos joderle con algo?

Cisco negó con la cabeza.

—Hay toda clase de agencias regulatorias, pero es una zona gris.

—Sí, ya sé que es gris. Él es gris. Lo he pensado durante años.

—Lo que quiero decir es que él no tenía nada firmado con Vincent. No hemos podido encontrar ningún contrato, así que no está obligado a darnos nada. Simplemente necesitamos contratarlo y él está poniendo su precio a diez mil. Es una estafa, pero probablemente es legal. No sé, tú eres el abogado, tú lo sabrás.

Pensé en ello unos momentos y lo dejé de lado. Todavía estaba con la carga de adrenalina que había reunido en el tribunal. No quería que se disipara con distracciones.

—Muy bien, le preguntaré a Elliot si quiere pagarlo. Entre tanto, voy a tratar de revisar todas las carpetas esta noche y si tengo suerte y veo el camino, entonces no lo necesitaremos. Le diremos que se joda y punto final.

—Capullo —murmuró Lorna.

Estaba casi seguro de que el exabrupto iba dirigido a Bruce Carlin y no a mí.

—Vale, ¿es todo? —pregunté—. ¿Alguna cosa más?

Miré de un rostro al otro. Ninguno de los dos tenía nada más que aportar.

—Entonces, gracias a los dos por todo lo que habéis aguantado y hecho esta semana. Podéis iros y buenas noches.

Lorna me miró con curiosidad.

207

—¿Nos estás mandando a casa? —preguntó.

Miré mi reloj.

—¿Por qué no? —contesté—. Son casi las cuatro y media, voy a sumergirme en los expedientes y no quiero distracciones. Vosotros dos os vais a casa, pasáis una buena noche y empezamos de nuevo mañana.

—¿Vas a trabajar aquí solo está noche? —preguntó Cisco.

—Sí, pero no te preocupes. Cerraré la puerta y no dejaré entrar a nadie ni aunque lo conozca.

Sonreí. Lorna y Cisco no lo hicieron. Señalé la puerta abierta de la oficina. Tenía un cerrojo que podía usarse para cerrarla en la parte superior del marco. Si era necesario podía asegurar tanto el perímetro externo como el interno. Eso daba un nuevo sentido a la idea del cónclave.

—Vamos, no me pasará nada. Tengo trabajo.

Lenta, reticentemente, los dos empezaron a salir de mi oficina.

—Lorna —llamé—. Patrick debe de estar ahí fuera. Dile que espere. Puede que tenga algo que decirle después de que haga esa llamada.

29

*A*brí el expediente de Patrick Henson en mi escritorio y busqué el número del fiscal. Quería sacarme eso de en medio antes de ponerme a trabajar en el caso Elliot.

El fiscal era Dwight Posey, un tipo con el que había tratado en casos antes y que nunca me había gustado. Algunos fiscales trataban con abogados defensores como si sólo estuvieran separados un paso de sus clientes; como seudocriminales, no como profesionales educados y expertos, no como engranajes necesarios en el sistema judicial. La mayoría de los policías tienen ese punto de vista y puedo convivir con ello, pero me molesta cuando compañeros letrados adoptan esa posición. Desafortunadamente, Dwight Posey era uno de ellos, y si pudiera haber pasado el resto de mi vida sin tener que hablar con él, habría sido un hombre feliz. Pero ése no iba a ser el caso.

—Bueno, Haller —dijo después de responder a la llamada—, le ha caído el muerto, ¿eh?

—¿Qué?

—Le han dado todos los casos de Jerry Vincent, ¿verdad? Así es como terminó con Henson.

—Sí, algo así. En cualquier caso, estoy devolviendo su llamada, Dwight. En realidad, sus tres llamadas. ¿Qué pasa? ¿Ha recibido el pedimento que presenté ayer?

Me recordé que tenía que andar con tiento si quería sacar el máximo partido a la llamada telefónica. No podía permitir que mi desagrado por el fiscal afectara el resultado para mi cliente.

—Sí, recibí la moción. La tengo delante en mi mesa. Por eso estoy llamando.

Lo dejó abierto para que yo entrara.

—¿Y?

—Y, eh, bueno, no vamos a hacerlo, Mick.

—¿Hacer qué, Dwight?

—Presentar nuestras pruebas a examen.

Cada vez daba más la sensación de que había pinchado en un nervio con mi moción.

—Bueno, Dwight, ésa es la belleza del sistema judicial. No ha de tomar la decisión, lo hará un juez. Por eso no se lo pedí a usted, lo puse en una moción y se lo pedí al juez.

Posey se aclaró la garganta.

—En realidad no, lo hacemos nosotros esta vez —dijo—. Vamos a retirar la acusación de robo y sólo presentaremos el cargo de drogas. Así que puede retirar la moción o podemos informar al juez de que el punto es irrelevante.

Sonreí. Lo tenía. Supe entonces que Patrick quedaría en libertad.

—Sólo hay un problema con eso, Dwight, es que el caso de drogas surgió de la investigación del robo. Eso lo sabe. Cuando detuvieron a mi cliente, la orden era por el robo. Las drogas se encontraron durante la detención. Así que no tiene una cosa sin la otra.

Tenía la sensación de que él sabía todo lo que yo estaba diciendo y que la llamada simplemente estaba siguiendo un guion. Íbamos a llegar al lugar donde nos quería Posey, y eso me parecía bien. Esta vez yo quería ir al mismo sitio.

—Entonces, quizá podamos hablar de una resolución en la materia —dijo, como si la idea acabara de ocurrírsele.

Y allí estábamos. Habíamos llegado al lugar donde Posey quería que llegáramos desde el momento en que había respondido la llamada.

—Estoy dispuesto a ello, Dwight. Debería saber que mi cliente entró voluntariamente en un programa de rehabilitación después de su detención. Ha completado el programa, tiene un empleo a tiempo completo y lleva cuatro meses limpio. Puede orinar en cualquier momento y en cualquier lugar para demostrarlo.

—Está muy bien oír eso —dijo Posey con falso entusiasmo—. La fiscalía, igual que los tribunales, siempre ve favorablemente la rehabilitación voluntaria.

Cuéntame algo que no sepa, casi dije.

—El chico lo está haciendo bien. Puedo responder de ello. ¿Qué quiere hacer por él?

Sabía cómo se leería el guion ahora. Posey lo convertiría en un gesto de buena voluntad por parte de la fiscalía. Haría que pareciera como si la oficina del fiscal nos estuviera haciendo el favor, cuando la verdad era que la fiscalía estaba actuando para ahorrarle a una figura importante un bochorno personal y político. No tenía inconveniente con eso, no me importaban los fines políticos del trato siempre y cuando mi cliente obtuviera lo que yo quería para él.

—Mire, Mick. Dejémoslo estar, y quizá Patrick pueda usar esta oportunidad para seguir adelante siendo un miembro productivo de la sociedad.

—Me suena como un plan, Dwight. Me está alegrando el día. Y el de Patrick.

—Vale, entonces tráigame sus registros de rehabilitación y los pondremos en un paquete para el juez.

Posey estaba hablando de convertirlo en un caso de intervención previa al juicio. Patrick tendría que someterse a pruebas quincenales de drogas y en seis meses el caso quedaría cerrado si estaba limpio. Todavía tendría una detención en su historial, pero ninguna condena. A no ser…

—¿Quiere limpiar sus antecedentes? —pregunté.

—Ah…, eso es pedir mucho, Mickey. Al fin y al cabo, allanó una casa y robó los diamantes.

—No hubo allanamiento, Dwight. Lo invitaron. Y todo esto trata de los supuestos diamantes, ¿no? De si realmente robó diamantes o no.

Posey debió de darse cuenta de que había metido la pata al sacar a relucir los diamantes. Plegó velas rápidamente.

—Muy bien, perfecto. Lo pondremos en el paquete.

—Eres un buen hombre, Dwight.

—Trato de serlo. ¿Retirará la moción?

—Mañana a primera hora. ¿Cuándo vamos al tribunal? Tengo un juicio que empieza al final de la semana que viene.

—Entonces lo haremos el lunes. Se lo haremos saber.

Colgué el teléfono y llamé al escritorio de recepción desde el interfono. Por fortuna, Lorna respondió.

—Pensaba que te había mandado a casa —dije.

—Estamos a punto de salir. Voy a dejar mi coche aquí y me voy con Cisco.

—¿Qué, en su moto de donante?

—Perdona, papá, pero no creo que tengas que decir nada al respecto.

Gemí.

—Pero tengo algo que decir sobre quién trabaja como mi investigador. Si puedo manteneros separados, quizá pueda mantenerte viva.

—Mickey, ¡no te atrevas!

—¿Puedes decirle a Cisco que necesito la dirección del liquidador?

—Lo haré. Y te veo mañana.

—Eso espero. Ponte el casco.

Colgué y Cisco entró con un post-it en una mano y una pistola en una cartuchera de piel en la otra. Rodeó el escritorio y puso el post-it delante de mí, luego abrió el cajón y guardó allí el arma.

—¿Qué estás haciendo? —pregunté—. No puedes darme un arma.

—Es totalmente legal y está registrada a mi nombre.

—Es genial, pero no puedes dármela. Es ile…

—No te la estoy dando, la estoy dejando aquí porque he terminado la jornada. La recogeré por la mañana, ¿vale?

—En fin. Creo que vosotros dos os estáis pasando.

—Mejor que quedarse corto. Te veo mañana.

—Gracias. ¿Me enviaréis a Patrick antes de salir?

—Claro. Y por cierto, siempre le hago llevar casco.

Lo miré y asentí.

—Eso está bien, Cisco.

Cisco salió del despacho y Patrick no tardó en entrar.

—Patrick, Cisco ha hablado con el liquidador de Vincent y aún tiene una de tus tablas largas. Puedes pasarte a recogerla. Sólo dile que vienes de mi parte y llámame si hay algún problema.

—Oh, joder, gracias.

—Sí, bueno, tengo aún mejores noticias de tu caso.

—¿Qué ha pasado?

Le expliqué la llamada telefónica que había mantenido con Dwight Posey. Al contarle a Patrick que no iría a prisión si se mantenía limpio, vi que sus ojos ganaban un poco de luz. Fue como quitarle un peso de encima. Podía volver a mirar al futuro.

—He de llamar a mamá —dijo—. Estará encantada.

—Sí, bueno, espero que tú también lo estés.

—Lo estoy, lo estoy.

—Ahora, tal como lo veo, me debes un par de miles por mi trabajo en esto. Eso son más o menos dos semanas y media de conducir. Si quieres, puedes quedarte conmigo hasta que termines de pagar. Después de eso, podemos hablar y ver dónde estamos.

—Genial. Me gusta el trabajo.

—Bien, Patrick, trato hecho.

Patrick sonrió de oreja a oreja y empezó a volverse para irse.

213

—Otra cosa, Patrick.

Se volvió a mirarme.

—Te he visto durmiendo en tu furgoneta en el garaje esta mañana.

—Lo siento. Encontraré otro sitio. —Bajó la mirada al suelo.

—No, lo siento yo —dije—. Olvidé que la primera vez que hablamos por teléfono me dijiste que vivías en la furgoneta y dormías en una caseta de socorrista. No sé lo seguro que es dormir en un garaje donde mataron a un tipo la otra noche.

—Encontraré otro sitio.

—Bueno, si quieres, puedo darte un anticipo de tu paga. Quizá te ayude a conseguir una habitación de motel o algo.

—Hum, supongo.

Estaba contento de ayudarle, pero sabía que vivir en un motel por dos semanas era casi tan deprimente como vivir en un coche.

—¿Sabes qué te digo? —dije—. Si quieres, puedes quedarte conmigo un par de semanas. Hasta que consigas algo de dinero y tengas un mejor plan.

—¿En su casa?

—Sí, bueno, temporalmente.

—¿Con usted?

Me di cuenta de mi error.

—Nada de eso, Patrick. Tengo una casa y tendrás tu propia habitación. De hecho, los miércoles por la noche y un fin de semana de cada dos, sería mejor que te quedaras con algún amigo o en un motel. Es cuando viene mi hija.

Pensó en ello y asintió.

—Sí, puedo hacerlo.

Me estiré por encima de la mesa y le pedí que me devolviera el post-it con la dirección del liquidador. Anoté mi propia dirección en él mientras hablaba.

—¿Por qué no vas a recoger la tabla y luego te diriges a mi casa en esta segunda dirección? Fareholm está justo al lado de Laurel Canyon, una calle antes de Mount Olympus. Subes por la escalera hasta el porche y allí hay una mesa con sillas y un cenicero. La llave extra está debajo del cenicero. La habitación de invitados está al lado de la cocina. Como si estuvieras en casa.

—Gracias.

Recogió el post-it y miró la dirección que había escrito.

—Probablemente no llegaré hasta tarde —le dije—. Tengo un juicio que empieza la semana que viene y mucho trabajo que hacer antes.

—Vale.

—Mira, sólo estamos hablando de unas semanas, hasta que te recuperes. Entre tanto, tal vez podamos ayudarnos el uno al otro. No sé, si el uno empieza a sentir el tirón, quizás el otro pueda convencerlo de no caer. ¿Vale?

—Vale.

Nos quedamos un momento en silencio, probablemente los dos pensando en el trato. No le dije a Patrick que quizás él terminaría ayudándome más a mí que yo a él. En las últimas cuarenta y ocho horas, la presión de la nueva carga de casos había empezado a pesarme. Me sentía tenso, sentía el deseo de ir al mundo envuelto en algodón que las pastillas podían darme. Las pastillas abrían el espacio entre donde yo estaba y el muro de ladrillos de la realidad. Empezaba a ansiar esa distancia.

Delante y en lo más hondo sabía que no quería volver a eso, y quizá Patrick podría ayudarme a evitarlo.

—Gracias, señor Haller.

Lo miré desde mis pensamientos.

—Llámame Mickey —dije—. Y debería ser yo el que dice gracias.

—¿Por qué hace esto por mí?

Miré al gran pez en la pared detrás de él por un momento luego lo miré a él.

—No estoy seguro, Patrick. Creo que si te ayudo, me estaré ayudando a mí.

Patrick asintió como si supiera de qué le estaba hablando. Eso era extraño porque yo mismo no estaba seguro de lo que había querido decir.

—Ve a buscar tu tabla, Patrick —dije—. Te veré en la casa. Y acuérdate de llamar a tu madre.

215

30

Una vez que finalmente me quedé solo en la oficina, empecé el proceso de la forma en que lo hacía siempre, con páginas limpias y puntas afiladas. Cogí dos blocs nuevos y cuatro lápices del armario de material. Los afilé y me puse a trabajar.

Vincent había separado el caso Elliot en dos carpetas. Una contenía el caso de la fiscalía y la segunda, más delgada, contenía el caso de la defensa. El peso de la carpeta de la defensa no me preocupaba: ésta jugaba con las mismas reglas de revelación que la fiscalía. Cualquier cosa que iba a parar a la segunda carpeta iba al fiscal. Un abogado defensor experto sabía mantener la carpeta fina. Guardaba el resto en la cabeza u oculto en el disco del ordenador si era seguro. Yo no tenía ni la cabeza de Vincent ni su portátil, pero estaba seguro de que los secretos de Jerry Vincent estaban escondidos en alguna parte de la copia en papel. La bala mágica estaba allí. Sólo tenía que encontrarla.

Empecé con la carpeta más gruesa, el caso de la fiscalía. Lo leí todo de principio a fin, página a página, palabra por palabra. Tomé notas en un bloc y tracé un gráfico de tiempo y acción en el otro. Estudié las fotografías de la escena del crimen con una lupa que saqué del cajón del escritorio. Elaboré una lista de todos los nombres que encontré en el fichero.

A partir de ahí, pasé a la carpeta de la defensa y volví a leer todas las palabras de todas las páginas. El teléfono sonó dos veces, pero ni siquiera miré el nombre en la pantalla. Me daba igual. Estaba en una búsqueda sin tregua y sólo me preocupaba una cosa: encontrar la bala mágica.

Cuando hube terminado con los expedientes de Elliot, abrí el de Wyms y leí todos los documentos y el informe que con-

216

tenía, un proceso que llevaba su tiempo. Puesto que Wyms fue detenido después de un incidente público que había atraído a varios agentes uniformados y del SWAT, la carpeta era gruesa. Contenía atestados de las diversas unidades implicadas y el personal en la escena, de las transcripciones de las conversaciones con Wyms, así como los informes de armas y balísticos, un largo inventario de pruebas, declaraciones de testigos, registros del centro de operaciones e informes de despliegue de patrullas.

Había montones de nombres en el archivo y cotejé cada uno de ellos con la lista de nombres del expediente de Elliot. También crucé todas las direcciones.

Tuve una vez a una clienta. Ni siquiera conocía su nombre, porque estaba seguro de que el nombre con el que constaba en el sistema no era el suyo. Era su primer delito, pero conocía el sistema demasiado bien para ser primeriza. De hecho, lo conocía todo demasiado bien. Fuera cual fuese su nombre, ella había manipulado el sistema y figuraba como alguien que no era. La acusación era de robo de una morada ocupada, pero había mucho más detrás de esa única acusación. A esta mujer le gustaba buscar habitaciones de hotel donde dormían hombres con grandes cantidades de dinero. Ella sabía cómo elegirlos, seguirlos, luego abrir las puertas y las cajas fuertes mientras dormían. En un momento de sinceridad —probablemente el único en nuestra relación— me habló de la inyección de adrenalina que notaba cada vez que el último dígito caía en su lugar y oía que las palancas electrónicas de la caja de seguridad del hotel empezaban a moverse y abrirse. Abrir la caja y encontrar lo que había dentro nunca era tan bueno como el momento mágico en que las marchas empezaban a chirriar y ella sentía la velocidad de la sangre moviéndose en sus venas. Nada antes o después era tan bueno como ese momento. Los trabajos no eran una cuestión de dinero, eran una cuestión de velocidad de la sangre. Asentí cuando ella me contó todo esto. Nunca había entrado en una habitación de hotel mientras alguien estaba roncando en la cama, pero sabía cómo era el momento en que las marchas empezaban a entrar. Sabía de la velocidad.

217

Encontré lo que estaba buscando en mi segunda revisión de los archivos. Había estado delante de mí todo el tiempo, primero en el informe de detención de Elliot y luego en el gráfico de tiempo y acción que yo mismo había trazado. Llamaba a ese gráfico el árbol de Navidad, pues siempre empezaba siendo básico y sin adornos; sólo los hechos pelados del caso. Luego, al continuar estudiando el caso y haciéndolo mío, empezaba a colgar luces y ornamentos; detalles y declaraciones de testigos, pruebas y resultados de laboratorio. Pronto el árbol estaba encendido y brillando. Todos los elementos del caso estaban allí para que yo los viera en el contexto de tiempo y acción.

Había prestado particular atención a Walter Elliot al trazar mi árbol de Navidad. Él era el tronco y todas las ramas partían de él. Tenía sus movimientos, afirmaciones y acciones señaladas por tiempo.

12.40. WE llega a la casa de la playa.
12.50. WE descubre cadáveres.
13.05. WE llama al 911.
13.24. WE vuelve a llamar al 911.
13.28. Agentes llegan a la escena.
13.30. WE esposado.
14.15. Llega Homicidios.
14.40. WE llega a la comisaría de Malibú.
16.55. WE interrogado, lectura de derechos.
17.40. WE trasladado a Whittier.
19.00. Prueba RD.
20.00. Segundo interrogatorio, rehusado, detenido.
20.40. WE transportado a la prisión central.

Algunas de las horas eran estimadas, pero la mayoría procedían directamente del atestado de detención y otros documentos del expediente. En este país no hay nada más importante que el papeleo en el trabajo policial. Siempre se puede contar con el caso de la fiscalía para reconstruir un cronograma.

En la segunda pasada usé lápiz y goma y empecé a añadir decoraciones al árbol.

12.40. WE llega a la casa de la playa.
   puerta delantera sin cerrar con llave
12.50. WE descubre cadáveres.
   puerta de la terraza abierta
13.05. WE llama al 911.
   espera fuera
13.24. WE vuelve a llamar al 911.
   ¿qué demora?
13.28. Agentes llegan a la escena.
   Murray (4-alfa-1) y Harber (4-alfa-2)
13.30. WE esposado.
   puesto en coche patrulla
   Murray / Harber registran la casa
14.15. Llega Homicidios.
   primer equipo: Kinder (#14492) y Ericsson (#21101)
   segundo equipo: Joshua (#22234) y Toles (#15154)
14.30. WE llevado al interior de la casa, describe hallazgo.
14.40. WE llega a la comisaría de Malibú.
   Joshua y Toles lo transportan
16.55. WE interrogado, lectura de derechos.
   Kinder principal interrogador
17.40. WE trasladado a Whittier.
   Joshua / Toles
19.00. Prueba RD.
   TC Anita Sherman
   Transporte laboratorio, Sherman
20.00. Segundo interrogatorio, Ericsson dirige, WE rehúsa, se espabila.
20.40. WE transportado a la prisión central.
   Joshua / Toles

Al construir el árbol de Navidad elaboraba una lista separada en otra página de cada ser humano mencionado en los informes del sheriff. Sabía que se convertiría en la lista de testigos que entregaría a la fiscalía la semana siguiente. Como norma, hacía una cobertura exhaustiva del caso, citando a cualquiera que se mencionara en el registro de la investigación por si las moscas. Siempre podía recortar la lista de testigos en el juicio. En ocasiones añadir a alguien a ella podía suponer un problema.

A partir de la lista de testigos y el árbol de Navidad, podría inferir cómo desarrollaría el caso la fiscalía. También podría determinar qué testigos estaba evitando el equipo de la fiscalía y posiblemente por qué. Fue mientras estaba estudiando mi trabajo y pensando en estos términos cuando sentí que las marchas empezaban a entrar y el dedo frío de la revelación bajó por mi columna. Todo quedó claro y brillante y descubrí la bala mágica de Jerry Vincent.

Se habían llevado a Walter Elliot desde la escena del crimen a la comisaría de Malibú para sacarlo de en medio y retenerlo mientras los detectives continuaban con su investigación sobre el terreno. Hubo un breve interrogatorio a Elliot antes de que éste le pusiera fin. Fue trasladado al cuartel general de Whittier, donde se llevó a cabo un test de residuos de disparo y sus manos dieron positivo en nitratos relacionados con pólvora. Después, Kinder y Ericsson volvieron a intentar interrogar al sospechoso, pero Elliot tuvo la sensatez de negarse. Fue entonces detenido formalmente y enviado a la prisión central del condado.

Era el procedimiento estándar y el informe de detención documentaba la cadena de custodia de Elliot. Fue llevado únicamente por los detectives de Homicidios en su traslado de la escena del crimen a la comisaría y luego al cuartel general y el calabozo. Pero fue el procedimiento previo a su llegada a la comisaría lo que captó mi atención. Fue allí donde vi algo que se me había pasado antes, algo tan sencillo como las designaciones de los agentes uniformados que respondieron en primer lugar a la llamada. Según los registros, los agentes Murray y Harber tenían las designaciones 4-alfa-1 y 4-alfa-2 detrás de sus nombres. Y había visto al menos una de esas designaciones en el expediente de Wyms.

Saltando de un caso a otro y de un archivo a otro, encontré el informe de detención de Wyms y rápidamente examiné el texto, sin detenerme hasta que mis ojos llegaron a la primera referencia a la designación 4-alfa-1.

El agente Todd Stallworth tenía esa designación escrita a

continuación de su nombre. Era el agente originalmente llamado a investigar la denuncia de disparos en el Creek State Park de Malibú. Era el agente que conducía el coche al que disparó Wyms, y al final de la tensa espera, fue el agente que formalmente puso a Wyms bajo arresto y lo llevó a prisión.

Me di cuenta de que 4-alfa-1 no se refería a un agente específico, sino a una zona de patrulla o responsabilidad específica. El distrito de Malibú abarcaba las enormes áreas no incorporadas del oeste del condado, desde las playas de Malibú hasta el otro lado de las montañas y las comunidades de Thousand Oaks y Calabasas. Supuse que era el cuarto distrito y que alfa era la designación específica de una unidad de patrulla: un coche en concreto. Parecía ser la única explicación de por qué los agentes que trabajaban en turnos diferentes compartían la misma designación en diferentes informes de detención.

La adrenalina estalló en mis venas y mi sangre echó a correr cuando lo comprendí todo. En un momento me di cuenta de lo que Vincent había estado planeando. Ya no necesitaba su portátil ni sus blocs. No necesitaba a su investigador. Sabía exactamente cuál era la estrategia de la defensa.

Al menos lo pensaba.

Saqué el móvil y llamé a Cisco. Me salté las galanterías.

—Cisco, soy yo. ¿Conoces a algún agente del sheriff?

—Uh, a unos cuantos, ¿por qué?

—¿Alguno trabaja en la comisaría de Malibú?

—Conozco a un tipo que trabajaba. Ahora está en Lynwood. Malibú era demasiado aburrido.

—¿Puedes llamarlo esta noche?

—¿Esta noche? Claro, supongo. ¿Qué pasa?

—Necesito saber qué significa la designación de patrulla cuatro-alfa-uno. ¿Puedes averiguarlo?

—No creo que haya problema. Te volveré a llamar. Pero espera un momento, Lorna quiere hablarte.

Esperé mientras ella se ponía al teléfono. Oí ruido de televisión de fondo. Había interrumpido una escena de felicidad doméstica.

—Mickey, ¿sigues en la oficina?

—Aquí estoy.

—Son las ocho y media. Creo que deberías irte a casa.

—Yo también lo creo. Voy a esperar a tener noticias de Cisco (está verificando algo para mí) y luego creo que iré a Dan Tana's a comer un bistec con espaguetis.

Ella sabía que iba a Dan Tana's cuando tenía algo que celebrar. Normalmente un veredicto favorable.

—Te has comido un bistec para almorzar.

—Entonces supongo que esto cerrará un día perfecto.

—¿Las cosas han ido bien esta noche?

—Eso creo. Francamente bien.

—¿Vas a ir solo?

Lo dijo con compasión en la voz, como si ahora que había encontrado a Cisco, estuviera empezando a sentir pena por mí, solo en el mundo.

—Craig o Christian me harán compañía.

Craig y Christian trabajaban en la puerta de Dan Tana's. Me cuidaban tanto si iba solo como si no.

—Te veré mañana, Lorna.

—Vale, Mickey. Pásalo bien.

—Ya lo estoy pasando.

Colgué y esperé, paseando por la sala y pensándolo todo otra vez. Las fichas de dominó caían una detrás de otra. Todo cuadraba, todo encajaba. Vincent no había tomado el caso Wyms por ninguna obligación con la ley o con los pobres o desamparados: estaba usando a Wyms de camuflaje. En lugar de avanzar en el caso hacia el obvio convenio declaratorio, había metido a Wyms en Camarillo durante tres meses, manteniendo de este modo el caso vivo y activo. Entre tanto, bajo la bandera de la defensa de Wyms, había recopilado información que usaría en el caso Elliot, ocultando de este modo sus movimientos y estrategia a la fiscalía.

Técnicamente tal vez estuviera actuando dentro de los límites, pero éticamente era artero. Eli Wyms había pasado noventa días en una instalación del estado para que Vincent pudiera construir una defensa para Elliot. Elliot se beneficiaría de la bala mágica mientras a Wyms le daban el cóctel del zombi.

Lo bueno era que no tenía que preocuparme por los pecados de mi predecesor. Wyms había salido de Camarillo y, además, no eran mis pecados. Simplemente podía aprovecharme de la revelación de Vincent e ir a juicio.

Cisco no tardó en llamar.

—He hablado con mi hombre en Lynwood. Cuatro-alfa es el coche principal de Malibú. El cuatro es por la comisaría de Malibú y el alfa es por alfa. Como el perro alfa, el líder del grupo. Las llamadas calientes (las llamadas prioritarias) normalmente van al coche alfa. Cuatro-alfa-uno sería el conductor, y si iba con un compañero, el compañero sería cuatro-alfa-dos.

—¿O sea que el coche alfa cubre todo el cuarto distrito?

—Eso es lo que me ha dicho. El cuatro-alfa tiene libertad para moverse por el distrito y sacar la crema del pastel.

—¿Qué quieres decir?

—Las mejores llamadas. Los casos gordos.

—Entendido.

Mi teoría se confirmó. Un doble homicidio y disparos cerca de un barrio residencial ciertamente merecerían las llamadas de coches alfa. Una designación, pero diferentes agentes respondiendo. Diferentes agentes respondiendo, pero un solo coche. Las fichas de dominó se situaron y cayeron.

—¿Te ayuda, Mick?

—Sí, Cisco. Pero también significa más trabajo para ti.

—¿En el caso Elliot?

—No, no es Elliot. Quiero que trabajes el caso Eli Wyms. Descubre todo lo que puedas de la noche de su detención. Consígueme los detalles.

—Para eso estoy.

223

31

*E*l hallazgo de la noche sacó el caso de la esfera del papel y lo puso en la de mi imaginación. Estaba empezando a tener imágenes de la sala del tribunal en mi cabeza. Escenas de interrogatorios directos y contrainterrogatorios. Estaba preparando los trajes que llevaría a la sala y las posturas que adoptaría ante el jurado. El caso estaba cobrando vida en mi interior, y eso siempre era algo positivo. Era una cuestión de impulso: si lo cronometras bien, vas a juicio con la certeza absoluta de que no lo perderás. No sabía lo que le había ocurrido a Jerry Vincent, cómo sus acciones podrían haberlo conducido a su perdición o si su muerte estaba relacionada en modo alguno con el caso Elliot, pero sentía que tenía el control de las cosas. Tenía velocidad y me estaba preparando para la batalla.

Mi plan era ir a Dan Tana's, sentarme en un reservado en un rincón y esbozar algunos de los interrogatorios de los testigos clave, anotando las cuestiones fundamentales y las respuestas probables a cada una de ellas. Me estaba entusiasmando por llegar a esta parte, y Lorna no tenía por qué haberse preocupado por mí. No estaría solo. Llevaría mi caso conmigo. No el caso de Jerry Vincent. El mío.

Después de volver a guardar rápidamente las carpetas y añadir lápices nuevos y blocs, apagué las luces y cerré la puerta de la oficina. Enfilé el pasillo y luego crucé el puente hasta el garaje. Justo cuando estaba entrando en el garaje, vi a un hombre acercándose por la rampa desde la primera planta. Estaba a cincuenta metros y al cabo de un momento y unos pocos pasos lo reconocí como el hombre de la fotografía que me había enseñado Bosch esa mañana.

Se me heló la sangre en las venas. El instinto de lucha o huye me acuchilló el cerebro. El resto del mundo no importaba. Sólo existía ese momento y tenía que tomar una decisión. Mi cerebro valoró la situación más deprisa que cualquier ordenador IBM fabricado jamás. Y el resultado del cálculo era que el hombre que se acercaba era el asesino y que llevaba una pistola.

Viré en redondo y eché a correr.

—Eh —gritó una voz tras de mí.

Seguí corriendo. Volví por el puente hacia las puertas de cristal que conducían al edificio. Una clara y sencilla idea se encendía en cada sinapsis de mi cerebro. Tenía que entrar y coger la pistola de Cisco. Era matar o morir.

Pero era de noche y las puertas se habían cerrado detrás de mí al salir del edificio. Metí la mano en el bolsillo en busca de la llave, y cuando la saqué cayeron recibos, monedas y la cartera.

Al meter la llave en la cerradura, oí pasos acercándose detrás de mí. «¡La pistola! Coge la pistola.»

Finalmente, abrí la puerta y eché a correr por el pasillo hacia la oficina. Miré por encima del hombro y vi al hombre sujetando la puerta justo antes de que se cerrara. Aún me estaba siguiendo.

Llegué a la puerta de la oficina y metí la llave en la cerradura. Sentía que el asesino se acercaba. Conseguí abrir al fin. Entré, cerré de un portazo y eché el cerrojo. Encendí la luz, luego crucé la zona de recepción y me metí en la oficina de Vincent.

La pistola que me había dejado Cisco estaba en el cajón. La cogí, la saqué de su cartuchera y volví a la zona de recepción. Vi la silueta del asesino al otro lado del cristal esmerilado. Estaba tratando de abrir la puerta. Levanté la pistola y apunté a la silueta desdibujada.

Vacilé un momento antes de levantar un poco más la pistola y disparar dos veces al techo. El sonido fue ensordecedor en la sala cerrada.

—¡Muy bien! —grité—. ¡Entra!

La imagen al otro lado de la puerta de cristal desapareció. Oí pisadas que se alejaban por el pasillo y luego la puerta que daba al puente abriéndose y cerrándose. Me quedé inmóvil y agucé el oído. No oí nada más.

225

Sin apartar los ojos de la puerta, me acerqué al escritorio de recepción y levanté el teléfono. Llamé al 911 y respondieron de inmediato, pero luego una grabación me dijo que mi llamada era importante y que tenía que esperar al siguiente operador de emergencias disponible.

Me di cuenta de que estaba temblando, no de miedo, sino por el exceso de adrenalina. Puse la pistola sobre el escritorio, me palpé el bolsillo y descubrí que no había perdido mi teléfono móvil. Con el teléfono de la oficina en una mano, usé la otra para abrir el móvil y llamar a Harry Bosch. Respondió al primer tono.

—¡Bosch! ¡El tipo que me mostró acaba de estar aquí!

—¿Haller? ¿De qué está hablando? ¿Quién?

—¡El tipo de la foto que me ha enseñado hoy! ¡El de la pistola!

—Muy bien, cálmese. ¿Dónde está? ¿Dónde está usted?

Me di cuenta de que el estrés del momento había tensado mi voz. Avergonzado, respiré hondo y traté de calmarme antes de responder.

—Estoy en la oficina. En la oficina de Vincent. Estaba saliendo y lo vi en el garaje. Volví a entrar corriendo y él corrió tras de mí. Trató de entrar en la oficina. Creo que se ha ido, pero no estoy seguro. Disparé un par de veces y…

—¿Tiene una pistola?

—Desde luego que sí.

—Le sugiero que la guarde antes de que alguien resulte herido.

—Si ese tipo sigue allí, será él el que resulte herido. ¿Quién demonios es?

Hubo una pausa antes de que respondiera.

—Todavía no lo sé. Mire, aún estoy en el centro y me estaba yendo a casa. Estoy en el coche. Quédese sentado y llegaré allí en cinco minutos. Quédese en la oficina y cierre la puerta.

—No se preocupe, no voy a moverme.

—Y no me dispare cuando llegue.

—No lo haré.

Me estiré y colgué el teléfono de la oficina. No necesitaba al 911 si venía Bosch. Volví a coger la pistola.

—¿Eh, Haller?

—¿Qué?

—¿Qué quería?

—¿Qué?

—El tipo. ¿Para qué ha ido allí?

—Ésa es una buena pregunta, pero no conozco la respuesta.

—Mire, deje de joderme y dígamelo.

—¡Se lo estoy diciendo! No sé lo que busca. ¡Ahora cállese y venga aquí!

Involuntariamente cerré los puños al tiempo que gritaba y disparaba accidentalmente al suelo. Salté como si alguien me hubiera disparado a mí.

—¡Haller! —gritó Bosch—. ¿Qué demonios ha sido eso?

Respiré hondo y me tomé mi tiempo para recomponerme antes de responder.

—¿Haller? ¿Qué está pasando?

—Venga aquí y lo descubrirá.

—¿Le ha disparado? ¿Le ha dado?

Cerré el teléfono sin responder.

227

32

*B*osch llegó en seis minutos, pero me pareció una hora. Una imagen oscura apareció al otro lado del cristal y llamó con fuerza.

—Haller, soy yo, Bosch.

Llevando la pistola al costado, abrí la puerta y lo dejé pasar. Él también sostenía una pistola al costado.

—¿Alguna novedad desde que hablamos por teléfono? —preguntó.

—No lo he visto ni oído. Supongo que lo he asustado.

Bosch se enfundó la pistola y me echó una mirada, como para decirme que mi pose de tipo duro no estaba convenciendo a nadie salvo a mí mismo.

—¿Qué fue el último disparo?

—Un accidente.

Señalé al agujero en el suelo.

—Deme la pistola antes de que se mate.

Se la entregué y él se la puso en la cintura del pantalón.

—Usted no tiene pistola, no legalmente. Lo he comprobado.

—Es de mi investigador. La deja aquí por la noche.

Bosch examinó el techo hasta que vio los dos orificios que había dejado allí. A continuación, me miró y negó con la cabeza.

Se acercó a las cortinas y examinó la calle. Broadway estaba vacío a esas horas de la noche. Habían convertido un par de edificios cercanos en *lofts* residenciales, pero Broadway todavía tenía mucho camino que recorrer antes de volver a recuperar la vida nocturna que había tenido ochenta años antes.

—Vale, sentémonos —dijo. Se apartó de la ventana y me encontró de pie tras él—. En su despacho.

—¿Por qué?

—Porque vamos a hablar de esto.

Entré en el despacho y tomé asiento detrás del escritorio. Bosch se sentó enfrente de mí.

—Para empezar, esto es suyo. Lo encontré allí en el puente.

Del bolsillo de su chaqueta sacó mi cartera y los recibos que se me habían caído. Lo dejó todo sobre la mesa y luego volvió a meter la mano en el bolsillo para sacar las monedas.

—Vale, ¿ahora qué? —pregunté después de volver a guardarme mis pertenencias en el bolsillo.

—Ahora hablamos —dijo Bosch—. Para empezar, ¿quiere presentar una denuncia sobre esto?

—¿Por qué molestarse? Usted ya lo sabe. Es su caso. ¿Por qué no sabe quién es ese tipo?

—Lo estamos investigando.

—¡Eso no basta, Bosch! ¡Vino a por mí! ¿Por qué no puede identificarlo?

Bosch negó con la cabeza.

—Porque creemos que es un sicario traído de fuera de la ciudad. Quizá de fuera del país.

—Eso es fantástico, joder. ¿Por qué ha vuelto aquí?

—Obviamente por usted. Por lo que usted sabe.

—¿Yo? Yo no sé nada.

—Ha estado aquí tres días. Tiene que saber algo que pueda ser peligroso para él.

—Se lo estoy diciendo, no tengo nada.

—Entonces ha de preguntarse, ¿por qué ha vuelto ese tipo? ¿Qué se dejó u olvidó la primera vez?

Me limité a mirarlo. Realmente quería ayudarle. Estaba cansado de estar en el punto de mira —en más de un sentido— y si pudiera haberle dado una respuesta a Bosch, lo habría hecho. Negué con la cabeza.

—No se me ocurre ni un solo…

—¡Vamos, Haller! —espetó Bosch—. ¡Su vida está amenazada! ¿No se da cuenta? ¿Qué es lo que tiene?

—¡Se lo he dicho!

—¿A quién sobornó Vincent?

—No lo sé y no podría decírselo si lo supiera.

—¿Qué quería de él el FBI?

—¡Eso tampoco lo sé!

Empezó a señalarme.

—Es un puto hipócrita. Se está ocultando detrás de las protecciones de la ley mientras el asesino está fuera esperando. Su ética y normas no pararán una bala, Haller. ¡Cuénteme lo que sabe!

—¡Se lo he dicho! ¡No sé nada! Y no me señalé con el dedo, joder. No es mi trabajo. Es el suyo. Y quizá si lo hace, la gente de por aquí sentirá…

—¿Disculpe?

La voz salió de detrás de Bosch. En un ágil movimiento, el detective se volvió y pivotó en su silla, levantando la pistola y apuntándola a la puerta.

Un hombre que sostenía una bolsa de basura estaba allí con los ojos abiertos como platos de miedo.

Bosch bajó el arma inmediatamente, y el hombre que limpiaba la oficina dio la impresión de que iba a desmayarse.

—Lo siento —dijo Bosch.

—Volveré después —dijo el hombre con un fuerte acento de Europa oriental. Dio media vuelta y desapareció rápidamente por la puerta.

—¡Maldita sea! —exclamó Bosch, claramente agobiado por haber apuntado con su arma a una persona inocente.

—No creo que vuelvan a vaciarnos las papeleras —dije.

Bosch se acercó a la puerta, cerró y corrió el pestillo. Volvió al escritorio y me miró con cara de pocos amigos. Volvió a sentarse, respiró hondo y procedió con una voz mucho más calmada.

—Me alegro de que no pierda su sentido del humor, abogado. Pero basta de chistes.

—Muy bien, sin chistes.

Bosch parecía librar una pugna interna sobre qué decir a continuación. Su mirada barrió la habitación y se fijó en mí.

—Muy bien, mire, tiene razón. Es mi trabajo pillar a este tipo. Pero usted lo ha tenido aquí delante. ¡Aquí delante! Así que parece que ha venido aquí con un propósito. O vino a matarlo, lo cual parece poco probable, puesto que aparentemente ni siquiera le conoce, o vino a buscar algo de usted. La cuestión es qué. ¿Qué hay en esta oficina o en uno de sus archivos que pueda conducir a la identidad del asesino?

Traté de hablar con la misma serenidad que él.

—Lo único que puedo decirle es que he tenido a mi gerente de casos aquí desde el martes. He tenido a mi investigador aquí, y la propia recepcionista de Jerry Vincent estuvo aquí hasta la hora de comer cuando se fue. Y ninguno de nosotros, detective, ninguno de nosotros, ha sido capaz de encontrar el arma humeante que está tan seguro de que está aquí. Dice que Vincent le pagó un soborno a alguien, pero yo no he podido encontrar ninguna indicación en ningún archivo ni de ningún cliente de que eso sea verdad. He pasado las últimas tres horas aquí dentro mirando el expediente de Elliot y no he visto ninguna indicación, ni una sola, de que pagara o sobornara a alguien. De hecho, he descubierto que no tenía que sobornar a nadie. Vincent tenía una bala mágica y tenía una oportunidad de ganar el caso con justicia. Así que, cuando le digo que no tengo nada, lo digo en serio. No estoy jugando con usted. No me estoy guardando nada. No tengo nada que darle. Nada.

—¿Qué hay del FBI?

—Misma respuesta. Nada. —Bosch no respondió. Vi auténtica decepción en su rostro. Continué—: Si ese hombre del bigote es el asesino, entonces, por supuesto que hay una razón para que volviera aquí. Pero no la sé. ¿Me preocupa eso? No, no me preocupa. Me acojona. Me acojona que este tipo crea que tengo algo, porque si lo tengo, ni siquiera sé que es así, y ésa no es una buena posición.

Bosch se levantó abruptamente. Se sacó la pistola de Cisco del pantalón y la puso sobre la mesa.

—Manténgala cargada. Y yo en su lugar dejaría de trabajar de noche. —Se volvió y se dirigió a la puerta.

—¿Es todo? —le dije a su espalda.

Giró en redondo y volvió a la mesa.

—¿Qué más quiere de mí?

—Lo único que quiere es información de mí. La mayoría de las veces, información que no puedo darle. Pero por su parte no me da nada, y ésa es otra razón por la que estoy en peligro.

Bosch parecía a punto de saltar por encima de la mesa para agarrarme, pero, de pronto, vi que se calmaba una vez más. Todo salvo la palpitación en lo alto de su mejilla, cerca de la sien izquierda. Eso no desapareció. Era lo que le delataba, y era una señal que una vez más me dio una sensación de familiaridad.

—¡Al cuerno! —dijo finalmente—. ¿Qué quiere saber, abogado? Adelante. Hágame una pregunta, cualquier pregunta, y se la contestaré.

—Quiero saber del soborno. ¿Adónde fue el dinero?

Bosch negó con la cabeza y se rio de un modo falso.

—Le doy una oportunidad y me digo a mí mismo que responderé su pregunta, sea cual sea, y va y me hace una pregunta de la cual desconozco la respuesta. ¿Cree que si supiera adónde fue el dinero y quién cobró el soborno estaría ahora mismo aquí con usted? No, Haller, estaría presentando cargos contra un asesino.

—Entonces, está seguro de que una cosa tiene que ver con la otra. Que el soborno, si es que era un soborno, está relacionado con el asesinato.

—Trabajo con porcentajes.

—Pero el soborno, si lo hubo, fue hace cinco meses. ¿Por qué han matado ahora a Jerry? ¿Por qué lo ha estado llamando el FBI?

—Buenas preguntas. Avíseme si da con las respuestas. Entre tanto, ¿hay algo más que pueda hacer por usted, abogado? Me iba a casa cuando me ha llamado.

—Sí, hay algo.

Me miró y esperó.

—Yo también me iba.

—¿Qué quiere, que le dé la mano de camino al garaje? Bien, vamos.

Cerré otra vez la oficina y recorrimos el pasillo hasta el puente que conducía al garaje. Bosch había dejado de hablar y el silencio crispaba los nervios. Finalmente lo rompí.

—Iba a ir a comer un filete. ¿Quiere venir? Quizá resolvamos los problemas del mundo mientras comemos carne roja.

—¿Adónde, a Musso's?

—Estaba pensando en Dan Tana's.

Bosch asintió.

—Si puede conseguir mesa.

—No se preocupe, conozco a un tipo.

33

*B*osch me siguió, pero cuando me detuve delante del restaurante, en Santa Monica Boulevard, para dejarle el vehículo al aparcacoches, él siguió adelante. Vi que pasaba de largo y giraba a la derecha en Doheny.

Yo entré solo y Craig me sentó en uno de los preciados reservados de la esquina. Era una noche de mucho movimiento, pero la faena estaba decayendo. Vi al actor James Woods acabando la cena en un reservado con un productor de cine llamado Mace Neufeld. Eran asiduos y Mace me saludó con la cabeza. En cierta ocasión había tratado de colocar los derechos de uno de mis casos para una película, pero no había funcionado. Vi en otro reservado a Corbin Bernsen, el actor que había hecho la mejor aproximación de un abogado que había visto en televisión. Y por último, en otro reservado, el propio Dan Tana estaba disfrutando de una cena tardía con su mujer. Bajé la mirada al mantel a cuadros. Basta de quién es quién. Tenía que prepararme para Bosch. Durante el trayecto, había pensado largo y tendido en lo que acababa de pasar en la oficina y ahora sólo quería saber cuál sería la mejor manera de confrontar a Bosch con ello. Era como prepararse para el contrainterrogatorio de un testigo hostil.

Diez minutos después de sentarme, Bosch finalmente apareció en el umbral y Craig lo hizo pasar.

—¿Se ha perdido? —pregunté cuando se metía en el reservado.

—No encontraba sitio para aparcar.

—Supongo que no le pagan bastante para un aparcacoches.

—No, los aparcacoches son fantásticos. Pero no puedo dar mi coche municipal a un aparcacoches. Va contra las reglas.

Asentí con la cabeza, suponiendo que probablemente era porque llevaba un arma en el maletero.

Decidí esperar hasta después de pedir para hacer mi jugada con Bosch. Le pregunté si quería mirar al menú y dijo que no le hacía falta. Cuando llegó el camarero, los dos pedimos Steak Helen con espaguetis en salsa de tomate de acompañamiento. Bosch pidió una cerveza y yo una botella de agua sin gas.

—Bueno —comencé—, ¿dónde ha estado su compañero últimamente?

—Está trabajando en otros aspectos de la investigación.

—Vaya, me alegra oír que tiene otros aspectos.

Bosch me estudió unos segundos antes de responder.

—¿Se supone que es una pulla?

—Sólo una observación. Desde mi punto de vista no parece que esté pasando gran cosa.

—Quizás es porque su fuente se secó y se delató.

—¿Mi fuente? Yo no tengo ninguna fuente.

—Ya no. Averigüé quién estaba informando a su hombre y eso terminó hoy. Sólo espero que no le estuviera pagando por la información, porque Asuntos Internos se lo va a cargar por eso.

—Sé que no me va a creer, pero no tengo ni idea de quién o de qué está hablando. Obtengo información de mi investigador. No le pregunto de dónde la saca.

Bosch asintió.

—Es la mejor manera de hacerlo, ¿no? Se aísla y así no le estalla nada en la cara. Entre tanto, si un capitán de policía pierde su puesto y su pensión, son gajes del oficio.

No había imaginado que la fuente de Cisco estuviera en un puesto tan elevado.

El camarero nos trajo la bebida y una cesta de pan. Yo bebí parte del agua mientras contemplaba qué decir a continuación. Dejé el vaso y miré a Bosch. Alcé las cejas como si él estuviera esperando algo.

—¿Cómo sabía cuándo iba a salir de la oficina esta noche?

Bosch pareció desconcertado.

—¿Qué quiere decir?

—Supongo que fue por las luces. Estaba en Broadway y, cuando yo apagué las luces, mandó a su hombre al garaje.

—No sé de qué está hablando.

—Claro que sí. La foto del tipo con la pistola saliendo del edificio era falsa. Usted la preparó y la usó para delatar al que filtraba información, y luego trató de engatusarme con ella.

Bosch negó con la cabeza y miró fuera del reservado, como si estuviera buscando alguien que le ayudara a interpretar lo que yo estaba diciendo. Era un mal actor.

—Preparó la foto falsa y luego me la mostró porque sabía que volvería a la fuente de información a través de mi investigador. Sabría que quien le preguntara por la foto era el culpable.

—No puedo discutir con usted ningún aspecto de la investigación.

—Y luego la usó para jugar conmigo. Para ver si estaba escondiendo algo y sacármelo asustándome.

—Le he dicho que no puedo…

—Tranquilo, no tiene que hacerlo, Bosch. Sé que es lo que hizo. ¿Sabe cuáles fueron sus errores? Para empezar, no volver como dijo que haría a enseñar la foto a la secretaria de Vincent. Si el tipo de la foto era auténtico, se lo habría mostrado a ella, porque ella conoce a los clientes mejor que yo. Su segundo error fue la pistola metida en el pantalón de su sicario. A Vincent lo mataron con una veinticinco, demasiado pequeña para llevar en la cintura. Se me pasó eso cuando me enseñó la foto, pero ahora no.

Bosch miró hacia la barra situada en medio del restaurante. La televisión instalada en alto mostraba noticias deportivas. Me incliné sobre la mesa para acercarme a él.

—Entonces, ¿quién es el tipo de la foto? ¿Su compañero con un bigote adhesivo? ¿Algún payaso de antivicio? ¿No tiene nada mejor que hacer que jugar conmigo?

Bosch se recostó y continuó mirando por el restaurante, moviendo los ojos a cualquier parte menos a mí. Estaba contemplando algo y le di todo el tiempo que necesitaba. Finalmente, me miró.

—Vale, me ha pillado. Era una trampa. Supongo que eso lo convierte en un abogado listo, Haller, igual que el viejo. Me pregunto por qué pierde el tiempo defendiendo escoria. ¿No debería estar demandando médicos o defendiendo grandes compañías tabaqueras o alguna causa noble por el estilo?

235

Sonreí.

—¿Es así como le gusta jugar? ¿Le acuso de ser turbio y responde acusándome a mí de ser turbio?

Bosch rio, con la cara colorada al apartar su mirada. Era un gesto que se me antojó familiar, y su mención de mi padre me lo trajo a la mente. Tuve un vago recuerdo de mi padre riendo incómodamente y apartando la mirada al inclinarse sobre la mesa de la cena. Mi madre lo había acusado de algo y yo era demasiado pequeño para entenderlo.

Bosch apoyó los antebrazos en la mesa y se inclinó hacia mí.

—¿Ha oído hablar de las primeras cuarenta y ocho, verdad?

—¿De qué está hablando?

—Las oportunidades de solventar un homicidio se reducen a casi la mitad cada día si no lo resuelves en las primeras cuarenta y ocho horas.

Miró su reloj antes de continuar.

—Estoy llegando a las cuarenta y ocho horas y no tengo nada —dijo—. Ni un sospechoso, ni una pista viable, nada. Y esperaba sacarle algo esta noche asustándole. Algo que me señalara en la dirección adecuada.

Estaba allí sentado, mirándolo, digiriendo lo que había dicho. Finalmente, encontré la voz.

—¿De verdad pensaba que sabía quién había matado a Jerry y no se lo estaba diciendo?

—Era una posibilidad que tenía que considerar.

—Váyase al cuerno, Bosch.

Justo entonces el camarero llegó con nuestros filetes y espaguetis. Mientras dejaban los platos, Bosch me miró con una sonrisa de complicidad. El camarero preguntó qué más podía traernos y yo le hice una señal para que se alejara sin romper el contacto visual.

—Es un arrogante hijo de perra —dije—. Puede quedarse ahí sentado con una sonrisa en la cara después de acusarme de esconder pruebas o conocimiento de un asesinato. Un asesinato de un tipo al que conocía.

Bosch miró su filete, cogió el cuchillo y el tenedor y lo cortó. Me fijé en que era zurdo. Se metió un trozo de carne en la boca y me miró mientras masticaba. Dejó los puños a ambos lados de su plato, tenedor y cuchillo agarrados, como si custodiara la comida de cazadores furtivos. Un montón de mis clientes que habían pasado tiempo en prisión comían de la misma forma.

—¿Por qué no se tranquiliza, abogado? —dijo—. Ha de comprender una cosa: no estoy acostumbrado a estar del mismo lado que un abogado defensor, ¿vale? Mi experiencia ha sido que los abogados defensores han tratado de retratarme como un estúpido, corrupto, intolerante, lo que quiera. Así que, con eso en mente, sí, traté de hacerle una jugada con la esperanza de que me ayudaría a resolver un homicidio. Lo lamento más de lo que imagina. Si quiere, les pido que me envuelvan el filete y me voy.

Negué con la cabeza. Bosch tenía talento para tratar de hacerme sentir culpable por sus transgresiones.

—Quizás ahora debería ser usted quien se calme —añadí—. Lo único que estoy diciendo es que desde el principio he actuado abierta y francamente con usted. He estirado los límites éticos de mi profesión, y le he dicho lo que podía decirle, cuando podía decírselo. No me merezco que me haya acojonado así esta noche. Y es condenadamente afortunado de que no le haya metido una bala en el pecho a su hombre cuando estaba en la puerta de la oficina. Era una diana fácil.

—Se suponía que no poseía una pistola. Lo comprobé.

Bosch empezó a comer otra vez, manteniendo la cabeza baja mientras masticaba el filete. Dio varios bocados y luego pasó a la guarnición de espaguetis. No era de los que enrollaba la pasta. La troceó con el tenedor antes de llevársela a la boca. Habló después de tragar.

—Así que ahora que hemos dejado eso de lado, ¿me ayudará?

Solté el aire en una risa.

—¿Está de broma? ¿Ha oído algo de lo que le he dicho?

—Sí, lo he oído todo. Y no, no estoy de broma. Dicho y hecho todo, aún tengo un abogado muerto, su colega, en mis manos, y usted aún puede ayudarme.

Empecé a cortar mi primer trozo de carne. Decidí que Bosch podía esperar a que comiera yo, igual que yo había esperado a que comiera él.

237

Muchos opinaban que en Dan Tana's servían el mejor filete de la ciudad, entre ellos yo. No me decepcionó. Me tomé mi tiempo saboreando el primer bocado; luego dejé mi tenedor.

—¿Qué clase de ayuda?

—Haremos salir al asesino.

—Genial. ¿Cómo de peligroso será eso?

—Depende de muchos factores. Pero no voy a mentirle, puede ser peligroso. Necesito que agite algunas cosas, que los culpables crean que hay un cabo suelto, y que usted puede ser peligroso para ellos. Entonces veremos lo que pasa.

—Pero usted estará ahí. Estaré cubierto.

—A cada paso que dé.

—¿Cómo agitamos las cosas?

—Estaba pensando en un artículo de periódico. Supongo que está recibiendo llamadas de los periodistas. Elegimos uno y le damos el artículo, una exclusiva, y plantamos algo que dé que pensar al asesino.

Pensé en ello y recordé que Lorna me había advertido que jugara limpio con los medios.

—Hay un tipo del *Times* —dije—. Más o menos hice un acuerdo con él para sacármelo de encima. Le dije que cuando estuviera listo para hablar hablaría con él.

—Es perfecto. Lo usaremos.

No dije nada.

—¿Entonces está en mi barco?

Levanté el tenedor y cuchillo y permanecí en silencio mientras volvía a cortar el filete. La sangre inundó el plato. Pensé en mi hija llegando al punto de plantearme las mismas preguntas que me hacía su madre y que nunca podía responder. «Es como que trabajas para los malos.» No era tan sencillo como eso, pero saberlo no quitaba el escozor ni la expresión que recordaba haber visto en sus ojos.

Dejé el cuchillo y el tenedor sin dar un bocado. De repente, ya no tenía hambre.

—Sí —dije—. Estoy en su barco.

TERCERA PARTE

Decir la verdad

34

*T*odo el mundo miente.

Los polis mienten. Los abogados mienten. Los clientes mienten. Incluso los miembros del jurado mienten.

Hay una escuela de pensamiento en derecho penal que dice que todos los juicios se ganan o se pierden en la elección del jurado. Nunca he compartido una idea tan extrema, pero sí sé que probablemente no hay ninguna fase del juicio más importante que la elección de los doce ciudadanos que decidirán el destino de tu cliente. También es la parte más compleja y huidiza del juicio, pues se basa en los caprichos del destino y la suerte y en ser capaz de preguntar la pregunta adecuada a la persona adecuada en el momento adecuado.

Y sin embargo, empezamos cada juicio con ella.

La selección del jurado en el caso California versus Elliot empezó puntualmente en la sala del juez James P. Stanton a las diez de la mañana del jueves. La sala estaba repleta, en buena parte con el *venire* —los ochenta potenciales miembros del jurado llamados aleatoriamente del pozo de jurados de la quinta planta del edificio del tribunal penal— y en buena parte con periodistas, profesionales del tribunal, portadores de buena voluntad e incluso mirones que habían conseguido entrar.

Me senté a la mesa de la defensa con mi cliente, cumpliendo con su deseo de un equipo legal de una sola persona. Delante de mí tenía una carpeta abierta, un bloc de post-it y tres rotuladores diferentes: rojo, azul y negro. En la oficina, había preparado el terreno usando una regla para dibujar una cuadrícula. Había doce bloques, todos del tamaño de un post-it. Cada bloque era para uno de los doce jurados que podían ser elegidos para sen-

241

tarse a juzgar a Walter Elliot. Algunos abogados usaban ordenadores para llevar el control de potenciales jurados. Incluso tenían *software* que podía aportar la información revelada durante el proceso de selección, filtrarla mediante programas de
reconocimiento de patrones sociopolíticos y escupir al instante
recomendaciones sobre la conveniencia de aceptar o rechazar a
un miembro del jurado. Yo seguía usando el sistema de rejilla
de la vieja escuela desde mis tiempos de abogado novato en el
turno de oficio. Siempre me había funcionado bien y no iba a
cambiarlo entonces. No quería usar el instinto de un ordenador
cuando se trataba de elegir un jurado, quería usar el mío. Un ordenador no puede oír cómo alguien da una respuesta. No puede ver los ojos de alguien cuando miente.

El funcionamiento consiste en que el juez tiene una lista
generada por ordenador a partir de la cual llama a doce ciudadanos del *venire*, y éstos toman asiento en la tribuna del jurado. En ese punto, cada uno de ellos es miembro del jurado. Pero
sólo conservarán sus asientos si sobreviven al *voir dire*: un interrogatorio sobre su trasfondo personal y sobre sus puntos de
vista y comprensión de la ley. Se trata de un proceso. El juez les
plantea una serie de preguntas básicas y a continuación los
abogados tienen la oportunidad de seguir con cuestiones más
específicas.

Los jurados pueden ser retirados de la tribuna de dos formas. Pueden ser rechazados por causa fundada, si muestran a
través de sus respuestas, de su actitud o incluso por sus circunstancias vitales que no poseen credibilidad para ser jueces
justos o escuchar el caso con una mentalidad abierta. Los letrados disponen de un número ilimitado de recusaciones fundadas. En ocasiones, el juez mismo veta a alguien por causa fundada antes de que el fiscal o el abogado defensor planteen
siquiera una objeción. Siempre he creído que la forma más rápida de salir de un jurado es anunciar que estás convencido de
que todos los policías mienten o de que todos los policías tienen siempre razón. De un modo u otro, las ideas preconcebidas
equivalen a una recusación fundada.

El segundo método de eliminación son las recusaciones perentorias, de las cuales cada letrado dispone de un número li mitado, que depende del tipo de caso y las acusaciones. Puesto que se trataba de un juicio con acusaciones de homicidio, tanto el fiscal como la defensa contaban con hasta veinte recusaciones perentorias. Es en el uso juicioso y con tacto de estas perentorias donde entran en juego la estrategia y el instinto. Un letrado capaz puede usar sus recusaciones para ayudar a esculpir al jurado en una herramienta para la acusación o la defensa. Una recusación perentoria permite al abogado echar a un jurado sin ninguna otra razón que su desagrado instintivo del individuo. Una excepción a esto sería el uso obvio de las perentorias para crear un sesgo en el jurado. Un fiscal que continuamente elimina jurados negros, o un abogado defensor que hace lo mismo con los blancos, pronto acabará con la paciencia de la parte contraria y con la del juez.

Las reglas de *voir dire* están concebidas para eliminar el sesgo y el engaño en el jurado. El término en sí procede de la frase en francés medieval «decir la verdad». Pero esto, por supuesto, está en contradicción con el interés de cada una de las partes. El resumen es que en cualquier juicio quiero un jurado sesgado; sesgado contra la fiscalía y la policía. Lo quiero predispuesto a ponerse de mi lado. La verdad es que una persona justa es la persona que menos quiero en mi jurado: quiero a alguien que ya esté de mi lado o que pueda ser empujado allí. Quiero doce *lemmings* en la tribuna. Jurados que me seguirán la pista y actuarán como agentes de la defensa.

Y, por supuesto, el hombre sentado a un metro y medio de mí en la sala quería conseguir un resultado diametralmente opuesto de la selección del jurado. El fiscal quería sus propios *lemmings* y usaría sus recusaciones para esculpir el jurado de este modo y a mi costa.

A las diez y quince, el eficiente juez Stanton ya había examinado la lista impresa por el ordenador que aleatoriamente seleccionaba los primeros doce candidatos y había hecho pasar a éstos a la tribuna del jurado nombrando los códigos numéricos que se les habían asignado en la sala de la reserva de jurados de la quinta planta. Había seis hombres y seis mujeres. Teníamos tres carteros, dos ingenieros, un ama de casa de Pomona, un guionista en paro, dos profesores de instituto y tres jubilados.

243

Sabíamos de dónde eran y a qué se dedicaban, pero no conocíamos sus nombres. Era un jurado anónimo. Durante las consultas previas al juicio, el juez había sido categórico en su intención de proteger a los miembros del jurado de la atención y el escrutinio públicos. Había ordenado que las cámaras de Cortes TV se montaran en la pared de encima de la tribuna del jurado para que los miembros de éste no se vieran en esa imagen de la sala. También había dictado que no se revelara la identidad de ninguno de los jurados potenciales ni siquiera a los abogados y que nos refiriéramos a ellos durante el *voir dire* por el número de su asiento.

El proceso empezó con el juez planteando a cada posible miembro del jurado preguntas sobre cómo se ganaban la vida en la zona del condado de Los Ángeles donde vivían. Luego pasó a cuestiones básicas sobre si habían sido víctimas de delitos, si tenían parientes en prisión o estaban relacionados con algún policía o fiscal. Les preguntó cuál era su conocimiento de la ley y los procedimientos del tribunal. Les preguntó quién tenía experiencia anterior en otro jurado. El juez dispensó a tres por causa fundada: un empleado postal cuyo hermano era agente de policía; un jubilado cuyo hijo había sido víctima de un homicidio relacionado con las drogas y el guionista porque, aunque nunca había trabajado para Archway Studios, el juez percibió que podría sentir animadversión hacia Elliot por el contencioso entre guionistas y propietarios de estudios en general.

Un cuarto posible jurado —uno de los ingenieros— fue eximido cuando el juez aceptó su solicitud de una dispensa por perjuicios. Era un asesor autónomo y dos semanas en un juicio equivalían a dos semanas sin más ingresos que los cinco dólares por día que le daban por ser jurado.

Los cuatro fueron rápidamente sustituidos aleatoriamente por otros cuatro componentes del *venire*. Y así fue avanzando el proceso. A mediodía, había usado dos de mis perentorias en los trabajadores de correo que quedaban y una tercera para eliminar al segundo ingeniero, pero decidí tomarme la hora de comer para pensarlo antes de dar mi siguiente paso. Entre tanto, Golantz se estaba reservando y contaba con un arsenal completo de recusaciones. Su estrategia era obviamente dejarme gastar mis recusaciones para luego proceder a la modelación final del jurado.

Elliot había adoptado la pose del director ejecutivo de la defensa. Yo hacía el trabajo delante del jurado, pero él insistía en dar el visto bueno a cada una de mis recusaciones perentorias. Eso requería tiempo extra, pues tenía que explicarle por qué quería eliminar a un jurado y él siempre ofrecía su opinión. Sin embargo, en última instancia daba su aprobación como el hombre al mando, y el jurado era dispensado. Era un proceso molesto, pero podía soportarlo, siempre y cuando Elliot aceptara lo que yo quería.

Poco después de mediodía, el juez hizo una pausa para comer. Aunque el día estaba consagrado a la selección del jurado, técnicamente era el primer día de mi primer juicio en un año. Lorna Taylor había venido a ver el espectáculo y a darme su apoyo. El plan era ir a comer juntos antes de que ella volviera a la oficina y empezara a recoger.

Al salir al pasillo, le pregunté a Elliot si quería comer con nosotros, pero dijo que tenía que pasarse por el estudio a revisar algunas cosas. Le dije que no volviera tarde. El juez nos había concedido unos generosos noventa minutos para el almuerzo y no vería con buenos ojos ningún retraso.

Lorna y yo nos quedamos y dejamos que los posibles jurados se metieran en los ascensores. No quería bajar con ellos. Si haces eso, inevitablemente uno de ellos abre la boca y pregunta algo que es impropio y luego has de seguir el protocolo de informar al juez.

Cuando se abrieron las puertas de uno de los ascensores, vi al periodista Jack McEvoy avanzando entre los jurados, examinando el pasillo y concentrándose en mí.

—Genial —dije—. Aquí viene el problema. —McEvoy vino directamente hacia mí—. ¿Qué quiere? —pregunté.

—Explicarme.

—¿Qué, explicar por qué es un mentiroso?

—No, mire, cuando le dije que iba a salir el domingo, lo decía en serio. Es lo que me dijeron.

—Y hoy estamos a jueves, no ha salido ni un artículo en el periódico y cuando he tratado de llamarle, no me ha devuelto la llamada. Tengo otros periodistas interesados, McEvoy. No necesito al *Times*.

—Mire, lo entiendo. Pero lo que ocurrió es que decidieron guardarlo para que se publicara más cerca del juicio.

245

—El juicio ha empezado hace dos horas.

El periodista negó con la cabeza.

—Bueno, el juicio real. Testimonios y pruebas. Lo van a publicar en portada este domingo.

—La portada del domingo. ¿Es una promesa?

—El lunes a lo sumo.

—Vaya, ahora es el lunes.

—Mire, es el mundo de la prensa. Las cosas cambian. Se supone que ha de salir en portada el domingo, pero si ocurre algo grande en el mundo podrían pasarlo al lunes. Se toma o se deja.

—Muy bien. Lo creeré cuando lo vea.

Vi que la zona que rodeaba los ascensores estaba despejada. Lorna y yo ya podíamos bajar sin encontrarnos con posibles jurados. Tomé a Lorna del brazo y empecé a dirigirme hacia allí. Pasé al lado del periodista.

—¿Entonces estamos de acuerdo? —dijo McEvoy—. ¿Esperará?

—Esperar ¿qué?

—Para hablar con otro. Para ceder la exclusiva.

—Claro.

Lo dejé allí y me dirigí hacia los ascensores. Cuando salimos del edificio, caminamos una manzana hasta el ayuntamiento y le pedí a Patrick que nos recogiera allí. No quería que ningún posible jurado que pudiera andar cerca del edificio me viera entrar en la parte de atrás de un Lincoln con chófer; podría no caerles bien. Entre las instrucciones previas al juicio que le había dado a Elliot había una directiva para que renunciara a la limusina del estudio y viniera conduciendo él mismo al tribunal cada día. Nunca se sabe quién puede verte fuera del tribunal y qué efecto puede tener.

Le dije a Patrick que nos llevara al French Garden, en la calle Siete. Luego llamé al móvil de Bosch y el respondió de inmediato.

—Acabo de hablar con el periodista —dije.

—¿Y?

—Y finalmente saldrá el domingo o el lunes. En primera página, así que esté preparado.

—Por fin.

—Sí. ¿Va a estar preparado?

—No se preocupe. Lo estoy.

—He de preocuparme. Es mi… ¿Hola?

Ya había colgado. Cerré el teléfono.

—¿Qué era eso? —preguntó Lorna.

—Nada.

Me di cuenta de que tenía que cambiar de tema.

—Escucha, cuando vuelvas hoy a la oficina quiero que llames a Julie Favreau y veas si puede venir al tribunal mañana.

—Pensaba que Elliot no quería un asesor de jurado.

—No ha de saber que la estamos usando.

—Entonces, ¿cómo le pagarás?

—Sácalo de la cuenta operativa general, no me importa; lo pagaré de mi bolsillo si es necesario. Pero voy a necesitarla y me da igual lo que piense Elliot. Ya he quemado dos recusaciones y tengo la sensación de que mañana voy a agotar las que me queden. Quiero que me ayude en la fase final. Sólo dile que el alguacil tendrá su nombre en la lista y se asegurará de que tiene un asiento. Pídele que se aposente en la galería y que no se me acerque mientras esté con mi cliente. Dile que puede mandarme mensajes de texto cuando tenga algo importante.

—Vale, la llamaré. ¿Estás bien, Mick?

Debía de estar hablando demasiado deprisa o sudando en exceso, y Lorna había captado mi agitación. Me sentía un poco tembloroso y no sabía si era por los embustes del periodista, por la forma en que me había colgado Bosch o por la creciente sensación de que aquello para lo que había estado trabajando durante un año pronto estaría encima. Testimonios y pruebas.

—Estoy bien —solté bruscamente—. Tengo hambre. Ya sabes cómo me pongo cuando tengo hambre.

—Claro —dijo Lorna—. Comprendo.

La verdad era que no tenía hambre. Ni siquiera tenía ánimo para comer. Estaba sintiendo el peso sobre mí. El peso del futuro de un hombre.

Y no era en el futuro de mi cliente en lo que estaba pensando.

35

A las tres en punto del segundo día de selección del jurado, Golantz y yo habíamos cruzado recusaciones perentorias y fundadas durante más de diez horas en sesión. Había sido una batalla. Nos habíamos atacado discretamente el uno al otro, identificando los jurados preferidos de cada uno y eliminándolos sin miramientos. Habíamos revisado casi todo el *venire*, y mi gráfico de asientos del jurado estaba cubierto en algunos lugares con hasta cinco capas de post-it. Me quedaban dos recusaciones perentorias. Golantz, al principio cauto con sus recusaciones, me había dado alcance y luego me había superado. Sólo le quedaba su perentoria final. Era la hora de la verdad. La tribuna del jurado estaba a punto de completarse.

En la composición de ese momento, la tribuna incluía a un abogado, un programador informático, dos nuevos empleados de correos y tres nuevos jubilados, así como un enfermero, un jardinero y un artista.

De los doce que se habían sentado originalmente la mañana anterior, todavía quedaban dos posibles jurados. El ingeniero del asiento siete y uno de los jubilados, en el asiento doce, de algún modo habían cubierto la distancia. Ambos eran varones blancos y ambos, según mi cálculo, tendentes al estado. Ninguno estaba abiertamente del lado de la fiscalía, pero en mi gráfico había tomado notas sobre ellos en tinta azul, mi código para un jurado que percibía como frío a la defensa. No obstante, sus inclinaciones eran tan leves que todavía no había usado una preciada recusación con ninguno de ellos.

Sabía que podía eliminarlos a los dos con un floreo final de mis últimas perentorias, pero ése era el riesgo del *voir dire*. Tachas a un jurado por la tinta azul y el sustituto puede terminar siendo azul eléctrico y un mayor riesgo para tu cliente que el original. Eso era lo que convertía la selección del jurado en un arte impredecible.

La última adición a la tribuna era la artista que ocupó el hueco en el asiento número once después de que Golantz hubiera usado su decimonovena recusación perentoria para eliminar a un trabajador del servicio municipal de recogida de basuras que yo había anotado como jurado rojo. En respuesta al interrogatorio general del juez Stanton, la artista reveló que vivía en Malibú y trabajaba en un estudio cerca de la autovía del Pacífico. Su medio de expresión era la pintura acrílica y había estudiado en el Art Institute de Filadelfia antes de venir a buscar la luz de California. Dijo que no tenía televisión y que no leía regularmente ningún periódico. Aseguró que no sabía nada de los crímenes que se habían producido seis meses antes en la casa de la playa y no muy lejos de donde ella vivía y trabajaba.

Casi desde el principio había tomado notas sobre ella en rojo y estaba cada vez más contento de tenerla en mi jurado a medida que iba respondiendo preguntas. Sabía que Golantz había cometido un error táctico. Había eliminado al empleado de recogida de basuras con una recusación y había terminado con un jurado aparentemente más perjudicial para su causa. Ahora tendría que convivir con el error o usar su recusación final para eliminar a la artista y volver a correr el mismo riesgo.

Cuando el juez terminó con sus preguntas generales, llegó el turno de los abogados. Golantz empezó y planteó una serie de preguntas con el objetivo de revelar una predisposición de la artista a fin de que ésta fuera eliminada con causa fundada y sin tener que recurrir a su última recusación perentoria. Pero la mujer aguantó, mostrándose muy honesta y sin prejuicios.

A la cuarta pregunta en la invectiva del fiscal, sentí una vibración en el bolsillo y saqué el móvil. Lo aguanté entre mis piernas por debajo de la mesa de la defensa para que no me viera el juez. Julie Favreau había estado mandándome mensajes de texto todo el día.

249

Favreau: Quédatela.

Le mandé otro inmediatamente.

Haller: Ya. ¿Y el 7, 8 y 10? ¿Cuál después?

Favreau, mi asesora de selección de jurado secreta, había estado en la cuarta fila de la galería en las sesiones de mañana y tarde. También me había reunido con ella durante el almuerzo mientras Walter Elliot había ido una vez más a revisar asuntos al estudio, y le había dejado examinar mi gráfico para que ella pudiera hacerse el suyo. Aprendía rápido y supo exactamente dónde estaba con mis códigos y recusaciones.

Recibí una respuesta a mi mensaje de texto casi de inmediato. Eso era algo que me gustaba de Favreau: no se pensaba las cosas en exceso. Tomaba decisiones rápidas e instintivas basadas únicamente en delatores visuales en relación con respuestas verbales.

Favreau: No me gusta el 8. No he oído bastante al 10. Echa al 7 si puedes.

El jurado número ocho era el jardinero. Lo tenía en azul por algunas de las respuestas que había dado en relación con la policía. También pensaba que estaba demasiado ansioso por formar parte del jurado. Eso siempre era un indicador de alerta en un caso de homicidio. Me señalaba que el potencial jurado tenía fuertes sentimientos sobre la ley y el orden y no vacilaba ante la idea de sentarse a juzgar a otra persona. La verdad era que sospechaba de cualquiera que quisiera sentarse a juzgar a otro ser humano: cualquiera al que le gustaba la idea de ser un jurado era azul hasta el final.

El juez Stanton nos estaba dando mucha libertad de acción. Cuando nos llegaba el turno de cuestionar a un potencial jurado, a los abogados se nos permitía cambiar el tiempo asignado para interrogar a cualquier otro candidato. El juez también permitía un uso generoso de recusaciones retrospectivas, lo cual significaba que se aceptaba vetar a cualquier componente de la tribuna, incluso si ya había sido interrogado y aceptado.

Cuando me llegó el turno de interrogar a la artista, me acerqué al atril y le dije al juez que la aceptaba en el jurado en ese momento sin más preguntas. Pedí que en cambio se me permitiera plantear más preguntas al jurado número ocho y el juez me dejó proceder.

—Jurado número ocho, sólo quiero aclarar un par de detalles sobre sus puntos de vista. Primero, deje que le pregunte: si al final de este juicio, después de haber oído todos los testimonios, cree que mi cliente podría ser culpable, ¿votaría para condenarlo?

El jardinero pensó un momento antes de responder.

—No, porque eso no sería más allá de toda duda razonable.

Asentí con la cabeza para hacerle saber que había dado la respuesta adecuada.

—¿O sea que no equipara «podría ser» con «más allá de toda duda razonable»?

—No señor, en absoluto.

—Bien. ¿Cree que detienen a la gente por cantar demasiado alto en la iglesia?

En el rostro del jardinero se extendió una expresión de desconcierto y hubo murmullos de risas en la galería.

—No entiendo.

—Hay un dicho que cuenta que a la gente no la detienen por cantar demasiado alto en la iglesia. En otras palabras, que donde hay humo hay fuego. A la gente no la detienen sin una buena razón. La policía normalmente no se equivoca y detiene a quien tiene que detener. ¿Cree eso?

—Creo que todo el mundo comete errores de cuando en cuando, incluso la policía, y hay que examinar cada caso individualmente.

—Pero cree que la policía normalmente no se equivoca.

Estaba acorralado. Cualquier respuesta levantaría una alarma en un sentido o en otro.

—Creo que probablemente es así, son profesionales, pero yo examinaría cada caso individualmente, y no creo que sólo porque la policía normalmente no se equivoque automáticamente tenga a la persona correcta en este caso.

Era una buena respuesta, y más para un jardinero. Una vez más asentí. Sus respuestas eran correctas, pero había algo casi ensayado en la manera de responder. Era meloso, con aires de superioridad moral. El jardinero deseaba desesperadamente estar en el jurado, y eso no me gustaba.

—¿Qué coche conduce, señor?

La pregunta inesperada siempre era buena para provocar una reacción. El jurado número ocho se recostó en su asiento y me miró como si estuviera tratando de engañarle de algún modo.

—¿Mi coche?

—Sí, ¿qué coche lleva al trabajo?

—Tengo una camioneta. Guardo allí mi material y cosas. Es una Ford 150.

—¿Tiene alguna pegatina en la parte de atrás?

—Sí… unas cuantas.

—¿Qué dicen?

Tuvo que pensar un buen rato para recordar sus propias pegatinas del parachoques.

—Ah, tengo la de la Asociación Nacional del Rifle, y otra que dice: SI PUEDES LEER ESTO, ALÉJATE. Algo así. Puede que no sea muy educado.

Hubo risas de sus compañeros del *venire*, y el número ocho sonrió con orgullo.

—¿Desde cuándo es socio de la Asociación Nacional del Rifle? —pregunté—. En la información del jurado no lo menciona.

—Bueno, en realidad no lo soy. Quiero decir que no soy socio. Sólo llevo el adhesivo allí.

Engaño. O estaba mintiendo respecto a su afiliación y lo había dejado fuera de la hoja de información, o no era miembro y estaba usando su pegatina para mostrarse como algo que no era, o como parte de una organización en la que creía pero a la que no quería unirse oficialmente. En cualquier caso era engañoso, y eso confirmaba todo lo que estaba sintiendo. Favreau tenía razón: tenía que eliminarlo. Le dije al juez que había terminado mi interrogatorio y volví a sentarme.

Cuando el juez preguntó si la acusación y la defensa aceptaban la tribuna tal y como estaba compuesta, Golantz trató de recusar a la artista por causa fundada. Yo me opuse a ello y el juez me respaldó. Golantz no tuvo otra alternativa que usar su última perentoria para eliminarla. Entonces usé mi penúltima recusación para eliminar al jardinero. El hombre parecía enfadado al recorrer el largo pasillo para abandonar la sala.

Se citaron otros dos nombres del *venire* y un agente inmobiliario y otro jubilado ocuparon los asientos ocho y once de la tribuna. Sus respuestas a las preguntas del juez colocaban a ambos en el camino de en medio. Los codifiqué a los dos negros y no oí nada que hiciera saltar una alarma. A medio camino del *voir dire* del juez recibí otro mensaje de texto de Favreau.

Favreau: Los dos +/- en mi opinión. Los 2 *lemmings*.

En general, tener *lemmings* en la tribuna era bueno. Los jurados sin indicador de personalidad fuerte y con convicciones moderadas podían ser manipulados en ocasiones durante las deliberaciones. Buscaban a alguien al que seguir. Cuantos más *lemmings* tenías, más importante era tener un jurado con una personalidad fuerte y del que creyeras que estaba predispuesto para la defensa. Quieres a alguien en la sala de deliberaciones que arrastre a los *lemmings* consigo.

Golantz, en mi opinión, había cometido un error táctico básico. Había agotado sus recusaciones perentorias antes que la defensa y, mucho peor, había dejado a un abogado en la tribuna. El jurado número tres había llegado hasta el final y mi instinto era que Golantz se guardaba su última perentoria para él. Pero tuvo que agotarla con la artista y ahora se había clavado con un abogado en tribuna.

El jurado número tres no ejercía el derecho penal, pero tenía que haberlo estudiado para conseguir el título, y de cuando en cuando habría flirteado con la idea de ejercerlo. No hacían películas ni series de televisión sobre abogados de derecho inmobiliario, el derecho penal tenía tirón y el jurado número tres no sería inmune a él. En mi opinión, eso lo convertía en un jurado excelente para la defensa. Estaba encendido de rojo en mi gráfico y era mi elección número uno para la tribuna. Iría al juicio y a las deliberaciones posteriores conociendo la ley y la

253

situación de inferioridad absoluta de la defensa. Eso no sólo lo hacía simpático a mis ojos, sino que lo convertía en el candidato obvio a portavoz, el miembro del jurado elegido por los doce para hacer comunicaciones con el juez y hablar en nombre de todos ellos. Cuando el jurado entrara en la sala de deliberaciones, la primera persona a la que todos se volverían sería el abogado. Si era rojo, entonces iba a arrastrar a muchos de sus compañeros jurados hacia un veredicto de inocencia. Y como mínimo, su ego de abogado le insistiría en que su veredicto era correcto y se ceñiría a él. Él solo podía dejar al jurado sin veredicto e impedir una condena de mi cliente.

Era confiar mucho en él, considerando que el jurado número tres había respondido a preguntas del juez y los abogados durante menos de treinta minutos. Pero a eso se reducía la selección del jurado. Decisiones rápidas e instintivas, basadas en la experiencia y la observación.

El resumen era que iba a dejar a los dos *lemmings* en la tribuna. Me quedaba una recusación e iba a usarla con el jurado número siete o el número diez: el ingeniero o el jubilado.

Le pedí al juez un momento para departir con mi cliente. Luego me volví hacia Elliot y deslicé mi gráfico delante de él.

—Esto es todo, Walter. Nos queda la última bala. ¿Qué opina? Creo que hemos de desembarazarnos del siete y el diez, pero sólo podemos deshacernos de uno.

Elliot había estado muy involucrado. Desde que los primeros doce habían ocupado sus asientos la mañana anterior, había expresado fuertes e intuitivas opiniones sobre cada jurado que quería recusar. Pero nunca había elegido a un jurado antes. Lo había hecho yo. Había soportado sus comentarios, pero en última instancia había tomado mis decisiones. Ahora bien, esta última decisión era a cara o cruz. Cualquiera de los jurados sería dañino para la defensa. Cualquiera podía resultar un *lemming*. Era una decisión difícil y estaba tentado a dejar que el instinto de mi cliente fuera el factor decisivo.

Elliot tocó con un dedo en el bloque del jurado número diez de mi cuadrícula. El autor técnico jubilado de un fabricante de juguetes.

—Él —dijo—. Deshágase de él.

—¿Está seguro?

—Absolutamente.

Miré la cuadrícula. Había mucha tinta azul en el bloque diez, pero había una cantidad igual en el bloque siete. El ingeniero.

Tenía la corazonada de que el autor técnico era como el jardinero: deseaba imperiosamente estar en el jurado, pero por razones completamente diferentes. Pensaba que quizá su plan era usar su experiencia como investigación para un libro o quizás un guion de cine. Había pasado su carrera escribiendo instrucciones para manuales de juguetes. En su jubilación, lo había reconocido en el *voir dire*, estaba intentando escribir ficción; nada como un asiento de primera fila en un juicio por homicidio para estimular la imaginación y el proceso creativo. Para él estaba bien, pero no para Elliot. No quería en mi jurado a nadie al que le gustara la idea de sentarse a juzgar, por la razón que fuera.

El jurado número siete era azul por otra razón. Constaba como ingeniero aeroespacial. La industria en la que trabajaba tenía una gran presencia en el sur de California, y en consecuencia había interrogado a varios ingenieros durante el *voir dire* a lo largo de los años. En general, los ingenieros eran política y religiosamente conservadores, dos atributos muy azules, y trabajaban para empresas que se sustentaban gracias a grandes contratas y concesiones del gobierno. Un voto para la defensa era un voto contra el gobierno, y eso era un salto duro de hacer para ellos. Por último, y quizá más importante, los ingenieros habitan un mundo de lógica y absolutos. Ésas son cosas que normalmente no pueden aplicarse a un crimen, a una escena del crimen o al sistema judicial en su conjunto.

—No lo sé —dije—. Creo que tendríamos que quitar al ingeniero.

—No, me gusta. Me ha gustado desde el primer momento. Tiene buen contacto visual. Quiero que se quede.

Me aparté de Elliot y miré a la tribuna. Mis ojos vagaron del jurado número siete al jurado número diez una y otra vez. Esperaba algún signo, algo que delatara la decisión correcta.

—Señor Haller —dijo el juez Stanton—. ¿Desea usar su última recusación o acepta el jurado tal y como está compues-

255

to ahora? Le recuerdo que se está haciendo tarde y aún hemos de elegir a los jurados suplentes.

Mi teléfono estaba zumbando mientras el juez se dirigía a mí.

—Eh, un segundo, señoría.

Me volví hacia Elliot y me incliné como para susurrarle algo, pero lo que en realidad estaba haciendo era sacar mi teléfono.

—¿Está seguro, Walter? —susurré—. El tipo es ingeniero. Eso podría significar problemas.

—Mire, me gano la vida leyendo lo que dice la gente y echando los dados —dijo Elliot en otro susurro—. Quiero a ese hombre en mi jurado.

Asentí y miré entre mis piernas, donde sostenía el teléfono. Era un mensaje de Favreau.

Favreau: Echa al 10. Veo engaño. El 7 encaja en perfil fiscalía pero veo buen contacto visual y expresión franca. Está interesado en tu historia. Le gusta tu cliente.

Contacto visual. Eso lo decidió. Volví a guardarme el teléfono en el bolsillo y me levanté. Elliot me agarró por la manga de la chaqueta. Me incliné para oír su susurro urgente.

—¿Qué está haciendo?

Me solté, porque no quería su muestra pública de intentar controlarme. Me enderecé y miré al juez.

—Señoría, la defensa quisiera dar las gracias y dispensar al jurado número diez en este momento.

Mientras el juez echaba al autor técnico y llamaba a un nuevo candidato a la décima silla del jurado, me senté y me volví hacia Elliot.

—Walter, no vuelva a agarrarme así delante del jurado. Le hace quedar como un capullo y ya voy a pasarlo bastante mal convenciéndoles de que no es un asesino.

Me volví para darle la espalda mientras observaba a otro candidato que casi con toda seguridad sería el último componente del jurado en ocupar el asiento libre en la tribuna.

CUARTA PARTE

Filete de alma

A REY MUERTO, REY PUESTO

ABOGADO SUSTITUYE AL COLEGA ASESINADO.
PRIMER CASO: EL JUICIO DE LA DÉCADA.

Por JACK MCEVOY, de la redacción del *Times*

La dificultad no residía en los 31 casos que le habían dejado en el regazo, sino en el caso más sonado con el cliente más poderoso y las apuestas más altas. El abogado defensor Michael Haller se puso en la piel del asesinado Jerry Vincent hace dos semanas y ahora se encuentra en medio del que este año se llama juicio de la década.

Hoy está programado el inicio de los testimonios en el juicio de Walter Elliot, el director de 54 años de Archway Studios acusado de asesinar a su esposa y a su supuesto amante hace seis meses en Malibú. Haller entró en el caso después de que Vincent, de 45 años, fuera hallado muerto en su coche en el centro de Los Ángeles.

Vincent había dejado disposiciones legales que permitían a Haller ocuparse de sus clientes en la eventualidad de su muerte. Haller, que estaba al final de un año sabático en el ejercicio del derecho, se fue a dormir sin ningún caso y se despertó al día siguiente con 31 nuevos clientes.

«Estaba entusiasmado con volver a ejercer, pero no esperaba nada semejante —declaró Haller, el hijo de 42 años del difunto Michael Haller Senior, uno de los abogados legendarios del Los Ángeles de las décadas de 1950 y 1960—. Jerry Vincent era amigo y colega y, por supuesto, me encantaría volver a no tener casos y que él estuviera vivo hoy.»

La investigación del homicidio de Vincent está en curso. No se han efectuado detenciones y los detectives manifiestan que no hay sospechosos. Vincent recibió dos disparos en la cabeza cuando se hallaba en su coche, en el garaje contiguo al edificio donde mantenía su oficina, en la manzana del 200 de Broadway.

Tras la muerte de Vincent, todas las causas del abogado fallecido se entregaron a Haller. Su deber era cooperar con los investigadores dentro de los límites que establecen las protecciones abogado-cliente, inventariar casos y contactar con todos los clientes activos. Hubo una sorpresa inmediata: uno de los clientes de Vincent tenía que presentarse ante el juez al día siguiente del asesinato.

«Mi equipo y yo estábamos empezando a recopilar los casos cuando vimos que Jerry (y por supuesto ahora yo) tenía una audiencia de lectura de sentencia con un cliente —declaró Haller—. Tuve que dejarlo todo y correr hasta el edificio del tribunal penal para estar allí con él.»

Eso era uno menos y otros 30 casos activos con los que trabajar. Había que contactar rápidamente con todos los clientes de esa lista, informarles de la muerte de Vincent y darles la oportunidad de contratar un nuevo abogado o continuar con Haller ocupándose del caso.

Un puñado de ellos decidieron buscar otra representación, pero Haller conservó la inmensa mayoría de los casos. De lejos el más sonado de todos es el caso del asesinato en Malibú. Ha atraído mucha atención del público. Está previsto que Cortes TV ofrezca en directo fragmentos de la vista del juicio a escala nacional. Dominick Dunne, el principal cronista de tribunales y crímenes para *Vanity Fair*, está entre los miembros de los medios que han solicitado un puesto en la sala del tribunal.

El caso le llegó a Haller con una gran condición: Elliot sólo accedería a mantener a Haller como abogado si éste accedía a no aplazar el caso.

«Walter es inocente y ha insistido en su inocencia desde el primer día —manifestó Haller al *Times* en su primera entrevista desde que se hizo cargo de la defensa—. Hubo retrasos al principio del proceso y ha esperado seis meses hasta el día de hoy para tener la oportunidad de limpiar su nombre en el tribunal. No estaba interesado en otro retraso de la justicia y yo estuve de acuerdo con él. Si eres inocente, ¿por qué esperar? Hemos estado trabajando prácticamente sin descanso para estar preparados y creo que lo estamos.»

No era fácil estar preparado. Quien mató a Vincent también se llevó su maletín del coche. Contenía el portátil de Vincent y su calendario.

«No fue difícil reconstruir el calendario, pero el portátil fue una gran pérdida —explicó Haller—. Era ciertamente el punto de almacenaje central de la información y la estrategia del caso. Los archivos en papel que encontramos en la oficina estaban incompletos. Necesitábamos el portátil y al principio pensé que estábamos completamente perdidos.»

Sin embargo, entonces Haller encontró algo que el asesino no se había llevado. Vincent hizo una copia de seguridad del disco de su ordenador en una tarjeta de memoria que llevaba en el llavero. Entre los *megabytes* de datos, Haller empezó a encontrar elementos de estrategia para el juicio de Elliot. La selección del jurado se realizó la semana pasada y Haller asegura que estará perfectamente preparado cuando se inicien los testimonios hoy.

«No creo que Elliot vaya a tener ningún menoscabo en su defensa —manifestó Haller—. Estamos con las pilas puestas y preparados para empezar.»

Elliot no ha respondido a las llamadas para que comentara su caso y ha evitado hablar con los medios; con excepción de la conferencia de prensa celebrada tras su detención, en la cual negó vehementemente su implicación en los asesinatos y lamentó la pérdida de su esposa.

Fiscales e investigadores del departamento del sheriff del condado de Los Ángeles señalaron que Elliot mató a su esposa, Mitzi, de 39 años, y a Johan Rilz, de 35, en un rapto de ira después de encontrarlos juntos en la casa de fin de semana propiedad de los Elliot en la playa de Malibú. Una llamada de Elliot propició la llegada de los agentes, y el productor fue detenido tras la investigación de la escena del crimen. Aunque el arma homicida nunca se encontró, las pruebas científicas determinaron que Elliot había disparado recientemente un arma. Los investigadores manifestaron que el acusado también hizo afirmaciones inconsistentes al ser interrogado inicialmente en la escena del crimen y con posterioridad. Se espera que en el juicio se revelen otras pruebas contra el magnate cinematográfico.

Elliot permanece en libertad bajo fianza de 20 millones de dólares, la cifra más alta impuesta a un sospechoso de un crimen en la historia del condado de Los Ángeles.

Los expertos legales y observadores judiciales dicen que se

espera que la defensa cuestione el manejo de las pruebas en la investigación y los procedimientos de test que determinaron que Elliot había disparado un arma.

El ayudante del fiscal del distrito, Jeffrey Golantz, que está a cargo de la acusación, declinó hacer comentarios para este artículo. Golantz nunca ha perdido un juicio como fiscal y éste será su undécimo caso de homicidio.

36

El jurado salió en fila india como los Lakers al entrar en la pista de baloncesto. No llevaban todos el mismo uniforme, pero en el aire flotaba la misma sensación de anticipación: el partido estaba a punto de empezar. Se separaron en dos filas y ocuparon las dos hileras de asientos de la tribuna del jurado. Llevaban blocs de notas y bolis. Ocuparon los mismos asientos que el viernes cuando el jurado se completó y prestó juramento.

Eran casi las diez de la mañana del lunes y la sesión se iniciaba con retraso. Antes, el juez Stanton había estado con los letrados y el acusado en su despacho durante casi cuarenta minutos, repasando las reglas de última hora y aprovechando la ocasión para mirarme con ceño y expresar su desagrado por el artículo que el *Los Angeles Times* había publicado esa mañana en primera página. Su principal preocupación era que el artículo se decantaba claramente del lado de la defensa y me pintaba a mí como un desamparado simpático. Aunque el viernes por la tarde había advertido al nuevo jurado de que no leyera ni mirara ninguna noticia sobre el caso o juicio, al magistrado le preocupaba que el artículo pudiera haberse filtrado.

En mi propia defensa, le expliqué al juez que había concedido la entrevista hacía diez días, para un artículo del que me habían dicho que se publicaría al menos una semana antes de que empezara el juicio. Golantz esbozó una sonrisita y dijo que mi explicación sugería que estaba tratando de afectar la selección del jurado dando la entrevista antes, pero que ahora trataba de mancillar el juicio. Contraataqué señalado que el artículo afirmaba claramente que se había contactado con la fiscalía, pero que ésta había rechazado hacer comentarios. Si el artículo era imparcial, ésa era la causa.

Stanton pareció aceptar mi explicación a regañadientes, pero nos advirtió de que no habláramos con los medios. Supe entonces que tenía que cancelar mi acuerdo con Cortes TV para hacer comentarios al final de cada jornada judicial. La publicidad me habría venido bien, pero no quería ganarme la antipatía del juez.

Pasamos a otras cuestiones. Stanton estaba muy interesado en administrar la duración del juicio. Como cualquier juez, tenía que mantener las cosas en movimiento. Contaba con un lastre de causas atrasadas y un juicio largo las retrasaría aún más. Quería saber cuánto tiempo esperaba dedicar cada parte a su exposición. Golantz manifestó que tardaría un mínimo de una semana y yo dije que necesitaba lo mismo, aunque, siendo realista, sabía que probablemente usaría mucho menos tiempo. La mayor parte de las tesis de la defensa se establecerían, o al menos se organizarían, durante la fase de acusación.

264

Stanton torció el gesto por los cálculos de tiempo y sugirió que tanto la fiscalía como la defensa se esforzaran en no extenderse innecesariamente. Insistió en que quería llevar el caso al jurado mientras la atención de los doce seguía siendo alta.

Examiné a los miembros del jurado al ocupar sus asientos y busqué indicaciones de imparcialidad o de cualquier otra cosa. Todavía estaba contento con los componentes del jurado, sobre todo con el número tres, el abogado. Otros eran más discutibles, pero había decidido durante el fin de semana que presentaría mi caso para el abogado, y esperaba que éste pudiera tirar del resto cuando votaran por la absolución.

Los jurados se miraban entre ellos o miraban al juez, el perro alfa de la sala. Por cuanto yo pude ver, ningún miembro del jurado levantó la mirada a las mesas de la acusación o la defensa.

Me volví y miré de nuevo a la galería. La sala estaba una vez más repleta de periodistas y público, así como de aquellos con vínculos de sangre con el caso.

Directamente detrás de la mesa de la defensa estaba sentada la madre de Mitzi Elliot, que había viajado desde Nueva York. A su lado se sentaba el padre y dos hermanos de Johan

Rilz, que habían viajado desde Berlín. Me fijé en que Golantz había colocado a la madre apenada al lado del pasillo, donde el jurado pudiera ver su constante flujo de lágrimas.

La defensa contaba con cinco asientos reservados en primera fila, detrás de mí. Sentados allí estaban Lorna, Cisco, Patrick y Julie Favreau, la última a mano porque había contratado sus servicios para que observara al jurado para mí durante todo el juicio. Yo no podía mirar a los miembros del jurado en todo momento, y en ocasiones ellos se delataban cuando creían que ninguno de los letrados los estaba mirando.

El quinto asiento libre había estado reservado para mi hija. Durante el fin de semana había tenido la esperanza de convencer a mi ex mujer para que permitiera que Hayley se tomara un día de fiesta en la escuela para estar conmigo en la sala. Ella nunca me había visto trabajando y pensaba que las declaraciones de apertura serían el momento perfecto. Estaba muy confiado en mi caso. Me sentía a prueba de balas y quería que mi hija me viera así. El plan era que se sentara con Lorna, a la que conocía y apreciaba, y que me viera actuar delante del jurado. En mi argumento incluso había citado a Margaret Mead diciendo que quería sacar a mi hija de la escuela para que pudiera tener una educación. Pero fue un caso que en última instancia no gané: mi ex mujer se negó a permitirlo. Mi hija fue a la escuela y el asiento reservado quedó vacante.

Walter Elliot no tenía a nadie en la tribuna. No tenía hijos ni familiares con los que mantuviera relación. Nina Albrecht me había pedido sentarse en la galería para mostrar apoyo, pero como figuraba en las listas de testigos de la fiscalía y la defensa, no podía asistir al juicio hasta que se completara su testimonio. Por lo demás, mi cliente no tenía a nadie, y esto era por decisión suya. Tenía muchos asociados, simpatizantes y parásitos que deseban estar allí; incluso tenía una lista de actores de cine dispuestos a sentarse allí por él y mostrar su apoyo. Pero le dije que si tenía una cohorte de Hollywood o a sus abogados corporativos en los asientos de detrás de él, estaría emitiendo el mensaje y la imagen equivocados al jurado. Le expliqué que todo se basaba en el jurado. Cada movimiento que se hacía —desde la elección de la corbata a los testigos que ponías en el estrado— se hacía en deferencia al jurado. Nuestro jurado anónimo.

Después de que los jurados se sentaran y se pusieran cómodos, el juez Stanton abrió la sesión preguntando si algún jurado había leído el artículo de esa mañana del *Times*. Nadie levantó la mano y Stanton respondió con otro recordatorio de no leer el periódico ni ver noticias del juicio en los medios.

A continuación, anunció a los miembros del jurado que el juicio empezaría con las declaraciones de apertura de los abogados de las dos partes.

—Damas y caballeros, recuerden que son declaraciones. No son pruebas. A cada parte le corresponde presentar las pruebas que respalden estas declaraciones. Y ustedes serán quienes al final del juicio decidan si lo han hecho.

Dicho esto, hizo un gesto a Golantz y anunció que la acusación empezaría. Como se había subrayado en una consulta previa al juicio, cada parte disponía de una hora para su declaración de apertura. No sabía qué haría Golantz, pero yo no me acercaría a ese tiempo.

Golantz, atractivo y de aspecto imponente con su traje negro, camisa blanca y corbata granate, se levantó y se dirigió al jurado desde la mesa de la acusación. Para el juicio tenía una ayudante, una joven y agraciada abogada llamada Denise Dabney. Estaba sentada junto a él y mantuvo la mirada en el jurado durante todo el tiempo que habló el fiscal. Era una especie de defensa de cobertura: dos pares de ojos examinando constantemente las caras de los jurados, recalcando doblemente la seriedad y gravedad del asunto que nos ocupaba.

Después de presentarse a sí mismo y a su segunda, Golantz fue al grano.

—Damas y caballeros del jurado, estamos aquí hoy por la codicia y la rabia sin control, llana y simplemente. El acusado, Walter Elliot, es un hombre de gran poder, dinero y posición en nuestra comunidad. Pero eso no le bastó. No quería repartir su dinero y poder, no quiso poner la otra mejilla ante la traición y desató su ira de la forma más extrema posible. No sólo eliminó una vida, sino dos. En un momento de gran rabia y humillación, levantó el arma y mató a su esposa, Mitzi Elliot, y a

266

Johan Rilz. Creía que su dinero y poder lo situaban por encima de la ley y que le salvarían del castigo por estos crímenes abyectos. Pero no será así. El estado probará más allá de toda duda razonable que Walter Elliot apretó el gatillo y es responsable de las muertes de dos seres humanos inocentes.

Yo me había vuelto en mi asiento, en parte para escudar a mi cliente del escrutinio del jurado y en parte para mantener una visión de Golantz y de las filas de la tribuna que había tras él. Antes de que Golantz completara el primer párrafo de su declaración, las lágrimas estaban resbalando por las mejillas de la madre de Mitzi Elliot, y eso era algo que tendría que sacar a relucir con el juez sin que lo oyera el jurado. La teatralidad era perjudicial y le pediría al juez que trasladara a la madre de la víctima a un asiento que estuviera lejos del punto focal del jurado.

Miré más allá de la mujer que lloraba y vi muecas duras en los rostros de los hombres de Alemania. Estaba muy interesado en ellos y en cómo aparecerían ante el jurado. Quería ver cómo manejaban la emoción y el ambiente de un tribunal estadounidense. Quería ver cuán amenazador podía resultar su aspecto; cuanto más nefasto y más amenazador pareciera, mejor funcionaría la estrategia de la defensa cuando me concentrara en Johan Rilz. Al mirarlos en ese momento, supe que había empezado con buen pie. Parecían enfadados y amenazadores.

Golantz presentó su caso a los componentes del jurado, contándoles los testimonios y pruebas que iba a presentar y lo que creía que significaban. No había sorpresas. En un momento recibí un mensaje de texto de una línea de Favreau, que leí por debajo de la mesa.

Favreau: Se están tragando esto. Será mejor que lo hagas bien.

«Bien —pensé—. Dime algo que no sepa.»

Era una ventaja injusta para la acusación implícita en cada juicio. La fiscalía tiene la fuerza y el poder de su lado. Es una fuerza que surge de la presunción de honestidad, integridad y justicia. La idea preconcebida en la mente de cada jurado y de cada espectador de que el acusado no estaría allí si el humo no llevara a un fuego.

Es una presunción que la defensa ha de superar. En teoría, a la persona a la que se juzga se la presume inocente. Sin embargo, cualquiera que haya pisado un tribunal como abogado o acusado sabe que la presunción de inocencia es sólo una de las nociones idealistas que te enseñan en la facultad de derecho. Ni a mí ni a nadie le cabía duda de que empezábamos este juicio con un acusado al que se presumía culpable. Tenía que encontrar una forma o bien de demostrar su inocencia o de probar que el estado había sido culpable de mala praxis, ineptitud o corrupción en su preparación del caso.

Golantz ocupó toda su hora asignada, aparentemente sin dejar secretos del caso ocultos. Mostró la arrogancia típica de la fiscalía; exponerlo todo y retar a la defensa a tratar de contradecirlo. El fiscal siempre era el gorila de trescientos kilos, tan grande y fuerte que no tenía que preocuparse de la finura. Cuando pintaba su cuadro, usaba un pincel de quince centímetros y lo colgaba de la pared con una almádena y un pico.

El juez nos había contado en la sesión previa al juicio que se nos exigiría permanecer en nuestra correspondiente mesa o usar el atril situado entre ambas mientras nos dirigíamos a los testigos durante el testimonio, pero las declaraciones de apertura y los alegatos finales eran una excepción a esta regla. Durante estos momentos de encuadre del juicio, contábamos con libertad de usar el espacio situado delante de la tribuna del jurado: un lugar que los veteranos de la abogacía llamaban el «campo de pruebas», porque es la única vez durante un juicio en que los abogados hablan directamente al jurado y o exponen convincentemente sus argumentos o fracasan.

Golantz finalmente pasó de la mesa de la acusación al campo de pruebas cuando llegó el momento de su gran final. Se situó justo delante del punto medio de la tribuna y extendió las manos, como un predicador delante de sus feligreses.

—Me he pasado de mi tiempo, amigos. Así que para cerrar, les insto a que presten mucha atención cuando escuchen las pruebas y los testimonios. El sentido común les guiará. Les insto a que no se confundan ni se desvíen por las barreras a la justicia que la defensa les presentará. Mantengan los ojos en la presa. Recuerden que a dos personas les arrebataron la vida; les privaron del futuro. Por eso estamos aquí hoy, por ellos. Muchas gracias.

El viejo comienzo de mantengan los ojos en la presa. Lo había visto utilizar en el tribunal desde que yo era abogado de oficio. Sin embargo, era un inicio sólido para Golantz. No ganaría ningún trofeo de orador del año, pero había dejado claras sus tesis. También se había dirigido a los jurados como «amigos» al menos cuatro veces según mis cuentas, y ésa era una palabra que yo nunca usaría con un jurado.

Favreau me había enviado otros dos mensajes de texto durante la última media hora de la exposición de Golantz informando de un declive en el interés del jurado. Podrían habérselo estado tragando al principio, pero ya estaban aparentemente hartos. En ocasiones no puedes extenderte demasiado. Golantz había aguantado quince asaltos como un boxeador de peso pesado. Yo iba a ser un peso wélter, y estaba interesado en golpes rápidos. Iba a entrar y salir, ganar unos pocos puntos, sembrar unas pocas semillas y plantear unas pocas preguntas. Iba a caerles bien. Eso era lo principal. Si les gustaba yo, les gustaría mi caso.

Una vez que el juez me hizo la señal, me levanté e inmediatamente pasé al campo de pruebas. No quería nada entre el jurado y yo. También era consciente de que eso me ponía delante y en foco de la cámara de Cortes TV montada en la pared por encima de la tribuna del jurado.

Me enfrenté al jurado sin hacer ningún gesto físico salvo por un leve asentimiento con la cabeza.

—Damas y caballeros, sé que el juez ya me ha presentado, pero me gustaría presentarme a mí mismo y a mi cliente. Soy Michael Haller, el abogado que representa a Walter Elliot, a quien ven aquí sentado a la mesa a mi lado.

Señalé a Elliot y, por acuerdo previo, él asintió sombríamente, sin ofrecer ninguna forma de sonrisa que se vería tan falsamente halagadora como llamar a los jurados amigos.

—Bueno, no voy a extenderme demasiado, porque quiero llegar a los testimonios y las pruebas, las pocas que hay, y ponerme manos a la obra. Basta de charla; es el momento de demostrar o callar. El señor Golantz les ha tejido una imagen

269

grande y complicada. Ha tardado sólo una hora en perfilarla. En cambio, yo estoy aquí para decirles que este caso no es tan complicado. El caso de la fiscalía se reduce a un laberinto de humo y espejos, y cuando apartemos el humo y salgamos del laberinto, lo entenderán. Descubrirán que no hay fuego, que no hay caso contra Walter Elliot. Que hay más que duda razonable aquí, que es un ultraje que se acusara a Walter Elliot.

Una vez más me volví y señalé a mi cliente. Éste estaba sentado con la mirada baja en el bloc de papel en el que estaba escribiendo notas; una vez más por convenio previo, describiendo a mi cliente como ocupado, implicado activamente en su propia defensa, con la barbilla alta y sin preocuparse por las cosas terribles que el fiscal había dicho de él. Tenía la razón de su lado, y la razón era el poder.

Me volví hacia el jurado y continué.

—He contado que el señor Golantz ha mencionado seis veces la palabra «pistola». Seis veces ha dicho que Walter sacó una pistola y disparó a la mujer a la que amaba y a un segundo inocente que estaba allí. Seis veces. Lo que no les ha dicho seis veces es que no hay pistola. No tiene pistola. El departamento del sheriff no tiene pistola. No tienen pistola ni vínculo entre Walter y una pistola, porque él nunca ha poseído un arma.

»El señor Golantz les ha dicho que presentará pruebas irrefutables de que Walter disparó una pistola, pero déjenme que les diga que tengan paciencia. Guárdense esa promesa en el bolsillo de atrás y al final del juicio ya veremos si las llamadas pruebas son irrefutables. Veremos si simplemente se sostienen.

Al hablar, mis ojos barrieron los rostros de los miembros del jurado como los focos barren el cielo de Hollywood por la noche. Permanecí en constante pero calmado movimiento. Sentía un ritmo seguro en mis pensamientos y cadencia e instintivamente sabía que estaba atrapando al jurado. Cada uno de ellos iba conmigo.

—Sé que en nuestra sociedad queremos que nuestros agentes de la ley sean profesionales y concienzudos y que sean los mejores. Vemos crimen en las noticias y en las calles y sabemos que estos hombres y mujeres son la delgada línea entre orden y desorden. O sea, lo quiero tanto como ustedes. Yo mismo he sido víctima de un delito violento; sé lo que es. Y queremos que nuestra policía intervenga y nos saque del apuro. Al fin y al cabo, para eso están. —Me detuve y examiné toda la tribuna del jurado, sosteniendo la mirada de cada uno de sus componentes durante un instante antes de continuar—. Pero eso no es lo que ocurrió aquí. Las pruebas (y estoy hablando de las pruebas y testimonios de la propia fiscalía) nos mostrarán que desde el principio los investigadores se centraron en un sospechoso, Walter Elliot. Las pruebas mostrarán que una vez que Walter se convirtió en ese centro, todo lo demás se dejó de lado. Todas las otras vías de investigación se pararon o ni siquiera se emprendieron. Tenían un sospechoso y lo que creían que era un móvil y nunca miraron atrás. Nunca miraron hacia ningún otro sitio.

Por primera vez me moví de mi posición. Avancé hacia la barandilla situada delante del jurado número uno. Lentamente caminé por delante de la tribuna, paseando la mano por la barandilla.

—Damas y caballeros, éste es un caso de lo que se conoce como visión de túnel: concentrarse en un sospechoso y olvidarse de todo lo demás. Y les prometo que cuando salgan del túnel de la fiscalía se estarán mirando el uno al otro entrecerrando los ojos contra la luz brillante. Y se van a preguntar dónde demonios está el caso. Muchas gracias.

Solté la barandilla y me dirigí de nuevo a mi asiento. Antes de sentarme, el juez decretó una pausa para almorzar.

271

37

$\mathcal{U}$na vez más mi cliente se abstuvo de comer conmigo para poder volver al estudio y seguir con su apariencia de normalidad en las oficinas ejecutivas. Estaba empezando a pensar que veía el juicio como un molesto inconveniente en su programa. O bien tenía más confianza que yo en el caso de la defensa, o el juicio simplemente no era una prioridad.

Fuera cual fuese la razón, eso me dejó con mi séquito de la primera fila. Fuimos al Traxx de Union Station porque sentía que estaba lo bastante lejos del tribunal para evitar terminar en el mismo sitio que algunos de los miembros del jurado. Patrick condujo y yo le dije que le entregara el Lincoln al aparcacoches y se nos uniera, porque quería que se sintiera parte del equipo.

Nos dieron una mesa en un reservado tranquilo junto a una ventana que daba a la enorme y maravillosa sala de espera de la estación de tren. Lorna había distribuido los asientos y terminé al lado de Julie Favreau. Desde que Lorna había empezado su relación con Cisco, había decidido que yo necesitaba estar con alguien y se había consagrado a ser una especie de casamentera. Este empeño procedente de una ex mujer (una ex mujer por la que todavía me preocupaba en muchos aspectos) era decididamente incómodo y me sentí torpe cuando Lorna me señaló abiertamente la silla contigua a mi asesora de jurado. Yo estaba enfrascado en el primer día de un juicio y la posibilidad de romance era lo último en lo que estaba pensando. Además de eso, era incapaz de mantener una relación. Mi adicción me había dejado emocionalmente distanciado de personas y cosas a las que sólo ahora empezaba a acercarme. Mi prioridad en ese momento era reconectar con mi hija. Despuées de eso, me preocuparía de encontrar una mujer y conocerla.

Romance aparte, Julie Favreau era una persona con la que era maravilloso trabajar. Era una mujer menuda y atractiva, con delicados rasgos faciales y cabello negro que le caía en rizos sobre la cara. Unas cuantas pecas juveniles en la nariz la hacían parecer más joven de lo que era. Sabía que tenía treinta y dos años. Una vez me había contado su historia: había llegado a Los Ángeles vía Londres para actuar en una película y había estudiado con un profesor que creía que los pensamientos internos de un personaje podían mostrarse externamente en delatores faciales, tics y movimientos corporales. Su trabajo de actriz consistía en sacar a la superficie esos delatores sin que resultara obvio. Sus ejercicios de estudiante eran la observación, identificación e interpretación de estos delatores en otros. Sus tareas la llevaron a cualquier parte, desde las salas de póquer en el sur del condado, donde aprendió a leer las caras de gente que trataba de no revelar nada, a los tribunales del edificio del tribunal penal, donde siempre había montones de caras y delatores que leer.

Después de verla en la tribuna del público durante tres días seguidos en un juicio en el cual yo estaba defendiendo a un acusado de violación múltiple, me acerqué a ella y le pregunté quién era. Esperando descubrir que era una víctima previamente desconocida del hombre sentada tras la mesa de la defensa, me sorprendió oír su historia y enterarme de que estaba allí simplemente para practicar en la interpretación de rostros y expresiones. La lleve a comer, le pedí el número y la siguiente vez que elegí un jurado le pedí que me ayudara. Había acertado de pleno en sus observaciones y la había usado varias veces desde entonces.

—Bueno —dije al extender una servilleta negra en mi regazo—. ¿Cómo va mi jurado?

Pensaba que era obvio que la pregunta estaba dirigida a Julie, pero Patrick habló antes.

—Creo que querían echarle la caballería a su hombre —dijo—. Me parece que creían que es un tipo rico y estirado que cree que puede salirse con la suya con el asesinato.

Asentí. Su percepción probablemente no iba muy descaminada.

—Bueno, gracias por las palabras de ánimo —dije—. Me aseguraré de contarle a Walter que no sea tan estirado y rico de ahora en adelante.

Patrick bajó la mirada a la mesa y pareció avergonzado.

—Sólo era un comentario, nada más.

—No, Patrick. Te lo agradezco. Todas las opiniones son bienvenidas y todas cuentan. Pero algunas cosas no se pueden cambiar. Mi cliente es rico más allá de lo que cualquiera de nosotros pueda imaginar y eso le da cierto estilo e imagen, un semblante desagradable con el que no creo que pueda hacer nada. Julie, ¿qué opinas del jurado hasta ahora?

Antes de que ella pudiera responder, el camarero se acercó y tomó nota de las bebidas. Yo me limité a agua y lima, mientras que los demás pedían té helado y Lorna un vaso de Mad Housewife Chardonnay. Le eché una mirada y ella protestó inmediatamente.

—¿Qué? No estoy trabajando. Sólo estoy observando. Además, estoy de celebración. Estás otra vez en un juicio y hemos vuelto al negocio.

Asentí de mala gana.

—Hablando de eso, necesito que vayas al banco.

Saqué un sobre del bolsillo de mi chaqueta y se lo pasé por encima de la mesa. Ella sonrió porque sabía lo que había dentro: un cheque de Elliot por 150.000 dólares, el resto de la tarifa acordada por mis servicios.

Lorna apartó el sobre y yo volví a centrar mi atención en Julie.

—Entonces ¿qué estás viendo?

—Creo que es un buen jurado —respondió—. En general, veo muchas caras francas. Están dispuestas a escuchar tu caso, al menos ahora mismo. Todos sabemos que están predispuestos a creer a la acusación, pero no han cerrado la puerta a nada.

—¿Ves algún cambio entre lo que hablamos el viernes? ¿Sigo presentando para el número tres?

—¿Quién es el número tres? —preguntó Lorna antes de que Julie pudiera responder.

—El desliz de Golantz. Es abogado, y la fiscalía nunca debería haber permitido que se quedara en la tribuna.

—Todavía creo que es un buen candidato —dijo Julie—, pero hay otros. También me gustan el once y el doce, los dos jubilados y sentados uno al lado del otro. Tengo la sensación de que van a establecer un vínculo y casi trabajan como un equipo cuando se trata de deliberaciones. Te ganas a uno y te ganas a los dos.

Me encantaba su acento inglés. No era en absoluto de la flor y nata. Tenía una pillería de calle en el tono que le daba validez a lo que ella decía. Hasta el momento, Julie Favreau no había tenido mucho éxito como actriz, y una vez me había dicho que la llamaban para muchas audiciones para películas de épocas que requerían un acento inglés delicado que ella no controlaba demasiado. Sus ingresos los ganaba principalmente en las salas de póquer, donde ahora jugaba en serio, y de interpretar al jurado para mí y unos cuantos abogados más a los que yo les había presentado.

—¿Y el jurado número siete? —pregunté—. Durante la selección era todo ojos. Ahora no me mira.

Julie asintió con la cabeza.

—¿Te has fijado en eso? El contacto visual se ha perdido por completo. Es como si algo hubiera cambiado entre el viernes y hoy. Tendría que decir en este punto que es una señal de que está en el campo de la fiscalía. Mientras que tú estabas presentando para el número tres, puedes apostar a que el Señor Invicto va a por el número siete.

—Me lo tengo merecido por escuchar a mi cliente —dije entre dientes.

Pedimos la comida y le dije al camarero que se diera prisa, porque teníamos que volver al tribunal. Mientras esperábamos, me puse al día de los testigos de descargo con Cisco y él me informó de que estábamos preparados en ese aspecto. Le pedí que esperara hasta que se levantara la sesión y viera si podía seguir a los alemanes cuando salieran del tribunal y hasta que llegaran al hotel. Quería saber dónde se alojaban, sólo por precaución. Antes de que terminara el juicio, no iban a estar muy contentos conmigo y era una buena estrategia saber dónde estaban tus enemigos.

Estaba a mitad de mi ensalada de pollo asado cuando miré por la ventana hacia la sala de espera de Union Station. Era una gran mezcla de diseños arquitectónicos, pero fundamentalmente tenía una vibración *art decó*. Había filas y más filas de butacas para que esperaran los viajeros y enormes candelabros colgados del techo. Vi a gente durmiendo en sillas y otros sentados con sus maletas y pertenencias reunidas cerca de ellos.

Y entonces vi a Bosch. Estaba sentado solo en la tercera fila contando desde mi ventana. Tenía los auriculares puestos. Nuestras miradas se encontraron por un momento y entonces él apartó la suya. Yo dejé el tenedor y busqué dinero en mi bolsillo. No tenía ni idea de cuánto costaba una copa de Mad Housewife, pero Lorna ya iba por la segunda. Dejé cinco billetes de veinte sobre la mesa y les dije a los demás que terminaran de comer mientras yo salía a hacer una llamada.

Salí del restaurante y llamé al móvil de Bosch. Él se quitó los auriculares y respondió mientras yo me acercaba a la tercera fila de asientos.

—¿Qué? —dijo a modo de saludo.

—¿Frank Morgan otra vez?

—No, Ron Carter. ¿Por qué me llama?

—¿Qué opina del artículo?

Me senté en el asiento libre que había frente a él, lo miré pero actué como si estuviera hablando con alguien alejado.

—Esto es bastante estúpido —dijo Bosch.

—Bueno, no sabía si quería ir de incógnito o…

—Cuelgue.

Cerramos los teléfonos y nos miramos el uno al otro.

—Bueno —espeté—. ¿Estamos en juego?

—No lo sabremos hasta que lo sepamos.

—¿Qué significa eso?

—El artículo está ahí. Creo que hizo lo que queríamos que hiciera. Ahora esperamos y vemos. Si ocurre algo, entonces sí, estamos en juego. No sabremos si vamos a estar en juego hasta que lo estemos.

Asentí con la cabeza, aunque lo que había dicho no tenía sentido para mí.

—¿Quién es la mujer de negro? —preguntó—. No me dijo que tuviera novia. Probablemente también deberíamos vigilarla.

—Es mi lectora de jurados, nada más.

—Ah, ¿le ayuda a elegir a gente que odia a la policía y va contra el *establishment*?

—Algo así. ¿Solamente está usted? ¿Me está vigilando solo?

—¿Sabe?, una vez tuve una novia que siempre me hacía las preguntas a tandas. Nunca de una en una.

—¿Alguna vez respondió a alguna de sus preguntas? ¿O simplemente las desvió inteligentemente como está haciendo ahora?

—No estoy solo, abogado. No se preocupe. Tiene gente alrededor a la que no verá nunca. Tengo gente en su oficina tanto si está allí como si no.

Y cámaras. Las habían instalado diez días antes, cuando pensábamos que el artículo del *Times* era inminente.

—Sí, bueno, no estaremos allí mucho tiempo.

—Me he fijado. ¿Adónde se muda?

—A ningún sitio. Trabajo desde mi coche.

—Parece divertido.

Lo estudié un momento. Había sido sarcástico en su tono, como de costumbre. Era un tipo molesto, pero en cierto modo me había convencido de que le confiara mi seguridad.

—Bueno, he de ir al tribunal. ¿Hay algo que deba hacer? ¿Cualquier forma particular en que quiera que actúe o algún sitio al que quiera que vaya?

—Sólo haga lo mismo de siempre. Pero hay una cosa: mantenerle vigilado en movimiento requiere mucha gente. Así que, al final del día, cuando esté en casa por la noche, llámeme y dígamelo para que pueda enviar a gente a descansar.

—Vale. Pero aun así tendrá a alguien vigilando, ¿no?

—No se preocupe, estará cubierto en todo momento. Ah, y otra cosa.

—¿Qué?

—No se me vuelva a acercar así.

Asentí. Me estaba echando.

—Entendido.

Me levanté y miré hacia el restaurante. Vi a Lorna contando los billetes de veinte que había dejado y poniéndolos sobre la cuenta. Al parecer los estaba usando todos. Patrick se había levantado de la mesa y estaba yendo a buscar el coche.

—Hasta luego, detective —dije sin mirarlo.

No respondió. Me alejé y alcancé a mi grupo cuando estaban saliendo del restaurante.

—¿Era el detective Bosch con quien estabas? —preguntó Lorna.

—Sí, lo vi ahí fuera.

—¿Qué estaba haciendo?

—Dijo que le gusta venir aquí a comer, sentarse en esas butacas cómodas a pensar.

—Es una coincidencia que nosotros también estuviéramos aquí.

Julie Favreau negó con la cabeza.

—Las coincidencias no existen —dijo.

38

*D*espués de comer, Golantz empezó a presentar su caso. Empezó con lo que yo llamaba la presentación de «casilla uno». Comenzó por el principio —la llamada al 911 que llevó a la luz pública el doble homicidio— y procedió de un modo lineal a partir de ahí. El primer testigo era una operadora de emergencias del centro de comunicaciones del condado, a la que usaron para presentar las cintas de las grabaciones de petición de ayuda de Walter Elliot. En una moción previa al juicio intenté frustrar la reproducción de las dos cintas, argumentando que las transcripciones impresas serían más claras y más útiles para los jurados, pero el juez había fallado a favor de la acusación. Ordenó a Golantz que proporcionara a los miembros del jurado transcripciones para que pudieran leer junto con el audio cuando las cintas se reprodujeran en la sala.

Había intentado impedir la reproducción de las cintas porque sabía que eran perjudiciales para mi cliente. Elliot había hablado con calma a la operadora en la primera llamada, informando de que su mujer y otra persona habían sido asesinados. En ese comportamiento calmado había espacio para que el jurado hiciera una interpretación de frialdad calculada que yo no deseaba que hiciera. La segunda cinta era peor desde el punto de vista de la defensa. Elliot sonaba molesto y también dejaba patente su desagrado por el hombre al que habían matado con su esposa.

Cinta 1. 02-05-2007. 13.05 h
OPERADORA: Nueve uno uno. ¿Tiene una emergencia?
WALTER ELLIOT: Sí..., bueno, creo que están muertos. No creo que nadie pueda ayudarlos.

OPERADORA: Disculpe, señor, ¿con quién estoy hablando?

WALTER ELLIOT: Soy Walter Elliot. Estoy en mi casa.

OPERADORA: Sí, señor. ¿Y ha dicho que alguien ha muerto?

WALTER ELLIOT: He encontrado a mi mujer. Le han disparado. Y también hay un hombre. También le han disparado.

OPERADORA: Espere un momento, señor. Deje que informe de esto y envíe ayuda.

pausa

OPERADORA: Muy bien, señor Elliot, la ambulancia y los agentes están en camino.

WALTER ELLIOT: Es tarde para ellos. Para los médicos, digo.

OPERADORA: He de mandarlos, señor. ¿Dice que les han disparado? ¿Está usted en peligro?

WALTER ELLIOT: No lo sé. Acabo de llegar. Yo no lo he hecho. ¿Está grabando esto?

OPERADORA: Sí, señor. Todo se graba. ¿Está en la casa ahora mismo?

WALTER ELLIOT: En el dormitorio. Yo no lo hice.

OPERADORA: ¿Hay alguien más en la casa además de usted y las dos personas a la que dispararon?

WALTER ELLIOT: No lo creo.

OPERADORA: Muy bien, quiero que salga a la calle para que los agentes lo vean cuando lleguen. Manténgase donde puedan verlo.

WALTER ELLIOT: De acuerdo, voy a salir.

final

En la segunda cinta aparecía otra operadora, pero dejé que Golantz la reprodujera. Había perdido la gran discusión respecto a si las cintas debían reproducirse, y no veía el sentido en hacer perder el tiempo al tribunal haciendo que el fiscal trajera a la segunda operadora para presentar la segunda cinta.

Esta llamada se hizo desde el teléfono móvil de Elliot. Estaba fuera y se distinguía de fondo el rumor de las olas del océano.

Cinta 2. 05-02-2007. 13.24 h

OPERADORA: Nueve uno uno, ¿cuál es su emergencia?

WALTER ELLIOT: Sí, he llamado antes. ¿Dónde están todos?

OPERADORA: ¿Ha llamado al nueve uno uno?

WALTER ELLIOT: Sí, han disparado a mi mujer. Y también al alemán. ¿Dónde está todo el mundo?

OPERADORA: ¿Es por la llamada de Malibú en Crescent Cove Road?

WALTER ELLIOT: Sí, soy yo. Llamé hace al menos quince minutos y no ha llegado nadie.

OPERADORA: Señor, mi pantalla muestra que nuestra unidad alfa tiene un tiempo estimado de llegada de menos de un minuto. Cuelgue el teléfono y quédese en la puerta para que puedan verle cuando lleguen. ¿Lo hará, señor?

WALTER ELLIOT: Ya estoy fuera.

OPERADORA: Entonces espere ahí, señor.

WALTER ELLIOT: Lo que usted diga. Adiós.

final

En la segunda llamada, Elliot no sólo sonaba enfadado por el retraso, sino que decía la palabra «alemán» casi con desdén. No importaba si la culpabilidad podía extrapolarse de sus tonos verbales, las cintas contribuían a establecer la tesis de la fiscalía de que Walter Elliot era un arrogante que se creía por encima de la ley. Era un buen comienzo para Golantz.

Decliné interrogar a la operadora telefónica porque sabía que no podía obtener nada para la defensa. El siguiente testigo de cargo era el agente del sheriff Brendan Murray, que conducía el coche alfa que respondió en primer lugar a la llamada al 911. En media hora de testimonio, Golantz guio con minucioso detalle las explicaciones del agente sobre su llegada y hallazgo de los cadáveres. Prestó especial atención a los recuerdos de Murray de la conducta, actitud y afirmaciones de Elliot. Según Murray, el acusado no mostró emoción alguna cuando los condujo por la escalera al dormitorio donde habían disparado a su esposa, que yacía muerta y desnuda en la cama. Pasó con calma por encima de las piernas del hombre asesinado en el umbral y señaló al cadáver que había en la cama.

—Dijo: «Es mi esposa. Y estoy casi seguro de que está muerta» —testificó Murray.

Según Murray, Elliot manifestó asimismo en al menos tres ocasiones que él no había matado a las dos personas del dormitorio.

—Veamos, ¿eso es inusual? —preguntó Golantz.

—Bueno, no estamos formados para participar en investigaciones de homicidios —dijo Murray—. Se supone que no hemos de hacerlo. Así que yo nunca le pregunté a Elliot si lo había hecho. Él simplemente nos lo decía.

Tampoco tenía preguntas para Murray. Él estaba en mi lista de testigos y podría volver a llamarlo durante la fase de la defensa del juicio si me hacía falta. Pero quería esperar al siguiente testigo de la acusación, Christopher Harber, que era el compañero de Murray y un novato en el departamento del sheriff. Pensaba que si alguno de los agentes podía cometer un error que pudiera ayudar a la defensa, sería el novato.

282   El testimonio de Harber fue más breve que el de Murray y básicamente se utilizó para confirmar el testimonio de su compañero. Oyó las mismas cosas que había oído Murray y también vio las mismas cosas.

—Sólo unas pocas preguntas, señoría —dije cuando Stanton me preguntó por un contrainterrogatorio.

Mientras que Golantz había realizado su interrogatorio directo desde el atril, yo me quedé en la mesa de la defensa para la réplica. Era una treta. Quería que el jurado, el testigo y el fiscal creyeran que sólo estaba siguiendo el protocolo y haciendo unas cuantas preguntas en el contrainterrogatorio. La verdad era que estaba a punto de plantar lo que sería un elemento clave en la estrategia de la defensa.

—Veamos, agente Harber, es usted novato, ¿verdad?

—Así es.

—¿Ha testificado antes ante un tribunal?

—No en un caso de homicidio.

—Bueno, no se ponga nervioso. Pese a lo que pueda haberle dicho el señor Golantz, no muerdo.

Hubo un educado murmullo de risas en la sala. El rostro de

Harber se puso un poco colorado. Era un hombre grande con el pelo rubio rojizo cortado al estilo militar, como les gusta en el departamento del sheriff.

—Veamos, cuando usted y su compañero llegaron a la casa de Elliot, dijo que vio a mi cliente de pie en la rotonda. ¿Es correcto?

—Es correcto.

—Muy bien, ¿qué estaba haciendo?

—Sólo estaba allí de pie. Le habían dicho que nos esperara.

—Muy bien, veamos, ¿qué sabía usted de la situación cuando el coche alfa aparcó allí?

—Sólo sabíamos lo que nos había dicho la operadora: que un hombre llamado Walter Elliot había llamado desde la casa y había dicho que había dos personas muertas en el interior. Que les habían disparado.

—¿Había recibido alguna llamada similar antes?

—No.

—¿Estaba asustado, nervioso, excitado? ¿Qué?

—Diría que la adrenalina fluía, pero estaba bastante tranquilo.

—¿Sacó su arma al salir del coche?

—Sí, lo hice.

—¿Apuntó al señor Elliot?

—No, la llevé a mi costado.

—¿Su compañero sacó el arma?

—Eso creo.

—¿Apuntó al señor Elliot?

Harber vaciló. Siempre me gustaba que los testigos de la fiscalía vacilaran.

—No lo recuerdo. En realidad no lo estaba mirando, miraba al acusado.

Asentí con la cabeza, como si eso tuviera sentido para mí.

—Tenía que mantener la seguridad, ¿no? No conocía a este hombre. Sólo sabía que supuestamente había dos personas muertas en el interior.

—Eso es.

—Entonces ¿sería correcto decir que se acercó al señor Elliot con cautela?

—Sí.

283

—¿Cuándo se guardó el arma?

—Después de que registráramos la casa.

—¿Se refiere a que fue después de que entraran y confirmaran las muertes y que no había nadie más dentro?

—Correcto.

—Bien, así pues, cuando estaban haciendo esto, ¿el señor Elliot permaneció todo el tiempo con ustedes?

—Sí, necesitábamos mantenerlo con nosotros para que nos mostrara dónde estaban los cadáveres.

—¿Estaba detenido?

—No. Nos los mostró voluntariamente.

—Pero lo habían esposado, ¿no?

A la pregunta siguió la segunda vacilación de Harber. Estaba en aguas revueltas y probablemente recordando las frases que había practicado con Golantz o su ayudante.

—Había accedido voluntariamente a ser esposado. Le explicamos que no lo estábamos deteniendo, pero que teníamos una situación volátil en la casa y que sería preferible para su seguridad y la nuestra que estuviera esposado mientras registrábamos la casa.

—Y accedió.

—Sí, accedió.

En mi visión periférica vi a Elliot negar con la cabeza. Esperaba que el jurado también lo hubiera visto.

—¿Llevaba las manos esposadas a la espalda o por delante?

—A la espalda, según la normativa. No estamos autorizados a esposar a un sujeto por delante.

—¿Un sujeto? ¿Qué significa eso?

—Un sujeto puede ser cualquier persona envuelta en una investigación.

—¿Alguien que está detenido?

—Eso también, sí. Pero Elliot no estaba detenido.

—Sé que es nuevo en el trabajo, pero ¿con cuánta frecuencia ha esposado a alguien que no estuviera detenido?

—Ha ocurrido en alguna ocasión, pero no puedo recordar cuántas veces.

Asentí, pero esperaba que quedara claro que no estaba asintiendo porque lo creyera.

—Veamos, su compañero y usted han testificado que el señor Elliot les dijo a los dos en tres ocasiones que no era responsable de los crímenes ocurridos en esa casa. ¿Es así?

—Sí.

—Oyó esas afirmaciones.

—Sí.

—¿Fue cuando estaban dentro o fuera de la casa?

—Fue dentro, cuando estábamos en el dormitorio.

—Así que eso significa que hizo esas supuestamente no incitadas declaraciones de su inocencia mientras estaba esposado con los brazos a su espalda y usted y su compañero llevaban las armas desenfundadas, ¿es eso correcto?

La tercera vacilación.

—Sí, creo que así es.

—¿Y está diciendo que no estaba detenido en este momento?

—No estaba detenido.

—Muy bien, ¿qué ocurrió después de que Elliot les llevara a la casa y al dormitorio donde estaban los cadáveres y usted y su compañero determinaran que no había nadie más en la casa?

—Volvimos a sacar al señor Elliot, precintamos la casa y avisamos al servicio de detectives por un caso de homicidio.

—¿Todo eso está de acuerdo con la normativa del departamento del sheriff?

—Sí.

—Bien. Dígame, agente Harber, ¿le retiró las esposas entonces al señor Elliot, puesto que no estaba detenido?

—No señor, no lo hicimos. Colocamos al señor Elliot en la parte trasera del coche, y va contra el procedimiento colocar a un sujeto en un coche del sheriff sin esposas.

—Una vez más, tenemos la palabra «sujeto». ¿Está seguro de que Elliot no estaba detenido?

—Estoy seguro. No lo detuvimos.

—Muy bien, ¿cuánto tiempo estuvo en el asiento trasero de ese coche?

—Aproximadamente media hora mientras esperábamos al equipo de homicidios.

—¿Y qué ocurrió cuando llegó ese equipo?

—Cuando llegaron los investigadores, primero miraron en la casa. Después salieron y tomaron la custodia del señor Elliot. Quiero decir que lo sacaron del coche.

Hubo un desliz que aproveché.

—¿Estaba bajo custodia en ese momento?

—No, me he equivocado. Voluntariamente accedió a esperar en el coche y luego llegaron y lo sacaron.

—¿Está diciendo que accedió voluntariamente a permanecer esposado en la parte trasera de un coche patrulla?

—Sí.

—Si hubiera querido, podría haber abierto la puerta y salido.

—No lo creo. Las puertas traseras tienen cierres de seguridad. No se pueden abrir desde dentro.

—Pero estaba allí voluntariamente.

—Sí.

Ni siquiera Harber tenía aspecto de creer lo que estaba diciendo. Se había ruborizado todavía más.

—Agente Harber, ¿cuándo le quitaron finalmente las esposas al señor Elliot?

—Cuando los detectives lo sacaron del coche, le quitaron las esposas y se las devolvieron a mi compañero.

—Muy bien.

Asentí como si hubiera terminado y pasé unas páginas en mi bloc para revisar las preguntas que se me habían pasado. Mantuve la mirada fija en el bloc cuando hablé.

—Ah, agente, una última cosa. La primera llamada al 911 se recibió a las 13.05 según el registro. El señor Elliot tuvo que llamar diecinueve minutos más tarde para asegurarse de que no se habían olvidado, y entonces usted y su compañero llegaron finalmente cuatro minutos después de eso. Un total de veintitrés minutos de tiempo de respuesta. —Ahora levanté la mirada a Harber—. Agente, ¿por qué tardaron tanto en responder a lo que debería haber sido una llamada prioritaria?

—El distrito de Malibú es el más grande geográficamente. Tuvimos que venir desde otra llamada en el otro lado de la montaña.

—¿No había otro coche patrulla disponible más cerca?

—Mi compañero y yo íbamos en el coche alfa. Es un vehículo nómada. Nos ocupamos de las llamadas prioritarias y las aceptamos cuando las recibimos de central.

—Muy bien, agente, no tengo nada más.

En la contrarréplica, Golantz siguió el señuelo que yo le había mostrado. Planteó a Harber varias preguntas relacionadas con el hecho de si Elliot estaba detenido o no. El fiscal trató de difuminar esta idea, que jugaría a favor de la teoría de la visión de túnel de la defensa. Eso era lo que quería que pensara que estaba haciendo y funcionó. Golantz pasó otros quince minutos sacando testimonios de Harber que subrayaban que el hombre al que él y su compañero habían esposado fuera de la escena del crimen de un doble homicidio no estaba detenido. Desafiaba al sentido común, pero la acusación insistía en ello.

Cuando el fiscal hubo terminado, el juez dictó la pausa de la tarde. En cuanto el jurado hubo abandonado la sala, oí que susurraban mi nombre. Me volví y vi a Lorna, que señaló con el dedo la parte de atrás de la sala. Me volví aún más para mirar y allí estaban mi hija y su madre, apretadas al fondo de la tribuna del público. Mi hija me saludó subrepticiamente y yo le devolví la sonrisa.

39

$\mathcal{M}$e reuní con ellos fuera de la sala, lejos del coágulo de periodistas que rodeaban al resto de protagonistas del juicio al salir. Hayley me abrazó y yo me sentí abrumado por el hecho de que hubiera venido. Vi un banco de madera vacío y nos sentamos en él.

—¿Cuánto tiempo lleváis aquí? —pregunté—. No os había visto.

—Lamentablemente, no mucho —respondió Maggie—. Su última asignatura hoy era educación física, así que decidí tomarme la tarde libre, recogerla temprano y venir. Hemos visto la mayor parte del contrainterrogatorio del agente.

Miré de Maggie a nuestra hija, que estaba sentada entre nosotros. Tenía el mismo aspecto que su madre: pelo y ojos oscuros, piel que mantenía el bronceado hasta entrado el invierno.

—¿Qué te ha parecido, Hay?

—Hum, creo que era muy interesante. Le has hecho un montón de preguntas. Parecía que se estaba enfadando.

—No te preocupes, lo superará.

Miré por encima de su cabeza y le hice un guiño a Maggie.

—¿Mickey?

Me volví y vi que era McEvoy del *Times*. Se había acercado con bloc y bolígrafo preparados.

—Ahora no —dije.

—Sólo tengo unas preguntas rápi…

—He dicho que ahora no. Déjeme solo.

McEvoy se volvió y se dirigió a uno de los grupos que rodeaban a Golantz.

—¿Quién era? —preguntó Hayley.

—Un periodista. Hablaré con él después.

—Mamá dice que hoy salía un gran artículo sobre ti.

—En realidad no era sobre mí, era sobre el caso. Por eso esperaba que vinieras a verme un rato.

Miré a mi ex mujer y le di las gracias con la cabeza. Ella había dejado de lado cualquier resquemor que tuviera conmigo y había puesto a nuestra hija por delante. Al menos siempre podía contar con ella para eso.

—¿Vas a volver a entrar? —preguntó Hayley.

—Sí, es sólo un pequeño descanso para que la gente pueda beber o ir al lavabo. Tenemos otra sesión más y luego nos iremos a casa hasta mañana.

Ella asintió y miró por el pasillo hacia la puerta de la sala. Yo seguí su mirada y vi que la gente estaba empezando a entrar de nuevo.

—Papá, ¿ese hombre mató a alguien?

Miré a Maggie y ella se encogió de hombros como diciendo: «Yo no le he dicho que te lo pregunte».

—Bueno, cielo, no lo sabemos. Está acusado de eso, sí, y mucha gente cree que lo hizo. Pero todavía no se ha probado nada y vamos a usar este juicio para decidirlo. Para eso es el juicio. ¿Recuerdas que te lo expliqué?

—Sí, me acuerdo.

—Mick, ¿es su familia?

Miré por encima del hombro y me quedé helado al encontrarme cara a cara con Walter Elliot. Estaba sonriendo afectuosamente, esperando una presentación. Poco sabía quién era Maggie McFiera.

—Eh, ah, Walter. Ésta es mi hija, Hayley, y su madre, Maggie McPherson.

—Hola —dijo Hayley, tímidamente.

Maggie saludó con la cabeza y pareció incómoda.

Walter cometió el error de tenderle la mano a Maggie. Si ella podía actuar con más rigidez, yo no podía imaginarlo. Estrechó la mano de Walter Elliot una vez y luego la retiró rápidamente. Cuando la mano del acusado se movió hacia Hayley, Maggie literalmente dio un salto, puso las manos en los hombros de nuestra hija y la separó del banco.

—Hayley, vamos deprisa al lavabo antes de que vuelva a empezar la sesión.

Se llevó a Hayley hacia el lavabo. Walter los observó irse y luego me miró, todavía con el brazo estirado. Me levanté.

—Lo siento, Walter, mi ex mujer es fiscal. Trabaja para la fiscalía del distrito.

Levantó mucho las cejas.

—Entonces, supongo que entiendo por qué es ex mujer.

Asentí sólo para que se sintiera mejor. Le dije que volviera a entrar en la sala y que yo le acompañaría enseguida.

Caminé hacia los lavabos y me encontré con Maggie y Hayley cuando salían.

—Creo que nos vamos a casa —dijo Maggie.

—¿En serio?

—Tiene muchos deberes y creo que ya ha visto bastante por hoy.

Podría haber protestado el último punto, pero lo dejé estar.

—Muy bien —dije—. Hayley, gracias por venir. Significa mucho para mí.

—Vale.

Me agaché y la besé en la cabeza, luego la atraje para abrazarla. Sólo era en momentos como ése con mi hija cuando la brecha que había abierto en mi vida se cerraba. Me sentía conectado a algo que importaba. Miré a Maggie.

—Gracias por traerla.

Ella asintió.

—Por si sirve de algo, lo estás haciendo muy bien.

—Sirve de mucho. Gracias.

Maggie se encogió de hombros y dejó escapar una pequeña sonrisa. Eso también fue bonito.

Las observé caminar hacia la zona de ascensores, sabiendo que iban a la que había sido mi casa y preguntándome por qué había estropeado tanto mi vida.

—¡Hayley! —dije en voz alta a su espalda.

Mi hija se volvió a mirarme.

—Hasta el miércoles. ¡Crepes!

Ella estaba sonriendo cuando se unieron a la multitud que esperaba un ascensor.

Me fijé en que mi ex mujer también estaba sonriendo. La señalé mientras volvía hacia la sala.

—Tú también puedes venir.

Ella asintió.

—Ya veremos —dijo.

Un ascensor se abrió y avanzaron hacia allí.

—Ya veremos.

Esas dos palabras lo representaban todo para mí.

40

*E*n cualquier juicio por homicidio, el principal testigo para la acusación es siempre el investigador jefe. Como no hay víctimas vivas para contarle al jurado lo que les había ocurrido, recaía en el detective la responsabilidad de explicar la investigación, así como de hablar por los muertos. El detective convence; lo reúne todo para el jurado, lo deja claro y bien dispuesto. El trabajo del detective es vender el caso al jurado y, como en cualquier intercambio o transacción, con frecuencia la clave está en el vendedor tanto como en el producto que se vende. Los mejores detectives de homicidios son los mejores vendedores. He visto hombres tan duros como Harry Bosch dejando caer una lágrima en el estrado al describir los últimos momentos pasados en este mundo por una víctima de homicidio.

Golantz llamó al detective del caso al estrado después del receso de la tarde. Fue un golpe de genio y planificación magistral. John Kinder ocuparía el centro del estrado hasta que se levantara la sesión, y los jurados se irían a casa con sus palabras para considerar durante la cena y la noche. Y no había nada que yo pudiera hacer salvo mirar.

Kinder era un hombre negro, grande y afable que hablaba con una voz de barítono paternal. Llevaba gafas de lectura caídas hasta la punta de la nariz cuando consultaba la gruesa carpeta que se había llevado consigo al estrado. Entre pregunta y pregunta miraba por encima de los cristales a Golantz o al jurado. Sus ojos parecían cómodos, amables, alertas y prudentes. Era la clase de testigo para el que no tenía respuesta.

Con las preguntas precisas de Golantz y una serie de primeros planos de las fotos de la escena del crimen —cuya exposición no había podido evitar bajo el argumento de que eran tendenciosas— Kinder llevó al jurado a dar una vuelta por la escena del crimen para exponerles lo que las pruebas contaban al equipo de investigación. Era puramente clínico y metódico, pero a la vez sumamente interesante. Con su voz profunda y autorizada, Kinder casi daba la impresión de un profesor que explicaba el abecé de la investigación de homicidios a todos los presentes en la sala.

Protesté ocasionalmente cuando pude, en un esfuerzo por romper el ritmo Golantz-Kinder, pero había poco que pudiera hacer salvo despejar de cabeza y esperar. En un momento recibí un mensaje de texto en mi teléfono desde la tribuna y éste no me ayudó a calmar mis preocupaciones.

Favreau: ¡Les encanta este tipo! ¿No puedes hacer nada?

Sin volverme a mirar a Favreau, me limité a negar con la cabeza mientras miraba la pantalla del móvil por debajo de la mesa de la defensa.

Entonces miré a mi cliente y me pareció que apenas estaba prestando atención al testimonio de Kinder. Estaba tomando notas en un bloc, pero no eran sobre el juicio o el caso. Vi un montón de números y el encabezamiento DISTRIBUCIÓN EXTERIOR subrayado en la página. Me acerqué y le susurré.

—Ese tipo nos está matando —le dije—. Por si no se ha dado cuenta.

Una sonrisa sin humor apareció en los labios de Elliot, que me respondió con otro susurro.

—Creo que lo estamos haciendo bien. Ha tenido un buen día.

Negué con la cabeza y volví a observar el testimonio. Tenía un cliente que no estaba preocupado con la realidad de su situación. Estaba al corriente de mi estrategia en el juicio y de que tenía la bala mágica en mi revólver, pero nada es seguro cuando se trata de un juicio. Por eso el noventa por ciento de los casos se solventan con una resolución antes del juicio. Nadie quiere jugársela. Las apuestas son demasiado altas. Y en un proceso por homicidio las apuestas son las más altas de todas.

Pero desde el primer día Walter Elliot no daba la sensación de entenderlo. Seguía con su negocio de hacer películas y ocuparse de la distribución en el extranjero y aparentemente creía que estaba fuera de toda duda que lo declararían inocente al final del juicio. Yo sentía que mi caso era a prueba de balas, pero ni siquiera yo mismo poseía esa seguridad.

Después de cubrir a conciencia con Kinder los aspectos fundamentales de la investigación de la escena del crimen, Golantz pasó al testimonio sobre Elliot y la interacción del investigador con él.

—Veamos, ha testificado que el acusado permaneció en el coche patrulla del agente Murray mientras ustedes examinaban inicialmente la escena del crimen y veían qué terreno pisaban, ¿correcto?

—Sí, es correcto.

—¿Cuándo habló por primera vez con Walter Elliot?

Kinder se refirió a un documento que tenía en la carpeta abierta en el estante delante del estrado de los testigos.

—Aproximadamente a las 14.30 salí de la casa después de completar mi examen inicial de la escena del crimen y les pedí a los agentes que sacaran del coche al señor Elliot.

—¿Y qué hizo entonces?

—Le pedí a uno de los agentes que le quitara las esposas, porque consideraba que ya no eran necesarias. Había varios agentes e investigadores en la escena en ese momento y el lugar estaba muy seguro.

—¿Estaba el señor Elliot bajo arresto en ese momento?

—No, no lo estaba y se lo expliqué a él. Le dije que los agentes habían estado tomando todas las precauciones hasta que supieron lo que tenían. El señor Elliot dijo que lo comprendía. Le pregunté si quería continuar cooperando y mostrar el interior de la casa a los miembros de mi equipo y dijo que sí.

—¿Entonces volvió a llevarlos al interior de la casa?

—Sí. Primero le pedimos que se pusiera botines para no contaminar nada y luego volvimos a entrar. Le pedí a Elliot que volviera a trazar exactamente los pasos que dijo que había dado cuando entró y encontró los cadáveres.

Tomé nota respecto a que era un poco tarde para los botines, porque Elliot ya había mostrado el interior a los primeros agentes. Dispararía a Kinder con eso en el contrainterrogatorio.

—¿Había algo inusual en los pasos que dijo que había dado o algo inconsistente en lo que le contó?

Protesté a la pregunta, argumentando que era demasiado vaga. El juez la aceptó. Un punto de inconsistencia para la defensa. Golantz simplemente la reformuló de un modo más específico.

—¿Adónde lo llevó el señor Elliot en la casa, detective Kinder?

—Nos hizo pasar y subimos directamente por la escalera al dormitorio. Nos dijo que era eso lo que había hecho al entrar. Explicó que entonces encontró los cadáveres y llamó al 911 desde el teléfono contiguo a la cama. Dijo que la operadora le pidió que saliera de la casa y esperara en la puerta y que eso es lo que hizo. Le pregunté específicamente si había estado en algún otro lugar de la casa y dijo que no.

—¿Parecía inusual o inconsistente?

—Bueno, para empezar, pensé que de ser cierto era extraño que hubiera entrado y hubiera subido directamente al dormitorio sin mirar inicialmente en la planta baja de la casa. Tampoco cuadraba con lo que nos dijo al salir de la casa. Señaló el coche de su mujer, que estaba aparcado en la rotonda, y dijo que era así como supo que había alguien con ella en la casa. Le pregunté qué significaba y dijo que había aparcado delante para que Johan Rilz, la otra víctima, pudiera usar la plaza de garaje. Habían almacenado muebles y cosas allí y sólo quedaba un espacio libre. Dijo que el alemán había escondido su Porsche allí y que su mujer tuvo que aparcar fuera.

—¿Y cuál fue el significado para usted?

—Bueno, mostraba engaño. Había dicho que no había estado en ninguna parte de la casa salvo el dormitorio de arriba, pero estaba muy claro que había mirado en el garaje y había visto el Porsche de la segunda víctima.

Golantz asintió enfáticamente desde el estrado, recalcando el punto de que Elliot engañaba. Sabía que podría manejar esa cuestión en el contrainterrogatorio, pero no tendría ocasión de hacerlo hasta el día siguiente, después de que la idea hubiera empapado los cerebros del jurado durante casi veinticuatro horas.

295

—¿Qué ocurrió después de eso? —preguntó Golantz.

—Bueno, todavía había mucho que hacer dentro de la casa, así que pedí a un par de miembros de mi equipo que llevaran al señor Elliot a la comisaría de Malibú para que pudiera esperar allí y estar cómodo.

—¿Estaba detenido en ese momento?

—No, una vez más le expliqué que necesitábamos hablar con él y que, si todavía estaba dispuesto a cooperar, íbamos a llevarlo a una sala de entrevistas en la comisaría. Le dije que llegaría allí lo antes posible. Una vez más estuvo de acuerdo.

—¿Quién lo transportó?

—Los investigadores Joshua y Toles lo metieron en el coche.

—¿Por qué no continuaron y lo interrogaron al llegar a la comisaría de Malibú?

—Porque quería saber más de él y la escena del crimen antes de que habláramos con él. En ocasiones sólo tienes una oportunidad, incluso con un testigo cooperador.

—Ha usado la palabra «testigo». ¿El señor Elliot no era un sospechoso en ese momento?

Era un juego del gato y el ratón con la verdad. No importaba cómo respondiera Kinder, todo el mundo en la sala sabía que había puesto el punto de mira en Elliot.

—Bueno, hasta cierto punto nadie y todos son sospechosos —respondió Kinder—. En una situación como ésa, se sospecha de todos. Pero en ese punto, no sabía mucho de las víctimas, no sabía mucho del señor Elliot y no sabía exactamente lo que tenía, así que en ese momento lo estaba viendo más como un testigo muy importante. Había encontrado los cadáveres y conocía a las víctimas. Podía ayudarnos.

—Muy bien, entonces lo dejó en la comisaría de Malibú mientras se ponía a trabajar en la escena del crimen. ¿Qué estuvo haciendo?

—Mi trabajo consistió en supervisar la documentación de la escena del crimen y la recopilación de cualquier prueba en la casa. También estábamos trabajando en los teléfonos y ordenadores, confirmando las identidades y buscando el historial de las partes implicadas.

—¿Qué averiguó?

—Averiguamos que ninguno de los Elliot tenía antecedentes ni ningún arma registrada legalmente. Averiguamos que la otra víctima, Johan Rilz, era de nacionalidad alemana y al parecer no tenía antecedentes ni poseía armas. Averiguamos que el señor Elliot era director de un estudio y tenía mucho éxito en la industria del cine, cosas así.

—¿En algún momento algún miembro de su equipo redactó órdenes de registro en el caso?

—Sí, lo hicimos. Procedimos con suma precaución. Redactamos y un juez firmó una serie de órdenes de registro para que contáramos con la autoridad para continuar la investigación y seguirla allí donde nos llevara.

—¿Es inusual dar tales pasos?

—Quizá. Los tribunales han concedido a las fuerzas del orden mucha libertad de acción para recoger pruebas, pero determinamos que por las partes implicadas en este caso daríamos un paso extra. Solicitamos las órdenes de registro aunque podríamos no necesitarlas.

—¿Para qué eran concretamente las órdenes de registro?

—Teníamos órdenes para la casa de Elliot y para los tres coches: el del señor Elliot, el de su esposa y el Porsche del garaje. También teníamos órdenes que nos daban permiso para llevar a cabo tests al señor Elliot y su ropa para determinar si había disparado algún arma en las últimas horas.

El fiscal continuó guiando a Kinder a través de la investigación hasta que terminó con la escena del crimen e interrogó a Elliot en la comisaría de Malibú. Esto preparó la presentación de una cinta de vídeo de la primera entrevista con Elliot. Era una cinta que había visto varias veces durante la preparación del juicio. Sabía que no era destacable en términos de contenido de lo que Elliot le dijo a Kinder y a su compañero, Roland Ericsson. Lo que era más importante para la fiscalía en la cinta era la actitud de Elliot: no parecía alguien que acababa de descubrir el cuerpo desnudo de su mujer muerta con un agujero de bala en el centro de la cara y otros dos en el pecho. Parecía tan calmado como un atardecer de verano, y eso hacía que pareciera un asesino a sangre fría.

Se colocó una pantalla de vídeo delante de la tribuna del jurado y Golantz reprodujo la cinta, deteniéndola con frecuencia para formular a Kinder alguna pregunta y luego empezando de nuevo. La entrevista grabada duraba diez minutos y no era inquisitiva; era un simple ejercicio en el cual los investigadores cerraban la versión de Elliot. No había preguntas duras. A Elliot le preguntaban ampliamente sobre lo que hizo y cuándo. Terminaba con Kinder presentando una orden judicial a Elliot y explicando que ésta autorizaba al departamento del sheriff a testar sus manos, brazos y ropa en busca de residuos de disparo.

Elliot sonrió ligeramente al responder.

«Adelante, caballeros —dijo—. Hagan lo que tengan que hacer.»

Golantz miró el reloj situado en la pared de atrás de la sala y a continuación usó el mando a distancia para congelar la imagen de la media sonrisa de Elliot en la pantalla de vídeo. Ésa era la imagen que quería que los jurados se llevaran consigo. Quería que pensaran en la sonrisa de «píllame si puedes» mientras se dirigían a sus casas en medio del tráfico de las cinco en punto.

—Señoría —dijo—. Creo que ahora sería un buen momento para levantar la sesión. Voy a seguir una nueva dirección con el agente Kinder a partir de aquí y quizá deberíamos empezar mañana por la mañana.

El juez accedió, levantando la sesión hasta el día siguiente y advirtiendo una vez más a los jurados que evitaran los informes de los medios sobre el juicio.

Me puse de pie junto a la mesa de la defensa y observé a los jurados dirigiéndose a la sala de deliberación. Estaba convencido de que la fiscalía había ganado el primer día, pero eso era de esperar. Todavía teníamos armas. Miré a mi cliente.

—Walter, ¿qué tiene en marcha esta noche? —pregunté.

—Una pequeña cena-fiesta con amigos. Han invitado a Dominick Dunne. Luego voy a ver el primer corte de una película que mi estudio está produciendo con Johnny Depp haciendo de detective.

—Bueno, llame a sus amigos y a Johnny y cancélelo. Va a cenar conmigo. Tenemos trabajo.

—No lo entiendo.

—Sí, sí que lo entiende. Se ha estado escabullendo desde que empezó el juicio. Eso estaba bien, porque no quería saber lo que no necesitaba saber. Ahora es diferente. Estamos en pleno juicio, hemos pasado la fase revelación de pruebas, y he de saberlo todo, Walter. Así que esta noche vamos a hablar, o mañana por la mañana tendrá que buscarse otro abogado.

Vi que su cara enrojecía con furia contenida. En ese momento supe que podía ser un asesino, o al menos alguien que podía ordenar un crimen.

—No se atreverá —dijo.

—Póngame a prueba.

Nos miramos un momento y vi que su rostro se relajaba.

—Haga sus llamadas —dije finalmente—. Iremos en mi coche.

41

*P*uesto que yo había insistido en la reunión, Elliot insistió en el lugar. Con una llamada de treinta segundos nos consiguió un reservado en el Water Grill, al lado del hotel Biltmore, y tenía un martini esperándolo en la mesa cuando llegamos allí. Al sentarnos, pedí una botella de agua sin gas y unos limones en rodajas.

Me senté frente a mi cliente y lo observé estudiando el menú de pescado fresco. Durante mucho tiempo había querido estar en la inopia respecto a Walter Elliot. Normalmente, cuanto menos sabes de tu cliente, más capacitado estás para defenderlo. Pero ya habíamos pasado ese momento.

—Lo ha llamado una reunión-cena —dijo Elliot sin levantar la mirada del menú—. ¿No va a mirar el menú?

—Tomaré lo mismo que usted, Walter.

Dejó el menú a un lado y me miró.

—Filete de lenguado.

—Perfecto.

Hizo una seña al camarero. Éste se había quedado cerca, pero estaba demasiado intimidado para aproximarse a la mesa. Elliot pidió por los dos, añadiendo una botella de chardonnay con el pescado, y le dijo al camarero que no olvidara mi agua sin gas y limón. Juntó las manos sobre la mesa y me miró con expectación.

—Podría estar cenando con Dominick Dunne —comenzó—. Será mejor que esto valga la pena.

—Walter, esto va a valer la pena. Va a ser el momento en que deja de esconderse de mí. Es el momento en que me cuenta toda la historia; la verdadera historia. ¿Se da cuenta? Si yo sé lo que usted sabe no me embaucará la acusación. Sabré qué movimientos va a hacer Golantz antes de que los haga.

Elliot asintió con la cabeza, como si estuviera de acuerdo en que era el momento de entregar la mercancía.

—Yo no maté a mi mujer ni a su amiguito nazi —dijo—. Se lo he dicho desde el primer día.

Negué con la cabeza.

—No me basta. He dicho que quiero la historia, quiero saber lo que ocurrió realmente, Walter. Quiero saber lo que está pasando o voy a dejarlo.

—No sea ridículo, ningún juez va a dejarle abandonar en medio de un juicio.

—¿Quiere apostar su libertad a eso, Walter? Si quiero salir de este juicio, encontraré una forma de salir.

Vaciló y me estudió antes de responder.

—Debería tener cuidado con lo que pregunta. El conocimiento doloso es un peligro.

—Me arriesgaré.

—Pero yo no estoy seguro de poder hacerlo.

Me incliné sobre la mesa hacia él.

—¿Qué significa eso, Walter? ¿Qué está pasando? Soy su abogado. Puede decirme lo que ha hecho y no va a salir de aquí.

Antes de que pudiera hablar, el camarero trajo una botella de agua europea a la mesa y un plato lleno de limones cortados suficientes para todos los clientes del restaurante. Elliot esperó hasta que el camarero llenó mi vaso y se alejó lo suficiente para que no pudiera oírnos antes de responder.

—Lo que está pasando es que ha sido contratado para presentar mi defensa al jurado. Según mi estimación, ha hecho un trabajo excelente hasta el momento y su preparación para la fase de la defensa está en el nivel más alto. Todo ello en dos semanas. ¡Asombroso!

—¡Ahórrese las chorradas!

Lo dije demasiado alto. Elliot echó un vistazo fuera del reservado y clavó la mirada en una mujer sentada a la mesa de al lado que había oído mi expletivo.

—Tendrá que mantener la voz baja —murmuró—. La confidencialidad abogado-cliente termina en esta mesa.

301

Lo miré. Estaba sonriendo, pero también sabía que me estaba recordando lo que yo ya le había asegurado: que lo que se dijera ahí se quedaría ahí. ¿Era una señal de que finalmente estaba dispuesto a hablar? Jugué el único as que tenía.

—Hábleme del soborno que pagó Jerry Vincent —dije.

Al principio, detecté un momentáneo asombro en sus ojos. Luego vino una expresión de complicidad cuando los engranajes giraron en su cerebro y llegó a una conclusión. Creí ver un rápido destello de arrepentimiento. Lamenté que Julie Favreau no estuviera sentada a mi lado; ella podría haberlo interpretado mejor que yo.

—Es un elemento de información muy peligroso de poseer —contestó—. ¿Cómo lo obtuvo?

Obviamente no podía decirle a mi cliente que lo había obtenido de un detective de policía con el que estaba colaborando.

—Supongo que se puede decir que venía con el caso, Walter. Tengo todos los registros de Vincent, incluidos los financieros. No fue difícil adivinar que canalizó cien mil dólares del anticipo a una parte desconocida. ¿Fue el soborno lo que le costó la vida?

Elliot levantó su martini sujetando con dos dedos el delicado pie de la copa y bebió lo que le quedaba. Luego hizo una señal a alguien a quien no veía por encima de mi hombro. Quería otro. Por fin, me miró.

—Creo que se puede decir sin temor a equivocarse que una confluencia de sucesos provocó la muerte de Jerry Vincent.

—Walter, no estoy para bromas. He de saberlo, no sólo para defenderle, sino también para protegerme yo.

Dejó la copa vacía a un lado de la mesa y alguien se la llevó en dos segundos. Asintió como para mostrar su acuerdo conmigo y entonces habló.

—Creo que podría haber encontrado la razón de su muerte —dijo—. Estaba en el expediente. Incluso me la mencionó.

—No entiendo. ¿Qué mencioné?

Elliot respondió con tono impaciente.

—Planeaba aplazar el juicio. Usted encontró la moción. Lo mataron antes de que pudiera presentarla.

Traté de comprenderlo, pero me faltaban elementos.

302

—No lo entiendo, Walter. ¿Quería aplazar el juicio y por eso lo mataron? ¿Por qué?

Elliot se inclinó sobre la mesa hacia mí. Habló en un tono que era poco más que un susurro.

—Muy bien, me lo ha preguntado y se lo voy a contestar. Pero no me culpe cuando lamente saber lo que sabe. Sí, hubo un soborno. Él lo pagó y todo estaba en orden. El juicio estaba programado y lo único que teníamos que hacer era estar preparados. Teníamos que mantenernos en la fecha. Sin atrasos, sin aplazamientos. Pero a última hora cambió de opinión y quiso aplazarlo.

—¿Por qué?

—No lo sé. Creo que pensaba que podía ganar el caso sin ayuda.

Al parecer, Elliot no sabía nada de las llamadas del FBI y de su aparente interés en Vincent. Si lo sabía, habría sido el momento de mencionarlo. La presión del FBI sobre Vincent habría sido una razón tan buena como cualquier otra para aplazar un juicio con un soborno.

—¿Así que retrasar el juicio le costó la vida?

—Creo que sí, sí.

—¿Usted lo mató, Walter?

—Yo no mato a gente.

—Lo mandó matar.

Elliot negó con la cabeza, cansinamente.

—Tampoco mando matar a gente.

Un camarero llegó al reservado con una bandeja y una mesita auxiliar y los dos nos recostamos para dejarlo trabajar. Quitó las espinas del pescado, lo emplató y lo puso en la mesa junto con dos pequeñas salseras con salsa *beurre blanc*. Luego colocó el nuevo martini de Elliot junto con dos copas de vino. Descorchó la botella que Elliot le había pedido y le preguntó si quería probar el vino ya. Elliot negó con la cabeza y pidió al camarero que se retirara.

—Muy bien —retomé cuando nos dejaron solos—. Volvamos al soborno. ¿A quién sobornaron?

Elliot se bebió medio martini de un trago.

—Eso debería ser obvio si lo pensara.

303

—Entonces soy estúpido. Ayúdeme.

—Un juicio que no puede aplazarse. ¿Por qué?

Mis ojos permanecieron fijos en él, pero ya no lo estaba mirando. Me puse a reflexionar sobre el acertijo hasta que di con la solución. Descarté las posibilidades: juez, fiscal, policías, testigos, jurado… Me di cuenta de que sólo había un lugar donde se cruzaban un soborno y un juicio inamovible. Sólo había un aspecto que podría cambiar si el juicio se retrasaba y reprogramaba. El juez, el fiscal y todos los testigos seguirían siendo los mismos sin que importara cuándo se reprogramara, pero la reserva de jurados cambia de semana en semana.

—Hay un durmiente en el jurado —dije—. Contactó con alguien.

Elliot no reaccionó. Me dejó seguir adelante y yo lo hice. Mi mente repasó las caras de los jurados de la tribuna; dos filas de seis. Me detuve en el jurado número siete.

—El número siete. Lo quería en la tribuna. Lo sabía, es el durmiente. ¿Quién es?

304 Elliot asintió ligeramente y esbozó esa media sonrisa. Dio su primer bocado de pescado antes de responder a mi pregunta con la misma calma que si estuviéramos hablando de las posibilidades de los Lakers en el *play off* y no de un fraude en un juicio de homicidio.

—No tengo ni idea de quién es ni me importa, pero es nuestro. Nos dijeron que el número siete sería nuestro. Y no es un durmiente, es un persuasor. Cuando llegue a las deliberaciones, estará allí e inclinará la balanza hacia la defensa. Con el caso que Vincent construyó y que usted está presentando, probablemente sólo hará falta un empujoncito. Yo apuesto a que conseguiremos nuestro veredicto. Pero como mínimo, él se aferrará a la absolución y tendremos un jurado sin veredicto. Si eso ocurre, empezaremos de nuevo. Nunca me condenarán, Mickey. Nunca.

Aparté mi plato. No podía comer.

—Walter, basta de adivinanzas. Dígame cómo funcionó esto. Cuéntemelo desde el principio.

—¿Desde el principio?

—Desde el principio.

Elliot chascó la lengua al pensarlo y se sirvió una copa de vino sin probarlo antes. Un camarero se acercó para hacerse cargo de la operación, pero Elliot le hizo una seña con la botella para que se alejara.

—Es una larga historia, Mickey. ¿Quiere una copa de vino para acompañarla?

Mantuvo la boca de la botella sobre mi copa vacía. Estuve tentado, pero negué con la cabeza.

—No, Walter, no bebo.

—No estoy seguro de poder confiar en alguien que no se toma una copa de vez en cuando.

—Soy su abogado. Puede confiar en mí.

—Confié en el último, y mire lo que le pasó.

—No me amenace, Walter. Sólo cuénteme la historia.

Bebió un buen trago y luego dejó la copa de vino sobre la mesa con fuerza. Miró a su alrededor para ver si alguien del restaurante se había dado cuenta y tuve la sensación de que era todo una actuación. En realidad estaba observando para ver si nos estaban vigilando. Yo examiné los ángulos sin ser obvio. No vi a Bosch ni a nadie al que calara como poli en el restaurante.

Elliot empezó su historia.

—Cuando llegas a Hollywood, no importa quién eres ni de dónde vienes, siempre y cuando tengas una cosa en el bolsillo.

—Dinero.

—Exacto. Yo llegué aquí hace veinticinco años y tenía dinero. Lo invertí en un par de películas primero y luego en un estudio cutre por el que nadie daba una mierda. Y lo convertí en un aspirante. Dentro de cinco años ya no hablarán de los Cuatro Grandes, sino de los Cinco Grandes. Archway estará allí arriba con Paramount, Warner y el resto.

No esperaba que se remontara veinticinco años atrás cuando le había pedido que empezara desde el principio.

—Vale, Walter, ya sé todo eso del éxito. ¿Qué está diciendo?

—Estoy diciendo que no era mi dinero. Cuando llegué aquí, no era mi dinero.

—Pensaba que la historia era que procedía de una familia que poseía una mina de fosfatos en Florida.

Asintió enfáticamente.

—Todo es cierto, pero depende de la definición de familia.

Lentamente, lo comprendí.

—¿Está hablando de la mafia, Walter?

—Estoy hablando de una organización de Florida con un tremendo flujo de efectivo que necesitaba negocios legítimos para moverlo y testaferros legales para que dirigieran sus negocios. Yo era un contable. Era uno de esos hombres.

Era fácil de comprender. Florida hace veinticinco años: la cúspide del flujo desbordante de cocaína y dinero.

—Me enviaron al oeste —continuó Elliot—. Yo tenía una historia y maletas llenas de dinero. Y me encantaba el cine. Sabía cómo elegir películas y cómo hacerlas. Cogí Archway y lo convertí en una empresa de mil millones de dólares. Y entonces mi mujer…

Una expresión de pena apareció en su rostro.

—¿Qué, Walter?

Negó con la cabeza.

—En la mañana de nuestro duodécimo aniversario, después de que venciera nuestro contrato prematrimonial, me dijo que iba a dejarme. Quería el divorcio.

Lo comprendí. Con el acuerdo prematrimonial vencido, Mitzi Elliot tenía derecho a la mitad de las acciones de Walter en Archway Studios, pero él era únicamente un testaferro. Sus acciones en realidad pertenecían a la organización y no era la clase de organización que permitía que unas faldas se llevaran la mitad de su inversión.

—Traté de convencerla —dijo Elliot—. No me escuchó. Estaba enamorada de ese cabrón nazi y creía que él podría protegerla.

—La organización la mató.

Sonó muy extraño decir esas palabras en voz alta. Me hizo mirar a mi alrededor y barrer el restaurante con la mirada.

—Se suponía que yo no tenía que estar allí ese día —dijo Elliot—. Me dijeron que me mantuviera alejado para que tuviera una coartada sólida.

—¿Entonces por qué fue?

Sus ojos me sostuvieron un momento la mirada antes de responder.

—Todavía la amaba en cierto modo. En cierto modo la quería y aún la quiero. Quería luchar por ella. Fui para tratar de impedirlo, quizá para ser el héroe, sacarla del apuro y recuperarla. No lo sé, no tenía un plan. Pero no quería que ocurriera. Así que fui allí…, pero era demasiado tarde. Los dos estaban muertos cuando llegué. Fue terrible…

Elliot estaba contemplando el recuerdo, quizá la escena en el dormitorio de Malibú. Yo bajé la mirada al mantel blanco que tenía ante mí. Un abogado defensor nunca espera que un cliente le cuente toda la verdad. Partes de la verdad, sí, pero no la fría, dura y completa verdad. Tenía que pensar que había cosas que Elliot había omitido. Sin embargo, lo que me había dicho me bastaba por el momento. Era la hora de hablar del soborno.

—Y entonces llegó Jerry Vincent —le animé.

Sus ojos volvieron a enfocarse y me miró.

—Sí.

—Hábleme del soborno.

—No tengo mucho que contar. Mi abogado corporativo me presentó a Jerry y me pareció bien. Acordamos una tarifa y luego él me abordó (eso fue al principio, al menos hace cinco meses) y me dijo que se le había acercado alguien que podía untar al jurado. O sea, poner a alguien en el jurado que estaría por nosotros. No importara lo que ocurriera, él defendería la absolución, pero también trabajaría para la defensa desde dentro, durante las deliberaciones. Sería un hablador, un persuasor con talento, un estafador. La pega era que cuando estuviera en marcha, el juicio tendría que celebrarse según el calendario para que ese tipo terminara en mi jurado.

—Y le dijo a Jerry que aceptara la oferta.

—La aceptamos. Eso fue hace cinco meses. Entonces no tenía una gran defensa. Yo no maté a mi mujer, pero parecía que todo apuntaba contra mí. No teníamos bala mágica… y estaba asustado. Era inocente y aun así me daba cuenta de que me iban a condenar. Así que aceptamos la oferta.

—¿Cuánto?

—Cien mil de entrada. Como descubrió, Jerry lo pagó de su minuta. Infló su tarifa, yo le pagué y él pagó al jurado. Luego serían otros cien mil por un jurado sin veredicto y doscientos

307

cincuenta por una absolución. Jerry me dijo que esa gente lo había hecho antes.

—¿Se refiere a trampear un jurado?

—Sí, eso es lo que dijo.

Pensé que quizá el FBI se había enterado de anteriores trampas y por eso habían ido a por Vincent.

—¿Eran juicios de Jerry los que amañaron antes? —pregunté.

—No me lo dijo, y yo no le pregunté.

—¿Alguna vez mencionó algo del FBI husmeando en su caso?

Elliot se recostó, como si acabara de decir algo repulsivo.

—No. ¿Es eso lo que está pasando?

Pareció muy preocupado.

—No lo sé, Walter. Sólo estoy haciendo preguntas. Pero Jerry le dijo que iba a aplazar el juicio, ¿no?

Elliot asintió.

—Sí, el lunes. Dijo que no necesitábamos la trampa, que tenía la bala mágica e iba a ganar el juicio sin el durmiente en el jurado.

—Y eso le costó la vida.

—Tuvo que ser eso. No creo que esta clase de gente simplemente te deje cambiar de idea y retirarte de algo así.

—¿Qué clase de gente? ¿La organización?

—No lo sé. Esa clase de gente, quien haga esta clase de cosas.

—¿Le dijo a alguien que Jerry iba a aplazar el caso?

—No.

—¿Está seguro?

—Claro que estoy seguro.

—Entonces, ¿a quién se lo contó Jerry?

—No lo sé.

—Bueno, ¿con quién hizo el trato Jerry? ¿A quién sobornó?

—Eso tampoco lo sé, no me lo dijo. Sí insistió en que era mejor que no conociera nombres. Lo mismo que le digo a usted.

Era un poco tarde para eso. Tenía que terminar la conversación y quedarme solo para pensar. Miré mi plato de pescado sin tocar y me pregunté si podía llevármelo para Patrick o si alguien se lo comería en la cocina.

308

—Mire —dijo Elliot—, no es por ponerle más presión, pero si me condenan estoy muerto.

Lo miré.

—¿La organización?

Asintió con la cabeza.

—Si detienen a alguien se convierte en un lastre, y normalmente lo eliminan antes de que llegue a juicio. No se arriesgan a que intente llegar a un acuerdo. Pero yo todavía controlo su dinero. Si me eliminan, lo pierden todo. Archway, las propiedades inmobiliarias, todo. Así que esperan y observan. Si salgo libre, entonces volvemos a la normalidad y aquí no ha pasado nada. Si me condenan, soy demasiado lastre y no duraré ni dos noches en prisión. Llegaran a mí allí.

Siempre es bueno saber cuáles son las apuestas, pero posiblemente habría pasado sin el recordatorio.

—Estamos tratando con una autoridad mayor aquí —continuó Elliot—. Va más allá de cuestiones como la confidencialidad abogado-cliente. Es un pequeño cambio, Mick. Las cosas que le he contado esta noche no pueden ir más allá de esta mesa; ni al tribunal ni a ninguna otra parte. Lo que le he contado aquí podría matarle en un santiamén. Como a Jerry. Recuérdelo.

Elliot había hablado como si tal cosa y concluyó la afirmación vaciando tranquilamente el vino de su copa. Pero la amenaza estaba implícita en cada palabra que había pronunciado. No tendría problemas en recordarlo.

Llamó al camarero y pidió la cuenta.

42

*E*staba agradecido de que a mi cliente le gustara el martini antes de cenar y el chardonnay durante la cena. No estaba seguro de que hubiese obtenido lo que obtuve de Elliot sin el alcohol suavizando el camino y soltándole la lengua. No obstante, después no quería correr el riesgo de que lo detuvieran por conducir ebrio en medio de un juicio de homicidio, e insistí en que no condujera hasta su casa. Pero Elliot insistió en que no iba a dejar su Maybach de 400.000 dólares toda la noche en un garaje del centro, así que le pedí a Patrick que nos llevara al coche y luego yo llevé a Elliot mientras Patrick nos seguía.

310

—¿Este coche le costó cuatrocientos mil? —le pregunté—. Me da miedo conducirlo.

—Un poco menos, a decir verdad.

—Sí, bueno, ¿no tiene ningún otro coche? Cuando le dije que no cogiera la limusina no esperaba que viniera a su juicio por homicidio en uno de éstos. Piense en la impresión que deja en el jurado, Walter. Esto no pinta bien. ¿Recuerda lo que me dijo el día que nos conocimos? ¿Lo de ganar también fuera del tribunal? Un coche así no le va a ayudar en eso.

—Mi otro coche es un Carrera GT.

—Genial. ¿Cuánto cuesta?

—Más que éste.

—Mire, ¿por qué no usa uno de mis Lincoln? Tengo uno que incluso lleva una matrícula que dice INCNT. Puede usarlo.

—No hace falta. Tengo acceso a un modesto Mercedes. ¿Está bien?

—Perfecto. Walter, a pesar de lo que me ha dicho esta noche, voy a hacerlo lo mejor posible por usted. Creo que tenemos una buena oportunidad.

—Entonces, cree que soy inocente.

Vacilé.

—Creo que no le disparó a su mujer y a Rilz. No estoy seguro de que eso lo convierta en inocente, pero digámoslo de esta forma: no creo que sea culpable de los cargos que se le imputan. Y eso es lo único que necesito.

Elliot asintió con la cabeza.

—Quizás es lo máximo que puedo pedir. Gracias, Mickey.

Después de eso no hablamos mucho mientras yo me concentraba en no romper el coche, que valía más que las casas de la mayoría de la gente.

Elliot vivía en Beverly Hills, en una propiedad vallada en los llanos del sur de Sunset. Pulsó un botón del techo del coche que abría la verja de acero y entramos, con Patrick justo detrás de mí en el Lincoln. Salimos y le di a Elliot sus llaves. Me preguntó si quería entrar a tomar otra copa y yo le recordé que no bebía. Él me dio la mano y yo me sentí extraño al estrechársela, como si estuviéramos sellando algún tipo de pacto sobre lo que me había revelado antes. Le di las buenas noches y entré en la parte trasera de mi Lincoln.

La caja de cambios de mi cerebro estuvo trabajando durante todo el trayecto hasta mi casa. Patrick había hecho un rápido estudio de mis matices y parecía saber que no era el momento de interrumpir con charla banal. Me dejó trabajar.

Me senté apoyado contra la puerta, mirando por la ventanilla pero sin ver el mundo de neón que pasaba. Estaba pensando en Jerry Vincent y en el trato que había hecho con una parte desconocida. No era difícil adivinar cómo lo habían hecho. La cuestión de quién era otra historia.

Sabía que el sistema de jurados se basaba en una selección aleatoria en múltiples niveles. Esto ayudaba a asegurar la integridad y la composición social transversal de los mismos. La reserva inicial de cientos de ciudadanos convocados a cumplir con el deber de jurados se sacaba cada semana de los registros de votantes, así como de registros de servicios públicos. Los jurados escogidos de este grupo más grande para el proceso de

311

selección del jurado en un juicio específico se realizaban una vez más de manera aleatoria: esta vez por parte de un ordenador del tribunal. La lista de esos potenciales jurados se entregaba al juez que presidía el juicio, y los doce primeros nombres o códigos numéricos de la lista eran llamados para ocupar los asientos en la tribuna en la ronda inicial de *voir dire*. Una vez más, el orden de nombres o números en la lista estaba determinado por selección aleatoria generada por ordenador.

Elliot me había dicho que después de que se fijara una fecha para el juicio en su caso, una parte desconocida se acercó a Jerry Vincent y le dijo que habían colocado un durmiente en el jurado. La pega era que no podía haber aplazamientos. Si el juicio se aplazaba, el durmiente no podría moverse con él. Todo ello me decía que su parte desconocida tenía acceso completo a todos los niveles de los procesos aleatorios del sistema judicial: las convocatorias iniciales para presentarse a cumplir con el deber como jurado en un tribunal específico en una semana específica; la selección aleatoria del *venire* del juicio; y la selección aleatoria de los primeros doce jurados que iban a la tribuna.

Una vez que el durmiente estaba en la tribuna, dependía de él mantenerse allí. La defensa sabría no eliminarlo con una recusación perentoria, y por aparecer como favorable a la acusación evitaría ser recusado por la fiscalía. Era lo bastante simple, siempre y cuando la fecha del juicio no cambiara.

Mostrarlo de este modo me dio una mejor comprensión de la manipulación implicada y de quién podría haberla ingeniado. También me proporcionó una mejor comprensión del aprieto ético en el que me hallaba. Elliot me había reconocido varios delitos durante la cena, pero yo era su abogado y mantendría la confidencialidad de estas admisiones según los vínculos de la relación abogado-cliente. La excepción a esta regla era que yo estuviera en peligro por mi conocimiento o tuviera conocimiento de un delito que se había planeado, pero aún no había ocurrido. Sabía que Vincent había sobornado a alguien. Ese delito ya había ocurrido, pero el de la manipulación del jurado aún no se había producido. Éste no tendría lugar hasta que empezaran las deliberaciones, así que estaba obligado a informar de él. Elliot aparentemente no conocía esta excepción de las reglas de confidencialidad con el cliente o estaba convencido de que la amenaza de encontrarme con el mismo fin que Jerry Vincent me mantendría bajo control.

Pensé en todo esto y me di cuenta de que había otra excepción a considerar. No tendría que informar de la pretendida manipulación del jurado si podía impedir que ese delito se produjera.

Me enderecé y miré a mi alrededor. Estábamos en Sunset, llegando a West Hollywood. Miré adelante y vi un cartel familiar.

—Patrick, aparca delante del Book Soup. Quiero entrar un momento.

Patrick aparcó el Lincoln junto al bordillo delante de la librería. Le dije que esperara allí y salté a la acera. Entré por la puerta delantera de la tienda y fui hacia las estanterías. Aunque me encantaba la librería, no estaba allí para comprar. Necesitaba hacer una llamada y no quería que Patrick la oyera.

El pasillo de misterio estaba demasiado lleno de clientes. Fui más al fondo y encontré una rincón vacío donde había libros ilustrados de gran formato apilados pesadamente en estantes y mesas. Saqué el móvil y llamé a mi investigador.

—Cisco, soy yo. ¿Dónde estás?

—En casa. ¿Qué pasa?

—¿Está Lorna ahí?

—No, ha ido al cine con su hermana. Volverá dentro de…

—Está bien. Quería hablar contigo. Quiero que hagas algo y puede que no quieras hacerlo. Si es así, lo entiendo. En cualquier caso, no quiero que hables de esto con nadie, ni siquiera con Lorna.

Hubo una vacilación antes de que respondiera.

—¿A quién mato?

Los dos nos echamos a reír y eso alivió parte de la tensión que se había ido incrementando durante la noche.

—Podemos hablar de eso después, pero esto podría ser igual de arriesgado. Quiero que sigas de cerca a alguien por mí y que descubras todo lo que puedas sobre él. El problema es que si te pillan probablemente nos retirarán las licencias a los dos.

—¿Quién es?

—El jurado número siete.

43

*E*n cuanto volví a la parte trasera del Lincoln, empecé a lamentar lo que estaba haciendo. Estaba caminando por una fina línea gris que podía conducirme a grandes problemas. Por un lado, es perfectamente razonable para un abogado investigar un informe de mala conducta o manipulación del jurado. Pero por otro, esa investigación sería vista como manipulación en sí misma. El juez Stanton había tomado medidas para asegurar el anonimato del jurado; yo acababa de pedir a mi investigador que las trastocara. Si nos estallaba en la cara, Stanton estaría más que ofendido y haría algo más que mirarme con ceño. No era una infracción que se saldase con una donación a Make-A-Wish. Stanton se quejaría al Colegio de Abogados, a la presidenta del Tribunal Superior y hasta al Tribunal Supremo si conseguía que lo escucharan. Haría lo que estuviera en su mano para que el juicio de Elliot fuera mi último juicio.

Patrick subió por Fareholm y metió el coche en el garaje de debajo de mi casa. Salimos y subimos por la escalera hasta la terraza delantera. Eran casi las diez en punto y estaba agotado después de una jornada de catorce horas, pero mi adrenalina se disparó cuando vi a un hombre sentado en una de las sillas de la terraza, con el rostro silueteado por las luces de la ciudad que tenía a mi espalda. Estiré un brazo para impedir que Patrick avanzara, como un padre impide que su hija cruce la calle sin mirar.

—Hola, abogado.

Bosch. Reconocí la voz en el saludo. Me relajé y dejé que Patrick continuara. Entramos en el porche y abrí la puerta para dejar pasar a Patrick. Volví a cerrarla y me acerqué al detective.

—Bonita vista —dijo—. ¿Defendiendo a escoria sacó para esta casa?

Estaba demasiado cansado para el baile con él.

—¿Qué está haciendo aquí, detective?

—Supuse que se dirigiría a casa después de la librería —contestó—. Así que me adelanté y lo esperé aquí.

—Bueno, he terminado por hoy. Puede pasar la voz a su equipo si es que de verdad hay un equipo.

—¿Qué le hace pensar lo contrario?

—No lo sé. No he visto a nadie. Espero que no me esté embaucando, Bosch. Me juego el cuello con esto.

—Después del juicio ha cenado con su cliente en el Water Grill. Los dos pidieron filete de lenguado y los dos levantaron la voz en ocasiones. Su cliente bebió abundantemente, lo que provocó que usted lo llevara a casa en su coche. En su camino de vuelta desde allí entró en el Book Soup e hizo una llamada que obviamente no quería que oyera su chófer.

Me quedé impresionado.

—Muy bien, pues, no importa. Entendido: están ahí fuera. ¿Qué quiere, Bosch? ¿Qué está pasando?

Bosch se levantó y se me acercó.

—Iba a preguntarle lo mismo —dijo—. ¿Por qué estaba Walter Elliot tan sulfurado y molesto esta noche en la cena? ¿Y a quién ha llamado usted desde la parte de atrás de la librería?

—Para empezar, Elliot es mi cliente y no voy a decirle de qué hemos hablado. No voy a cruzar esa línea con usted. Y por lo que respecta a la llamada en la librería, estaba pidiendo pizza porque, como usted y sus colegas pueden haber visto, no he cenado esta noche. Quédese si quiere una porción.

Bosch me miró con esa media sonrisa suya y una expresión de complicidad en sus ojos oscuros.

—Entonces, ¿así es como quiere hacerlo, abogado?

—Por ahora.

No hablamos durante unos segundos. Sólo nos quedamos allí de pie, esperando la siguiente pulla ingeniosa. No se nos ocurrió y decidí que realmente estaba cansado y hambriento.

—Buenas noches, detective Bosch.

Entré y cerré la puerta, dejando a Bosch en la terraza.

44

*E*l martes, mi turno con el detective Kinder no llegó hasta tarde, después de que el fiscal pasara varias horas más extrayendo los detalles de la investigación en el interrogatorio directo. Este hecho jugaba a mi favor. Pensé que el jurado —y Julie Favreau me lo confirmó mediante un mensaje de texto— se estaba aburriendo con las minucias del testimonio y recibiría de buen grado una nueva línea de preguntas.

El testimonio directo se había referido principalmente a las labores de investigación que se produjeron después de la detención de Walter Elliot. Kinder describió en extenso cómo había hurgado en el matrimonio del acusado, el hallazgo de que el contrato prematrimonial había vencido recientemente y los esfuerzos que hizo Elliot en las semanas anteriores a los crímenes para determinar cuánto dinero y control de Archway Studios perdería en un divorcio. Mediante un cronograma, Kinder pudo establecer a través de las afirmaciones de Elliot y los movimientos documentados que el acusado no tenía coartada creíble para la hora estimada en que se cometieron los crímenes.

Golantz también se tomó su tiempo para preguntar a Kinder sobre cabos sueltos y ramas de la investigación que resultaron ser secundarias. Kinder describió las numerosas pistas infundadas que se examinaron diligentemente, la investigación de Johan Rilz en un intento por determinar si había sido el principal objetivo del asesino y la comparación del doble homicidio con otros casos similares y no descubiertos.

En general, Golantz y Kinder parecían haber hecho un trabajo concienzudo para colgarle a mi cliente los crímenes de

Malibú, y a media tarde el joven fiscal estaba lo suficientemente satisfecho para decir:

—No hay más preguntas, señoría.

Por fin era mi turno, y había decidido ir a por Kinder en un contrainterrogatorio que se concentraría en sólo tres áreas de su testimonio directo para finalmente sorprenderlo con un inesperado puñetazo en el estómago. Me acerqué al atril para llevar a cabo mi interrogatorio.

—Detective Kinder, sé que lo oiremos del forense en un momento posterior del juicio, pero ha testificado que le informaron después de la autopsia de que la hora de la muerte de la señora Elliot y el señor Rilz se calculaba entre las once y el mediodía del día de los crímenes.

—Exacto.

—¿Era más cerca de las once o más cerca del mediodía?

—Es imposible decirlo a ciencia cierta. Es el margen de tiempo en que ocurrió.

—Muy bien, y una vez que tenía este marco, procedió a asegurarse de que el hombre al que ya habían detenido no tenía coartada, ¿correcto?

—Yo tampoco lo expresaría de este modo.

—Entonces, ¿cómo lo expresaría?

—Diría que era mi obligación continuar investigando el caso y prepararlo para el juicio. Parte de esa diligencia debida sería mantener una actitud abierta a la posibilidad de que el sospechoso tuviera una coartada para los crímenes. Al cumplir con esta obligación, determiné, según múltiples entrevistas, así como a partir de los registros en la verja de Archway Studios, que el señor Elliot salió del estudio, conduciendo él mismo, a las 10.40 de esa mañana. Eso le dio tiempo de sobra para...

—Gracias, detective. Ha respondido la pregunta.

—No he terminado mi respuesta.

Golantz se levantó y preguntó al juez si el testigo podía terminar su respuesta, y Stanton lo permitió. Kinder continuó con su tono de abecé de homicidios.

—Como estaba diciendo, esto dio al señor Elliot mucho tiempo para llegar a la casa de Malibú dentro de los parámetros de la hora estimada de la muerte.

—¿Ha dicho mucho tiempo para llegar allí?

—Tiempo suficiente.

—Antes describió que había hecho el trayecto en varias ocasiones. ¿Cuándo fue eso?

—La primera vez fue exactamente una semana después de los crímenes. Salí de la verja de Archway a las 10.40 de la mañana y me dirigí a la casa de Malibú. Llegué a las 11.42, dentro de la horquilla temporal del crimen.

—¿Cómo sabía que estaba tomando la misma ruta que el señor Elliot?

—No lo sabía, así que tomé la que consideraba la ruta más obvia y rápida que alguien podía tomar. La mayoría de la gente no coge la ruta larga, sino la corta: la menor cantidad de tiempo de su destino. Desde Archway me dirigí por Melrose a La Brea y luego de La Brea a la Diez. En se punto me dirigí hacia el oeste por la autovía del Pacífico.

—¿Cómo supo que el tráfico que encontró sería el mismo que encontró el señor Elliot?

—No lo sabía.

—El tráfico en Los Ángeles puede ser muy impredecible, ¿no?

—Sí.

—¿Por eso hizo la ruta varias veces?

—Es una razón, sí.

—Bueno, detective Kinder, testificó que recorrió la ruta un total de cinco veces y llegó a la casa de Malibú cada vez antes de que la horquilla temporal se cerrara, ¿correcto?

—Correcto.

—En relación con esas cinco pruebas de recorrido, ¿cuándo fue la vez que llegó antes a la casa de Malibú?

Kinder consultó sus notas.

—Eso sería la primera vez, cuando llegué a las 11.42.

—¿Y cuál fue el peor tiempo?

—¿El peor?

—¿Cuál fue el trayecto más lento que registró en sus cinco viajes?

Kinder volvió a mirar sus notas.

—Lo más tarde que llegué fue a las 11.51.

—Muy bien, así que su mejor tiempo fue en el último tercio de la horquilla temporal establecida por el forense para la comisión de los asesinatos, y su peor tiempo dejaría al señor Elliot menos de diez minutos para entrar en la casa y matar a dos personas. ¿Correcto?

—Sí, pero podría haberse hecho.

—¿Podría? No suena muy convencido, detective.

—Estoy convencido de que el acusado tuvo tiempo para cometer estos homicidios.

—Pero sólo si los homicidios se cometieron al menos cuarenta y dos minutos después de que se abriera la horquilla temporal, ¿correcto?

—Si quiere mirarlo así.

—No se trata de cómo yo lo miro, detective. Estoy trabajando con lo que nos ha dado el forense. Así pues, para resumírselo al jurado, está diciendo que el señor Elliot salió de su estudio a las 10.40 y fue hasta Malibú, se coló en su casa, sorprendió a su mujer y su amante en el dormitorio del piso superior y los mató a los dos, todo antes de que se cerrara esa horquilla a mediodía. ¿Es todo eso correcto?

—Esencialmente, sí.

Negué con la cabeza como si hubiera mucho que tragar.

—Vale, detective, avancemos. Por favor, dígale al jurado cuántas veces empezó la ruta de Malibú pero la interrumpió cuando supo que no iba a llegar antes de que la horquilla se cerrara a mediodía.

—Eso no ocurrió nunca.

Hubo una ligera vacilación en la respuesta de Kinder. Estaba seguro de que el jurado la había captado.

—Detective, responda sí o no: si presentara registros e incluso un vídeo que lo muestra empezando en la verja de Archway a las 10.40 de la mañana en siete ocasiones y no en cinco, ¿esos registros serían falsos?

La mirada de Kinder buscó los ojos de Golantz y luego otra vez se fijó en mí.

—Lo que está sugiriendo que ocurrió, no ocurrió —respondió.

—No está respondiendo la pregunta, detective. Una vez más, sí o no: si presento registros que muestran que llevó a

319

cabo sus estudios de tiempo de trayecto al menos siete veces, pero ha testificado que sólo lo hizo cinco veces, ¿esos registros serían falsos?

—No, pero yo no...

—Gracias, detective. Sólo había pedido una respuesta de sí o no.

Golantz se levantó y pidió al juez que permitiera al testigo dar una respuesta completa; sin embargo, Stanton le dijo que podía pedírsela en la contrarréplica. En ese momento vacilé. Sabiendo que Golantz iría tras la explicación de Kinder en la contrarréplica, tenía la oportunidad de obtenerla en ese momento y posiblemente todavía controlarla y sacar ventaja. Era una apuesta, porque en ese momento sentía que lo había magullado bastante, y si continuaba con él hasta que la sesión concluyera, entonces los jurados se irían a casa con la sospecha de la policía infiltrándose en sus cerebros. Eso nunca estaba mal.

Decidí arriesgarme y tratar de controlarlo.

—Detective, díganos cuántos de estos tests interrumpió antes de llegar a la casa de Malibú.

—Dos.

—¿Cuáles?

—El segundo y el último, el séptimo.

Asentí.

—Y los interrumpió porque sabía que nunca llegaría a la casa de Malibú en la horquilla temporal del crimen, ¿correcto?

—No, es muy incorrecto.

—Entonces, ¿cuál fue la razón de que terminara con los tests de conducción?

—Una vez me llamaron de la oficina para llevar a cabo un interrogatorio de alguien que me esperaba allí, y la otra, estaba escuchando la radio y oí que un agente pedía refuerzos. Me desvié para ayudarle.

—¿Por qué no los documentó en su informe sobre la investigación de tiempo de trayecto?

—No creía que fueran significativos, porque eran tests incompletos.

—¿Así que estos incompletos no están documentados en ningún punto de ese grueso archivo suyo?

—No.

—¿Y entonces sólo tenemos su palabra sobre lo que causó que los interrumpiera antes de llegar a la casa de Elliot en Malibú?

—Eso sería correcto.

Asentí y decidí que ya lo había azotado bastante. Sabía que Golantz podría rehabilitar a Kinder en la contrarréplica, quizás incluso presentar documentación de las llamadas que habían apartado a Kinder de la ruta de Malibú. Pero esperaba haber planteado al menos una sombra de desconfianza en las mentes de los jurados. Me llevé mi pequeña victoria y seguí adelante.

Después martilleé a Kinder sobre el hecho de que no había recuperado el arma homicida y que su investigación de seis meses de Walter Elliot nunca lo había relacionado con arma de ningún tipo. Lo golpeé desde varios ángulos para que Kinder se viera obligado a reconocer que una parte clave de la investigación y acusación nunca se había localizado, aunque si Elliot era el asesino había tenido muy poco tiempo para esconder el arma.

Finalmente, frustrado, Kinder dijo:

—Hay un océano muy grande ahí.

Era un pie que había estado esperando.

—¿Un gran océano, detective? ¿Está insinuando que el señor Elliot tenía un barco y arrojó el arma en medio del Pacífico?

—No, nada de eso.

—¿Entonces?

—Sólo estoy diciendo que la pistola podría haber terminado en el agua y que la corriente podría habérsela llevado antes de que nuestros buzos llegaran allí.

—¿«Podría haber terminado» allí? ¿Quiere arrebatar la vida y el sustento del señor Elliot por un «podría haber», detective Kinder?

—No, no es lo que estoy diciendo.

—Lo que está diciendo es que no tiene una pistola y no puede conectar una pistola con el señor Elliot, pero nunca ha vacilado creyendo que es su hombre, ¿correcto?

—Tenemos un examen de residuos de disparo que dio positivo. En mi opinión, eso relaciona al señor Elliot con un arma.

—¿Qué arma era ésa?

—No la tenemos.

—Ajá, ¿y puede sentarse ahí y decir con certeza científica que el señor Elliot disparó un arma el día que su mujer y Johan Rilz fueron asesinados?

—Bueno, no una certeza científica, pero el test...

—Gracias, detective Kinder. Creo que eso responde la pregunta. Sigamos.

Pasé la página de mi bloc y estudié el siguiente grupo de preguntas que había escrito la noche anterior.

—Detective Kinder, en el curso de su investigación, ¿determinó cuándo se conocieron Johan Rilz y Mitzi Elliot?

—Determiné que ella lo contrató para sus servicios de decoración de interiores en otoño de 2005. Si lo conocía de antes, no lo sé.

—¿Y cuándo se hicieron amantes?

—Eso nos resultó imposible de determinar. Sí sé que la agenda del señor Rilz mostraba citas regulares con la señora Elliot en una u otra casa. La frecuencia se incrementaba unos seis meses antes de su muerte.

—¿Le pagaron por alguna de estas citas?

—El señor Rilz mantenía libros muy incompletos. Fue difícil determinar si le pagaron por citas específicas, pero en general los pagos de la señora Elliot al señor Rilz se incrementaron cuando se incrementó la frecuencia de las citas.

Asentí como si esta respuesta encajara con una imagen más amplia que estaba viendo.

—De acuerdo, y también ha testificado que averiguó que los homicidios ocurrieron sólo treinta y dos días después de que venciera el contrato prematrimonial entre Walter y Mitzi Elliot, dando por lo tanto a la señora Elliot una opción plena a las posesiones financieras de la pareja en el caso de un divorcio.

—Exacto.

—Y ése es su móvil para estos asesinatos.

—En parte, sí. Lo llamaría factor agravante.

—¿Ve alguna inconsistencia en su teoría del crimen, detective Kinder?

—No.

—¿No era obvio para usted a partir de los registros financieros y la frecuencia de citas que había algún tipo de relación romántica o al menos una relación sexual entre el señor Rilz y la señora Elliot?

—No diría que era obvio.

—¿Ah, no?

Lo dije con sorpresa. Lo tenía acorralado. Si decía que la relación era obvia, me estaría dando la respuesta que sabía que quería. Si decía que no lo era, aparecería como un bobo porque el resto de los presentes en la sala pensaban que era obvia.

—En retrospectiva podría parecer obvio, pero en ese momento pensé que no era aparente.

—¿Entonces cómo lo descubrió Walter Elliot?

—No lo sé.

—¿El hecho de que usted fuera incapaz de encontrar un arma homicida indica que Walter Elliot planeó estos asesinatos?

—No necesariamente.

—Entonces, ¿es fácil esconder un arma de todo el departamento del sheriff?

—No, pero como le he dicho, podría simplemente haberla tirado al océano desde la terraza trasera y las corrientes se la habrían llevado desde allí. Eso no requeriría demasiada planificación.

Kinder sabía lo que yo quería y adónde estaba tratando de ir. No podía llevarlo allí, así que decidí darle un empujoncito.

—Detective, ¿no se le ha ocurrido que si Walter Elliot conocía la aventura de su esposa tendría más sentido simplemente divorciarse de ella antes de que venciera el contrato prematrimonial?

—No había ninguna indicación de cuándo se enteró de la aventura. Y su pregunta no tiene en cuenta cosas como las emociones y la rabia. Es posible que el dinero no tuviera nada que ver como factor motivador, podría haberse tratado simplemente de traición y rabia, pura y simplemente.

No había obtenido lo que quería. Estaba enfadado conmigo mismo y lo achaqué a que estaba un poco oxidado. Me había preparado para el contrainterrogatorio, pero era la primera vez que iba a cara a cara con un testigo con experiencia y cauteloso en un año. Decidí retroceder y golpear a Kinder con el puñetazo que no vería venir.

45

*L*e pedí un momento al juez y fui a la mesa de la defensa. Me incliné hacia el oído de mi cliente.

—Sólo diga que sí con la cabeza como si le estuviera diciendo algo importante —susurré.

Elliot hizo lo que le pedí y entonces cogí una carpeta y volví al atril. Abrí la carpeta y luego miré al testigo en el estrado.

—Detective Kinder, ¿en qué punto de su investigación determinó que Johan Rilz era el principal objetivo de este doble homicidio?

Kinder abrió la boca para responder de inmediato, luego la cerró y se recostó un momento a pensar. Era exactamente la clase de lenguaje corporal en la que esperaba que se fijara el jurado.

—En ningún punto determiné eso —respondió finalmente Kinder.

—¿En ningún momento estuvo Johan Rilz en el centro y en primer plano de su investigación?

—Bueno, era la víctima de un homicidio. Eso lo situaba todo el tiempo en el centro y en primer plano, en mi opinión.

Kinder parecía muy orgulloso de la respuesta, pero no le di mucho tiempo para saborearla.

—Entonces el hecho de que estuviera en el centro y en primer plano explica por qué fue a Alemania a investigar su historial, ¿correcto?

—No fui a Alemania.

—¿Y a Francia? Su pasaporte indica que vivió allí antes de venir a Estados Unidos.

—No fui allí.

—Entonces ¿quién de su equipo lo hizo?

—Nadie. No creíamos que fuera necesario.

—¿Por qué no era necesario?

—Le habíamos pedido a la Interpol una comprobación del historial de Johan Rilz y volvió limpia.

—¿Qué es la Interpol?

—Es una organización que relaciona cuerpos policiales de más de cien países y proporciona cooperación transnacional Tiene numerosas oficinas en toda Europa y disfruta de acceso total y cooperación de sus países asociados.

—Está muy bien, pero significa que no acudieron directamente a la policía en Berlín, de donde era Rilz.

—No, no lo hicimos.

—¿Verificó directamente con la policía de París, donde Rilz vivió hace cinco años?

—No, confiamos en nuestros contactos de la Interpol para el historial del señor Rilz.

—El historial de la Interpol era básicamente la comprobación de los antecedentes penales, ¿correcto?

—Eso estaba incluido, sí.

—¿Qué más incluía?

—No estoy seguro de qué más. No trabajo para la Interpol.

—Si el señor Rilz hubiera trabajado para la policía en París como informante confidencial en un caso de drogas, ¿la Interpol le habría dado esa información?

Los ojos de Kinder se abrieron durante una fracción de segundo antes de que respondiera. Estaba claro que no se esperaba la pregunta, pero no logré interpretar si sabía hacia dónde me dirigía o era todo nuevo para él.

—No sé si nos habrían dado esa información o no.

—Las agencias del orden normalmente no proporcionan los nombres de sus informantes confidenciales entre ellas como si tal cosa, ¿verdad?

—No.

—¿Por qué?

—Porque podría poner en peligro a los informantes.

—Entonces ¿ser un informante en un caso criminal puede ser peligroso?

—En ocasiones sí.

325

—Detective, ¿ha investigado alguna vez el asesinato de un informante confidencial?

Golantz se levantó antes de que Kinder pudiera responder y pidió al juez un aparte. El juez nos hizo una seña para que subiéramos. Yo cogí la carpeta del atril y seguí a Golantz. La estenógrafa se colocó al lado del estrado con su máquina. El juez acercó su silla y nos agachamos.

—¿Señor Golantz? —instó el juez.

—Señoría, me gustaría saber adónde va esto, porque siento que me han engañado aquí. No había nada en ninguno de los documentos de revelación de la defensa que insinuara siquiera lo que el señor Haller está preguntando al testigo.

El juez hizo girar su silla y me miró.

—¿Señor Haller?

—Señoría, si alguien está siendo engañado es mi cliente. Esto ha sido una investigación chapucera que…

—Guárdese eso para el jurado, señor Haller. ¿Qué tiene?

Abrí la carpeta y puse delante del juez una hoja impresa, situada cabeza abajo para Golantz.

—Lo que tengo es un artículo que se publicó en *Le Parisien* hace cuatro años y medio. Nombra a Johan Rilz como testigo de la acusación en un gran caso de drogas. Lo utilizó la Direction de la Police Judiciaire para hacer compras y conseguir información interna de la red de narcotráfico. Era un confidente, señoría y estos tipos de aquí ni siquiera lo miraron. Esto fue visión de túnel desde el…

—Señor Haller, una vez más guárdese sus argumentos para el jurado. Esto está en francés. ¿Tiene la traducción?

—Disculpe, señoría.

Saqué la segunda de tres hojas de la carpeta y la puse sobre la primera, otra vez en dirección al juez. Golantz estaba girando el cuello de un modo extraño al tratar de leerla.

—¿Cómo sabemos que se trata del mismo Johan Rilz? —preguntó Golantz—. Es un nombre común allí.

—Puede que en Alemania, pero no en Francia.

—Entonces ¿cómo sabemos que es él? —inquirió esta vez el juez—. Es un artículo de periódico traducido. No es ningún tipo de documento oficial.

Saqué la última hoja de la carpeta y la coloqué encima.

—Esto es una fotocopia de un pasaporte de Rilz. Lo saqué del expediente de revelación de pruebas de la fiscalía. Muestra que Rilz salió de Francia hacia Estados Unidos en marzo de 2003, un mes después de que se publicara este artículo. Además, tenemos la edad. El artículo tiene su edad correcta y dice que estaba haciendo compras de drogas para la policía desde su negocio como decorador de interiores. Obviamente es él, señoría. Traicionó a mucha gente allí y los puso en prisión, luego vino aquí y empezó de nuevo.

Golantz empezó a negar con la cabeza de un modo desesperado.

—Sigue sin estar bien —dijo—. Esto es una infracción de las reglas de revelación y es inadmisible. No puede reservarse esto y luego dar un golpe bajo a la fiscalía.

El juez giró en su silla hacia mí y esta vez también me fulminó con la mirada.

—Señoría, si alguien se ha reservado algo es la fiscalía. Esto es material que la acusación tendría que haber encontrado y habérmelo entregado a mí. De hecho, creo que el testigo lo conocía y se lo reservó.

—Eso es una acusación grave, señor Haller —entonó el juez—. ¿Tiene pruebas de eso?

—Señoría, la razón de que sepa todo esto es por accidente. El domingo estaba revisando el trabajo de preparación de mi investigador y me fijé en que había examinado todos los nombres asociados con este caso en un motor de búsqueda Lexis-Nexis. Había usado el ordenador y la cuenta que heredé con el bufete de Jerry Vincent. Comprobé la cuenta y me fijé en que la búsqueda por defecto era sólo para idioma inglés. Después de ver la fotocopia del pasaporte de Rilz en el archivo de revelación, y conociendo su historial en Europa, volví a realizar la búsqueda, esta vez incluyendo el francés y el alemán. Encontré este artículo de periódico en francés en dos minutos y me cuesta creer que hallara con tanta facilidad algo que todo el departamento del sheriff, la fiscalía y la Interpol desconocían. Así que, señoría, no sé si es prueba de nada, pero la defensa ciertamente se siente la parte agraviada aquí.

327

No podía creerlo. El juez hizo girar la silla hacia Golantz y lo fulminó con la mirada a él. Por primera vez. Yo moví el peso del cuerpo a mi derecha para que buena parte del jurado pudiera verlo.

—¿Qué me dice de eso, señor Golantz? —preguntó el juez.

—Es absurdo, señoría. No nos hemos reservado nada, todo lo que hemos encontrado está en la carpeta de revelación. Y me gustaría preguntar por qué el señor Haller no nos alertó de esto ayer cuando acaba de admitir que lo descubrió el domingo y la impresión también lleva esa fecha.

Miré con cara de póquer a Golantz cuando respondí.

—Si hubiera sabido que hablaba francés se lo habría dado a usted, Jeff, y quizá podría habernos ayudado. Pero no tengo fluidez en francés y no supe lo que decía hasta que lo tradujeron. Me han dado la traducción diez minutos antes de empezar el contrainterrogatorio.

—Muy bien —terció el juez, rompiendo el duelo de miradas—. Sigue siendo una impresión de un artículo periodístico. ¿Qué va a hacer respecto a verificar la información que contiene, señor Haller?

—Bueno, en cuanto terminemos la sesión, pondré a mi investigador en ello para ver si puede contactar con alguien en la Police Judiciaire. Vamos a hacer el trabajo que el departamento del sheriff debería haber hecho hace seis meses.

—Obviamente nosotros también vamos a verificarlo —dijo Golantz.

—El padre de Rilz y dos hermanos están sentados en la tribuna. Quizá podría empezar por ahí.

El juez levantó la mano en un gesto para pedir calma, como si fuera un padre zanjando una disputa entre dos hermanos.

—Muy bien —dijo—. Voy a parar esta línea de contrainterrogatorio. Señor Haller, le permitiré que presente la fundación para ello durante la fase de la defensa. Entonces podrá volver a llamar al testigo, y si puede verificar el informe y la identidad le daré libertad para seguir este camino.

—Señoría, eso sitúa a la defensa en desventaja —protesté.

—¿Cómo es eso?

—Porque ahora que el estado ha tenido conocimiento de

esta información, puede tomar medidas para entorpecer mi verificación.

—Eso es absurdo —dijo Golantz.

Pero el juez hizo un gesto de asentimiento.

—Entiendo su preocupación y pongo sobre aviso al señor Golantz de que si hay cualquier indicación de eso, entonces me voy a… digamos que eso me inquietará bastante. Creo que hemos terminado aquí, caballeros.

El juez volvió a hacer rodar la silla a la posición original y los abogados regresaron a las suyas. En mi camino de regreso, miré el reloj situado en la parte posterior de la sala. Faltaban diez minutos para las cinco. Supuse que si podía entretenerme unos minutos más, el juez levantaría la sesión y los jurados tendrían la conexión francesa para cavilar durante la noche.

Me puse de pie junto al atril y pedí unos momentos al juez. Entonces actué como si estuviera estudiando mi bloc, tratando de decidir si había algo más que quisiera preguntarle a Kinder.

—Señor Haller, ¿cómo estamos? —preguntó finalmente el juez.

—Estamos bien. Y esperaré a explorar más concienzudamente las actividades en Francia del señor Rilz durante la fase de la defensa del juicio. Hasta entonces, no tengo más preguntas para el detective Kinder.

Regresé a la mesa de la defensa y me senté. El juez anunció entonces que la sesión se reanudaría al día siguiente.

Observé al jurado abandonando la sala y no pude interpretar la expresión de ninguno de sus miembros. Miré a la espalda de Golantz. Los tres hombres de la familia Rilz me estaban observando con mirada acerada desde la galería del público.

329

46

Cisco me llamó a casa a las diez en punto. Dijo que estaba cerca, en Hollywood, y que podía pasar enseguida. Me anticipó que ya tenía noticias sobre el jurado número siete.

Después de colgar, le dije a Patrick que iba a salir a la terraza para reunirme en privado con Cisco. Me puse un jersey porque el aire era frío, cogí la carpeta que había usado en el tribunal antes y salí a esperar a mi investigador.

Sunset Strip brillaba como el fuego de un horno sobre el lomo de las colinas. Había comprado la casa en un año de bienes por la terraza y la vista de la ciudad que ofrecía. Nunca dejaba de embelesarme, ni de día ni de noche. Nunca dejaba de cargarme de energía y decirme la verdad; la verdad de que cualquier cosa era posible y cualquier cosa podía ocurrir, buena o mala.

—Eh, jefe.

Salté y me volví. Cisco había subido por la escalera y había aparecido detrás de mí sin que yo lo oyera siquiera. Debía de haber subido la colina por Fairfax y luego había apagado el motor para bajar en punto muerto hasta mi casa. Sabía que me enfadaría si despertaba al vecindario con sus tubos de escape.

—No me asustes así, tío.

—¿Por qué estás tan nervioso?

—Simplemente no me gusta que la gente me salga desde atrás. Siéntate aquí.

Le señalé la pequeña mesa y sillas situadas bajo el alero del tejado y enfrente de la ventana del salón. Eran muebles de exterior incómodos que casi nunca usaba. Me gustaba contemplar la ciudad desde la terraza y enchufarme, y la única manera de hacerlo era de pie.

La carpeta que yo había traído estaba sobre la mesa. Cisco acercó una silla y estaba a punto de sentarse cuando se detuvo y limpió con la mano la capa de polvo de contaminación que había en la silla.

—Tío, ¿no limpias nunca esto?

—Llevas tejanos y camiseta, Cisco. Siéntate y listo.

Él lo hizo y yo también, y vi que miraba por la ventana la sombra traslúcida en el salón. La televisión estaba encendida y Patrick estaba mirando un canal por cable de deportes extremos. La gente iba dando volteretas en el aire en motos de nieve.

—¿Eso es un deporte? —preguntó Cisco.

—Para Patrick supongo.

—¿Cómo te va con él?

—Va. Sólo va a quedarse un par de semanas. Háblame del número siete.

—Al grano. Muy bien.

Metió la mano en el bolsillo trasero y sacó un pequeño diario.

—¿Tienes alguna luz aquí?

Me levanté, fui a la puerta delantera y metí la mano en el interior para encender la luz de la terraza. Miré la tele y vi al personal médico atendiendo a un conductor de moto de nieve que aparentemente no había logrado completar su giro en el aire y tenía un trineo de ciento y pico kilos encima.

Cerré la puerta y me senté frente a Cisco, que estaba estudiando algo en su libreta.

—Bien —dijo—. El jurado número siete. No he tenido mucho tiempo con esto, pero tengo unas cuantas cosas que quería traerte de inmediato. Se llama David McSweeney y creo que casi todo lo que puso en su hoja de testigo es falso.

La hoja de testigo era el formulario de una página que cada jurado cumplimenta como parte del proceso *voir dire*. Las hojas llevan el nombre, profesión y zona de residencia por código postal del potencial jurado, así como una lista de preguntas básicas diseñadas para ayudar a los abogados a formarse opiniones respecto a si quieren a ese individuo. En este caso el nombre había sido eliminado, pero el resto de la información figuraba en la hoja que le había dado a Cisco como punto de partida.

—Dame algunos ejemplos.

331

—Bueno, según el código postal que aparece en la hoja, vive en Palos Verdes, pero eso no es cierto. Lo seguí desde el tribunal y fue directamente a un apartamento cerca de Beverly, detrás de la CBS.

Cisco señaló al sur en la dirección general de Beverly Boulevard y Fairfax Avenue, donde se hallaba el estudio de la cadena de televisión CBS.

—Pedí a un amigo que investigara la matrícula de la furgoneta que llevó a casa desde el tribunal y correspondía a David McSweeney, de Beverly, la misma dirección a la que lo vi llegar. Luego pedí a mi hombre que comprobara su carné de conducir y me mandara una foto. La miré en mi teléfono y McSweeney es nuestro tipo.

La información era intrigante, pero estaba más preocupado por la forma en que Cisco estaba llevando a cabo su investigación del jurado número siete. Ya habíamos quemado una fuente en la investigación de Vincent.

—Cisco, joder, tus huellas van a quedar en todo esto. Te dije que no quería retrocesos con esta historia.

—Tranquilo, tío. No hay huellas. Mi contacto no va a ir voluntariamente a decir que hizo una búsqueda para mí. Es ilegal que un poli haga una búsqueda externa, perdería su empleo. Y si alguien va a mirarlo, aún no tenemos que preocuparnos porque no usa su terminal ni su identificación cuando hace esto para mí. Gorrea la contraseña de un antiguo teniente. Así que no hay huellas, ¿vale? No hay pistas. Estamos seguros con esto.

Asentí a regañadientes. Polis robando a otros polis. ¿Por qué no me sorprendía?

—Muy bien —dije—. ¿Qué más?

—Bueno, para empezar tiene antecedentes y marcó la casilla del formulario en la que dice que nunca lo habían detenido.

—¿Por qué lo detuvieron?

—Dos detenciones. Agresión con arma letal en el noventa y siete y conspiración para cometer fraude en el noventa y nueve. Sin condenas, pero eso es lo que sé por ahora. Cuando abra el tribunal puedo conseguir más, si quieres.

Quería saber más, sobre todo por qué las detenciones por

fraude y asalto con arma letal podían no resultar en condenas, pero si Cisco sacaba los registros del caso, entonces tendría que mostrar su identificación y eso dejaría un rastro.

—No si has de firmar la retirada de archivos. Déjalo por el momento. ¿Tienes algo más?

—Sí, te estoy diciendo que creo que es todo falso. En la hoja dice que es ingeniero de Lockheed. Por lo que puedo decir, no es verdad. Llamé a Lockheed y no hay ningún David McSweeney en el directorio telefónico. Así que a no ser que el tipo tenga un trabajo sin teléfono…

Levantó las palmas de las manos como para decir que no había otra explicación que el engaño.

—Sólo he estado en esto esta noche, pero todo aparece como falso y eso probablemente incluye el nombre del tipo.

—¿Qué quieres decir?

—Bueno, no conocemos oficialmente su nombre, ¿no? Estaba tachado en el formulario.

—Sí.

—Así que seguí al jurado número siete y lo identifiqué como David McSweeney, pero ¿quién dice que es el mismo nombre que tacharon en la hoja? ¿Me entiendes?

Pensé un momento y asentí.

—Estás diciendo que McSweeney podría haber pirateado el nombre de un jurado legítimo y quizás incluso sus citaciones judiciales y se presenta como esa persona en el tribunal.

—Exactamente. Cuando recibes una citación y apareces en el control de jurados de ventanilla, lo único que hacen es comprobar tu carné de conducir con la lista. Son oficinistas que cobran poco, Mick. No sería difícil pasarles un carné de conducir falso, y los dos sabemos lo fácil que es conseguirlo.

Asentí. La mayoría de la gente quiere librarse del deber de jurado. Aquél era un plan para cumplir con él: conciencia cívica llevada al extremo.

Cisco dijo:

—Si de algún modo pudieras conseguirme el nombre que tiene el tribunal para el número siete, lo comprobaría, y apuesto a que hay un tipo en Lockheed que se llama así.

Negué con la cabeza.

—No hay forma de que pueda conseguir eso sin dejar rastro.

Cisco se encogió de hombros.

—Entonces, ¿qué está pasando con esto, Mick? No me digas que ese fiscal cabrón puso un durmiente en el jurado.

Sopesé un momento decírselo, pero no lo hice.

—En este momento es mejor que no te lo diga.

—Abajo el periscopio.

Significaba que estábamos tomando el submarino, compartimentando para que si alguno de nosotros provocaba un agujero no se hundiera toda la embarcación.

—Es mejor así. ¿Has visto a este tipo con alguien? ¿Algún asociado conocido de interés?

—Lo seguí al Grove esta noche y se reunió con alguien para tomar un café en Marmalade, uno de los restaurantes que hay allí. Era una mujer. Parecía una cosa casual, como si se encontraran el uno con la otra de un modo no planeado y se sentaran a ponerse al día. Aparte de eso, no tengo de momento asociados conocidos. Sólo llevo con este tipo desde las cinco, cuando el juez soltó al jurado.

Asentí. Me había conseguido mucho en poco tiempo. Más de lo que preveía.

—¿Cómo de cerca estuviste de él y la mujer?

—No muy cerca. Me dijiste que tomara precauciones.

—Entonces, ¿no puedes describirla?

—Sólo he dicho que no me acerqué, Mick. Puedo describirla. Incluso tengo una foto suya en mi cámara.

Tuvo que levantarse para meter su manaza en uno de los bolsillos delanteros de sus tejanos. Sacó una cámara pequeña y negra de las que no llaman la atención y volvió a sentarse. La encendió y miró la pantallita de atrás. Clicó algunos botones en la parte superior y me la pasó por encima de la mesa.

—Empiezan aquí y puedes ir pasando hasta que veas a la mujer.

Manipulé la cámara y pasé una serie de fotos digitales que mostraban al jurado número siete en varios momentos de la tarde. En las últimas tres fotos estaba con una mujer en Marmalade. Ella tenía el cabello negro azabache suelto y le ensombrecía la cara. Los fotos también eran muy malas porque se habían tomado desde larga distancia y sin flash.

No reconocí a la mujer. Le pasé la cámara a Cisco.

—Vale, Cisco, lo has hecho bien. Ahora puedes dejarlo.

—¿Dejarlo sin más?

—Sí, y vuelve a esto.

Le pasé la carpeta por encima de la mesa. Él asintió y sonrió malévolamente al cogerla.

—¿Qué le has dicho al juez en el aparte?

Había olvidado que Cisco se encontraba en la sala, esperando a iniciar su seguimiento del jurado número siete.

—Le dije que me había dado cuenta de que habías investigado su historial con una búsqueda en inglés, así que la rehíce incluyendo francés y alemán. Incluso volví a imprimir el artículo el domingo para tener una fecha nueva.

—Genial. Pero quedo como un tarado.

—Tenía que decir algo. Si le hubiera dicho que lo encontraste hace una semana y que me lo había guardado desde entonces, no estaríamos teniendo esta conversación. Probablemente estaría en el calabozo por desacato. Además, el juez cree que el tarado es Golantz por no encontrarlo antes que la defensa.

Eso pareció aplacar a Cisco. Levantó la carpeta.

—Bueno, ¿qué quieres que haga con esto? —preguntó.

—¿Dónde está el traductor que usaste con la impresión?

—Probablemente en su residencia en Westwood. Es una estudiante de intercambio que encontré en Internet.

—Bueno, llámala y recógela porque vas a necesitarla esta noche.

—Me da la sensación de que a Lorna no le va a gustar. Es una francesa de veinte años.

—Lorna no habla francés, así que lo entenderá. ¿Cuántas horas de diferencia hay con París, nueve?

—Sí, nueve o diez, no recuerdo.

—Vale, entonces quiero que vayas a buscar a la traductora y que a medianoche te pongas con los teléfonos. Llama a los gendarmes o como se llamen que trabajaron ese caso de drogas y consíguele a uno de ellos un pasaje de avión aquí. Al menos nombra a tres de ellos en el artículo. Puedes empezar con eso.

335

—¿Así? ¿Crees que uno de esos tipos va a querer subirse a un avión por nosotros?

—Probablemente se acuchillarán por la espalda para conseguir el puesto. Diles que volarán en primera clase y que los pondremos en el hotel donde se hospeda Mickey Rourke.

—Sí, ¿qué hotel es ése?

—No lo sé, pero me han dicho que Rourke es famoso allí. Creen que es un genio o algo así. Da igual, mira, lo que te estoy diciendo es que les digas lo que quieran oír. Gasta lo que tengas que gastar. Si quieren venir dos, traes a dos, y los probaremos y pondremos al mejor en el estrado. Tú trae a alguien aquí. Esto es Los Ángeles, Cisco. Todos los polis del mundo quieren ver este sitio y luego volver y contarle a todo el mundo qué y a quién vieron.

—Vale, meteré a alguien en un avión. Pero ¿y si no puede venir ahora mismo?

—Entonces que venga lo antes posible y házmelo saber. Puedo alargar las cosas en el tribunal. El juez quiere acelerarlo todo, pero puedo frenar si hace falta. Probablemente lo más que puedo alargarme es hasta el martes o el miércoles. Trae a alguien aquí para entonces.

—¿Quieres que te llame esta noche cuando lo tenga organizado?

—No. Necesito mi bendito descanso. No estoy acostumbrado a pasar el día alerta en el tribunal y estoy agotado. Me voy a acostar. Llámame por la mañana.

—Vale, Mick.

Se levantó y lo mismo hice yo. Me dio un golpecito en el hombro con la carpeta y se la guardó en la parte de atrás de la cintura del pantalón. Bajó los escalones y yo me acerqué hasta el borde de la terraza para mirarlo mientras se subía a su montura junto al bordillo, ponía punto muerto y empezaba a deslizarse silenciosamente por Fareholm hacia Laurel Canyon Boulevard.

Entonces levanté la mirada a la ciudad y pensé en los movimientos que estaba haciendo, en mi situación personal y mi engaño profesional delante del juez en el tribunal. No lo ponderé demasiado tiempo y no me sentí culpable de nada. Estaba defendiendo a un hombre al que creía inocente de los crímenes de los que se le acusaba, aunque cómplice en la razón de que hubieran ocurrido. Tenía un durmiente en el jurado cuya situación estaba directamente relacionada con el asesinato de mi predecesor. Y tenía a un detective observándome al que le ocultaba cosas y de quien no podía estar seguro de que considerara mi seguridad por encima de su propio deseo de resolver el caso.

Tenía todo eso y no me sentía culpable ni temeroso de nada. Me sentía como un tipo dando una vuelta en el aire con un trineo de ciento y pico kilos. Podría no ser un deporte, pero era endemoniadamente peligroso e hizo lo que yo no había podido hacer en más de un año. Me sacudió el óxido y puso la adrenalina en la sangre.

Me dio un impulso imparable.

Por fin oí el sonido de los tubos de escape de la Harley de Cisco. Había llegado hasta Laurel Canyon antes de encender el motor. El motor rugió profundamente y Cisco se adentró en la noche.

337

QUINTA PARTE

Pide la Quinta

47

*E*l lunes por la mañana llevaba puesto el traje de Corneliani. Me encontraba junto a mi cliente en la sala y estaba preparado para empezar a presentar su defensa. Jeffrey Golantz, el fiscal, estaba sentado a su mesa, preparado para frustrar mis esfuerzos. Y la galería del público, detrás de nosotros, volvía a estar a tope. Pero el estrado del juez estaba vacío. Stanton permanecía recluido en su despacho y llevaba casi una hora de retraso sobre la hora señalada por él mismo de las nueve en punto. Algo había ido mal o algo había surgido, pero todavía no nos habían informado. Habíamos visto a agentes del sheriff escoltando a un hombre al que no reconocí hasta el despacho del juez y luego volviéndolo a sacar, pero no había oído ni una palabra de lo que estaba ocurriendo.

—Eh, Jeff, ¿qué opina? —pregunté finalmente a través del pasillo.

Golantz me miró. Llevaba un bonito traje negro, pero lo había venido llevando en días alternos y ya no parecía impresionante. Se encogió de hombros.

—Ni idea —contestó.

—Tal vez está allí reconsiderando mi petición de un veredicto directo.

Sonreí. Golantz no.

—Estoy seguro —dijo con su mejor sarcasmo de fiscal.

El caso de la fiscalía se había prolongado durante toda la semana anterior. Yo había ayudado con un par de contrainterrogatorios prolongados, pero la mayor parte del tiempo la había ocupado Golantz insistiendo en el ensañamiento. Mantuvo en el estrado de los testigos durante casi un día entero al forense que había realizado las autopsias de Mitzi Elliot y Johan Rilz, describiendo con exasperante detalle cómo y cuándo habían muerto las víctimas. Tuvo al contable de Walter Elliot en el estrado medio día, explicando las finanzas del matrimonio Elliot y cuánto perdería Walter con un divorcio. Y mantuvo al técnico criminalista durante casi el mismo tiempo, explicando su hallazgo de altos niveles de residuos de disparo en las manos y ropa del acusado.

Entre estos testimonios clave, llevó a cabo interrogatorios más breves de testigos menores, y por último finalizó el viernes por la tarde con uno lacrimógeno. Puso a la mejor amiga de toda la vida de Mitzi Elliot en el estrado. La mujer testificó sobre los planes de Mitzi de divorciarse de su marido en cuanto venciera el contrato prematrimonial. Habló de la pelea entre marido y mujer cuando se reveló el plan y mencionó que había visto moretones en los brazos de la señora Elliot al día siguiente. No paró de llorar durante la hora que estuvo en el estrado y continuamente cayó en testimonio de oídas, a lo que yo protesté.

Como era costumbre, le pedí al juez en cuanto terminó la acusación un veredicto directo de absolución. Argumenté que la fiscalía no se había ni acercado a establecer *prima facie* las acusaciones que pesaban sobre Elliot. Pero también como de costumbre el juez rechazó de plano mi moción y dictó que el juicio pasaría a la fase de la defensa puntualmente a las nueve en punto del lunes siguiente. Pasé el fin de semana preparando la estrategia y a mis dos testigos clave: la doctora Shamiram Arslanian, mi experta en residuos de disparo, y el capitán de policía francés con *jet lag* llamado Malcolm Pepin. Ya era lunes por la mañana y estaba con las pilas cargadas y listo para empezar. Pero no había juez en el estrado delante de mí.

—¿Qué está pasando? —me susurró Elliot.

Me encogí de hombros.

—Tiene las mismas probabilidades que yo de adivinarlo. La mayor parte de las veces que el juez no sale, no tiene nada que ver con el caso. Normalmente se trata del próximo juicio de su lista.

Elliot no se calmó. Se le quedó una profunda arruga en el entrecejo. Sabía que estaba ocurriendo algo. Me volví y miré a la galería. Julie Favreau estaba sentada tres filas más atrás con

Lorna. Le guiñé el ojo y Lorna me respondió levantando un pulgar. Barrí con la mirada el resto de la galería y me fijé en que detrás de la mesa de la acusación había un hueco en los espectadores que se apiñaban hombro con hombro. No había alemanes. Estaba a punto de preguntarle a Golantz dónde estaba la familia de Rilz cuando un agente del sheriff uniformado se acercó a la barandilla de detrás del fiscal.

—Disculpe.

Golantz se volvió y el agente le hizo una seña con un documento que sostenía.

—¿Es usted el fiscal? —preguntó el agente—. ¿Con quién he de hablar de esto?

Golantz se levantó y se acercó a la barandilla. Echó una rápida mirada al documento y se lo devolvió.

—Es una citación de la defensa. ¿Es usted el agente Stallworth?

—Exacto.

—Entonces está en el lugar adecuado.

—No, ni hablar. Yo no tengo nada que ver con este caso.

Golantz cogió la citación de nuevo y la estudió. Vi que los engranajes empezaban a girar, pero cuando comprendiera las cosas ya sería demasiado tarde.

—¿No estaba en la escena de la casa? ¿Y en el perímetro o el control de tráfico?

—Estaba en casa durmiendo. Trabajo en el turno de noche.

—Espere.

Golantz volvió a su escritorio y abrió una carpeta. Vi que comprobaba la lista final de testigos que había entregado dos semanas antes.

—¿Qué es esto, Haller?

—¿Qué es qué? Está ahí.

—Esto es una argucia.

—No, no lo es. Lleva ahí dos semanas.

Me levanté y me acerqué a la barandilla.

—Agente Stallworth, soy Michael Haller.

Stallworth se negó a darme la mano. Avergonzado delante de la galería del público, insistí.

—Soy yo quien le ha citado. Si espera en el pasillo, trataré

343

de que entre y salga en cuanto se inicie la sesión. Hay un poco de retraso con el juez, pero espere tranquilo y lo llamarán enseguida.

—No, se equivoca. No tengo nada que ver con este caso. Acabo de terminar el servicio y me voy a casa.

—Agente Stallworth, no hay ningún error, y aunque lo hubiera no puede no presentarse a una citación. Sólo el juez puede dejarle marchar a petición mía. Si se va a casa lo va a poner furioso. No creo que quiera que se ponga furioso con usted.

El agente resopló como si estuviera fuera de sí. Miró a Golantz en busca de ayuda, pero el fiscal sostenía un móvil contra su oreja y estaba susurrando en él. Tenía la sensación de que era una llamada de emergencia.

—Mire —le dije a Stallworth—, sólo vaya al pasillo y...

Oí que desde la parte delantera de la sala decían mi nombre y el del fiscal. Me volví y vi al alguacil señalándonos la puerta que conducía al despacho del juez. Finalmente, algo estaba ocurriendo. Golantz puso fin a su llamada y se levantó. Le di la espalda a Stallworth y seguí a Golantz hacia el despacho del juez.

El juez estaba sentado detrás de su escritorio, con su toga negra. Parecía a punto de levantarse, pero algo lo retenía.

—Caballeros, siéntense —dijo.

—Señoría, ¿quiere que venga el acusado? —pregunté.

—No, no creo que sea necesario. Siéntense y les explicaré lo que está ocurriendo.

Golantz y yo nos sentamos uno al lado del otro, enfrente del juez. Sabía que Golantz estaba pensando en silencio en la citación de Stallworth y en lo que podía significar. Stanton se inclinó y juntó las manos encima de un trozo de papel doblado en el escritorio delante de él.

—Tenemos una situación inusual aquí que implica la mala conducta de un jurado —dijo—. Todavía se está... desarrollando y pido disculpas por haberles tenido esperando sin saber.

Se detuvo y los dos lo miramos, preguntándonos si se suponía que teníamos que irnos y volver a la sala o si podíamos hacer preguntas, pero Stanton continuó al cabo de un momento.

—Mi oficina recibió una carta el jueves dirigida a mí personalmente. Desafortunadamente, no tuve ocasión de abrirla hasta después de la sesión del viernes; hago una especie de sesión de puesta al día antes del fin de semana y después de que todo el mundo se vaya a casa. La carta decía… Bueno, aquí está la carta. Yo ya la he tocado, pero no la toquen ninguno de los dos.

Desdobló el trozo de papel que había tocado con las manos y nos permitió leerlo. Me levanté para poder inclinarme sobre el escritorio. Golantz era lo bastante alto —incluso sentado— para no tener que hacerlo.

Juez Stanton, ha de saber que el jurado número siete no es quien cree que es ni quien dice ser. Compruébelo en Lockheed y compruebe sus huellas. Tiene antecedentes de detención.

La carta parecía salida de una impresora láser. No había otras marcas en la página más que las dos arrugas del pliegue.

Me volví a sentar.

—¿Ha guardado el sobre en el que llegó? —pregunté.

—Sí —contestó Stanton—. No hay remite y el matasellos es de Hollywood. Voy a pedir al laboratorio del sheriff que examine la nota y el sobre.

—Señoría, espero que no haya hablado todavía con este jurado —dijo Golantz—. Deberíamos estar presentes y formar parte del interrogatorio. Esto podría ser una estratagema de alguien para quitar a este jurado de la tribuna.

Esperaba que Golantz acudiera en defensa del jurado. Por lo que a él respectaba, el número siete era un jurado azul.

Yo acudí en mi propia defensa.

—Está hablando de que se trata de una estratagema de la defensa, y yo protesto.

El juez levantó rápidamente las manos en un gesto de calma.

—Tranquilos los dos. Todavía no he hablado con el número siete. He pasado el fin de semana pensando en cómo proceder con esto al venir al tribunal hoy. He departido con un par de jueces más sobre la cuestión y estaba completamente preparado para sacar el tema a relucir con los abogados presentes esta mañana. El único problema es que el jurado número siete no se ha presentado hoy. No está aquí.

Eso nos dio que pensar tanto a Golantz como a mí.

—¿No está aquí? —dijo Golantz—. ¿Ha enviado agentes a…?

—Sí, he enviado agentes a su casa, y su esposa les dijo que estaba en el trabajo, pero no sabía nada de ningún tribunal ni juicio ni nada por el estilo. Fueron a Lockheed, encontraron al hombre y lo trajeron aquí hace unos minutos. No era él. No era el jurado número siete.

—Señoría, me estoy perdiendo —dije—. Pensaba que había dicho que lo encontraron en el trabajo.

El juez asintió.

—Lo sé. Esto está sonando cómo *Quién está en la primera* de Laurel y Hardy.

—Abbott y Costello —apunté.

—¿Qué?

—Abbott y Costello. El gag de *Quién está en la primera* era suyo.

—Lo que sea. La cuestión es que el jurado número siete no era el jurado número siete.

—Todavía no lo sigo, señoría —dije.

—Teníamos al número siete en el ordenador como Rodney L. Banglund, ingeniero de Lockheed, residente en Palos Verdes. Pero el hombre que ha estado aquí sentado durante dos semanas en el asiento número siete no es Rodney Banglund. No sabemos quién es y ahora ha desaparecido.

—Ocupó el lugar de Banglund, pero Banglund no lo sabía —apuntó Golantz.

—Aparentemente —intervino el juez—. Ahora están interrogando a Banglund, el verdadero, pero cuando ha estado aquí no me ha parecido que supiera nada de esto. Dijo que nunca recibió una citación judicial.

—¿Así que su citación fue pirateada y usada por esta persona desconocida? —pregunté.

El juez asintió.

—Eso parece. La cuestión es por qué, y esperemos que el departamento del sheriff dé con la respuesta.

—¿Qué ocurre con el juicio? —inquirí—. ¿Tenemos un juicio nulo?

—No. Vamos a sacar al jurado, les explicamos que el jurado número siete ha sido excusado por razones que no han de conocer, colocamos al primer suplente y empezamos desde aquí. Entre tanto, el departamento del sheriff se asegura discretamente de que no hay nadie más en esa tribuna que no sea exactamente quien dice ser. ¿Señor Golantz?

Golantz asintió pensativamente antes de hablar.

—Todo esto es muy asombroso —dijo—. Pero creo que la fiscalía está preparada para continuar, siempre y cuando descubramos que todo esto termina con el jurado número siete.

—¿Señor Haller?

Hice un gesto de aprobación. La sesión había ido según mis expectativas.

—Tengo testigos de lugares tan lejanos como París en la ciudad y estoy preparado para seguir. No quiero un juicio nulo. Mi cliente no quiere un juicio nulo.

El juez selló el trato con un asentimiento.

—Muy bien, volvamos a entrar y empecemos en diez minutos.

En el camino por el pasillo hasta la sala Golantz me susurró una amenaza.

—No es el único que va a investigar esto, Haller.

—¿Sí? ¿Qué se supone que significa?

—Significa que cuando encontremos a ese cabrón también vamos a descubrir lo que ha estado haciendo en el jurado. Y si hay algún vínculo con la defensa, entonces voy a…

Empujé la puerta que daba a la sala. No necesitaba oír el resto.

—Bien hecho, Jeff —le dije al entrar en la sala.

No vi a Stallworth y esperaba que el agente hubiera salido al pasillo como le había ordenado y estuviera aguardando. Elliot se me echó encima cuando llegué a la mesa de la defensa.

—¿Qué ha ocurrido? ¿Qué pasa?

Le hice un gesto para señalarle que bajara la voz. Entonces le susurré a él.

—El jurado número siete no se ha presentado hoy y el juez lo ha investigado y ha visto que es falso.

Elliot se irguió y pareció como alguien al que acabaran de clavarle un abrecartas de cinco centímetros en la espalda.

—Dios mío, ¿qué significa eso?

—Para nosotros nada. El juicio continúa con un jurado suplente en su lugar. Pero habrá una investigación de quién era el número siete y, Walter, ojalá que no termine en su puerta.

—No veo cómo podría pasar. Pero ahora no podemos continuar. Ha de parar esto. Consiga un juicio nulo.

Miré la expresión suplicante de mi cliente y me di cuenta de que nunca había tenido fe en su propia defensa. Sólo había contado con el durmiente en el jurado.

—El juez se ha negado a un juicio nulo. Vamos con lo que tenemos. —Elliot se frotó la boca con una mano temblorosa—. No se preocupe, Walter. Está en buenas manos. Vamos a ganar esto justa y limpiamente.

Justo entonces el alguacil pidió orden en la sala y el juez subió las escaleras al estrado.

—Buenos días, seguimos con el caso California versus Elliot —dijo—. Que pase el jurado.

48

*E*l primer testigo de descargo era Julio Muñiz, el videógrafo *freelance* de Topanga Canyon que se anticipó al resto de los medios locales y llegó por delante del grupo a la casa de Elliot el día de los crímenes. Establecí rápidamente con mis preguntas cómo se ganaba la vida Muñiz. No trabajaba para ninguna cadena ni canal de noticias local. Escuchaba los escáneres policiales desde su casa y su coche y se enteraba de las direcciones de escenas de crímenes y situaciones policiales activas. Respondía a estas escenas con su cámara de vídeo y grababa películas que luego vendía a las cadenas locales que no habían cubierto la noticia. En relación con el caso Elliot, éste empezó para él cuando oyó una llamada a un equipo de homicidios y acudió a la dirección con su cámara.

—Señor Muñiz, ¿qué hizo al llegar allí? —pregunté.

—Bueno, saqué mi cámara y empecé a grabar. Me fijé en que había alguien en la parte de atrás del coche patrulla y pensé que probablemente era un sospechoso, así que lo grabé y luego filmé a los agentes tendiendo cintas de la escena del crimen delante de la propiedad, esa clase de cosas.

A continuación, presenté la cinta digital que Muñiz usó ese día como prueba documental número uno de la defensa y desenrollé la pantalla de vídeo y el reproductor delante del jurado. Puse la cinta y le di al *play*. Previamente lo había preparado para que empezara en el punto en que Muñiz empezaba a grabar fuera de la casa de Elliot. Al reproducirse la cinta, observé a los jurados prestando mucha atención. Yo estaba familiarizado con el vídeo, pues lo había visto varias veces: mostraba a Walter Elliot sentado en el asiento trasero del coche patrulla. Como el vídeo se había grabado en picado, la designación 4A pintada en el techo del vehículo era claramente visible.

El vídeo saltaba del coche a las escenas de los agentes acordonando la zona y luego volvía al coche patrulla. Esta vez mostraba cómo los detectives Kinder y Ericsson sacaban del vehículo a Elliot, le quitaban las esposas y lo conducían al interior de la casa.

Usando un mando a distancia detuve la imagen y rebobiné hasta el punto en que Muñiz se había acercado a Elliot en el asiento de atrás del coche patrulla. Empecé a pasar el vídeo hacia delante otra vez y congelé la imagen para que el jurado viera a Elliot inclinado hacia delante porque tenía las manos esposadas a la espalda.

—Muy bien, señor Muñiz, deje que lleve su atención al techo del coche patrulla. ¿Qué ve pintado ahí?

—Veo la designación del coche pintada ahí. Es 4A o cuatro-alfa, como dicen en la radio del sheriff.

—Muy bien, ¿Y reconoció esa designación? ¿La había visto antes?

—Bueno, escucho mucho el escáner, así que estoy familiarizado con la designación cuatro-alfa. Y de hecho había visto el coche cuatro-alfa ese mismo día.

—¿En qué circunstancias?

—Había estado escuchando el escáner y oí que tenían una situación con rehenes en el Creek State Park de Malibú. También había ido a grabarlo.

—¿Cuándo fue eso?

—Hacia las dos de la mañana.

—Entonces, unas diez horas antes de que grabara las actividades en la casa de Elliot había ido a grabar un vídeo en esta situación de rehenes, ¿correcto?

—Es correcto.

—¿Y el coche cuatro-alfa también estaba implicado en ese anterior incidente?

—Sí, cuando finalmente detuvieron al sospechoso, lo transportaron en el cuatro-alfa. El mismo coche.

—¿A qué hora fue eso?

—No fue hasta casi las cinco de la madrugada. Fue una larga noche.

—¿Lo grabó en vídeo?

—Sí, lo hice. El metraje va antes en la misma cinta.

Señaló la imagen congelada en la pantalla.

—Vamos a verlo —dije.

Le di al botón de rebobinar en el mando a distancia. Golantz se levantó de un salto, protestó y solicitó un aparte. El juez nos hizo subir y yo me llevé la lista de los testigos que había entregado en el tribunal dos semanas antes.

—Señoría —dijo Golantz enfadado—. La defensa está otra vez embaucando. No hay indicación en la revelación ni tampoco de la intención del señor Haller de explorar otro crimen con este testigo. Me opongo a que esto se presente.

Yo, tranquilamente, coloqué la hoja de testigos delante del juez. Según las reglas de revelación, tenía que enumerar a cada testigo que pensaba llamar y hacer un breve resumen de qué se esperaba que incluyera su testimonio. Julio Muñiz estaba en mi lista. El resumen era breve, pero no restrictivo.

—Dice claramente que testificará sobre el vídeo que grabó el 2 de mayo, el día de los asesinatos —expliqué—. El vídeo que grabó en el parque se grabó el día de los asesinatos, el 2 de mayo. Ha estado aquí dos semanas, señoría. Si alguien se está embaucando, es el señor Golantz quien se embauca a sí mismo. Podría haber hablado con este testigo y comprobar sus vídeos. Aparentemente no lo hizo.

El juez examinó un momento la lista de testigos y asintió.

—Protesta denegada —dijo—. Puede proceder, señor Haller.

Volví, rebobiné la cinta y empecé a reproducirla. El jurado continuaba prestando un interés máximo. Era una grabación nocturna: las imágenes tenían más grano y las escenas parecían saltar más que en la primera secuencia.

Finalmente, llegué a la parte en la que aparecía un hombre con las manos esposadas a su espalda al que colocaban en un coche patrulla. Un agente cerró la puerta y golpeó dos veces el techo. El coche arrancó y pasó directamente junto a la cámara. En ese momento, congelé la imagen.

La pantalla mostraba una imagen con grano del coche patrulla. La luz de la cámara iluminaba al hombre sentado en el asiento de atrás, así como el techo del coche.

351

—Señor Muñiz, ¿cuál es la designación que aparece en el techo de ese coche?

—Otra vez es 4A o cuatro-alfa.

—Y el hombre al que transportan, ¿dónde está sentado?

—En el asiento trasero derecho.

—¿Está esposado?

—Bueno, lo estaba cuando lo pusieron en el coche. Yo lo grabé.

—Tenía las manos esposadas a la espalda, ¿correcto?

—Correcto.

—Vamos a ver, ¿está en la misma posición y asiento en el coche patrulla que el señor Elliot cuando lo grabó unas ocho horas más tarde?

—Sí, exactamente en la misma posición.

—Gracias, señor Muñiz, no hay más preguntas.

Golantz renunció al contrainterrogatorio. No había nada en el directo que pudiera atacar y el vídeo no mentía. Muñiz bajó del estrado. Le dije al juez que quería dejar la pantalla de vídeo en su lugar para mi siguiente testigo y llamé al agente Todd Stallworth al estrado.

Stallworth parecía más enfadado que cuando había entrado antes en la sala. Eso estaba bien. También parecía agotado y su uniforme daba la sensación de habérsele mustiado sobre el cuerpo. Una de las mangas de la chaqueta tenía una mancha negra de rozadura, presumiblemente de una pelea durante la noche.

Establecí rápidamente la identidad de Stallworth y que estaba conduciendo el coche alfa en el distrito de Malibú durante el primer turno del día de los asesinatos en la casa de Elliot. Antes de poder plantear otra pregunta, Golantz protestó una vez más y solicitó un aparte. Cuando llegamos allí, levantó las manos con las palmas hacia arriba en un gesto de «¿qué es esto?». Su estilo se me estaba haciendo viejo.

—Señoría, protesto a este testigo. La defensa lo escondió en la lista de los testigos entre los muchos agentes que estuvieron en la escena y no tuvieron relación con el caso.

Una vez más tenía la lista de los testigos a mano. Esta vez la dejé con fuerza delante del juez en un gesto de fingida frustración y pasé el dedo por la columna de nombres hasta que llegué a Todd Stallworth. Estaba allí en medio de una lista de otros cinco agentes que estuvieron en casa de Elliot.

—Señoría, si estaba escondiendo a Stallworth, lo estaba escondiendo a plena luz. Claramente aparece enumerado bajo personal de las fuerzas policiales. La explicación es la misma que antes: dice que testificará sobre sus actividades el 2 de mayo. Es lo único que puse, porque nunca hablé con él. Voy a oír lo que tenga que decir ahora mismo por primera vez.

Golantz negó con la cabeza y trató de mantener la compostura.

—Señoría, desde el comienzo de este juicio la defensa se ha basado en trucos y engaños para...

—Señor Golantz —le interrumpió el juez—, no diga algo que no pueda respaldar y que pueda meterle en líos. Este testigo, como el primero que ha llamado el señor Haller, ha estado en esta lista dos semanas. Aquí mismo, en negro sobre blanco. Ha tenido la oportunidad de descubrir lo que esta gente iba a decir. Si no aprovechó esa oportunidad, fue decisión suya. Pero esto no es truco ni engaño. Será mejor que se controle.

Golantz se quedó cabizbajo un momento antes de hablar.

—Señoría, la fiscalía solicita un breve receso —dijo finalmente con voz calmada.

—¿Cómo de breve?

—Hasta la una en punto

—Yo no llamaría breve a dos horas, señor Golantz.

—Señoría —interrumpí—, me opongo a cualquier receso. Sólo quiere contactar con mi testigo y cambiar su testimonio.

—Ahora protesto yo —dijo Golantz.

—Mire, ningún receso, ningún aplazamiento y basta de discusiones —zanjó el juez—. Ya hemos perdido la mayor parte de la mañana. Protesta denegada. Retírense.

Regresamos a nuestros puestos y reproduje un fragmento de treinta segundos del vídeo que mostraba al hombre esposado al ser colocado en la parte trasera del coche cuatro-alfa en el Creek State Park de Malibú. Congelé la imagen en el mismo lugar que antes, justo cuando el coche pasaba acelerando junto a la cámara. Dejé la imagen en la pantalla mientras continuaba mi interrogatorio directo.

353

—Agente Stallworth, ¿es usted quien conduce ese coche?

—Sí.

—¿Quién es el hombre del asiento trasero?

—Se llama Eli Wyms.

—Me he fijado en que estaba esposado antes de ser colocado en el coche. ¿Es porque estaba detenido?

—Sí, así es.

—¿Por qué lo detuvieron?

—Por intentar matarme, para empezar. Además fue acusado de descarga ilegal de arma de fuego.

—¿Cuántos cargos de descarga ilegal de un arma?

—No recuerdo la cifra exacta.

—¿Qué le parece noventa y cuatro?

—Algo así. Fueron muchos. Disparó a diestro y siniestro.

Stallworth estaba cansado y contenido, pero no dudaba en sus respuestas. No tenía ni idea de cómo encajaban en el caso Elliot y no parecía preocuparse por tratar de ayudar a la acusación con respuestas cortas y concisas. Probablemente estaba enfadado con Golantz por no haberle librado de testificar.

—¿Así que lo detuvo y lo llevó a la vecina comisaría de Malibú?

—No, lo llevé hasta el calabozo del condado en el centro, donde lo pusieron en la planta psiquiátrica.

—¿Cuánto duró el trayecto?

—Alrededor de una hora.

—¿Y luego volvió a Malibú?

—No, primero llevé a reparar el cuatro-alfa. Wyms había roto el retrovisor lateral de un disparo. Mientras estaba en el centro fui al garaje y lo sustituyeron. Eso me ocupó el resto de mi turno.

—Entonces, ¿cuándo volvió el coche a Malibú?

—Con el cambio de turno. Se lo entregué a los del turno de día.

Consulté mis notas.

—Es decir, ¿los agentes… Murray y Harber?

—Exacto.

Stallworth bostezó y hubo un murmullo de risas en la sala.

—Sé que hemos pasado de su hora de irse a dormir, agente.

No tardaré mucho más. Cuando entregan el coche de un turno a otro, ¿limpian o desinfectan el vehículo de algún modo?

—Se supone. En realidad, a no ser que alguien vomite en el asiento de atrás no lo hace nadie. Los coches salen de rotación una o dos veces por semana y los limpian en el taller.

—¿Eli Wyms vomitó en su coche?

—No, me habría enterado.

Más murmullo de risas. Bajé la mirada desde el atril a Golantz y él no estaba sonriendo en absoluto.

—De acuerdo, agente Stallworth, veamos si lo tengo claro. Eli Wyms fue detenido por dispararle y por disparar al menos otros noventa y tres tiros esa madrugada. Fue detenido, esposado con las manos a la espalda y transportado al centro. ¿Estoy errado en algo?

—Me suena correcto.

—En el vídeo se ve al señor Wyms en el asiento trasero derecho. ¿Estuvo allí durante el trayecto de una hora hasta el centro?

—Sí. Lo llevaba con el cinturón.

—¿Es procedimiento estándar poner a un detenido en el lado derecho?

—Sí. No quieres tenerlo detrás de ti cuando estás conduciendo.

—Agente, también me he fijado en la cinta en que no puso las manos del señor Wyms en bolsas de plástico ni nada similar antes de colocarlo en el coche patrulla, ¿por qué?

—No lo consideramos necesario.

—¿Por qué?

—Porque no iba a ser una complicación. Había pruebas abrumadoras de que había disparado las armas que tenía en su posesión. No nos preocupaba la cuestión de los tests de residuos de disparo.

—Gracias, agente Stallworth, espero que pueda dormir un rato.

Me senté y dejé el testigo para Golantz. Él se levantó lentamente y se situó tras el atril. Ahora el fiscal ya sabía exactamente adónde me dirigía, pero había poco que pudiera hacer para impedírmelo. Sin embargo, debo reconocer su mérito. Encontró una pequeña fisura en mi interrogatorio y se esforzó por explotarla.

—Agente Stallworth, ¿cuánto tiempo esperó aproximadamente a que repararan su coche en el concesionario del centro?

—Unas dos horas. Sólo tenían a un par de hombres en el turno de noche y tenían que hacer malabarismos.

—¿Se quedó con el coche las dos horas?

—No, aproveché una mesa que había en la oficina para redactar el atestado de la detención de Wyms.

—Y ha testificado antes que, al margen de cuál sea el procedimiento, generalmente confía en que el equipo del taller mantenga los coches limpios, ¿es correcto?

—Sí, así es.

—¿Hace una solicitud especial o el personal del taller se ocupa de limpiar y mantener el coche?

—Nunca he hecho una petición formal. Supongo que simplemente lo hacen.

—Veamos, durante esas dos horas que estuvo alejado del coche y escribiendo el atestado, ¿sabe si los empleados del taller lo limpiaron o desinfectaron?

—No, no lo sé.

—Podrían haberlo hecho y no necesariamente lo habría sabido, ¿no?

—Sí.

—Gracias, agente.

Vacilé pero me levanté para la contrarréplica.

—Agente Stallworth, ha dicho que tardaron dos horas en reparar el coche porque andaban ocupados y faltos de personal, ¿correcto?

—Correcto.

Lo dijo con un tono de «joder, ya me estoy hartando de esto».

—Así que es poco probable que estos tipos tuvieran tiempo de limpiar el coche si no se lo pedía, ¿correcto?

—No lo sé. Tendría que preguntárselo a ellos.

—¿Les pidió específicamente que limpiaran el coche?

—No.

—Gracias, agente.

Me senté y Golantz renunció a otro turno.

Era casi mediodía. El juez hizo una pausa para comer, pero dio al jurado y los letrados únicamente cuarenta y cinco minutos porque pretendía recuperar el tiempo perdido por la mañana. A mí me venía de primera. A continuación, iba mi testigo estrella y cuanto antes la pusiera en el estrado, antes obtendría mi cliente un veredicto de absolución.

357

49

*L*a doctora Shamiram Arslanian era una testigo sorpresa. No en términos de su presencia en el juicio —había estado en la lista de los testigos desde antes de que yo estuviera en el caso—, sino en términos de su apariencia física y personalidad. Su nombre y currículum en investigación criminalística conjuraban la imagen de una mujer grave, taciturna y científica; una bata blanca de laboratorio y el pelo liso recogido en un moño. Pero no era nada de eso: era una rubia vivaz de ojos azules, con una disposición alegre y sonrisa fácil. No era sólo fotogénica: era telegénica. Sabía expresarse y tenía seguridad en sí misma, pero no era en absoluto arrogante. Su descripción en una palabra era la descripción que todo abogado desea de sus testigos: agradable. Y era raro conseguir eso en una testigo que presentaba tu caso criminalístico.

Había pasado la mayor parte del fin de semana con Shami, como prefería que la llamaran. Habíamos revisado los indicios de residuos de disparo en el caso Elliot y el testimonio que proporcionaría para la defensa, así como el contrainterrogatorio que podía esperar recibir de Golantz. Lo habíamos demorado hasta tan tarde para evitar problemas de revelación. Lo que mi testigo no sabía no podía revelarlo al fiscal, así que la mantuvimos en desconocimiento de la bala mágica hasta el último momento posible.

No cabía duda de que era una celebridad. En una ocasión había presentado un programa sobre sus propios éxitos en Cortes TV. Le pidieron dos veces un autógrafo cuando la llevé a cenar al Palm y tuteó a un par de ejecutivos de televisión que se acercaron a la mesa. También cobraba tarifa de celebridad. Por cuatro días en Los Ángeles para estudiar, preparar y testificar recibiría una tarifa plana de 10.000 dólares más gastos. Buen trabajo si podías conseguirlo, y ella podía. Era bien sabido que Arslanian estudiaba las numerosas peticiones que recibía y que sólo aceptaba aquellas en las que creía que se había cometido un error gravoso o un desliz de justicia. Tampoco venía mal tener un caso que atraía la atención de los medios nacionales.

Me bastaron diez minutos con ella para saber que merecía hasta el último centavo que iba a costarle a Elliot. Sería un problema doble para la acusación. Su personalidad iba a ganarse al jurado y sus hechos iban a ser la puntilla. Buena parte del trabajo en un juicio se reduce a quién testifica y no sólo a lo que su testimonio realmente revela. Se trata de vender el caso al jurado, y Shami podía vender cerillas quemadas. El testigo criminalístico de la acusación era un ratón de laboratorio con la personalidad de un tubo de ensayo. Mi testigo había presentado un programa televisivo llamado *Químicamente dependiente*.

Oí el rumor del reconocimiento en la sala cuando mi testigo hizo su entrada desde atrás, concitando todas las miradas al acercarse por el pasillo central, cruzar la cancela y el campo de pruebas hasta el estrado de los testigos. Llevaba un traje azul marino que se adaptaba a sus curvas y realzaba la melena de rizos rubios que caía sobre sus hombros. Hasta el juez Stanton parecía obnubilado. Pidió a un alguacil que le llevara un vaso de agua antes incluso de que prestara el juramento. Al experto criminalístico de la acusación no le había preguntado si necesitaba nada.

Después de que dijera su nombre, lo deletreara y tomara el juramento de decir la verdad y nada más que la verdad, me levanté con mi bloc y me acerqué al atril.

—Buenas tardes, doctora Arslanian, ¿cómo está?

—Bien. Gracias por preguntar.

Había un rastro de acento sureño en su voz.

—Antes de empezar con su currículum vítae, quiero sacar algo de en medio de entrada. Usted es una asesora pagada de la defensa, ¿es correcto?

—Sí, es correcto. Me pagan por estar aquí, no por testificar nada que no sea mi propia opinión, tanto si favorece a la defensa como si no. Ése es mi trato y nunca lo cambio.

—Muy bien, díganos de dónde es, doctora.

—Vivo en Ossining, Nueva York, ahora mismo. Nací y me crié en Florida y pasé muchos años en la zona de Boston, yendo a diferentes escuelas.

—Shamiram Arslanian. No me suena a nombre de Florida.

La testigo esbozó una sonrisa radiante.

—Mi padre es armenio al cien por cien. Supongo que eso me hace mitad armenia y mitad floridana. De niña, mi padre me decía que era armaguedana.

Muchos de los presentes en la sala rieron entre dientes educadamente.

—¿Cuáles son sus estudios en ciencias criminológicas? —pregunté.

—Bueno, tengo dos licenciaturas relacionadas. Tengo un máster en el MIT (el Instituto de Tecnología de Massachusetts) en ingeniería química. También tengo un doctorado en criminología que me concedieron en el John Jay College de Nueva York.

—¿Cuándo dice «concedieron» se refiere a que es un grado honorífico?

—Cielos, no —dijo con energía—. Me pelé los codos dos años para sacármelo.

Esta vez las risas estallaron en la sala y me fijé en que incluso el juez sonrió antes de hacer sonar educadamente el mazo en una sola ocasión para llamar al orden.

—He visto en su currículum vítae que también tiene dos diplomaturas. ¿Es cierto?

—Parece que tengo dos de todo: dos hijos, dos coches, incluso tengo dos gatos en casa llamados *Wilbur* y *Orville*.

Miré a la mesa de la acusación y vi que Golantz y su segunda estaban mirando al frente sin esbozar la menor sonrisa. Me fijé a continuación en el jurado y vi los veinticuatro ojos posados en mi testigo con embelesada atención. Los tenía comiendo de su mano y todavía no había empezado.

—¿De qué son sus diplomaturas?

—Tengo una por Harvard en ingeniería y otra del Berklee College of Music. Fui a las dos escuelas al mismo tiempo.

—¿Tiene una diplomatura en música? —pregunté con fingida sorpresa.

—Me gusta cantar.

Más risas. Los goles iban cayendo. Una sorpresa tras otra. Shami Arslanian era la testigo perfecta.

Golantz finalmente se levantó y se dirigió al juez.

—Señoría, la fiscalía solicita que la testigo proporcione testimonio en relación con la ciencia criminalística y no sobre música, nombres de mascotas o cosas que no guardan ninguna relación con la seria naturaleza de este juicio.

El juez, a regañadientes, me pidió que mantuviera mi cuestionario centrado. Golantz se sentó. Había ganado el punto, pero había perdido la posición. Todos los presentes en la sala lo veían ahora como un aguafiestas que privaba de la escasa levedad de un asunto tan serio.

Planteé unas cuantas preguntas más que revelaron que la doctora Arslanian trabajaba de profesora e investigadora en John Jay. Cubrí su historia y limitada disponibilidad como testigo experta y finalmente llevé su testimonio a los residuos de disparo hallados en el cuerpo y la ropa de Walter Elliot el día de los asesinatos en Malibú. Testificó que revisó los procedimientos y resultados del laboratorio del sheriff y llevó a cabo sus propias evaluaciones y modelos. Dijo que también había revisado todas las cintas de vídeo que la defensa le había proporcionado en conjunción con sus propios estudios.

—Veamos, doctora Arslanian, el testigo criminalístico de la fiscalía ha testificado anteriormente en este juicio que los discos adhesivos aplicados en las manos y las mangas de la chaqueta de Elliot dieron positivo por elevados niveles de ciertos elementos relacionados con los residuos de disparo. ¿Está de acuerdo con esa conclusión?

—Sí, lo estoy —afirmó mi testigo.

Una vibración grave de sorpresa recorrió la sala.

—¿Está diciendo que sus estudios concluían que el acusado tenía residuos de disparo en sus manos y ropa?

—Exacto. Niveles elevados de bario, antimonio y plomo. En combinación son indicadores de residuos de disparo.

—¿Qué significa «niveles elevados»?

—Significa que algunos de estos materiales se encuentran

en el cuerpo de una persona tanto si ha disparado un arma como si no. Por la vida cotidiana.

—Así pues, lo que se requiere para dar positivo en un test de residuos es tener niveles elevados de los tres materiales, ¿es correcto?

—Sí, y patrones de concentración.

—¿Puede explicar qué significa «patrones de concentración»?

—Claro. Cuando se descarga un arma (en este caso creemos que estamos hablando de una pistola) hay una explosión en la recámara que da a la bala su energía y velocidad. Esa explosión envía gases por el cañón junto con la bala, así como por cualquier pequeña fisura u obertura del arma. La ventana de expulsión situada detrás del cañón del arma se abre después del disparo. Los gases que escapan propulsan estos elementos microscópicos de que estamos hablando hacia atrás, hacia la persona que ha disparado.

—Y eso es lo que ocurrió en este caso, ¿correcto?

—No, no es correcto. Basándome en la totalidad de mi investigación no puedo decir eso.

Arqueé las cejas y fingí sorpresa.

—Pero doctora, acaba de decir que está de acuerdo con la conclusión de la fiscalía de que había residuos de disparo en las manos y las mangas del acusado.

—Estoy de acuerdo con la conclusión de la fiscalía de que había residuos en el acusado. Pero ésa no es la pregunta que me ha hecho.

Me tomé un momento para reformular mi pregunta.

—Doctora Arslanian, ¿me está diciendo que podría haber una explicación alternativa de los residuos hallados en el señor Elliot?

—Sí.

Ya estábamos allí. Finalmente habíamos llegado al quid del caso de la defensa. Era el momento de disparar la bala mágica.

—¿Su estudio de los materiales proporcionados este fin de semana por la defensa le condujo a una explicación alternativa de los residuos de disparo en las manos y la ropa de Walter Elliot?

—Sí.

—¿Y cuál es esa explicación?

—En mi opinión es muy probable que los residuos en las manos y la ropa del señor Elliot se hubieran transferido.

—¿Transferido? ¿Está insinuando que alguien intencionadamente le colocó los residuos de disparo?

—No. Estoy insinuando que ocurrió de manera inadvertida, por casualidad o error. El residuo es básicamente polvo microscópico, se mueve. Puede transferirse por contacto.

—¿Qué significa «transferirse por contacto»?

—Significa que el material del que estamos hablando se queda en una superficie después de que se descargue del arma de fuego. Si esa superficie entra en contacto con otra, parte del material se transfiere. Se frota, es lo que digo. Por eso hay protocolos de las fuerzas del orden para impedirlo. A las víctimas y sospechosos en crímenes con arma de fuego con frecuencia se les quita la ropa para preservarla y estudiarla. Algunas agencias del orden ponen bolsas de pruebas en las manos del sospechoso para preservar y evitar la transferencia.

—¿Este material puede transferirse más de una vez?

—Sí, con niveles descendentes. Es un material sólido, no es un gas. No se disipa como un gas. Es microscópico pero sólido, y ha de estar en algún sitio al final del día. He llevado a cabo numerosos estudios al respecto y he descubierto que la transferencia puede repetirse y repetirse.

—Pero en el caso de transferencia repetida, ¿esa cantidad de material se reduce con cada transferencia hasta que resulta indetectable?

—Exacto. Cada nueva superficie retendría menos que la superficie anterior, así que todo es cuestión de con cuánto se empieza. Cuanto más tienes al principio, mayor cantidad puede transferirse.

Asentí y tomé un pequeño descanso al pasar páginas en mi bloc como si estuviera buscando algo. Quería que hubiera una línea de separación clara entre la descripción de la teoría y el caso que nos ocupaba.

—Muy bien, doctora —dije finalmente—. Con estas teorías en mente, ¿puede decirnos lo que ha ocurrido en el caso Elliot?

—Puedo explicárselo y mostrárselo —dijo la doctora Arslanian—. Cuando el señor Elliot fue esposado y colocado en la parte posterior del coche cuatro-alfa, literalmente lo pusieron en un semillero de residuos. Así fue cómo y cuándo se produjo la transferencia.

—¿Cómo?

—Sus manos, brazos y ropa se situaron en contacto directo con residuos de otro caso. La transferencia fue inevitable.

Golantz protestó rápidamente, argumentando que yo no había establecido las bases para esa respuesta. Le dije al juez que pretendía hacerlo inmediatamente y solicité permiso para colocar el equipo de vídeo delante del jurado.

La doctora Arslanian había usado el material grabado por mi primer testigo, Julio Muñiz, y lo había editado en una demostración de vídeo. Lo presenté como prueba documental de la defensa tras la protesta denegada de Golantz. Usándolo como ayuda visual, llevé de la mano a mi testigo a través de la teoría de la transferencia de la defensa. Fue una exposición que se extendió durante casi una hora y fue una de las presentaciones más concienzudas de una teoría alternativa en las que había participado.

Empezamos con la detención de Eli Wyms y su colocación en el asiento trasero del coche alfa. Luego pasamos a Elliot colocado en el mismo coche patrulla menos de diez horas después; el mismo coche y el mismo asiento. Los dos hombres con las manos esposadas a la espalda. Arslanian fue asombrosamente categórica en su conclusión.

—Un hombre que había disparado armas al menos noventa y cuatro veces fue colocado en ese asiento —dijo la testigo—. ¡Noventa y cuatro veces! Literalmente estaba bañado en residuo.

—¿Y en su experta opinión el residuo se habría transferido de Eli Wyms al asiento de ese coche? —pregunté.

—Indudablemente.

—¿Y es su experta opinión que el residuo de ese asiento podría haberse transferido a la siguiente persona que se sentó allí?

—Sí.

—¿Y es su experta opinión que esto fue el origen del residuo sobre las manos y ropa de Walter Elliot?

—Una vez más, con las manos a la espalda de este modo,

entró en contacto directo con una superficie de transferencia. Sí, en mi experta opinión, creo que es así como los residuos de disparo llegaron a sus manos y ropa.

Hice una pausa más para remachar las conclusiones del experto. Si sabía algo de duda razonable, sabía que acababa de incrustarla en las conciencias de cada jurado. Que después votaran según su conciencia era otra cuestión.

50

*H*abía llegado el momento de apuntalar definitivamente el testimonio de la doctora Arslanian.

—Doctora, ¿llegó a alguna conclusión de sus análisis de indicios de residuos de disparo que apoyaran su teoría de transferencia que ha perfilado aquí?

—Sí.

—¿Y cuál es?

—Puedo usar mi maniquí para la demostración.

Solicité al juez permiso para que la testigo usara un maniquí con fines de demostración y éste accedió sin que Golantz protestara. Crucé el espacio asignado al alguacil para salir al pasillo que conducía al despacho del juez. Había dejado el maniquí de la doctora Arslanian allí hasta que fuera admitido. Lo llevé al centro del campo de pruebas situado delante del jurado y la cámara de Cortes TV. Hice un gesto a la doctora Arslanian para que bajara del estrado de los testigos e hiciera su demostración.

El maniquí era un modelo de cuerpo completo con miembros, manos e incluso dedos completamente articulados. Estaba hecho de plástico y tenía varias manchas en la cara y las manos por experimentos realizados a lo largo de los años. Iba vestido con tejanos y un polo azul oscuro bajo una cazadora con un diseño en la parte de atrás que conmemoraba la victoria de la Universidad de Florida en el campeonato de fútbol americano del año anterior. El maniquí estaba suspendido cinco centímetros del suelo mediante un soporte de metal y una plataforma con ruedas.

Me di cuenta de que había olvidado algo y fui a mi mochila con ruedas. Rápidamente saqué la falsa pistola de madera y un puntero y entregué ambas cosas a la doctora Arslanian antes de regresar al atril.

—Muy bien, ¿qué tenemos aquí, doctora?

—Éste es Manny, mi maniquí de demostración. Manny, el jurado.

Hubo algunas risas y un jurado, el abogado, incluso saludó con la cabeza al maniquí.

—¿Manny es fan de los Florida Gator?

—Eh, sí, hoy sí.

En ocasiones el mensajero puede oscurecer el mensaje. Con algunos testigos quieres eso porque su testimonio no es tan útil, pero no era el caso con la doctora Arslanian. Sabía que había estado caminando por la cuerda floja con ella: demasiado guapa y simpática por un lado; sólidas pruebas científicas por otro. El equilibrio adecuado haría que ella y su información causaran la máxima impresión en el jurado. Sabía que era el momento de volver al testimonio serio.

—¿Para qué necesitamos a Manny aquí, doctora?

—Porque un análisis de los discos SEM recogidos por el experto criminalístico del sheriff puede mostrarnos por qué el residuo hallado en el señor Elliot no procede de haber disparado un arma.

—Sé que el experto del estado explicó estos procedimientos la semana pasada, pero me gustaría que nos lo refrescara. ¿Qué es un disco SEM?

—El test de residuos de disparo se lleva a cabo con discos que tienen un lado adhesivo. Los discos se enganchan en la zona a probar y recogen todos los materiales microscópicos de la superficie. El disco pasa entonces a un microscopio electrónico de barrido, o SEM, como lo llamamos. A través del microscopio podemos ver los tres elementos de los que hemos estado hablando aquí. Bario, antimonio y plomo.

—De acuerdo, pues, ¿tiene una demostración para nosotros?

—Sí.

—Por favor, explíquela al jurado.

La doctora Arslanian extendió el puntero y se volvió hacia el jurado. Su demostración había sido cuidadosamente planeada y ensayada, hasta el punto de que yo siempre me refiriera a ella como doctora y ella siempre se refiriera al criminalista de la fiscalía como señor.

—El señor Guilfoyle, el experto criminalista del departamento del sheriff, tomó ocho muestras diferentes del cuerpo y la ropa del señor Elliot. Cada disco estaba codificado de manera que se conociera su localización.

Arslanian usó el puntero sobre el maniquí al referirse a las ubicaciones de las muestras. El maniquí estaba de pie con los brazos a los costados.

—El disco A correspondía a la parte superior de la mano derecha. El disco B era la parte superior de la mano izquierda. El disco C era la manga derecha de la cazadora del señor Elliot y el D, la manga izquierda. Después tenemos los discos E y F, que correspondían a las piezas delanteras derecha e izquierda de la chaqueta, y G y H, que eran las porciones del pecho y el torso de la camisa que el señor Elliot llevaba bajo la chaqueta abierta.

—¿Es ésta la ropa que llevaba ese día?

—No. Son duplicados exactos de lo que llevaba incluido la talla y el fabricante.

—Muy bien, ¿qué descubrió al analizar los ocho discos?

—He preparado un gráfico para que el jurado pueda seguir la explicación.

Presenté el gráfico como prueba documental de la defensa. Golantz había recibido una copia esa mañana. Esta vez se levantó y protestó, argumentando que la recepción tardía de ese gráfico violaba las normas de revelación. Le dije al juez que el gráfico se había compuesto la noche anterior después de mis reuniones con la doctora Arslanian el sábado y el domingo. El juez aceptó la protesta del fiscal, diciendo que la dirección de mi examen de la testigo era obvia y bien preparada y que por consiguiente debería haber trazado el gráfico antes. La protesta se aceptó y la doctora Arslanian tendría que volar sola. Había sido una apuesta, pero no lamentaba el movimiento. Prefería que mi testigo hablara con los jurados sin red a que Golantz hubiera estado en posesión de mi estrategia con antelación a su implementación.

—Muy bien, doctora, aún puede referirse a sus notas y al

gráfico. Los miembros del jurado tendrán que seguir su explicación. ¿Qué averiguó de su análisis de los ocho discos SEM?

—Descubrí que los niveles de residuo en los diferentes discos diferían en gran medida.

—¿Cómo es eso?

—Bueno, los discos A y B, que procedían de las manos de Elliot, tenían los mayores niveles de residuos hallados. Desde ahí había una gran caída en los niveles de residuos: las muestras C, D, E y F tenían niveles muy inferiores, y no había ninguna lectura de residuos en los discos G y H.

Una vez más usó un puntero para ilustrar.

—¿Qué le decía eso, doctora?

—Que los residuos de disparo en las manos y ropa del señor Elliot no eran consecuencia de haber disparado un arma.

—¿Puede ilustrar por qué?

—Primero, las lecturas similares de ambas manos indican que el arma se disparó sosteniéndola con las dos manos.

Se acercó al maniquí y le levantó las manos, formando una V al unir las manos por delante. Dobló la mano y los dedos en torno a la pistola de madera.

—Sin embargo, un agarre a dos manos también habría resultado en mayores niveles de residuos en las mangas de la chaqueta en particular y el resto de la ropa.

—Pero los discos procesados por el departamento del sheriff no muestran eso, ¿verdad?

—Cierto. Muestran lo contrario. Aunque una disminución respecto a los niveles de las manos era esperable, no era esperable que fuera de esa magnitud.

—Así pues, en su experta opinión, ¿qué significa?

—Una exposición de transferencia compuesta. La primera exposición se produjo cuando fue colocado con las manos y brazos a su espalda en el coche cuatro-alfa. Después de eso, el material quedó en manos y brazos, y parte de éste se transfirió en una segunda vez a las piezas frontales de su chaqueta por el movimiento normal de manos y brazos. Esto habría ocurrido continuamente hasta que le quitaron la ropa.

—¿Y las lecturas nulas de la camisa que llevaba bajo la chaqueta?

369

—No las contamos porque la chaqueta podría haber estado abrochada cuando se efectuaron los disparos.

—En su experta opinión, doctora, ¿hay alguna forma de que el señor Elliot pudiera haber mostrado este patrón de residuos en manos y ropa por disparar un arma de fuego?

—No.

—Gracias, doctora Arslanian. No hay más preguntas.

Volví a mi silla y me incliné para susurrarle al oído a Walter Elliot.

—Si no acabamos de darles duda razonable, entonces no sé lo que es eso.

Elliot asintió y me dijo en otro susurro:

—Los mejores diez mil dólares que he gastado nunca.

Sinceramente, creía que yo tampoco lo había hecho tan mal, pero lo dejé estar. Golantz solicitó al juez la pausa de media tarde antes de empezar con el contrainterrogatorio de la testigo y el juez accedió. Me fijé en lo que me pareció una mayor carga de energía en el bullicio de la sala después del receso. Shami Arslanian sin duda había dado impulso a la defensa.

En quince minutos vería lo que Golantz tenía en su arsenal para poner en duda la credibilidad de mi testigo y su testimonio, pero no imaginaba que tuviera mucho. De haber tenido algo, no habría pedido un receso. Se habría levantado y se habría lanzado a por ella.

Después de que el juez y el jurado hubieran abandonado la sala y los observadores se dirigieran hacia el pasillo, me acerqué a la mesa de la acusación. Golantz estaba escribiendo preguntas en un bloc. No me miró.

—¿Qué? —dijo.

—La respuesta es no.

—¿A qué pregunta?

—A la que iba a hacer de que mi cliente aceptara un convenio declaratorio. No nos interesa.

Golantz rio.

—Muy gracioso, Haller. Así que ha tenido una testigo impresionante. El juicio dista mucho de haber terminado.

—Y tengo a un capitán de policía francés que va a testificar mañana que Rilz delató a siete de los hombres más peligrosos y vengativos que jamás ha investigado. Dos de ellos salieron de prisión el año pasado y desaparecieron; nadie sabe dónde están. Quizá estuvieron en Malibú este invierno.

Golantz dejó el bolígrafo en la mesa y finalmente me miró.

—Sí, hablé ayer con su inspector Clouseau. Está muy claro que va a decir lo que usted quiera que diga, siempre que le haga volar en primera clase. Al final de la declaración, sacó uno de esos planos de las estrellas y me preguntó si podía enseñarle dónde vive Angelina Jolie. Es un testigo serio el que se ha traído.

Le dije al capitán Pepin que dejara el plano. Al parecer no me escuchó. Necesitaba cambiar de tema.

—Bueno, ¿dónde están los alemanes? —pregunté.

Golantz miró a su espalda para asegurarse de que los familiares de Johan Rilz no estaban allí.

—Les dije que tenían que estar preparados para su estrategia de construir una defensa cagándose en la memoria de su hijo y hermano —explicó—. Les avisé que iba a tomar los problemas de Johan en Francia hace cinco años y usarlos para describirlo como un gigoló alemán que seducía clientes ricos, hombres y mujeres, en todo Malibú y la costa oeste. ¿Sabe lo que me dijo el padre?

371

—No, pero me lo va a decir.

—Dijo que ya habían tenido suficiente de justicia americana y que se volvían a casa.

Traté de pensar en alguna respuesta ingeniosa y cínica, pero no se me ocurrió nada.

—No se preocupe —dijo Golantz—. Ganemos o perdamos, les llamaré y les diré el veredicto.

—Bien.

Lo dejé allí y salí al pasillo para buscar a mi cliente. Lo vi en el centro de una nube de periodistas. Sintiéndose envalentonado después del éxito del testimonio de la doctora Arslanian, ya estaba trabajando al gran jurado: la opinión pública.

—Todo este tiempo se han concentrado en mí y el verdadero asesino ha estado en libertad.

Un bonito y conciso corte de voz. Era bueno. Estaba a punto de abrirme paso entre la multitud para agarrarlo cuando me interceptó Dennis Wojciechowski.

—Ven conmigo —dijo.

Salimos al pasillo y dejamos atrás la multitud.

—¿Qué pasa, Cisco? Me estaba preguntando dónde te habías metido.

—He estado ocupado. Tengo el informe de Florida. ¿Quieres oírlo?

Le había contado lo que me había dicho Elliot sobre la llamada organización. La historia de Elliot me había parecido suficientemente sincera, pero a la luz del día me recordé a mí mismo el lugar común más simple —todo el mundo miente— y le dije a Cisco que viera qué podía hacer para confirmarlo.

—Cuenta —dije.

—Usé a un detective privado de Fort Lauderdale con el que había trabajado antes. Tampa está al otro lado del estado, pero quería usar a un tipo al que conociera y del que me fiara.

—Entiendo. ¿Qué ha descubierto?

—El abuelo de Elliot fundó una compañía de fosfatos hace setenta y ocho años. Trabajó en ella, después trabajó el padre de Elliot y después el propio Elliot, pero a éste no le gustaba mancharse las manos con el negocio de los fosfatos y vendió la compañía un año después de que su padre muriera de un ataque al corazón. Era una empresa de propiedad privada, así que el registro de la venta no es público. Los periódicos de la época cifraron la venta en treinta y dos millones.

—¿Y el crimen organizado?

—Mi hombre no ha podido encontrar ni rastro. Le pareció que fue una operación limpia, legal. Elliot te dijo que era un testaferro y que lo enviaron aquí para invertir su dinero. No dijo nada de que vendiera su propia compañía y trajera el dinero aquí. Ese tipo te está mintiendo.

Asentí con la cabeza.

—Vale, Cisco, gracias.

—¿Me necesitas en la sala? Tengo unas cuantas cosas en las que sigo trabajando. He oído que el jurado número siete no ha aparecido esta mañana.

—Sí, ha desaparecido. Y no te necesito en el tribunal.

—Vale, colega, ya te llamaré.

Se dirigió hacia los ascensores y yo me quedé mirando a mi

cliente departiendo con los periodistas. Empecé a sentir una quemazón y el calor fue aumentando al avanzar entre la multitud para recogerlo.

—Muy bien, amigos —dije—. No hay más comentarios. No hay más comentarios.

Agarré a Elliot del brazo, sacándolo de la multitud y llevándolo por el pasillo. Aparté a un par de periodistas que nos seguían hasta que finalmente estuvimos lo bastante alejados para poder hablar en privado.

—Walter, ¿qué estaba haciendo?

Estaba sonriendo con regocijo. Cerró el puño y golpeó el aire.

—Metiéndoselo por el culo. Al fiscal, a los sheriffs y a todos ellos.

—Sí, bueno, será mejor esperar con eso. Aún queda mucho. Quizás hayamos ganado la batalla, pero aún no hemos ganado la guerra.

—Oh, vamos. Está en el bote, Mick. Ha estado genial. O sea, ¡quiero casarme con ella!

—Sí, ha estado bien, pero mejor esperemos a ver cómo le va en el contrainterrogatorio antes de que le compre el anillo, ¿vale?

Otra periodista se acercó y le dije que se fuera a paseo, luego me volví a mi cliente.

—Escuche, Walter, hemos de hablar.

—Vale, hablemos.

—He pedido a un investigador privado que compruebe su historia en Florida y acabo de enterarme de que era todo mentira. Me mintió, Walter, y le dije que nunca me mintiera.

Elliot negó con la cabeza y pareció enfadado conmigo por pincharle el globo. Para él, que lo pillaran en una mentira era una inconveniencia menor, una molestia que no tendría que haber sacado a relucir.

—¿Por qué me mintió, Walter? ¿Por qué urdió esa historia?

Se encogió de hombros y no me miró cuando habló.

—¿La historia? La leí en un guion. Rechacé el proyecto, pero recuerdo la historia.

—Pero ¿por qué? Soy su abogado. Puede decirme cualquier cosa. Le pedí que me dijera la verdad y me mintió. ¿Por qué?

373

Finalmente me miró a los ojos.

—Sabía que tenía que encender un fuego bajo sus pies.

—¿Qué fuego? ¿De qué está hablando?

—Venga, Mickey. No vamos…

Elliot se estaba volviendo para dirigirse a la sala, pero lo agarré con fuerza por el brazo.

—No, quiero escucharlo. ¿Qué fuego encendió?

—Todo el mundo va a volver a entrar. El descanso ha terminado y deberíamos volver.

Lo agarré con más fuerza.

—¿Qué fuego, Walter?

—Me está haciendo daño en el brazo.

Aflojé un poco, pero no lo solté. No dejé de mirarlo a los ojos.

—¿Qué fuego?

Elliot volvió a apartar la mirada y puso expresión de hartazgo. Finalmente lo soltó.

—Mire —dijo—. Desde el principio necesitaba que creyera que no lo hice. Era la única forma de saber que iba a hacerlo lo mejor posible. Que sería implacable. —Lo miré y vi que la sonrisa se convertía en una expresión de orgullo—. Le dije que sé leer a la gente, Mick. Sabía que necesitaba algo en lo que creer. Sabía que si era un poco culpable, pero no culpable del crimen mayor, entonces le daría lo que necesitaba. Le devolvería su fuego.

Dicen que en Hollywood los mejores actores están detrás de la cámara. En ese momento supe que era cierto. Supe que Elliot había matado a su mujer y a su amante y que incluso estaba orgulloso de ello. Conseguí que me saliera la voz y hablé.

—¿De dónde sacó la pistola?

—Ah, la tenía. La compré bajo mano en un mercado en los setenta. Era fan de Harry *el Sucio* y quería una cuarenta y cuatro. La guardaba en la casa de la playa por protección. ¿Sabe?, hay muchos vagabundos en la playa.

—¿Qué ocurrió realmente en esa casa, Harry?

Asintió como si su plan en todo momento hubiera sido tomarse este momento para contármelo.

—Lo que ocurrió fue que fui a enfrentarme a ella y a quien se estuviera tirando todos los lunes como un reloj. Pero cuando llegué allí, me di cuenta de que era Rilz. Me lo había pasado por delante de mis narices como un maricón, lo llevaba con nosotros a cenas, fiestas y *premieres* y probablemente se reían de eso después. Se reían de mí, Mick.

»Me sacó de mis casillas. De hecho me enfurecí. Saqué la pistola del armario, me puse guantes de goma de debajo del fregadero y subí. Debería haber visto la expresión de sus rostros al ver esa gran pistola.

Lo miré un buen rato. Había tenido antes clientes que me habían confesado. Pero normalmente lo hacían llorando, retorciéndose las manos, batallando con los demonios que sus crímenes habían creado en su interior. Pero no Walter Elliot. Él era frío hasta el final.

—¿Cómo se desembarazó del arma?

—No había ido solo. Tenía alguien conmigo que se llevó el arma, los guantes y mi ropa. Volvió a la playa, subió a la autovía del Pacífico y tomó un taxi. Entre tanto, yo me lavé y me cambié, luego llamé al 911.

—¿Quién le ayudó?

—No necesita saber eso.

Asentí. No porque estuviera de acuerdo con él, sino porque ya lo sabía. Tuve un fogonazo de Nina Albrecht abriendo con facilidad la puerta de la terraza cuando yo no supe hacerlo. Mostraba una familiaridad con el dormitorio de su jefe que me había asombrado en el momento en que lo había visto.

Aparté la mirada de mi cliente y miré al suelo. Lo habían gastado un millón de personas que habían caminado un millón de kilómetros en busca de justicia.

—Nunca conté con la transferencia, Mick. Cuando me dijeron si quería hacer el test, estuve encantado. Pensaba que estaba limpio y que ellos lo verían y sería el final. Ni pistola, ni residuo ni caso. —Negó con la cabeza por lo cerca que había estado—. Gracias a Dios que hay abogados como usted.

Lo fulminé con la mirada.

—¿Mató a Jerry Vincent?

Elliot me miró a los ojos y negó con la cabeza.

—No. Pero fue un golpe de suerte porque terminé con un abogado mejor.

No sabía cómo responder. Miré por el pasillo a la puerta de

la sala. El agente me saludó y me hizo una seña para que entrara. El receso había terminado y el juez estaba listo para empezar. Asentí y levanté un dedo para pedirle que esperara. Sabía que el juez no ocuparía su estrado hasta que le dijeran que los abogados estaban en su sitio.

—Vuelva a entrar —le dije a Elliot—. He de ir al lavabo.

Elliot caminó tranquilamente hacia el agente que esperaba. Yo me apresuré a entrar en el cuarto de baño y fui a uno de los lavamanos. Me eché agua fría en la cara, salpicándome mi mejor traje y camisa, pero sin que me importara en absoluto.

51

Esa noche envié a Patrick al cine porque quería la casa para mí. No quería televisión ni conversación. No quería interrupción ni a nadie observándome. Llamé a Bosch y le dije que ya no iba a salir. No era para preparar el que probablemente iba a ser el último día del juicio; estaba más que preparado para eso. Tenía al capitán de policía francés listo para entregar otra dosis de duda razonable al jurado.

Y tampoco era porque ahora sabía que mi cliente era culpable. Podía contar los clientes verdaderamente inocentes que había tenido a lo largo de los años con los dedos de una mano. La gente culpable es mi especialidad. Pero me sentía magullado porque me habían utilizado. Y porque había olvidado la regla básica: todo el mundo miente.

Y me sentía magullado porque sabía que yo también era culpable. No podía dejar de pensar en el padre y los hermanos de Rilz, en lo que le habían dicho a Golantz sobre su decisión de volver a su país. No esperaban a ver el veredicto si antes suponía ver a su difunta persona amada arrastrada por las cloacas del sistema judicial de Estados Unidos. Había pasado casi veinte años defendiendo culpables y en ocasiones hombres malvados. Siempre había sido capaz de aceptarlo y vivir con ello. Pero no me sentía muy bien conmigo mismo por la actuación que iba a realizar al día siguiente.

Era en esos momentos cuando sentía el deseo más fuerte de volver a las antiguas formas. A encontrar de nuevo esa distancia. A tomar la pastilla contra el dolor físico que sabía que amortiguaría mi dolor interno. Era en esos momentos cuando me daba cuenta de que tenía que enfrentarme a mi propio jurado y que el veredicto inminente era culpable, que no habría más casos después de aquél.

Salí a la terraza, esperando que la ciudad me sacara del abismo en el que había caído. La noche era clara, fría y reparadora. Los Ángeles se extendía delante de mí en un tapiz de luces, cada una un veredicto sobre un sueño. Alguna gente vivía el sueño y otra no. Algunos cumplían con el diez por ciento de sus sueños y otros los mantenían pegados al corazón y tan sagrados como la noche. No estaba seguro de que me quedara siquiera un sueño. Sentía que sólo tenía pecados que confesar.

Al cabo de un rato me sobrevino un recuerdo y en cierto modo sonreí. Era uno de mis últimos recuerdos claros de mi padre, el mejor abogado de su época. Una antigua bola de cristal —una herencia de México procedente de la familia de mi madre— se había hallado rota junto al árbol de Navidad. Mi madre me llevó a la sala para que viera el daño y para darme la oportunidad de confesar mi culpa. En aquella época mi padre estaba enfermo y no iba a ponerse mejor. Había trasladado su trabajo —lo que le quedaba— a casa, al estudio de al lado de la sala. Yo no lo veía a través de la puerta abierta, pero oí su voz en un sonsonete de canción de cuna.

«Que feo pinta, pide la Quinta...»

Sabía lo que significaba. Incluso a los cinco años era el hijo de mi padre en sangre y en ley. Me negué a contestar las preguntas de mi madre. Me negué a incriminarme a mí mismo.

Ahora reí ruidosamente al mirar a la ciudad de los sueños. Me agaché, con los codos sobre la barandilla e incliné la cabeza.

—No puedo seguir haciéndolo —me susurré a mí mismo.

La canción del Llanero Solitario sonó de repente desde la puerta abierta que tenía detrás de mí. Retrocedí de nuevo al interior y miré el teléfono móvil que estaba sobre la mesa, junto a mis llaves. La pantalla decía NÚMERO PRIVADO. Vacilé, sabiendo exactamente cuánto tiempo sonaría la canción antes de que saltara el contestador.

En el último momento cogí la llamada.

—¿Es Michael Haller, el abogado?

—Sí, ¿quién es?

—Soy el agente de policía Randall Morris. ¿Conoce a una individua llamada Elaine Ross, señor?

Sentí un puñetazo en las entrañas.

—¿Lanie? Sí. ¿Qué ha ocurrido?

—Eh, señor, tengo aquí a la señora Ross en Mulholland Drive y no debería conducir. De hecho, se ha desmayado desde que me ha dado su tarjeta.

Cerré los ojos un momento. La llamada parecía confirmar mis temores sobre Lanie Ross. Había vuelto a caer. Una detención volvería a colocarla en el sistema y probablemente le costaría otra temporada en prisión preventiva y rehabilitación.

—¿A qué calabozo va a llevarla? —pregunté.

—Voy a ser honesto, señor Haller. Estaré en código siete dentro de veinte minutos. Si bajo para acusarla, serán dos horas más y ya he llegado al máximo de horas extra permitidas este mes. Iba a decirle que, si puede pasar usted o enviar a alguien a por ella, estoy dispuesto a darle otra oportunidad, ¿me entiende?

—Sí. Gracias, agente Morris. Iré a buscarla si me da la dirección.

—¿Sabe dónde está el mirador de Fryman Canyon?

—Sí.

—Estamos ahí mismo. Dese prisa.

—Estaré allí en menos de quince minutos.

Fryman Canyon estaba a pocas manzanas del garaje convertido en casa de invitados donde un amigo dejaba que Lanie viviera sin pagar alquiler. Podía llevarla a casa, volver caminando y recuperar después su coche. Tardaría menos de una hora y eso salvaría a Lanie de ir a prisión y a su coche de ser víctima de la grúa.

Salí de la casa y subí por Laurel Canyon hacia Mulholland. Cuando llegué a la cima, giré a la izquierda y me dirigí al oeste. Bajé la ventanilla y dejé que entrara aire frío al sentir los primeros tirones de la fatiga del día. Seguí por la carretera serpenteante durante casi un kilómetro, frenando cuando mis faros iluminaron a un coyote que se alzaba junto a la carretera.

Mi teléfono móvil zumbó como había estado esperando.

—¿Por qué ha tardado tanto en llamar, Bosch? —dije a modo de saludo.

—He estado llamando, pero no hay cobertura en el cañón —contestó Bosch—. ¿Es algún tipo de test? ¿Adónde diablos está yendo? Me llamó y me dijo que había terminado hasta mañana.

—Recibí una llamada. A una… clienta mía la han detenido por conducir ebria aquí. El poli le dará una oportunidad si la llevo a casa.

—¿Desde dónde?

—Del mirador de Fryman Canyon. Ya casi estoy allí.

—¿Quién era el agente?

—Randall Morris. No dijo si era de Hollywood o de North Hollywood.

Mulholland era frontera entre las dos divisiones policiales. Morris podía trabajar para cualquiera de las dos.

—Muy bien, pare hasta que pueda comprobarlo.

—¿Parar? ¿Dónde?

Mulholland era una serpenteante calle de doble sentido sin sitio para parar salvo los miradores. Si me detenía en cualquier otro lugar, el siguiente coche que tomara la curva se me llevaría por delante.

—Entonces, reduzca.

—Ya he llegado.

El mirador de Fryman Canyon estaba en el lado del valle de San Fernando. Giré a la derecha y pasé junto al cartel que decía que la zona de aparcamiento estaba cerrada después de anochecer.

No vi el coche de Lanie ni un coche patrulla. La zona de aparcamiento estaba vacía. Miré mi reloj. Sólo habían pasado doce minutos desde que le había dicho al agente Morris que llegaría en menos de quince.

—¡Maldita sea!

—¿Qué? —preguntó Bosch.

Apreté la palma de mi mano en el volante. Morris no había esperado. Había seguido adelante y se había llevado a Lanie al calabozo.

—¿Qué? —repitió Bosch.

—No está aquí —dije—. Ni tampoco el policía. Se la ha llevado al calabozo.

Me iba a tocar adivinar a qué comisaría habían transportado a Lanie y probablemente pasar el resto de la noche arreglando la fianza y llevándola a casa. Al día siguiente estaría destrozado en el juicio.

Puse la transmisión en Park, bajé y miré a mi alrededor. Las luces del valle se extendían más abajo del precipicio a lo largo de kilómetros.

—Bosch, he de irme. He de tratar de averiguar…

Capté movimiento con el rabillo de mi ojo izquierdo. Me volví y vi una figura saliendo de los altos arbustos que había junto al descampado del aparcamiento. Al principio pensé que era un coyote, pero entonces vi que era un hombre. Iba vestido de negro y llevaba un pasamontañas que le cubría la cara. Al enderezarse, vi que levantaba un arma hacia mí.

—Espere un momento —dije—. ¿Qué es…?

—¡Suelte el puto teléfono!

Solté el teléfono y levanté las manos.

—Vale, vale, ¿qué es esto? ¿Está con Bosch?

El hombre se movió rápidamente hacia mí y me empujó hacia atrás. Yo caí al suelo y acto seguido sentí que me agarraban por el cuello de la chaqueta.

—¡Arriba!

—¿Qué es…?

—¡Arriba! ¡Ahora!

Empezó a estirarme.

—Vale, vale. Me estoy levantando.

En cuanto estuve en pie, el hombre me empujó hacia delante y crucé por delante de las luces de mi coche.

—¿Adónde vamos? ¿Qué está…?

Me empujó otra vez.

—¿Quién es usted? ¿Por qué…?

—Hace demasiadas preguntas, abogado.

Me agarró por la parte de atrás del cuello de la chaqueta y me empujó hacia el precipicio. Sabía que era una caída en picado desde el borde. Iba a terminar en la piscina climatizada de alguien, después de un salto de trampolín de cien metros.

Traté de clavar los talones y frenar mi impulso, pero eso resultó en que me empujaran aún más fuerte. Iba embalado y el

381

hombre del pasamontañas me iba a lanzar por el borde hacia el negro abismo.

—¡No puede…!

De repente sonó un disparo. No desde detrás de mí, sino desde la derecha y a cierta distancia. Casi simultáneamente hubo un sonido metálico a mi espalda y el hombre del pasamontañas gritó y cayó en los arbustos a la izquierda.

Al instante oí voces y gritos.

—¡Suelte el arma! ¡Suelte el arma!

—¡Al suelo! ¡Al suelo boca abajo!

Yo me tiré al suelo boca abajo al borde del precipicio y puse las manos encima de la cabeza para protegerme. Oí más gritos y el sonido de gente que corría. Oí motores atronando y vehículos aplastando grava. Cuando abrí los ojos, vi luces azules destellando en patrones repetidos en el suelo y los arbustos. Luces azules significaba policías. Significaba que estaba a salvo.

—Abogado —dijo una voz desde encima de mí—. Ya puede levantarse.

Giré el cuello para mirar. Era Bosch, con su cara en sombra silueteada por las estrellas desde arriba.

—Esta vez le ha ido de un pelo —dijo.

52

*E*l hombre con el pasamontañas negro gruñó de dolor cuando le esposaban las manos a la espalda.

—¡La mano! ¡Joder, capullos, tengo la mano rota!

Me puse en pie y vi a varios hombres con impermeables negros moviéndose como hormigas en una colina. Algunas de las chaquetas de plástico llevaban las siglas del Departamento de Policía de Los Ángeles, pero en la mayoría ponía FBI. Enseguida apareció en el cielo un helicóptero e iluminó todo el aparcamiento con un foco.

Bosch se acercó a los agentes del FBI acurrucados junto al hombre del pasamontañas.

—¿Le han dado? —preguntó.

—No hay herida —dijo un agente—. La bala debe de haber dado en la pistola, pero igual duele como su puta madre.

—¿Dónde está la pistola?

—Aún la estamos buscando —dijo el agente.

—Podría haber caído por el despeñadero —apuntó otro agente.

—Si no la encontramos esta noche, la encontraremos por la mañana —concluyó un tercero.

Levantaron al hombre. Dos de los agentes del FBI se quedaron de pie uno a cada lado, agarrándolo por los codos.

—Veamos a quién tenemos —dijo Bosch.

Le quitaron el pasamontañas sin ceremonias y le apuntaron directamente a la cara con una linterna. Bosch se volvió y me miró.

—El jurado número siete —dije.

—¿De qué está hablando?

—El jurado número siete del juicio. No apareció hoy y el departamento del sheriff lo estaba buscando.

Bosch se volvió hacia el hombre que yo sabía que se llamaba David McSweeney.

—Que no se mueva de aquí.

Bosch dio media vuelta y me hizo una seña para que lo siguiera. Se alejó del círculo de actividad y fue hacia el descampado de aparcamiento, cerca de mi coche. Se detuvo y se volvió hacia mí, pero yo pregunté antes.

—¿Qué ha pasado?

—Lo que acaba de pasar es que le hemos salvado la vida. Iba a tirarlo al vacío.

—Eso ya lo sé, pero ¿qué ha ocurrido? ¿De dónde ha salido usted y todos los demás? Dijo que dejaba que la gente se fuera por la noche después de que me metía en casa. ¿De dónde han salido todos estos polis? ¿Y qué está haciendo aquí el FBI?

—Las cosas eran distintas esta noche. Han pasado cosas.

—¿Qué cosas han pasado? ¿Qué ha cambiado?

—Podemos hablar de eso después, ahora hablemos de lo que tenemos aquí.

—No sé qué tenemos aquí.

—Hábleme del jurado número siete. ¿Por qué no se ha presentado hoy?

—Bueno, probablemente debería preguntárselo a él. Lo único que puedo decirle es que esta mañana el juez nos ha llamado a su despacho y nos ha contado que tenía una carta anónima que decía que el jurado número siete era falso y que había mentido porque tenía antecedentes. El juez pensaba interrogarlo, pero no apareció. Enviaron a agentes del sheriff a su casa y su trabajo y volvieron con un tipo que no era el jurado número siete.

Bosch levantó la mano como un policía de tráfico.

—Espere, espere. No tiene sentido. Sé que acaba de pasar un buen susto, pero...

Se detuvo cuando uno de los hombres con chaqueta del Departamento de Policía de Los Ángeles se acercó para dirigirse a él.

—¿Quiere que pidamos una ambulancia? Dice que cree que tiene la mano rota.

384

—No, que no se mueva de ahí. Lo verá un médico después de que presentamos cargos.

—¿Está seguro?

—Que se joda.

El hombre asintió y volvió al lugar donde estaba reteniendo a McSweeney.

—Sí, que se joda —dije.

—¿Por qué quería matarle? —preguntó Bosch.

Levanté las manos abiertas.

—No lo sé. Quizá por el artículo del *Times*. ¿No era ése el plan, sacarlo a relucir?

—Creo que me está ocultando algo, Haller.

—Mire, le he dicho todo lo que he podido todo el tiempo. Es usted el que me oculta cosas y juega conmigo. ¿Qué está haciendo aquí el FBI?

—Han estado aquí desde el principio.

—Perfecto, y se olvidó de contármelo.

—Le dije lo que necesitaba saber.

—Bueno, ahora necesito saberlo todo o mi cooperación con usted termina aquí. Y eso incluye ser cualquier clase de testigo contra el hombre de allí.

Esperé un momento y él no dijo nada. Me volví para caminar hacia mi coche y Bosch me puso la mano en el brazo. Sonrió con frustración y negó con la cabeza.

—Vamos, hombre, cálmese. No vaya lanzando amenazas huecas.

—¿Cree que es una amenaza hueca? ¿Por qué no vemos lo hueca que es cuando empiece a eternizar la citación de un jurado de acusación federal que sé que surgirá de esto? Puedo alegar confidencialidad con el cliente hasta el Tribunal Supremo (apuesto a que sólo tardará un par de años) y sus nuevos amigos del FBI van a lamentar que usted no jugara limpio conmigo cuando tuvo la ocasión.

Bosch pensó un momento y me tiró del brazo.

—Muy bien, tipo duro, venga aquí.

Caminamos hasta un lugar de la zona de aparcamiento, aún más lejos del hormiguero de fuerzas del orden. Bosch empezó a hablar.

—El FBI contactó conmigo unos días después del asesinato de Vincent y me dijo que había sido una persona de interés para ellos. Es todo; una persona de interés. Era uno de los abogados cuyos nombres surgieron en su investigación de los tribunales estatales. Nada específico, sólo basado en rumores, cosas que supuestamente había dicho a los clientes que podía hacer, conexiones que aseguraba tener, esa clase de cosas. Habían elaborado una lista de abogados que podrían ser corruptos y Vincent estaba en ella. Lo invitaron como testigo cooperador, pero no aceptó. Estaban incrementando la presión sobre él cuando lo mataron.

—Así que le dijeron todo esto y unieron fuerzas. ¿No es maravilloso? Gracias por decírmelo.

—Como he dicho, no necesitaba saberlo.

Un hombre con chaqueta del FBI cruzó la zona de aparcamiento por detrás de Bosch y su cara apareció momentáneamente iluminada desde arriba. Me sonaba familiar, pero no lograba situarlo. Hasta que lo imaginé con bigote.

—Eh, aquí está el capullo que me mandó el otro día —dije lo bastante alto para que el agente que pasaba lo oyera—. Tiene suerte de que no le metí una bala en la cara en la puerta.

Bosch me puso las dos manos en el pecho y me apartó unos pasos.

—Cálmese, abogado. Si no hubiera sido por el FBI, no habría tenido el personal suficiente para vigilarlo. Y ahora mismo yacería al pie de la montaña.

Le aparté las manos del pecho, pero me calmé. Mi rabia se disipó al aceptar la realidad de lo que Bosch acababa de decir. Y la realidad de que me habían usado como un peón desde el principio. No sólo mi cliente, sino también Bosch y el FBI. Bosch aprovechó el momento para señalar a otro agente, que estaba de pie cerca vigilando.

—Éste es el agente Armstead. Ha estado dirigiendo el lado del FBI de la operación y tiene unas preguntas para usted.

—¿Por qué no? Nadie responde las mías, así que puedo responder las suyas.

Armstead era un agente joven y bien cuidado, con un corte de pelo de precisión militar.

—Señor Haller, llegaremos a sus preguntas en cuanto podamos —dijo—. Ahora mismo tenemos una situación incierta y su cooperación será sumamente apreciada. ¿Es el jurado número siete el hombre al que sobornó Vincent?

Miré a Bosch con expresión de «¿quién es este tío?».

—¿Cómo voy a saberlo? Yo no formaba parte de eso. Si quiere una respuesta, pregúntele a él.

—No se preocupe. Le haremos muchas preguntas. ¿Qué estaba haciendo aquí arriba, señor Haller?

—Ya se lo he contado. Se lo conté a Bosch. Recibí una llamada de alguien que dijo que era policía. Dijo que había aquí una mujer a la que conocía personalmente y que podía subir y llevarla a casa y ahorrarle el problema de acusarla por conducir con exceso de alcohol.

—Comprobamos ese nombre que me dio en el teléfono —dijo Bosch—. Hay un Randall Morris en el departamento. Está en bandas en South Bureau.

Asentí con la cabeza.

—Sí, bueno, creo que ahora está bastante claro que era una llamada falsa. Pero conocía el nombre de mi amiga y tenía mi móvil. En ese momento me pareció convincente, ¿vale?

—¿Cómo consiguió él el nombre de la mujer? —preguntó Armstead.

—Buena pregunta. Teníamos una relación (una relación platónica), pero no he hablado con ella desde hace casi un mes.

—Entonces, ¿cómo iba a saber de ella?

—Joder, me está preguntando cosas que no sé. Vaya a preguntárselo a McSweeney.

Me di cuenta inmediatamente de que había patinado. No conocería el nombre a no ser que hubiera estado investigando al jurado número siete.

Bosch me miró con curiosidad. No sé si se dio cuenta de que se suponía que el jurado tenía que ser anónimo incluso entre los abogados del caso. Antes de que pudiera hacerme una pregunta, me salvó alguien que gritaba desde los arbustos por donde casi me habían tirado.

—¡Tengo la pistola!

Bosch me señaló con el dedo en el pecho.

—Quédese aquí.

Observé a Bosch y Armstead alejándose y uniéndose a unos pocos agentes más mientras estudiaban el arma que habían encontrado bajo el haz de una linterna. Bosch no tocó el arma, pero se inclinó a la luz para examinarla de cerca.

La obertura de *Guillermo Tell* empezó a sonar detrás de mí. Me volví y vi mi teléfono caído sobre la grava con su pantallita cuadrada brillando como un faro. Me acerqué y lo recogí. Era Cisco y respondí a la llamada.

—Cisco, luego te llamo.

—Que sea deprisa. Tengo buena información para ti. Vas a querer saber esto.

Cerré el teléfono y observé a Bosch terminando su estudio del arma y luego acercándose a McSweeney. Se inclinó junto a él y le susurró algo al oído. No esperó respuesta. Se limitó a darse la vuelta y caminó de nuevo hacia mí. Sabía incluso bajo la tenue luz de luna que estaba excitado. Armstead lo siguió.

—La pistola es una Beretta Bobcat, como la que buscábamos por Vincent —dijo—. Si la balística coincide, tenemos a este tipo envuelto para regalo. Me encargaré de que reciba una mención de honor del ayuntamiento.

—Bueno. La enmarcaré.

—Explíqueme esto, Haller, y puede empezar con él siendo la persona que mató a Vincent. ¿Por qué quería matarle también a usted?

—No lo sé.

—El soborno —preguntó Armstead—, ¿es el que cobró el dinero?

—Misma respuesta que le di hace cinco minutos: no lo sé. Pero tiene sentido.

—¿Cómo conocía el nombre de su amiga?

—Tampoco lo sé.

—Entonces, ¿de qué me sirve? —preguntó Bosch.

Era una buena pregunta y la respuesta inmediata no me sentaba bien.

—Mire, detective, yo...

—No se moleste. ¿Por qué no se mete en el coche y se larga? Nos ocuparemos desde aquí.

Se volvió y empezó a alejarse y Armstead lo siguió. Yo va-

388

cilé y entonces llamé a Bosch. Le hice una seña para que volviera. Él le dijo algo al agente del FBI y se me acercó solo.

—Nada de mentiras —dijo con impaciencia—. No tengo tiempo.

—Vale, ésta es la cuestión. Creo que quería que pareciera que salté.

Bosch lo consideró y luego negó con la cabeza.

—¿Suicidio? ¿Quién creería eso? Tenía el caso de la década. Está en la cima, en la tele. Y tiene una hija de la que ocuparse. Suicidio no colaría.

Asentí con la cabeza.

—Sí colaría.

Me miró y no dijo nada, esperando que me explicara.

—Soy un adicto en recuperación, Bosch. ¿Sabe lo que es eso?

—¿Por qué no me lo cuenta?

—La historia sería que no pude soportar la presión del gran caso y toda la atención, y que había recaído o estaba a punto de hacerlo. Así que salté en lugar de volver a eso. No es algo fuera de lo común, Bosch. Lo llaman la salida rápida. Y me hace pensar que...

—¿Qué?

Señalé por el descampado al jurado número siete.

—Que él y la persona para la que trabajaba sabían mucho de mí. Hicieron una investigación profunda. Averiguaron lo de mi adicción y el nombre de Lanie. Luego pensaron un plan sólido para deshacerse de mí, porque no podían volver a dispararle a otro abogado sin atraer un escrutinio masivo sobre lo que tenían en marcha. Si lo mío pasaba por suicidio, habría mucha menos presión.

—Sí, pero ¿por qué necesitaban desembarazarse de usted?

—Supongo que pensaban que sabía demasiado.

—¿Sabía demasiado?

Antes de que pudiera responder, McSweeney empezó a gritar desde el otro lado del descampado.

—¡Eh! Allí con el abogado. Quiero hacer un trato. ¡Puedo darle algunos peces gordos! ¡Quiero hacer un trato!

Bosch esperó a ver si había más, pero eso era todo.

—¿Mi consejo? —dije—. Vaya y golpee ahora que el hierro

está caliente, antes de que recuerde que tiene derecho a un abogado.

Bosch asintió.

—Gracias, entrenador. Pero creo que sé lo que hago.

Empezó a cruzar el descampado.

—Eh, Bosch, espere —lo llamé—. Me debe algo antes de ir allí.

Bosch se detuvo y le hizo una señal a Armstead para que fuera con McSweeney. Luego volvió conmigo.

—¿Qué le debo?

—Una respuesta. Esta noche le llamé y le dije que no iba a salir hasta mañana. Se suponía que tenía que reducir la vigilancia a un coche, pero aquí está Dios y la madre. ¿Qué le hizo cambiar de idea?

—No lo ha oído, ¿no?

—¿Oír qué?

—Puede dormir hasta tarde mañana, abogado. Ya no hay juicio.

—¿Por qué no?

—Porque su cliente está muerto. Alguien (probablemente nuestro amigo de allí que quiere hacer un trato) eliminó a Elliot y su novia esta noche cuando fueron a cenar a casa. Su verja electrónica no se abría y cuando salió para empujarla, alguien se acercó y le metió una bala en la nuca. Luego mató a la mujer del coche.

Retrocedí medio paso, asombrado. Conocía la verja de la que estaba hablando Bosch. Había estado en la mansión de Elliot en Beverly Hills la otra noche. Y en cuanto a la novia, también pensaba que sabía quién era. Me había imaginado a Nina Albrecht para esa posición desde que Elliot me dijo que había tenido ayuda el día de los crímenes de Malibú. Bosch no dejó que mi expresión de desconcierto le impidiera continuar.

—Me dio el chivatazo una amiga de la oficina del forense y supuse que alguien podría estar haciendo limpieza esta noche. Supuse que tenía que volver a llamar al equipo y ver qué pasaba en su casa. Tiene suerte de que lo hiciera.

Miré directamente a Bosch al responder.

—Sí —dije—, he tenido suerte.

ya no había juicio, pero fui al tribunal el martes por la mañana para asistir al final oficial del caso. Ocupé mi lugar junto al asiento vacío que Walter Elliot había ocupado durante las últimas dos semanas. A los fotógrafos de prensa a los que se les había permitido el acceso a la sala parecía gustarles la silla vacía. Sacaron muchas fotos de ella.

Jeffrey Golantz estaba sentado al otro lado del pasillo. Era el fiscal más afortunado de la tierra. Se había ido del tribunal un día pensando que se enfrentaba a una derrota que perjudicaría su carrera y había vuelto al día siguiente con su historial inmaculado intacto. Su trayectoria ascendente en la fiscalía del distrito y en la política municipal estaba a salvo por el momento. No tenía nada que decirme cuando nos sentamos y esperamos al juez.

Pero había mucha charla en la galería del público. Era un hervidero de noticias de los asesinatos de Walter Elliot y Nina Albrecht. Nadie mencionó el intento de acabar con mi vida ni los sucesos del mirador de Fryman Canyon. Por el momento, todo era secreto. Una vez que McSweeney le dijo a Bosch y Armstead que quería un trato, los investigadores me pidieron que guardara silencio para poder proceder lenta y cuidadosamente con su testigo cooperador. Yo mismo estaba contento de colaborar. Hasta cierto punto.

El juez Stanton ocupó el estrado puntualmente a las nueve. Tenía los ojos hinchados y aspecto de haber dormido poco. Me pregunté si sabía tantos detalles como yo de lo que había ocurrido la noche anterior.

Hicieron pasar al jurado y estudié los rostros. Si alguien sabía lo que había ocurrido, no lo estaba mostrando. Me fijé en que varios de ellos se fijaban en la silla vacía que tenía a mi lado al ocupar la suya.

—Damas y caballeros, buenos días —inició el juez—. En este momento voy a eximirles de su servicio en este juicio. Como estoy seguro que pueden ver, el señor Elliot no está en su silla en la mesa de la defensa. El motivo es que el acusado en este juicio fue víctima de un homicidio anoche.

La mitad de las bocas de los jurados se abrieron al unísono; el resto mostró sorpresa en su mirada. Un murmullo bajo de voces excitadas recorrió la sala y luego empezó un aplauso lento y deliberado de detrás de la mesa de la acusación. Me volví y vi a la madre de Mitzi Elliot aplaudiendo la noticia del fallecimiento de Walter.

El juez golpeó con fuerza con la maza justo en el momento en que Golantz corría hacia ella, agarrándole las manos suavemente e impidiendo que continuara. Vi lágrimas resbalando por las mejillas de la mujer.

—No habrá demostraciones desde la galería —dijo impetuosamente el juez—. No me importa quién es usted ni que relación podía tener con el caso, todos los aquí presentes mostrarán respeto al tribunal o serán expulsados.

Golantz regresó a su asiento, pero las lágrimas continuaron resbalando por las mejillas de la madre de una de las víctimas.

—Sé que para todos ustedes es una noticia desconcertante —le dijo Stanton a los miembros del jurado—. Les garantizo que las autoridades están investigando esta cuestión a conciencia y con fortuna pronto pondrán al individuo o individuos responsables ante la justicia. Estoy seguro de que se pondrán al corriente del caso cuando lean el periódico o vean las noticias, lo cual ahora pueden hacer libremente. En cuanto a hoy, quiero darles las gracias por su servicio. Sé que todos han estado muy atentos a la presentación del caso de la fiscalía y de la defensa y espero que el tiempo que han pasado aquí sea una experiencia positiva. Ahora son libres de volver a la sala de deliberación a recoger sus cosas y regresar a casa. Están dispensados.

Nos levantamos por última vez para el jurado y observé que los doce se dirigían por la puerta hacia la sala de deliberación.

Después de que se fueran, el juez nos agradeció a Golantz y a mí nuestra conducta profesional durante el juicio, dio las gracias a su equipo y rápidamente levantó la sesión. No me había molestado en sacar ninguna carpeta de mi bolsa, así que me quedé inmóvil durante un buen rato después de que el juez abandonara la sala. Mi ensueño no se rompió hasta que Golantz se me acercó con la mano extendida. Sin pensarlo, se la estreché.

—Sin rencores por nada, Mickey. Es usted un fantástico abogado.

«Era», pensé.

—Sí —respondí—. Sin rencores.

—¿Va a quedarse aquí para hablar con los jurados y ver hacia qué lado iban a inclinarse? —preguntó.

Negué con la cabeza.

—No, no me interesa.

—A mí tampoco. Cuídese.

Me dio una palmada en el hombro y cruzó al otro lado de la cancela. Estaba seguro de que habría un enjambre de medios esperando en el vestíbulo y él les diría que de algún modo extraño se había hecho justicia. Quien a hierro mata, a hierro muere. O palabras similares.

Le dejé los medios a él. Le concedí una buena ventaja antes de salir. Los periodistas ya lo estaban rodeando y yo pude pegarme a la pared y escapar sin ser visto. Salvo de Jack McEvoy del *Times*. Me localizó y empezó a seguirme. Me pilló cuando llegué a la entrada de la escalera.

—Eh, Mick.

Yo lo miré, pero no dejé de andar. Sabía por experiencia que no tenía que hacerlo. Si un miembro de los medios te paraba, el resto de la prensa se echaba encima. No quería que me devoraran. Empujé la puerta de la escalera y empecé a bajar.

—Sin comentarios.

Me siguió, paso a paso.

—No voy a escribir del juicio. Estoy cubriendo los asesinatos. Pensaba que quizá podríamos llegar al mismo acuerdo. Ya sabe, cambiar informa...

—No hay trato, Jack. Y sin comentarios. Le veo después.

Estiré la mano y lo detuve en el primer rellano. Lo dejé allí, bajé otros dos tramos y luego salí al pasillo. Caminé hasta la sala de la juez Holder y entré.

Michaela Gill estaba en su puesto y le pregunté si podía ver a la juez unos minutos.

—Pero no lo tengo en la agenda —dijo.

—Ya lo sé, Michaela, pero creo que la juez querrá verme. ¿Está dentro? ¿Puede decirle que sólo le pido diez minutos? Dígale que es sobre los casos de Vincent.

La secretaria levantó el teléfono, pulsó un botón y expuso mi solicitud a la presidenta del tribunal. Enseguida colgó y me dijo que podía pasar inmediatamente al despacho de la juez.

—Gracias.

La juez estaba detrás de su escritorio con las gafas de leer puestas y un bolígrafo en la mano, como si la hubiera interrumpido a medio firmar una orden.

—Bueno, señor Haller —dijo—. Ciertamente ha sido un día atareado. Siéntese.

Me senté en la conocida silla delante de ella.

—Gracias por recibirme, señoría.

—¿Qué puedo hacer por usted?

La juez me planteó la pregunta sin mirarme. Empezó a garabatear firmas en una serie de documentos.

—Sólo quería que supiera que voy a renunciar a ser abogado en el resto de los casos de Vincent.

Holder dejó el bolígrafo y me miró por encima de las gafas.

—¿Qué?

—Renuncio. Volví demasiado pronto o probablemente no debería haber vuelto. Pero he terminado.

—Eso es absurdo. Su defensa del señor Elliot ha sido la comidilla de esta sala. Vi partes en televisión. Claramente le ha estado dando una lección al señor Golantz, y no creo que haya muchos observadores que apostaran contra una absolución.

Rechacé los cumplidos.

—En cualquier caso, señoría, no importa. No es la verdadera razón por la que estoy aquí.

La juez se quitó las gafas y las puso sobre la mesa. Parecía vacilante, pero enseguida me planteó la siguiente pregunta.

—Entonces, ¿por qué está aquí?

—Porque, señoría, quiero que sepa que lo sé. Y pronto lo sabrán todos los demás.

—Estoy segura de que no sé de qué está hablando. ¿Qué sabe, señor Haller?

—Sé que está en venta y que ha tratado de que me maten.

Ella espetó una risa, pero no había regocijo en sus ojos, sólo dagas.

—¿Es algún tipo de broma?

—No, no es broma.

—Entonces, señor Haller, le sugiero que se calme y se serene. Si va por esta sala haciendo esta clase de acusaciones descabelladas, habrá consecuencias para usted. Severas consecuencias. Quizá tiene razón: está sintiendo el estrés de volver demasiado pronto de la rehabilitación.

Sonreí y supe por su expresión que ella se había dado cuenta inmediatamente de su error.

—Ha patinado, ¿verdad, señoría? ¿Cómo sabía que estaba en rehabilitación? Mejor aún, ¿cómo sabía el jurado número siete cómo sacarme de casa anoche? La respuesta es que me había investigado. Me tendió una trampa y envió a McSweeney a matarme.

—No sé de qué está hablando y no conozco a ese hombre del que dice que trató de matarlo.

—Bueno, creo que él la conoce a usted, y la última vez que lo vi estaba a punto empezar a cantar la canción de hagamos un trato con el gobierno federal.

La información le golpeó como un puñetazo en el vientre. Sabía que ni a Bosch ni a Armstead les haría gracia que se lo contara a la juez, pero no me importaba. Ninguno de ellos era el tipo al que habían usado como un peón y al que casi hacen saltar desde Mulholland. Ese tipo era yo, y eso me daba derecho a confrontar a la persona que sabía que estaba detrás de todo ello.

—Lo he descubierto sin tener que hacer un trato con nadie —expliqué—. Mi investigador hizo averiguaciones sobre McSweeney. Hace nueve años lo detuvieron por agresión con arma letal y ¿quién era su abogado? Mitch Lester, su marido. Ahí está la conexión. Lo convierte en un bonito triángulo, ¿no? Usted tiene acceso y control de la reserva de jurados y el proceso de selección. Puede acceder a los ordenadores y fue usted quien me colocó al durmiente en mi jurado. Jerry Vincent le pagó, pero cambió de idea después de que el FBI metiera las narices. No podía correr el riesgo de que Jerry hiciera un trato con el FBI y les ofreciera una juez a cambio. Así que envió a McSweeney.

»Luego, cuando ayer todo se fue al garete, decidió hacer limpieza. Envió a McSweeney (el jurado número siete) tras Elliot y Albrecht y luego a por mí. ¿Qué tal lo estoy haciendo, señoría? ¿Se me ha pasado algo hasta ahora?

Dije la palabra «señoría» como si tuviera el mismo significado que basura. Holder se levantó.

—Esto es una locura. No tiene pruebas que me relacionen con nadie que no sea mi marido. Y hacer el salto de uno de sus clientes a mí es completamente absurdo.

—Tiene razón, señoría. No tengo pruebas, pero ahora no estamos en un juicio. Esto es entre usted y yo. Sólo tengo mi instinto y me dice que todo vuelve a usted.

—Quiero que se vaya ahora.

—En cambio, los federales tienen a McSweeney.

Noté que le ponía el miedo en el cuerpo.

—Supongo que no ha tenido noticias suyas. Sí, no creo que le dejen hacer llamadas mientras lo interrogan. Será mejor que él no tenga ninguna de esas pruebas, porque si le pone en ese triángulo estará cambiando su toga negra por un mono naranja.

—Salga o llamaré a la seguridad del tribunal y le detendrán.

Holder señaló a la puerta. Me levanté con calma y lentitud.

—Claro que me voy. ¿Y sabe una cosa? Puede que nunca vuelva a ejercer mi profesión en esta sala, pero le prometo que volveré a ver cómo la procesan. A usted y a su marido. Cuente con ello.

La juez me miró, con el brazo todavía extendido hacia la puerta, y vi que la expresión de sus ojos cambiaba lentamente de la rabia al miedo. Bajó un poco el brazo y luego lo dejó caer del todo. La dejé allí de pie.

Bajé por la escalera porque no quería entrar en un ascensor repleto. Once pisos. Abajo empujé las puertas de cristal y salí del tribunal. Saqué mi teléfono y llamé a Patrick para pedirle que viniera a recogerme. Luego llamé a Bosch.

—He decidido encender un fuego bajo usted y el FBI —le dije.

—¿Qué significa? ¿Qué ha hecho?

—No quiero esperar mientras el FBI se toma su habitual año y medio para cerrar un caso. En ocasiones la justicia no puede esperar, detective.

—¿Qué ha hecho, Haller?

—Acabo de tener una conversación con la juez Holder. Sí, lo adiviné sin la ayuda de McSweeney. Le he dicho que los federales tenían a McSweeney y que estaba cooperando. En su lugar y en el del FBI, me daría prisa y mientras tanto la mantendría controlada. No me parece de las que se fugan, pero nunca se sabe. Que pase un buen día.

Cerré el teléfono antes de que Bosch pudiera protestar por mis acciones. No me importaba. Él me había usado todo el tiempo. Me sentí bien al pagarle con la misa moneda y que fueran él y el FBI los que bailaran al extremo de la cuerda.

SEXTA PARTE

El último veredicto

54

*B*osch llamó a mi puerta temprano el jueves por la mañana. No me había peinado, pero iba vestido. Él, por su parte, parecía que había pasado la noche en vela.

—¿Le he despertado? —preguntó.

Negué con la cabeza.

—He de preparar a mi hija para la escuela.

—Es verdad. Miércoles por la noche y un fin de semana de cada dos.

—¿Qué pasa, detective?

—Tengo un par de preguntas y pensaba que podría estar interesado en saber cómo está la situación.

—Claro. Sentémonos aquí. No quiero que mi hija oiga esto.

Me aplasté el pelo al caminar hacia la mesa.

—No quiero sentarme —dijo Bosch—. No tengo mucho tiempo.

Se volvió hacia la barandilla y apoyó en ella los codos. Yo cambié de dirección e hice lo mismo al lado de él

—A mí tampoco me gusta sentarme aquí fuera.

—Yo tengo una vista parecida en mi casa —dijo—. Sólo que está al otro lado.

—Supongo que eso nos convierte en caras opuestas de la misma montaña.

Apartó un momento la mirada de la panorámica.

—Algo así.

—Bueno, ¿qué está pasando? Pensaba que estaría demasiado enfadado conmigo para decírmelo.

—La verdad es que yo también creo que el FBI se mueve demasiado despacio. No les gusta mucho lo que ha hecho, pero a mí no me importa. Ha puesto las cosas en marcha.

Bosch se enderezó y se apoyó en la barandilla, con la vista de la ciudad a su espalda.

—Así pues, ¿qué está pasando? —pregunté.

—El jurado de acusación volvió anoche con cargos. Holder, Lester, Carlin, McSweeney y una mujer que es supervisora en la oficina del jurado y que era quien tenía acceso a los ordenadores. Vamos a detenerlos a todos simultáneamente esta mañana. Así que mantenga la discreción hasta que todo el mundo esté detenido.

Era bonito que confiara en mí lo suficiente para decírmelo antes de las detenciones. Pensaba que sería aún más bonito ir al edificio del tribunal penal y ver cómo se llevaban a la juez Holder esposada.

—¿Es sólido? —pregunté—. Holder es una juez, ¿sabe? Será mejor que lo tengan bien remachado.

—Es sólido. McSweeney nos lo ha dado todo. Tenemos registros telefónicos, transferencias. Incluso grabó al marido de Holder durante parte de las conversaciones.

Asentí. Sonaba como el típico paquete federal. Una razón por la cual nunca trabajaba en casos federales cuando ejercía era que cuando el gobierno hacía un caso normalmente se quedaba hecho. Las victorias para la defensa eran raras. La mayoría de las veces te aplastaban como una apisonadora.

—No sabía que Carlin estuviera metido en esto —dije.

—Está en el centro. Está relacionado con la juez desde hace tiempo y ella lo usó para conectar con Vincent. Éste lo usó para entregar el dinero. Luego, cuando Vincent empezó a sentir un sudor frío porque el FBI estaba husmeando, Carlin se enteró y se lo dijo a la juez. Holder pensó que la mejor manera era desembarazarse del eslabón más débil y ella y su marido enviaron a McSweeney a ocuparse de Vincent.

—¿Cómo se enteró? ¿Wren Williams?

—Sí, eso creemos. Carlin se la cameló para controlar a Vincent. No da la impresión de que supiera lo que estaba pasando. No es lo bastante lista.

Asentí y pensé en cómo encajaban todas las piezas.

—¿Y McSweeney? ¿Sólo hizo lo que le ordenaron? La juez le decía que matara a alguien y él simplemente lo hacía.

—Para empezar, McSweeney era un estafador antes de ser un asesino, así que no creo ni por un momento que nos esté diciendo toda la verdad. Pero dice que la juez puede ser muy persuasiva. De la forma en que ella se lo explicó, o caía Vincent o caían todos. No había elección. Además, le prometió incrementar su parte después de que terminara el juicio y ganaran el caso.

—Entonces, ¿cuáles son los cargos?

—Conspiración para cometer asesinato, corrupción, y eso es sólo la primera ola. Habrá más después. No era la primera vez. McSweeney nos dijo que había estado en cuatro jurados en los últimos siete años. Dos absoluciones y dos nulos. Tres tribunales diferentes.

Silbé mientras pensaba en algunos de los grandes casos que habían terminado con absoluciones desconcertantes o jurados sin veredicto en años recientes.

—¿Robert Blake?

Bosch sonrió y negó con la cabeza.

—Ojalá —dijo—. O.J. también. Pero no trabajaban entonces. Esos casos los perdimos nosotros solos.

—No importa. Esto va a ser enorme.

—Lo más grande que he tenido.

Cruzó los brazos y miró por encima del hombro a la vista.

—Aquí tiene Sunset Strip y yo tengo Universal —dijo.

Oí que la puerta se abría y al mirar por encima del hombro vi a Hayley asomándose.

—¿Papá?

—Dime, Hay.

—¿Pasa algo?

—Todo está bien. Hayley, éste es el detective Bosch. Es policía.

—Hola, Hayley —dijo Bosch.

Creo que fue la única vez que le vi una sonrisa auténtica.

—Hola —saludó mi hija.

—Hayley, ¿te has comido los cereales? —pregunté.

—Sí.

—Vale, entonces puedes ver la tele hasta que sea hora de salir.

403

Mi hija desapareció en el interior de la casa y cerró la puerta. Miré el reloj. Todavía tenía diez minutos antes de que tuviéramos que salir.

—Es una niña muy guapa —dijo Bosch.

Asentí.

—He de hacerle una pregunta —añadió—. Usted puso todo esto en marcha, ¿no? Envió esa carta anónima al juez.

Pensé un momento antes de responder.

—Si digo que sí ¿voy a convertirme en testigo?

Al fin y al cabo no me habían llamado al jurado de acusación federal. Con McSweeney contándolo todo, aparentemente no me necesitaban. Y ahora no quería cambiar eso.

—No, es sólo para mí —dijo Bosch—. Sólo quiero saber si hizo lo correcto.

Consideré no decírselo, pero en última instancia quería que lo supiera.

—Sí, fui yo. Quería a McSweeney fuera del jurado y luego ganar el caso limpiamente. No esperaba que el juez Stanton cogiera la carta y consultara con otros jueces al respecto.

—Llamó a la presidenta del Tribunal Superior y le pidió consejo.

Asentí.

—Tuvo que ser eso lo que pasó —inferí—. La llamó sin saber que ella había estado detrás desde el principio. Luego ella avisó a McSweeney, le dijo que no se presentara en el tribunal y después lo usó para tratar de hacer limpieza.

Bosch asintió como si estuviera confirmando cosas que ya sabía.

—Y usted formaba parte de lo que había que limpiar. Ella debió de adivinar que le envió la carta al juez Stanton. Sabía demasiado y tenía que morir, como Vincent. No fue por la historia del periódico, fue por darle la nota al juez Stanton.

Negué con la cabeza. Mis propias acciones casi me habían llevado a la muerte en forma de una caída desde Mulholland.

—Creo que fui muy estúpido.

—Eso no lo sé. Todavía está en pie. Después de hoy, ninguno de ellos lo estará.

—Ahí queda eso. ¿A qué clase de trato llegó McSweeney?

—Sin pena de muerte y con reconsideración. Si todo el mundo es condenado, entonces probablemente le caerán quince. En el sistema federal eso significa que cumplirá trece.

—¿Quién es su abogado?

—Tiene dos: Dan Daly y Roger Mills.

Asentí. Estaba en buenas manos. Pensé en lo que Walter Elliot me había contado: que cuanto más culpable eras, más abogados necesitabas.

—No es mal trato por tres asesinatos —dije.

—Un asesinato —me corrigió Bosch.

—¿Qué quiere decir? Vincent, Elliot y Albrecht.

—Él no mató a Elliot y Albrecht. Esos dos no concuerdan.

—¿Qué está diciendo? Los mató a ellos y luego trató de matarme a mí.

Bosch negó con la cabeza.

—Trató de matarle a usted, pero no mató a Elliot y Albrecht. Era un arma diferente. Además, no tenía sentido. ¿Por qué iba a tenderles una emboscada a ellos y luego tratar de hacer que usted pareciera un suicida? No está relacionado. McSweeney está limpio en Elliot y Albrecht.

Me quedé en desconcertado silencio un buen rato. Durante los últimos tres días había creído que el hombre que había matado a Elliot y Albrecht era el mismo que había tratado de matarme a mí y que estaba a buen recaudo en manos de las autoridades. De pronto, Bosch me estaba diciendo que había un segundo asesino suelto.

—¿Tienen alguna idea en Beverly Hills? —pregunté al fin.

—Ah, sí, están convencidos de que saben quién lo hizo. Pero nunca presentarán cargos.

Los golpes seguían llegando. Una sorpresa detrás de otra.

—¿Quién?

—La familia.

—¿Se refiere a la familia con F mayúscula? ¿Crimen organizado?

Bosch sonrió y negó con la cabeza.

—La familia de Johan Rilz se ocupó de ello.

—¿Cómo lo saben?

—Indentaciones. Las balas que sacaron de las víctimas eran

nueve milímetros parabellum; casquillo de latón y fabricadas en Alemania. El Departamento de Policía de Beverly Hills sacó el perfil de la bala y lo equiparó con una Mauser C-96, también fabricada en Alemania. —Hizo una pausa para ver si tenía preguntas. Al no haberlas, continuó—. En el Departamento de Policía de Beverly Hills creen que es casi como si alguien mandara un mensaje.

—Un mensaje desde Alemania.

—Exacto.

Pensé en Golantz diciéndole a la familia Rilz cómo iba a arrastrar a Johan por el fango durante una semana. Se habían ido antes que ser testigos de eso. Y mataron a Elliot para evitarlo.

—Parabellum —dije—. ¿Sabe latín, detective?

—No fui a la facultad de derecho. ¿Qué significa?

—«Prepara la guerra.» Es parte de un dicho: «Si quieres la paz, prepárate para la guerra». ¿Qué pasará ahora con la investigación?

Bosch se encogió de hombros.

—Conozco a un par de detectives de Beverly Hills que tendrán un bonito viaje a Alemania. Enviarán a su gente en clase *business* con asientos que se doblan en camas, darán los pasos necesarios y cumplirán con la diligencia debida. Pero si lo hicieron bien, no ocurrirá nunca nada.

—¿Cómo enviaron el arma desde allí?

—Puede hacerse. A través de Canadá o FedEx es absolutamente posible hacerla llegar a tiempo.

No sonreí. Estaba pensando en Elliot y en el equilibrio de la justicia. En cierto modo, Bosch pareció adivinar lo que estaba pensando.

—¿Recuerda lo que me dijo cuando me contó que le había explicado a la juez Holder que sabía que ella estaba detrás de todo esto?

Me encogí de hombros.

—¿Qué dije?

—Que a veces la justicia no puede esperar.

—¿Y?

—Y tenía razón. A veces no espera. En ese juicio, usted tenía el impulso y parecía que Elliot iba a salir libre. Así que alguien decidió no esperar a la justicia y ejecutó su propio veredicto. Cuando estaba en patrulla, ¿sabe cómo llamábamos a una muerte que se reducía a simple justicia de calle?

—¿Cómo?

—El veredicto de plomo.

Asentí. Lo entendía. Los dos nos quedamos en silencio un buen rato.

—En fin, es todo lo que sé —dijo Bosch finalmente—. He de irme a meter gente en la cárcel. Va a ser un buen día.

Bosch se apartó de la barandilla, listo para irse.

—Es gracioso que haya venido hoy —dije—. Anoche decidí que iba a preguntarle algo la próxima vez que lo viera.

—¿Sí? ¿Qué?

Lo pensé un momento y comprendí que era lo correcto.

—Caras opuestas de la misma montaña... ¿Sabes que te pareces mucho a tu padre?

No dijo nada, sólo me miró un momento, luego asintió una vez más y se volvió hacia la barandilla. Echó una mirada a la ciudad.

—¿Cuándo lo supiste? —preguntó.

—Técnicamente anoche, cuando estaba mirando viejas fotos y álbumes con mi hija. Pero creo que en cierto nivel lo he sabido desde hace mucho tiempo. Estábamos mirando fotos de mi padre, y no dejaban de recordarme a alguien hasta que me di cuenta de que eras tú. Una vez que lo vi, me pareció obvio. Pero al principio no fui capaz de verlo. —Me acerqué a la barandilla y contemplé la ciudad con él—. La mayor parte de lo que sé de él lo saqué de los libros. Muchos casos diferentes, un montón de mujeres diferentes. Pero hay algunos recuerdos que no están en los libros y son míos. Recuerdo haber ido a la oficina que había montado en casa cuando se puso enfermo. Había un cuadro enmarcado en la pared: una reproducción en realidad, pero entonces pensaba que era la pintura real. *El jardín de las delicias*. Raro, daba miedo a un niño pequeño...

»El recuerdo que tengo es de él cogiéndome en su regazo, haciéndome mirar el cuadro y diciendo que no daba miedo; que era hermoso. Intentó enseñarme a decir el nombre del pintor: Hieronymus. Imposible.

No estaba viendo la ciudad. Estaba contemplando el recuerdo. Me quedé un momento en silencio después de eso. Era el turno de mi hermanastro. Finalmente, él apoyó los codos en la barandilla y habló.

—Recuerdo esa casa —dijo—. Le visité una vez. Me presenté. Él estaba en la cama, muriéndose.

—¿Qué le dijiste?

—Sólo que había salido adelante. Nada más. No había nada más que decir.

Igual que en ese momento, pensé. ¿Qué había que decir? En cierto modo, mis pensamientos saltaron a mi propia familia hecha añicos. Tenía escaso contacto con los hermanos que conocía, menos con Bosch. Y estaba mi hija, a la que sólo veía ocho días al mes. Parecía que las cosas más importantes de la vida eran las más fáciles de romper.

—Lo has sabido todos estos años —dije al fin—. ¿Por qué no estableciste contacto nunca? Tengo otro hermanastro y tres hermanastras. También son los tuyos.

Bosch al principio no dijo nada, luego me dio la respuesta que supongo que se había estado dando a sí mismo durante varias décadas.

—No lo sé. Supongo que no quería romperle los esquemas a nadie. A la mayoría de la gente no le gustan las sorpresas. Al menos las de este tipo.

Por un momento me pregunté cómo habría sido mi vida si hubiera conocido a Bosch. Tal vez habría sido policía en lugar de abogado. ¿Quién sabe?

—Lo dejo, ¿sabes?

No estaba seguro de por qué lo había dicho.

—¿Dejar el qué?

—Mi trabajo. El derecho. Se puede decir que el veredicto de plomo fue mi último veredicto.

—Yo lo dejé una vez, pero no funcionó. Volví.

—Ya veremos.

Bosch me miró y luego volvió a fijar la atención en la ciudad. Era un día hermoso, con nubes bajas y un frente de aire frío que

había reducido la capa de contaminación a una fina ba...
en el horizonte. El sol acababa de coronar las montañas
estaba proyectando sus rayos sobre el Pacífico. Veíamos
Catalina.

—Fui al hospital cuando te dispararon —me explicó—. N...
estoy seguro de por qué. Lo vi en las noticias y contaron que
fue un tiro en el abdomen. Con ésos nunca se sabe. Pensé que si
necesitaban sangre o algo, podría…, bueno, suponía que éramos
compatibles. En fin, estaban todos los periodistas y cámaras y
terminé marchándome.

Sonreí y luego me eché a reír. No pude evitarlo.

—¿Qué tiene tanta gracia?

—Un poli voluntario para dar sangre a un abogado defensor. Creo que no te habrían dejado volver a entrar en el club
después de eso.

Esta vez Bosch sonrió y asintió con la cabeza.

—Supongo que no pensé en eso.

Y como si tal cosa, nuestras sonrisas desaparecieron y regresó la incomodidad de dos desconocidos. Finalmente, Bosch
miró su reloj.

—Los equipos con las órdenes se reúnen dentro de veinte
minutos. He de irme.

—Vale.

—Hasta la vista, abogado.

—Hasta la vista, detective.

Bajó los escalones y me quedé donde estaba. Oí que su coche arrancaba y empezaba a bajar la colina.

$\mathscr{M}$e quedé en la terraza contemplando cómo la luz del sol se iba desplazando sobre la ciudad. Muchas ideas diferentes se filtraron en mi mente y echaron a volar hacia el cielo, hacia las nubes, remotamente hermosas e intocables, distantes. Me quedé con la sensación de que no volvería a ver a Bosch. Que él tendría su lado de la montaña y yo tendría el mío, y que no habría nada más.

Al cabo de un rato, oí que la puerta se abría y pasos en la terraza. Sentí la presencia de mi hija a mi lado y le puse la mano en el hombro.

—¿Qué haces, papá?

—Sólo miro.

—¿Estás bien?

—Sí.

—¿Qué quería el policía?

—Sólo hablar. Es amigo mío.

Nos quedamos un momento en silencio antes de que ella continuara.

—Ojalá mamá se hubiera quedado con nosotros anoche —dijo.

La miré y le acaricié la nuca.

—Paso a paso, Hay. Anoche vino a comer crepes con nosotros, ¿no?

Pensó en ello y me hizo una seña con la cabeza. Estaba de acuerdo. Los crepes eran un comienzo.

—Voy a llegar tarde si no salimos —dijo ella—. A la próxima me pondrán una hoja de conducta.

Asentí.

—Lástima. El sol está a punto de darle al océano.

—Vamos, papá. Eso pasa todos los días.

Asentí otra vez.

—Al menos en algún sitio.

Fui a buscar las llaves, cerré y bajé por la escalera al garaje. Cuando daba marcha atrás en el Lincoln y lo encaraba para bajar la colina, vi que el sol hilaba oro sobre el Pacífico.

411

Agradecimientos

Sin ningún orden en particular, el autor desea dar las gracias a las siguientes personas por sus contribuciones en la investigación y redacción de esta novela, que van desde lo pequeño a lo increíblemente desinteresado y colosal.

Daniel Daly, Roger Mills, Dennis Wojciechowski, Asya Muchnick, Bill Massey, S. John Drexel, Dennis McMillan, Pamela Marshall, Linda Connelly, Jane Davis, Shannon Byrne, Michael Pietsch, John Wilkinson, David Ogden, John Houghton, Michael Krikorian, Michael Roche, Greg Scout, Judith Champagne, Rick Jackson, David Lambkin, Tim Marcia, Juan Rodriguez y Philip Spitzer.

Esto es una obra de ficción. Cualquier error respecto a la ley, pruebas y tácticas de tribunal son responsabilidad del autor.

Este libro utiliza el tipo Aldus, que toma su nombre
del vanguardista impresor del Renacimiento
italiano, Aldus Manutius. Hermann Zapf
diseñó el tipo Aldus para la imprenta
Stempel en 1954, como una réplica
más ligera y elegante del
popular tipo
Palatino

* * *

* *

*

EL VEREDICTO se acabó de imprimir
en un día de verano de 2009, en los
talleres de Brosmac, Carretera
Villaviciosa – Móstoles, km 1,
Villaviciosa de Odón
(Madrid)

* * *

* *

*